NICOLE SCHUHMACHER

ZUM SCHWARZEN *Mond*

STERNENSAND

www.sternensand-verlag.ch | info@sternensand-verlag.ch

1. Auflage, Juni 2020

Umschlaggestaltung: Jasmin Romana Welsch
Illustrationen: Scott Krausen | Krausenart
Lektorat / Korrektorat: Sternensand Verlag GmbH | Natalie Röllig
Korrektorat 2: Sternensand Verlag GmbH | Jennifer Papendick
Satz: Sternensand Verlag GmbH
Druck und Bindung: Smilkov Print Ltd.

ISBN-13: 978-3-03896-129-1
ISBN-10: 3-03896-129-1

Für alle gequälten Seelen,
dunklen Engel und
Nachtvögel dieser Welt.

Trägt nicht alles, was uns begeistert,
die Farbe der Nacht?
Novalis

Kapitel 1

Ich keuche wie nach einem Marathon, obwohl der letzte Kunde meine Räumlichkeiten vor über fünfzehn Minuten verlassen hat.

Ich brauche Elektrolyte. Sofort! Und Schmerzmittel. Der Vamp hat mich rangenommen wie ein verfluchter apokalyptischer Reiter. Irgendein Nerv in meinem Rücken quittiert jede Bewegung mit einem stechenden Schmerz. Doch ich gehe davon aus, dass es besser wird, wenn ich mich aufraffe und aus den Damastlaken quäle.

Stöhnend – vor Mühe, nicht vor Lust – schleppe ich mich mit zittrigen Beinen zum Fenster. Mit zwei Fingerspitzen schiebe ich den schweren samtenen Vorhang zur Seite und spähe in die Dunkelheit.

Sex mit einem Vampir hat Vor- und Nachteile.

Die Vorteile liegen auf der Hand. Denn seien wir ehrlich, es ist eine Tatsache, dass jeder Blutsauger so heiß ist wie die Sonne. Heißer als heiß. Göttlich heiß. Schon mal von einem fetten, schmierigen, ekelerregenden Kind der Nacht gehört, das seine eigenen Füße nicht sehen kann und bereits nach einer Minute zum Höhepunkt kommt? Eben!

Vampirsex ist … anders. Wilder, zügel- und hemmungsloser, ekstatischer, auf alle Fälle befriedigender, aber auch … gefährlicher.

Klingt verrückt? Ist es vermutlich sogar. Genauso absurd wie der Umstand, dass Vampire schon immer unter uns weilten, die Menschheit nur zu blöd war, dies zu begreifen.

Das änderte sich gegen Ende des letzten Jahrhunderts, als die Vampirgesellschaft beschloss, dass es an der Zeit sei, aus dem Schatten zu treten. Also … im übertragenen Sinn. Wortwörtlich würden sie einfach zu Asche zerfallen, wie es sich für einen anständigen Blutsauger gehört, der mit Sonnenlicht in Berührung kommt. Von wegen Glitzern oder so ein Mädchenkram …

Ein kleiner Prozentsatz der neugeborenen Vamps weiß seine Fähigkeiten nicht richtig einzusetzen – dann brennen ihnen die Synapsen durch, bis sie Matsch in der Birne sind und/oder eine Gefahr für die Allgemeinheit werden –, doch das ist zum Glück die Seltenheit. In so einem Fall sind Organisationen dafür zuständig, Betroffene eine Zeit lang zu isolieren. Bis man hundertprozentig sicher ist, dass man keine tickende Zeitbombe in die Welt entlässt.

Für die Blutsauger der Gesellschaft gibt es selbstredend auch Etablissements für … gewisse Stunden. Und immer, wenn es schlüpfrig wird, kommen Mädchen wie ich ins Spiel. Unnötig, zu erwähnen, dass das Gewerbe, in dem ich tätig bin, das älteste der Welt ist, oder?

Ich schlafe gegen Bezahlung mit Männern – manchmal sogar mit Frauen –, nur dass diese ausschließlich vampirisch sind. Viele verurteilen mich dafür, doch das ist mir gleich, denn ich *liebe* es! Ich darf mich Nacht für Nacht mit den begehrenswertesten Wesen unter dieser Sonne … äh … diesem Himmel vergnügen.

Muskeln aus Stahl, makellose Körper, schier unendliche Ausdauer, Charismen zum Niederknien und andere betörende Reize sind nur ein paar Aspekte, die mich regelmäßig zum Stöhnen bringen, während Nosferatu himself zwischen meinen Schenkeln tobt.

Hier kommen wir zum großen Nachteil.

Wenn man stundenlang die Seele aus dem Leib gevögelt bekommt, ist das zwar in höchstem Maße befriedigend, doch im Anschluss braucht ein menschlicher Körper eine gewisse Zeit, bis er sich wieder erholt hat und für einen weiteren Freier bereit ist. Und davon gibt es viele in Österreichs Gassen.

Das Leben pulsiert auch heute Nacht in der Wiener Innenstadt, das spüre ich bis in die verruchten Räumlichkeiten, in denen ich tätig bin.

Der Wiener Gürtel, der breit angelegte Straßenzug, der die inneren Bezirke der Stadt von den äußeren trennt, ist nicht nur eine der meist befahrenen Straßen der Hauptstadt, sondern war früher bevorzugtes Zielgebiet herumstreunender Freier. Kilometerlang reihten sich hier Vergnügungsstätten, Bordelle und Peepshows aneinander. An milden Frühlingsabenden warben leicht bekleidete Damen des horizontalen Gewerbes direkt auf dem Bürgersteig um die Gunst ihrer Kunden.

Doch was einst unumstrittenes Refugium halbseidener Zuhälter und Unterwelt-Bosse war, entwickelte sich im Laufe der letzten Jahre zur bunten Partyzone. Lokal um Lokal wurde neu eröffnet, Geschäftsideen mit EU-Fördergeldern unterstützt, architektonische Voraussetzungen zur Belebung des alten Schandflecks geschaffen und der Gürtel somit revitalisiert. Eine neue Flaniermeile der Wiener ist zwischen Westbahnhof und der Wirtschaftsuniversität entstanden, wo außerdem zahlreiche

Cocktailbars und Restaurants inländische sowie ausländische Köstlichkeiten anbieten. Darüber hinaus gibt es eine Vielzahl an Veranstaltungen wie Lesungen, Filmabende, Konzerte, Diskussionsrunden und Folkloreabende.

Sexuelle Dienstleistungen gegen Entgelt gehören zwar seit jeher zum Alltag, jedoch ist das Etablissement ›Zum schwarzen Mond‹ den Anwohnern noch immer ein Dorn im Auge. Erst recht, da es nur für die Bedürfnisse vampirischer Freier ausgelegt ist.

Unsere Puffmutter, Maria, ist selbst ein Vamp. Es vergeht keine Woche, in der nicht ein Drohbrief ins Haus flattert, der beteuert, dass uns die Bude irgendwann unter dem Hintern abfackeln wird. Maria schenkt nicht einem einzigen davon ihre Aufmerksamkeit oder gar Sorge.

Ich sperre das Nachtleben Wiens aus, indem ich die Vorhänge zufallen lasse, und gehe zum Nachtschrank aus dunkel gebeiztem Holz, um in der Schublade nach einem Energie-Riegel zu wühlen. Ja, wir arbeiten hier mit Mitteln aus dem Hochleistungssport. Das Zeug hat noch nie meinen Geschmack getroffen, aber das soll es auch nicht. Es soll die Flüssigkeitsverteilung und den Wasserhaushalt meines Körpers wieder auf Vordermann bringen, nachdem ich so richtig durchgebumst wurde.

Nachdenklich kauend laufe ich ins angrenzende Bad, um mich frisch zu machen, und horche in mich hinein, ob ich bereits startklar für eine zweite Runde bin. Ich habe von ›normalen‹ Prostituierten gehört, die bis zu dreißig Freier am Tag bedienen. In meiner Branche schafft ein geübtes Mädchen höchstens fünf. Ein paar mehr, wenn es Quickies sind.

Ich zupfe an meiner Corsage, rücke mein Rüschenhöschen zurück an Ort und Stelle, überprüfe den Sitz der dunklen Strapse an meinen seidenen Strümpfen und stöckle zur Tür.

Ja, ich weiß. Wir laufen hier rum wie im beschissenen Moulin Rouge. Fehlt nur noch eine Federschleppe und dazu passender Kopfschmuck. Aber den Kunden gefällt es. Und irgendwie passt es zum altehrwürdigen Stil des Gebäudes und dem barocken Interieur.

Dicker Teppichboden schluckt die Geräusche meiner Schritte, als ich das Zimmer durch eine schwere Holztür verlasse. Vorbei an den Räumlichkeiten anderer Mädchen bahne ich mir einen Weg den langen Flur entlang.

Gedämpftes Stöhnen dringt immer wieder an meine Ohren, verheißungsvoll und erregend, bis ich zielsicher eine Galerie erreiche und den Empfangsbereich des Freudenhauses überblicke.

Meine Libido ist noch nicht schlafen gegangen, wie ich mit Genugtuung feststelle, als ich die in der Mitte des großen Saals gelegene Treppe nach unten trete und angenehme Musik die Szenerie untermalt.

Im ›Schwarzen Mond‹ arbeiten weit über fünf Dutzend Angestellte. Nur die Hälfte von Marias Täubchen sind heute Abend anwesend. Die meisten von uns sind sterblich, jedoch haben wir hier ebenfalls eine Handvoll Vampirladys beschäftigt, vorwiegend an der Bar oder auf den Tanzflächen. Um die Bedürfnisse der Freier kümmern sich überwiegend Mädchen wie ich. Das heißt blutjunge Geschöpfe mit warmer Haut, pulsierendem Blut in den Adern und einem Herz in der Brust, das noch schlägt.

Gerade als ich den Fuß der Treppe erreiche, schiebt sich Angelina, so blond wie blöd, an mir vorbei, um ihre Gemächer in der ersten Etage anzusteuern. Sie liegt in den Armen eines vampirischen Kunden und lacht so gekünstelt über das, was dieser soeben gesagt hat, dass er sofort Lunte riechen müsste. Aber wenn es in den Lenden juckt, sind auch Vampire offenbar nicht wählerisch.

Mein Blick gleitet kurz über die tätowierte Blutlilie, die Angelina nah an ihrem Schlüsselbein in die Haut gestochen trägt. Aufgrund unserer knappen Arbeitsbekleidung gut für jeden sichtbar. Dieses Symbol ziert nicht nur Angelina unweit ihrer linken Schulter. In unserem Etablissement ist diese Tätowierung das Zeichen dafür, dass sich die Freier nicht nur mit den Mädchen vergnügen, sondern dabei auch ihrer Blutgier frönen können. Viele Vampire erreichen den Punkt der höchsten Lust nur, wenn die sexuelle Befriedigung gleichzeitig mit der Stillung ihres Blutdurstes einhergeht.

Bei dem Gedanken daran durchfährt mich ein Schaudern. Ich trage das Lilien-Tattoo nicht. Diese Art der Dienstleistung ist nichts für mich. Never. Ever. Niemals. Mein Hals bleibt Jungfrau. Punkt.

Langsam durchschreite ich den Raum hinüber zum Barbereich. Ich umrunde Sitzgelegenheiten, gemütliche Flächen, auf denen man sich erst ein wenig mit den Vamps vertraut machen kann, bevor es in den Zimmern zur Sache geht. Das Vorspiel beginnt oft schon hier unten.

Auch heute ist das Haus gut besucht, obwohl die Nacht noch jung ist. Kaum ein Platz in den gepolsterten Stühlen ist nicht belegt. Und jeder Kunde hat bereits ein Mädchen an der Hand. Das Geschäft der käuflichen Liebe für Vamps boomt. Ich kann mir nicht vorstellen, dass es irgendwann einmal anders sein wird.

Fast schon enttäuscht, dass es für mich im Moment keine Arbeit gibt, drehe ich den Kopf hinüber zur Theke. Der Barbereich ist für meinen Geschmack etwas zu dunkel eingerichtet, aber was weiß ich schon?

Als ich die junge Frau mit den dunklen Haaren und der modischen Bobfrisur erblicke, stutze ich. Sie habe ich heute nicht am Ausschank erwartet. Schnellen Schrittes geselle ich mich zu ihr.

»Lynn!«, zische ich, als sie gerade einen Cocktail fertig mixt und über den Tresen schiebt. Der Freier beachtet das Getränk kaum, weil er seine Hand im Höschen seiner Begleitung hat und bald in ganz anderen Sphären zugange sein wird. »Was machst du denn an der Bar? Wo ist Mel?«

»Nicht da.«

Meine Freundin zuckt mit den Schultern und bedient sich am Eisfach, um gleich darauf mit Blut gefüllte Schnapsgläser unter die wartenden Vampire zu bringen.

»*Virgin on the Rocks*«, sagt sie dabei und schiebt das erste Glas zu einem blonden Anzugträger. »*Red Sun* und *Dark Moons Kiss*.«

Die Vampire bedanken sich bei der Bardame, und Lynn hat endlich Zeit, sich mir zuzuwenden.

»Wo ist Mel?«, frage ich erneut.

Lynn trocknet ihre Hände an einem Wischtuch ab und spendiert sich eine Cola, bevor sie mir antwortet. »Wir haben vergessen, Julias Kundschaft umzubuchen. Du weißt doch, ihr Kind ist krank. Mel kümmert sich gerade um den Firmenboss aus Döbling.«

Die Erklärung finde ich merkwürdig. »Warum kümmerst du dich nicht um ihn?«

Mein Blick gleitet über die rote Lilie auf Lynns Haut, als sie mit dem koffeinhaltigen Kaltgetränk ihre Lippen benetzt und erneut mit den schmalen Schultern zuckt. »Er erinnert mich zu sehr an meinen Ex.«

Ich verdrehe die Augen, muss dann aber doch lachen und bemerke im Augenwinkel, dass gerade neue Kundschaft von der Security hereingelassen wird.

Über zwielichtige Gesellschaft müssen wir uns keine Sorgen machen. Wer hier reinwill, füllt erst online eine Art Bewerbung aus und gibt seine Kontodaten an. Per Post erhält er einen Chip, der beim Betreten und Verlassen der Räumlichkeiten gescannt wird. Die Abbuchung erfolgt sofort, nachdem der Kunde das Etablissement hinter sich lässt. Datenschutzrechtler werfen jetzt schreiend die Hände über den Kopf. Aber die Tatsache, dass wir so viel von unserer Kundschaft wissen, dient nur der Sicherheit. Und da die Gebühren für jede angebrochene Minute anfallen, die die Freier hier verbringen, werden wir nur von der obersten Schicht der Vampirgesellschaft aufgesucht.

Eine Nacht im ›Schwarzen Mond‹ kann sehr schnell ein Tausende Euro tiefes Loch ins Bankkonto reißen. Der Minutensatz ist so hoch, dass sogar die Getränke im Preis inbegriffen sind.

Ich beschließe, erst einmal hinter der Bar zu bleiben, um Lynn zu helfen, als sich Kundschaft am Tresen niederlässt.

Ein Neuankömmling fällt mir besonders ins Auge. Er trägt einen dunklen Anzug über einem weißen Hemd. Die farblich passende Krawatte ist akkurat gebunden – doppelter Windsorknoten – und das Einstecktuch perfekt gefaltet. Er hat eine Aktentasche dabei, die er zu seinen Füßen neben den Barhocker stellt, auf den er sich soeben schiebt. Unbewusst fährt er sich durch das braune Haar, das immer wieder in sein Gesicht zu fallen scheint, denn die Geste geht zu automatisch vonstatten.

Ich lächle in mich hinein. Er wirkt unsicher, was ihn auf Anhieb sympathisch macht. Ich schätze, er war etwa Mitte dreißig, als er zum Vampir wurde. Sein jetziges Alter ist nicht mehr zu erraten, da der Alterungsprozess bei Vamps außer Kraft gesetzt ist.

Ich verständige mich stumm mit Lynn, die zustimmend nickt, und setze mich in Bewegung, um dem Neuankömmling etwas anzubieten. Ein Getränk, ein nettes Gespräch, hemmungslosen Sex in Doggy-Stellung.

»Was möchtest du trinken?«, will ich von ihm wissen.

Beinahe erschrocken sieht er auf, als ich ihn anspreche. Seine tiefbraunen Augen treffen meine. Ein Funkeln legt sich in seinen Blick, als ich ihn freundlich anlächle.

»Ähm«, überlegt er. Schon an diesem kurzen Laut kann ich erkennen, wie weich und schmeichelnd seine Stimme klingt. Unschlüssig kratzt er sich am Kinn. Eine Geste, die ihn fast menschlich wirken lässt.

»Darf es etwas Eisgekühltes sein?« Ich öffne die Kühltruhe direkt neben mir, um zu schauen, was wir vorrätig haben. »Ich kann dir eine 21-jährige Studentin anbieten, Blutgruppe AB. Oder lieber eine 30-jährige Hausfrau, Blutgruppe 0?« Ich nehme die Blutkonserven und deren Etiketten in Augenschein, bevor ich aufsehe, weil ich keine Antwort erhalte. »Magst du eher einen männlichen Spender?«

»N-Nein, nein!«, winkt der Anzugträger ab und massiert sich den Nasenrücken mit Daumen und Zeigefinger. »Hast du vielleicht etwas Normales?«

Ich schließe die Kühltruhe wieder und lege fragend den Kopf schief. Was versteht ein Vampir schon unter ›normal‹?

»Cognac?«, erkundigt sich mein Gegenüber fast flehend, als er mein Zögern richtig deutet.

Damit kann ich dienen. Ein Nicken später sage ich: »Kommt sofort!«

Und da haben wir es. Vampire nehmen nicht nur Blut zu sich. Anscheinend lassen sich alte Gewohnheiten selbst im Vampirdasein nicht abstellen.

Ich wende mich ab, um ihm sein Getränk zuzubereiten. Die halbe Minute, die ich dafür benötige, hat eine Kollegin genutzt, um sich neben den gut aussehenden Vamp zu setzen und ihn zu bezirzen. Er scheint darauf einzusteigen, denn er lässt es zu, dass ihre Hand auf seinem Oberschenkel immer höher gleitet.

»Viel Spaß«, säusle ich und schiebe das Cognacglas mit der goldenen Flüssigkeit zu ihm.

»Danke«, sagt er hastig und greift danach, wobei seine kalten Fingerspitzen über meinen Handrücken gleiten.

Lächelnd wende ich mich von den beiden ab. Wenn er nicht an einem Dreier interessiert ist, ist mein Job hier gelaufen.

Lynn steht mit vor der Brust verschränkten Armen bei den Spirituosen und seufzt, als ich ihr Gesellschaft leiste. Ihr Blick wirkt verträumt und sie schaut dem Anzugträger schmachtend hinterher, als er sich mit seiner Begleitung zu einer Sitzgelegenheit am Rande des Raumes begibt.

»Sollte ich mich je in einen Kunden verlieben, dann in einen wie ihn«, raunt sie mir zu. Meine Augenbrauen schießen in die Höhe. So habe ich Lynn noch nie reden hören. Und Lynn erzählt viel, wenn die Nacht lang ist. »Er ist absolut heiß.«

Jetzt übertreibt sie definitiv. Ich fühle mich genötigt, etwas dazu zu sagen. »Jeder in diesem Raum ist absolut heiß.«

Schweigend verharren wir nebeneinander, wippen leicht im Takt der Musik und checken jeden männlichen Vamp im Umkreis von zehn Metern ab.

»Ja«, bestätigt Lynn und schnalzt mit der Zunge. »Aber er hat irgendetwas Unschuldiges an sich. Da steh ich total drauf. Und *er* steht total auf *dich.*«

Ich bin kurz abgelenkt, da ein junger Vamp an der Bar meine Aufmerksamkeit auf sich zieht. Er grinst mich an und hebt seinen Drink zum Gruß, bevor er ihn an den sinnlichen Mund führt.

Ich kaue auf meiner Unterlippe und lasse den Nachtschwärmer am Ausschank nicht aus den Augen. Vielleicht darf ich heute noch an seinen Lippen knabbern, wer weiß?

Dann sickert das Gesagte zu mir durch und ich schüttle vehement den Kopf, als ich in Lynns zartes Gesicht sehe. »Tut er nicht. Wir haben keine drei Wörter miteinander gewechselt.«

»Er steht auf dich«, beharrt meine Freundin weiter. »Ich verstehe nur noch nicht, weshalb er sich erst mit Kate abgibt und sein Ding nicht gleich in deine Muschi steckt.«

Fragen, die die Welt beschäftigen.

»Apropos Dinge irgendwo reinstecken. Weißt du, wer wieder da ist?«

Lynn wechselt manchmal so geschickt das Thema, dass ich kaum bemerke, ob wir noch über schlüpfrige Dinge debattieren oder uns schon über unsere letzten Freier lustig machen.

Gespielt ratlos stoße ich die Luft aus. »Lestat de Lioncourt? Draculas Enkel? Blade? Der kleine Vampir?«

Sie rammt mir ihren Ellbogen so hart in die Seite, dass ich erschrocken aufkeuche.

»Au! Wofür war das?«

»Für deine unnötige pädophile Anmerkung.«

»'tschuldigung.«

Plötzlich lacht Lynn los, was gar nicht zu ihrem anfänglichen Zorn passt. »Kein Problem. Ich weiß doch, dass du nur lustig sein willst. Klappt bloß nicht.«

Beleidigt ziehe ich eine Schnute. Dabei trifft mein Blick leider den des Anzugträgers, der gerade von Kate bestiegen wird. Völlig ungeniert setzt sie sich breitbeinig auf seinen Schoß und lässt ihre Hüften kreisen. Schnell sehe ich zur Seite.

»Wer ist denn wieder da?«, frage ich meine Kollegin, weil ich ehrlich neugierig bin, was für Klatsch sie zu berichten hat.

Ein Funkeln tritt in ihre Augen, als sie sich mir zuwendet und mit leiser Stimme spricht. »Maria hat Besuch. Ihr alter Freund beehrt uns genau in diesem Moment.«

Oh, forme ich stumm mit den Lippen, um zu signalisieren, dass ich verstanden habe.

Die Inhaberin des Bordells bedient Kundschaft eher selten. Wirklich selten, sehr, sehr selten, so *richtig* selten. Dass sie in ihren Gemächern verschwunden ist, hat meist nur eines zu bedeuten: *Er* ist wieder da. Oder Edward Cullen.

»Woher weißt du das so genau? Warst du wieder auf nächtlichen Streifzügen im Puff unterwegs? Hast dich hinter schweren samtenen Vorhängen verborgen und unter teuren Kanapees versteckt?«

Mit blankem Gesichtsausdruck sieht Lynn mich an. »Jetzt sei nicht albern. Ich habe ihn gesehen, mit eigenen Augen. Er kam einfach hier hereinspaziert.«

Was? Diesmal nicht durch die Hintertür?

Marias alter Bekannter, der mit Sicherheit eine wichtige Rolle in der düsteren Vergangenheit der Vampirfrau gespielt hat, lässt sich nur sporadisch blicken. Ich selbst habe ihn noch nie zu Gesicht bekommen, aber nicht nur Lynn schwärmt von ihm.

»Nein, nicht spaziert«, sinniert sie soeben weiter. »Er ist geradezu über den Teppichboden *geschwebt*. Diese Haltung, diese aristokratische Ausstrahlung. Gott, Lisa, er sieht in seinen altmodischen Klamotten einfach hervorragend aus.« Hatten wir das Thema bezüglich gut aussehender Vampire nicht eben schon? »Ich beneide Maria, dass sie ihm diese vom Leib reißen darf.«

»Lass sie das bloß nicht hören. Sie macht dich einen Kopf kürzer.«

Nachdenklich kaut Lynn auf der Innenseite ihrer Unterlippe herum. »Stimmt. Oder sie saugt mich aus.«

»Pflock durchs Herz?«

»Oh, ja. Unangenehm, sehr unangenehm.«

Wir kichern über unsere Albernheit, bis ich mich dazu entschließe, eine Runde zu drehen und die verwaisten Getränkegläser einzusammeln und zur Bar zu bringen.

Kate und ihr Begleiter erheben sich gerade, als ich Lynn meine Ausbeute über den Tresen reiche, das kann ich aus dem Augenwinkel beobachten. Leise gesprochene Worte dringen an mein Ohr, ich kann jedoch die genauen Äußerungen nicht verstehen. Lynns Mund verzieht sich zu einem wissenden Grinsen, als sie hinter mich blickt.

Erwartungsvoll drehe ich mich um und ja, natürlich fahre ich erschrocken zusammen, als der Anzugträger so dicht vor mir steht, dass meine Nasenspitze gegen seinen Krawattenknoten stößt.

»Verzeihung«, entschuldigt er sich sofort und macht einen Schritt zurück.

»Nichts passiert«, sage ich wahrheitsgemäß und widerstehe dem Drang, seine Krawatte richten zu wollen. Auch das Einstecktuch sitzt nicht mehr ganz so akkurat wie vor ein paar Minuten. Sicherlich ist Kate daran schuld. »Kann ich irgendwie helfen?«

Er scheint erleichtert, dass ich diese Frage stelle, denn er lacht sichtlich nervös auf.

»Kate hat mir angeboten, mich auf ein Zimmer zu begleiten«, teilt er mir mit und wirkt dabei peinlich berührt. Wäre er menschlich, würde er jetzt mit Sicherheit rote Ohren bekommen.

»Eine sehr gute Wahl«, bekräftige ich ihn für diese Entscheidung. »Kate ist eine ausgezeichnete Liebhaberin. Das weiß ich aus eigener Erfahrung.« Ich zwinkere ihm zu, doch meine anzügliche Bemerkung lässt ihn kalt.

»Das zweifle ich keinesfalls an«, beteuert er. Seine dunklen Augen huschen unstet umher, bis sie einen Anker finden und sich sein hoffnungsvoller Blick in mein Innerstes bohrt. »Ich hatte mich lediglich gefragt, ob eventuell die Möglichkeit besteht, dass wir beide …«

Er spricht nicht weiter. Ich bin so gemein und lasse ihn zappeln. Da muss er allein durch.

Ich schaue zu Kate hinüber, die mit den Schultern zuckt und sich dem nächsten Freier an den Hals wirft.

»Das kann ja niemand mit ansehen!«, ertönt es plötzlich lautstark hinter uns. Lynn. »Er will wissen, ob er dich vögeln darf!«

Sein Kopf dreht sich kurz zu Lynn, die vermutlich nur wieder irgendeine obszöne Geste zum Besten gibt. »So hätte ich es nicht formuliert«, sagt er leise und über die rhythmische Musik im Raum kaum zu verstehen.

»Du darfst mich trotzdem haben«, erkläre ich mich einverstanden und hake mich bei ihm unter, um ihn ohne weitere Umschweife die Treppe hinaufzugeleiten.

»Mein Name ist Lisa. Wie heißt du?«

»Henry.«

»Henry«, lasse ich mir seinen Namen auf der Zunge zergehen. Ich spreche ihn mit englischer Betonung aus und hoffe, dass ihm das gefällt. »Freut mich sehr, Henry.«

Er neigt den Kopf zu einer Begrüßung und würde mir sicherlich einen Handkuss schenken, würde ich mich nicht mit beiden

Händen in den knitterfreien Stoff seines Anzugs krallen und hätte er nicht immer noch seine Aktentasche bei sich.

»Was machst du beruflich?«, führe ich ein wenig Small Talk, während wir die Galerie passieren.

Nicht immer wollen Freier private Dinge über sich preisgeben. Zu welcher Sorte Henry wohl gehört?

»Ich bin Anwalt.«

Anerkennend schürze ich die Lippen, was mein Begleiter im schummrigen Licht des edel verkleideten Flurs jedoch nur schwer zur Kenntnis nimmt, weil er stur den Kopf gesenkt hält. Nicht ein kurzer Blick auf mein Dekolleté, kein Grapschen an meinem Hintern. Henry wirkt sehr zurückhaltend, was irgendwie niedlich ist. Ich bin gespannt, wie er sich gibt, wenn wir in der privaten Atmosphäre meines Zimmers unsere Ruhe haben.

»Mit welcher Spezialisierung?«, frage ich weiter und bleibe vor einer massiven Tür im ersten Stock des Etablissements stehen.

»Vampirrechte.«

Natürlich.

Die Vampire sind bereits jahrzehntelang Teil der Bevölkerung, Teil unserer Kultur. Somit brauchen sie Rechte, Pflichten, Regeln und Gesetze, an die sie sich selbstredend zu halten haben, wenn sie akzeptiert werden wollen.

Das Töten von Menschen steht auf der Ganz-böses-Dudu-Liste übrigens schon immer an erster Stelle! Kosten ist kein Problem, solange der Gegenpart damit einverstanden ist, aber wer einen Menschen leer saugt beziehungsweise gegen seinen Willen in ein Wesen der Dunkelheit verwandelt, bekommt es mit dem Gesetz zu tun und wird für alle Ewigkeit weggesperrt, so wie es sich gehört.

Ich löse mich von Henry, stoße die Tür auf und führe ihn ins Innere meiner Räumlichkeiten. Schlagartig wird mir klar, dass ich die Laken nicht neu bezogen habe, bevor ich den Raum verlassen habe. Aber vielleicht kann ich ihn ja dazu überreden, mich auf dem Kanapee zu nehmen.

Ich beobachte Henry, der unschlüssig in der Mitte des Raumes steht und die Inneneinrichtung auf sich wirken lässt. Das große Himmelbett, die schweren Vorhänge, dicken Teppiche, Kronleuchter, Öllampen und Beistelltische. Alles aus dunklem und verschnörkeltem Holz gefertigt, mit Brokat und Samt bezogen und in feinsten Goldtönen gehalten.

»Also«, raune ich leise, drücke die Tür hinter mir zu und lege den Riegel vor.

Ich gehe langsam auf Henry zu, der mir den Rücken zukehrt, und lasse meine Finger von seinen Schultern an sanft nach unten gleiten. Bei seinen Händen angekommen, löse ich die Tasche aus seinem Griff und stelle die lederne Aktenaufbewahrung an einen Stuhl.

»Was kann ich dir Gutes tun?«

Henry blickt über seine Schulter und dreht sich anschließend zu mir herum. Sofort öffnen meine Finger die Knöpfe seines Jacketts und helfen ihm, aus dem nachtblauen Kleidungsstück zu schlüpfen.

Ich will die Anzugjacke nicht einfach fallen lassen, da sie sich edel und teuer anfühlt, also hänge ich sie schnell über eine Stuhllehne, bevor ich mich Henry erneut zuwende.

»Dein erster Besuch in einem Bordell?«, will ich von ihm wissen, weil er mir noch immer nicht die Kleider vom Leib gerissen hat. Und das, obwohl wir bereits über zwei Minuten völlig allein sind.

»So offensichtlich?«

Seine Stimme klingt amüsiert, was ich merkwürdig finde. Die meisten anderen wären gekränkt, wenn man sie auf ihre Jungfräulichkeit, was Puffbesuche angeht, anspricht.

Ich ziehe die Schultern hoch und drücke meinen Körper gegen seinen. »Nicht schlimm, wir machen es uns einfach gemütlich.«

In geübten Bewegungen löse ich mit den Fingern seinen Gürtel. Ich sehe nach oben, und während ich seine Hose öffne, schauen wir uns stumm in die Augen. Sein Blick wird weich, als ich in seinen faszinierenden Iriden versinke. Das Braun seiner Augen ist bernsteinfarben gesprenkelt, der Rand von einer fast schwarzen Linie umzogen.

»Warte!«, ruft Henry plötzlich aus und greift nach meinen Handgelenken.

Ich halte inne und trete einen Schritt zurück, nachdem er mich aus seinem Griff entlassen hat.

»Wie willst du mich?«, frage ich und stemme in dem Versuch, besonders sexy auszusehen, eine Hand in die Hüfte.

Henry lockert seine Krawatte, bevor er antwortet und mit dem Kinn zum Bett deutet. »Setz dich doch.«

Ich schmunzle verrucht und schlendere betont langsam am Bettpfosten vorbei, um mich mit überschlagenen Beinen auf die Kante zu setzen und Henry zu mustern. Mit hochgezogenen Brauen warte ich auf weitere Befehle.

Henry ist mir mit seinen Blicken gefolgt und scheint wieder zufrieden über den Verlauf unseres Treffens. »Mach es dir … bequem.«

Sofort lasse ich mich nach hinten auf die Unterarme fallen und spreize lasziv die Beine.

Henry wirkt verwirrt. »Das sieht mir nicht sonderlich bequem aus«, äußert er.

Ich klopfe auf den leeren Bereich neben mir. »Dann leg dich doch zu mir.«

»Nein«, antwortet Henry so schnell, dass ich stutzig werde.

Ich beobachte ihn dabei, wie er den Krawattenknoten löst und den Binder ebenfalls über der Stuhllehne drapiert.

»Möchtest du zusehen, wie ich mich selbst berühre?«

Ich stütze mich auf einen Arm. Die Finger meiner anderen Hand wandern langsam an meinem Körper hinab zu meiner Mitte.

»Das ist nicht nötig.«

Henry verwirrt mich immer mehr. Ich darf ihn nicht anfassen, er will mich nicht anfassen, ich darf mich noch nicht einmal selbst anfassen. So einen Kunden hatte ich lange nicht mehr, um nicht zu sagen noch nie.

Er schaut sich suchend im Raum um und entdeckt die Tür zum Badezimmer, die leicht offen steht.

»Ich lasse uns ein Bad ein«, schlägt er sogleich vor und ich richte mich ehrlich begeistert auf.

»Prima Idee.«

Der Ansatz eines Lächelns zeigt sich auf seinen Lippen, als er ins Bad eilt und ich schon bald darauf das charakteristische Plätschern von eingelassenem Badewasser höre.

Ich verharre noch so lange auf meinem Platz, bis Wasserdampf durch die geöffnete Tür strömt. Dann folge ich Henry, der vor der großen frei stehenden Badewanne mit gusseisernen goldenen Füßen steht. Er beugt sich über die Wanne, lässt seine Hand hinabgleiten und verteilt mit leichten Bewegungen den Badezusatz im heißen Wasser.

Ich bin so gebannt von dem Muskelspiel unter seinem engen Hemd, dass ich erst wieder zu mir komme, als er sich direkt vor mir aufbaut. Die Spitzen seines Haares sind bereits nass vom Wasserdampf.

Ich streiche eine Locke aus seiner Stirn und lege den Kopf schief. »Soll ich dich ausziehen?«

»Das schaffe ich allein«, erteilt er mir eine Abfuhr und beginnt sein Hemd aufzuknöpfen.

Ich kann mir nicht verkneifen, einen Blick auf seinen glatten, durchtrainierten Körper zu werfen, als er sich entblößt und das helle Kleidungsstück über den Wäschekorb neben der Tür legt.

»Willst du *mich* ausziehen?«, frage ich vorsichtig, als er sich erneut der Wanne widmet, um das Wasser abzudrehen.

Kurze Zeit wird es komplett still im Raum, nur durchbrochen von dem Tropfen des Wasserhahns und dem leisen Knistern des Badeschaums.

»Nein«, flüstert Henry, richtet sich wieder auf und schaut mich prüfend an, während ich nur eine Armlänge von ihm entfernt stehe und mich endlich daranmache, die Verschlussösen meiner Corsage zu lösen.

Ich lasse sie achtlos zu Boden fallen und beginne sogleich aus dem Höschen zu steigen und die schwarzen Strümpfe von meinen Beinen zu schälen.

Derweil ich mich entkleide, tut Henry es mir gleich. Nackt, so wie Gott und das Vampirgenom uns schufen, stehen wir stumm beisammen.

Ich riskiere einen Blick hinab zu seinen Lenden und schürze wohlwollend die Lippen. Ja, damit kann ich arbeiten.

»Ich hoffe, es ist nicht zu heiß«, sagt er. Dabei reicht er mir seine Hand und hilft mir, über den Rand der Badewanne zu klettern.

Ich brauche ein paar Sekunden, bis ich entschieden habe, dass die Temperatur genau richtig ist. Dann gleite ich ins Wasser, lehne mich zurück und beobachte Henry, wie er sich, ohne zu zögern, zu mir gesellt und es sich mir gegenüber bequem macht. Unsere Beine stoßen aneinander, als ich meine zwischen seine schiebe, aber ich werde einen Teufel tun, meine Position zu ändern.

Warmes Wasser schwappt um uns herum und ich rufe mir den Anblick seines nackten Körpers, der mir nun großteils durch zu viel Schaum verwehrt ist, in Erinnerung. Henrys bloße Erscheinung lässt mich schon ganz wuschig werden. Seine definierten Muskeln und die starken Arme lassen meine Lust wie sturmgepeitschte Wellen gegen die Küste schlagen. Wenn ich seine Hände nicht gleich auf mir und seinen beachtlichen Schwanz in mir spüre, werde ich mit Sicherheit wahnsinnig.

Doch Henry unternimmt keinerlei Anstalten, den ersten Schritt zu tun, sondern lässt seine Finger immer wieder genüsslich langsam über die weiße Beschichtung der Badewanne gleiten.

Ich habe genug davon, strecke ein Bein aus und wage mich mit den Zehen tastend immer weiter seinen Oberschenkel hinauf. Als mein Fuß seine Männlichkeit streift, schreckt Henry auf und rückt etwas von mir fort.

Ich ziehe mein Bein zurück, rutsche jedoch entschlossen nach und knie mich direkt zwischen seine Schenkel. Lüstern grinsend taste ich nach seinem Glied, und erneut halten mich seine Hände davon ab, weiter zu gehen, als meine Fingerspitzen die weiche Haut berühren.

Enttäuscht setze ich mich auf meine Fersen. Ich dachte, die entspannte Atmosphäre würde Henry helfen etwas aufzutauen. Weit gefehlt.

»Irgendetwas gibt mir Grund zu der Annahme, dass du nicht zum Pimpern hier bist.«

Henry lacht. Laut. Aufrichtig. Und befreiend. Seine spitzen Eckzähne blitzen dabei hervor und lassen ihn in diesem Moment um einiges attraktiver aussehen, als er es ohnehin bereits ist.

Henry ist einfach unbeschreiblich sexy.

»Was hat mich verraten?«, fragt er, immer noch lachend.

»Ach, ich weiß nicht«, überlege ich scherzhaft und bin froh, dass das Eis nun offenbar gebrochen ist. Schlagartig fällt mir etwas ein. »Stehst du auf Männer? Angelo ist nur samstags da.«

»Nein, schon gut«, beruhigt er mich und entspannt sich zunehmend. »Ich bin nur hier, um …«

»… zu reden«, beende ich seinen Satz und nicke verstehend.

Daher weht also der Wind. Meine Libido ist schwer enttäuscht und will bei der nächstbesten Gelegenheit Selbstmord begehen.

»Ich bin die meiste Zeit meines Daseins mit Verbrechen und den Abgründen vampirischer Schicksale beschäftigt. Ein Freund hat Angst, dass ich vereinsame, und ist der Meinung, ich brauche … Ablenkung und bessere Gesellschaft.«

Ich horche auf. »Welcher Freund rät denn zu einem Bordellbesuch für bessere Gesellschaft?«

Henrys Gesicht zeigt Einsicht. »Es war ein Mandant.« Noch immer stimmt mich diese Aussage nicht zufrieden. »Ein sehr … spezieller Mandant.«

Mehr werde ich nicht aus ihm herausbekommen, also nicke ich und begebe mich zurück auf meine Seite der Badewanne, wo ich schmerzerfüllt aufstöhne, als sich mein Rücken zu Wort meldet.

Mist, ich habe die Schmerztabletten vergessen.

»Geht es dir gut?«, fragt Henry ehrlich besorgt, der meine Unpässlichkeit natürlich mitbekommen hat.

Ich versuche, das Thema abzutun, und schüttle abwehrend den Kopf. »Nur eine leichte Verspannung. Erzähl, wie alt bist du eigentlich?«

»Das sage ich dir, wenn du dich umdrehst und mich an dich ranlässt.« Er merkt selbst, dass diese Aussage doppeldeutig klingt, denn seine Augen weiten sich kurz erschrocken. Mein schiefes Grinsen hätte nicht einmal sein müssen.

»Schon gut«, äußere ich schnell. »Das muss dich nicht kümmern. Was sind deine Hobbys?«

»Dreh dich um!«, fordert er plötzlich mit so energisch donnernder Stimme, dass ich mir sehr gut vorstellen kann, wie er im Gerichtssaal alle zur Sau macht, die nicht unter seinem Schutz stehen.

Ich gehorche also, drehe ihm meine Kehrseite zu und fühle, wie er so nah an mich heranrückt und seine Beine um mich legt, dass ich nicht verstehe, was so schlimm daran war, als ich vorhin Nähe suchte.

»Wo tut es weh?«

Mit den Fingern schiebt er mein langes blondes Haar zur Seite, sodass es mir nach vorn über die Schulter rutscht, und fährt vorsichtig meinen Rücken entlang.

»Weiter unten«, verrate ich und muss schmunzeln, während ich seine Hände nun doch so zärtlich auf meiner Haut spüre.

Henry tastet sich vor, massiert Stellen, an denen Verspannungen sitzen, und drückt auf Punkte, wo er den verklemmten Nerv vermutet.

»Eigentlich sollte ich *dir* etwas Gutes tun«, rufe ich ihm in Erinnerung.

»Warum hast du Grund zu der Annahme, dass das hier nicht gut für mich ist?«

»So meinte ich das nicht.«

»Ich weiß, wie du es meintest. Aber mach dir keine Gedanken. Ich bin froh, wenn ich helfen kann.«

Berufskrankheit?, denke ich nur.

»Hundertzehn«, sagt er dann leise, gerade als ich genießend meine Augen schließen will. »Autorennen.«

»Hm?«

»Mein Alter und mein Hobby.«

»Hast dich gut gehalten.«

Ein Schnaufen ertönt hinter mir, das ich als Lachen deute.

»Was ist mit dir?«, erkundigt er sich.

»Siebenundzwanzig«, erkläre ich. »Und … ich singe gern.« Noch bevor er fragen kann, nehme ich Henry jeden Wind aus den Segeln. »Ich werde jetzt *nicht* für dich singen. Dafür müsstest du mich schon in eine Karaoke-Bar schleppen und vorher mit fünf Tequilas betrunken machen. Minimum.«

Henrys Körper vibriert, als er leise lacht. »Abgemacht.«

Es war als Scherz gedacht, aber plötzlich sehe ich mich mit Henry um die Häuser ziehen. Ob privat oder beruflich – wobei er den üblichen Minutensatz an das ›Zum schwarzen Mond‹ abtritt –, will ich in meinem Tagtraum nicht einbringen.

Henrys Massage stoppt nach einer Weile des Stillschweigens und seine Hände kommen auf meinen Hüften zum Ruhen.

»Danke.« Ich lehne mich nach hinten, spüre seine harte Brust an meinem Rücken und seine Arme, die sich über meinem Bauch kreuzen.

»Gern«, sagt er, legt sein Kinn an meine Schläfe und hält mich fest.

Kein Atem streift meine Haut, kein Brustkorb hebt und senkt sich unter mir. Das und die leichte Kühle seiner Haut, die ich trotz des warmen Wassers fühle, zeigen mir, dass er nicht menschlich ist.

Ich muss weggenickt sein, denn das Wasser ist unangenehm lau, als ich die Augen öffne. Henry bewegt sich unter mir und ich drehe mich um, als er die Umarmung löst. Entschuldigend sieht er mich an.

»Weißt du, wie spät es ist?«, will er wissen.

Durch die geöffnete Badtür erhasche ich einen Blick ins Hauptzimmer. Über einer Kommode neben dem Bett ist eine antik aussehende Uhr angebracht, von der ich die Zeit ablesen kann.

»Halb zwei«, sage ich an Henry gewandt, der gleich darauf die Lippen schürzt.

»Tut mir leid, ich habe noch einen Termin.«

Henry steht auf, kaltes Wasser schwappt um mich herum, was mich frösteln lässt. Schnell entsteige auch ich der Wanne und will nach einem Handtuch greifen, doch mein Gast kommt mir zuvor und wickelt mich in ein schwarzes Flanellhandtuch.

»Danke«, bringe ich leise hervor.

Henry schenkt mir ein aufrichtiges Lächeln, bevor er sich trocken reibt und in seinen maßgeschneiderten Anzug schlüpft. Ich setze mich auf den Wannenrand und beobachte jede seiner Bewegungen.

»Danke für deine Zeit«, verabschiedet er sich und verlässt das Bad.

Ich folge und will ihm die Krawatte neu binden, doch er steckt sie lediglich in seine Tasche und legt das Jackett, an einem Finger baumelnd, über seine Schulter.

»Darf ich wiederkommen?«, fragt er, als er schon fast bei der Tür ist.

Mein Herz macht einen eigenartigen Hüpfer, als er mich mit seinen unergründlichen Augen so unsicher mustert.

Ich würde nie zu einem Kunden sagen, dass ich ihn nicht mehr sehen will, aber bei Henry ist dies nicht einmal gelogen.

»Das würde mich sehr freuen«, erwidere ich deshalb, trete neben ihn und entriegle das Türschloss.

Henry neigt verabschiedend das Haupt, trägt ein leichtes Lächeln zur Schau und wünscht mir eine gute Nacht, bevor er in der Düsternis des Ganges verschwindet. Mit einem Mal taucht sein schönes Gesicht erneut auf.

»Keine hastigen Bewegungen, ein bis zwei weitere Massagen und ein Wärmepflaster für den Tag, dann sollte der Rücken schnell wieder besser werden.«

»Danke, Henry.«

Er nickt erneut, ich schließe die Tür hinter ihm und nehme mir vor, das Zimmer auf Vordermann zu bringen, nachdem ich mich wieder in mein Arbeitsoutfit gequetscht habe.

Mit dem Bad bin ich bereits fertig und widme mich soeben dem Bett, als die Tür auffliegt und Lynn in den Raum prescht.

»Na?«, fragt sie, schwingt die Hüften und zieht das Wort so sehr in die Länge, dass es nervt. »Wie war er?«

»Nett«, antworte ich wahrheitsgemäß und stopfe das Ende des Lakens unter die Matratze.

»Nett? Was meinst du mit *nett?!*«

»Was glaubst du, was ich meine?«, entgegne ich, richte mich auf und betrachte mein Werk.

»Ob er dir das Hirn rausgevögelt hat, will ich wissen, was denn sonst?«

Lynn lässt sich auf das Bett fallen und rekelt sich verführerisch auf dem frischen Betttuch.

»Wir hatten keinen Sex«, kläre ich sie auf.

Verdutzt hält sie in ihren Bewegungen inne. Ihr angehobenes Becken reckt weit in Richtung Betthimmel. »Bitte? Was habt ihr zwei Stunden lang getrieben?«

»Ein Bad genommen«, sage ich wahrheitsgemäß und werfe mich neben sie, sodass unsere Körper auf der Matratze auf und ab wippen.

»Scheiße«, raunt Lynn enttäuscht. »Den sehen wir nie wieder.«

Abwarten.

Kapitel 2

Auf der Suche nach jemandem, der mir die Langeweile nimmt, schlendere ich ein paar Tage später durch den Empfangsbereich des ›Zum schwarzen Mond‹. Ich entdecke Lynn ganz am Ende der Bar. Sie bereitet einem Kunden Freude, indem sie mit der Hand unverblümt das Gemächt des sehr jung aussehenden Vamps verwöhnt.

Dann gleitet meine Aufmerksamkeit zu einem Neuankömmling. Blonde, lange Haare, Bikerklamotten, stechender Blick. Der Kerl kommt so schnellen Schrittes durch den Vorhang aus dem Bereich für die Sicherheitskontrollen gerast, dass ich annehme, seine Eier würden explodieren, sollte er nicht augenblicklich etwas vögeln.

Mich, in dem Fall, denn ich mache einen Ausfallschritt und versperre ihm den Weg.

»Hallo, Hübscher«, säusle ich und zeige meinen besten Augenaufschlag.

Er springt sofort darauf an. Bei meiner Begrüßung blitzen seine spitzen Eckzähne in einem leichten Lächeln hervor.

Er greift nach meinem Oberarm und zerrt mich förmlich zur Treppe, hinauf in die erste Etage.

Da hat es jemand *wirklich* eilig. Mehr als ein Quickie wird daraus wohl nicht resultieren.

»Wo ist dein Zimmer?«, fragt er atemlos und beginnt beim Gehen meinen Hintern zu kneten.

Am oberen Ende der Treppe deute ich nach rechts und wir hasten gemeinsam den Gang entlang.

Blondie öffnet bereits seine Hose, als ich noch dabei bin, die Tür in meine Räumlichkeiten zu öffnen.

Der schwere Duft von vampirischem Räucherwerk wabert durch den Raum, als mein Kunde Tür und Schloss derart stark hinter uns zuknallt, dass der Kronleuchter wackelt und die gläsernen Lampenschirme leise klimpern.

Ich habe kaum Zeit zu reagieren. Mit vampirischer Schnelligkeit werde ich an der Taille gepackt, herumgewirbelt und gegen das massive Holz der edlen Tür gedrückt. Sein Körper presst sich gegen meinen, seine Erektion drückt hart gegen meinen Bauch. Die Hände des Vamps massieren meinen Busen, bevor sie in südlichere Richtung gleiten.

Ein leises Stöhnen entweicht mir, als er mein Höschen zur Seite zieht und einen Finger in mich schiebt. Sein Daumen streichelt dabei in kreisenden Bewegungen über meine lustvollste Stelle und ich werfe angeturnt den Kopf in den Nacken.

Alles klar, ich bin scharf auf ihn. Bei ihm brauche ich kein Gleitgel.

Während kalte Lippen gegen meinen Hals gepresst werden, spüre ich einen Ansatz von Eckzahn, der über meine Haut schrammt, jedoch ohne diese zu verletzen.

Moment!

Ich packe sein langes Haar und reiße seinen Kopf in den Nacken, sodass er mich ansehen muss. Gegen Vampirstärke komme ich eigentlich nicht an, mein Glück, dass er es knurrend geschehen lässt.

»Siehst du das?«, frage ich leise und deute mit der anderen Hand auf die nackte Stelle an meiner Schulter. Sein lustverklärter Blick folgt meinem Fingerzeig. »Keine Lilie. Du weißt, was das bedeutet?«

Blondie nickt, lässt von meiner Mitte ab – nein, mach weiter! – und fummelt stattdessen an den Ösen meiner Corsage herum. Er will mich küssen, doch ich drehe den Kopf zur Seite.

»Sag es«, fordere ich.

»Ficken ja, saugen nein«, antwortet er artig.

»Braver Junge«, hauche ich, streichle seinen Hinterkopf und drücke zur Belohnung meine Lippen gegen seine.

Kalte Hände greifen mich erneut und zerren mich zum Bett. Schnell steigt Blondie aus der viel zu eng gewordenen Jeans und lässt sich auf das Bett fallen, was mir Zeit gibt, seinen erigierten Penis zu betrachten.

Alles in Ordnung, er ist gut bestückt. Irgendwie fühle ich mich bei dem prallen Anblick an meinen Lieblingsvibrator erinnert.

»Reite mich«, knurrt er und lehnt sich abwartend zurück.

Rasch schlüpfe ich aus meinem Höschen und lasse es zu Boden fallen, bevor ich auf ihn krabbele und meine Knie gegen seinen Oberkörper presse. Kurz beneide ich ihn um sein ›Guns n' Roses‹-Shirt, doch dann übernimmt pure Lust die Kontrolle, als ich mich auf seine Mitte setze und er in mich gleitet.

Ja, wir tun es ohne Gummi. Vampire können keine Krankheiten übertragen, geschweige denn Babys machen.

Blondies Knurren wird zu einem rauen Stöhnen, als er meine Hüften packt, die ich nach allen Regeln der Kunst kreise, um ihn noch weiter zu stimulieren. Ich sehe in seine Augen, beuge mich nach vorn und stütze meine Unterarme neben seinen Oberkörper, während er dazu übergeht, seine Hände an meinen Hintern zu legen und somit das Tempo vorzugeben.

Die Minuten vergehen, akustisch untermalt durch unser gemeinsames lustvolles Stöhnen.

»Jetzt bin ich dran«, fordert er schließlich, richtet sich mit mir auf und ändert unsere Position.

Nun liege ich unten und spreize die Beine, als er mich in die Kissen drückt. Mit jedem Stoß füllt er mich zur Gänze aus, dringt so tief in mich ein, dass ich die sinnlichen Seufzer nicht einmal spielen muss.

Blondies Rhythmus wird schneller, seine Bewegungen unkontrollierter, das Pulsieren zwischen meinen Beinen immer stärker. Er wird gleich in mir kommen, also kralle ich meine Finger in sein Shirt und bäume mich ihm entgegen. Jeder Muskel meines Körpers ist angespannt, um ihn noch mehr zu erregen und somit zum Höhepunkt zu bringen. Mit Erfolg.

Als er sich in mir ergießt, breitet sich Kälte in meinem gesamten Körper aus. Ein Gefühl, an das man sich gewöhnen muss, wenn man Vampsex hat.

Kaum ebben die Wellen seiner Lust ab, entzieht er sich mir und schlüpft in seine Jeans.

»Danke«, ruft er mir noch zu, entriegelt die Tür und lässt mich keuchend und allein zurück.

Ja, wenn jede Minute zählt, haben es einige Freier nach dem Orgasmus schrecklich eilig. Da ist er nicht der Einzige.

Ich widerstehe dem Drang, selbst Hand anzulegen und zu Ende zu bringen, was Blondie begonnen hat. Da es wirklich nur ein Quickie war und ich kaum gefordert wurde, kann ich heute

Nacht gut und gern mindestens fünf Runden drehen. Ich komme schon irgendwie auf meine Kosten.

Gerade schließe ich die Badezimmertür hinter mir, als ich erschrocken zurücktaumle und gegen das massive Holz knalle.

Auf der Bettkante sitzt ein zartes Mädchen, kreidebleich, mit blutverschmiertem Hals, glasigen Augen, aber einem Lächeln im Gesicht, als hätte sie das Himmelreich gesehen.

»Lynn!«, zische ich sie an und schürze die Lippen.

Ich heiße es nicht gut, wenn sie sich aussaugen lässt, sage aber nichts dazu, denn das ist ihre Sache. Trotzdem gleitet mein Blick kurz über ihre blutende Kehle. Da, wo die Fänge ihres Freiers die Haut durchbohrt haben, klaffen aufgefetzte Wunden. Enzyme im Vampirspeichel sorgen dafür, dass sich diese schnell wieder schließen. Ich finde den Anblick dennoch grauenhaft.

»Ich hatte gerade den besten Fick meines Lebens«, lallt sie und ich verdrehe die Augen. Toll. Ihr letzter Kunde hat auch noch zu viel getrunken. »Der Kerl hat mich gerammelt wie ein Wahnsinniger. Aber ich fand's geil, *so* geil!«

»Besorgen wir dir erst einmal eine Bluttransfusion«, schlage ich vor, gehe zu ihr und will ihr auf die Beine helfen, doch sie wehrt sich und sieht plötzlich aus wie ein halb zu Tode gehetztes Wild.

»Das kann warten«, ruft sie aus und packt mich an den Oberarmen. Obwohl das ausgetretene Blut bereits geronnen an ihrer Haut klebt, steigt mir metallischer Geruch in die Nase. »Wir haben gerade ein viel größeres Problem.«

Gelangweilt setze ich mich neben sie und fange an, beruhigend auf sie einzureden. »Nein, du wirst jetzt nicht zum Vampir. Die ewige Jugend kannst du dir für heute Nacht abschminken. Der Blutverlust macht dich nur blöd, aber nicht zur Vampirbraut.

Dafür hättest du Vampirblut trinken müssen. Und das hast du schließlich nicht, oder?«

Ich weiß nicht, wie oft wir diese Unterhaltung bereits geführt haben. Es ist jedes Mal, als würde Lynn spontan an Demenz erkranken, wenn sie sich beißen lässt.

»Nein«, schmollt sie, tatsächlich etwas betrübt. »Aber das meine ich nicht.« Sie sieht mich mit ihren großen blauen Augen wie vom Schlag getroffen an.

Ich bin noch immer nicht von der Dringlichkeit ihres Anliegens überzeugt. Lynn macht aus einer Fledermaus bekanntlich oftmals einen Werwolf.

»Was ist es denn?«, frage ich, lasse mich nach hinten auf das Bett fallen und sehe in einer schemenhaften Erinnerung Blondie über mir auftauchen.

Zwischen meinen Beinen beginnt es zu kribbeln.

Lynn, offenbar unfähig, tatenlos sitzen zu bleiben, taumelt hinüber zu meinem antiken Schminktisch. Dort tigert sie rastlos ein paar Schritte hin und her, bevor sie es sich anders überlegt und auf dem gepolsterten Stuhl davor Platz nimmt.

»Du weißt, dass Maria übers Wochenende in Paris ist?«

»Ja«, sage ich lang gezogen. Maria nennt es Geschäftsreise, wir nennen es hinter vorgehaltener Hand Täubchenrekrutierung, da wir nach Marias Reisen meist neue Kolleginnen mit exotischem Akzent bekommen. »Und sie wird nicht vor Montag wieder hier sein.«

»Richtig«, stimmt Lynn mir mit zittriger Stimme zu und wirkt absolut verzweifelt.

»Warum ist das wichtig?« Ich drehe meinen Kopf so, dass ich sie gut im Blick habe, obwohl sie mich nicht beachtet, sondern einen Punkt irgendwo in der Raummitte fixiert, den nur sie erkennen kann. »Wir schaukeln den Laden für ein paar Tage auch ohne sie.«

Mit einer fahrigen Geste streicht sie sich das kurze Haar aus der Stirn. Dabei bemerke ich getrocknetes Blut, das an ihren Fingern klebt.

»Nehmen wir einmal an, dass ihr alter Freund auf sie wartet. Ausgerechnet heute. Hier und jetzt, in ihrem Zimmer.«

Ich werde hellhörig und richte mich zur Hälfte auf, indem ich mich auf meine Unterarme stütze. »Wieso sollten wir das annehmen?«

»Weil ich gesehen habe, wie Antonia, diese nichtsnutzige Kuh, ihn hinaufgeleitet hat. Weißt du, was das heißt?«

Ich zeige keine Reaktion, und wie erhofft spricht Lynn einfach weiter.

»Wenn Maria nicht greifbar ist, müssen wir ihn wegschicken. Er wird furchtbar ungehalten sein und derjenigen, die ihm die Nachricht überbringt, wahrscheinlich sogar die Kehle zerfetzen. Maria wird nach ihrer Rückkehr von unserer Unfähigkeit erfahren und uns alle töten. Oder schlimmer … Sie wird uns feuern und wir …«

»Stopp«, unterbreche ich ihre Ausführungen, bevor sie noch beginnt zu hyperventilieren. Ihre blühende Fantasie tut ihr gerade nicht sonderlich gut. Ich richte mich zu voller Größe auf. Mit Schuhen sind das immerhin stattliche eins fünfundsiebzig. Ja, ich bin ein Riese. »Wir schicken niemanden unverrichteter Dinge weg. Wir machen es einfach wie immer, wenn ein Stammkunde urplötzlich auftaucht und sein Lieblingsmädchen nicht greifbar ist.«

Lynn sieht mich an, als wäre der Leibhaftige in mich gefahren. Vielleicht ist er das auch. Das weiß man manchmal nie so genau.

»Wir sollen ein anderes Mädchen zu ihm schicken?!«

Ich hebe die Schultern zu einem Zucken. »Wieso nicht?«

Lynn beginnt, auf ihren Nägeln zu kauen und meinen Vorschlag abzuwägen.

»Ja«, sagt sie letztendlich in Gedanken versunken. Sie nickt abwesend und ich bin mir nicht sicher, ob diese Bewegung ihrem Schwindelgefühl guttut. »Das könnte funktionieren.«

»Natasha soll gehen«, schlage ich sogleich vor.

»Bist du verrückt?« Natashas Erwähnung holt Lynn augenblicklich aus ihrer Lethargie. »Die stammt aus einer Bauernfamilie. An schlechten Tagen kann man den Dung förmlich an ihr riechen. Für ihre Laufkundschaft ist sie vielleicht gut genug, aber nicht für einen Grafen.«

Blinzelnd sehe ich zu Lynn hinüber, die während ihrer Schimpftirade dazu übergegangen ist, mit einem Abschminktuch ihren Hals zu säubern.

»Bitte was?«, frage ich verblüfft.

Durch den Spiegel hindurch sieht sie mich mit wieder klarem Blick aus aufgeweckten Augen an. »Er ist adelig, wusstest du das nicht?«

»Nein. Woher denn?«

»Hätte ich ihn sonst aristokratisch genannt?«

Ich werfe die Hände in die Luft. »Was weiß ich?«

Egal. Die adelige Abstammung von Marias Freund tut nichts zur Sache. Wir hatten hier schon ganz andere Kaliber. Bürgermeister, Politiker, Schauspieler …

»Dann eben Mikaela«, schlage ich weiter vor und trete neben meine Freundin.

»Ist auf Hausbesuch.«

»Sindy?«

»Zu fett.«

»Vicky?«

»Zu dünn.«

»Rosalie?«

»Spricht kaum unsere Sprache.«

»Muss sie das denn?« Ich verstumme, als ich ihren Blick bemerke, und gehe nicht weiter darauf ein. »Amelie?«

»Ist gerade mit zwei Brüdern auf ihr Zimmer gegangen.«

Langsam verliere ich die Lust daran, all die Namen der infrage kommenden Mädchen herunterzubeten, und sehe Lynn vielsagend an. »Was ist mit dir?«

Lynn bedenkt mich mit einem Ausdruck, der ebenso gut Blitze werfen könnte.

»Sehr witzig«, antwortet sie und rubbelt mit dem Tuch über ihre frisch aufgerissene Wunde. »Ich kann mich kaum auf den Beinen halten.«

Zugegeben, eine leichte Blässe ist in Lynns Gesicht zu erkennen. ›Der wandelnde Tod‹ wäre eine passende Umschreibung, wenn ich sie mit einem Buchtitel vergleichen müsste. Ed Sheeran ist ein braun gebrannter Sonnenanbeter im Vergleich zu Lynns derzeitiger Erscheinung.

»Du sollst dich ja auch nicht auf den Beinen halten, sondern dich hinlegen und selbige breit machen«, kontere ich trotzdem und fühle mich augenblicklich mies.

Lynn ist zu schwach, um mir diesbezüglich Paroli bieten zu können. Sie dreht langsam den Kopf in meine Richtung, wirft das benutzte Schminktuch auf die Tischplatte vor sich und sieht mich müde lächelnd an.

»Du musst gehen«, sagt sie schließlich leise. Ich hätte es fast überhört. »Das ist das einzig Logische.«

»Hm?«

»Komm schon, Lisa. Du bist Marias Liebling, das beste Pferdchen im Stall.«

»Bin ich nicht.«

Bin ich wirklich nicht. Amelie hält den Rekord der am meisten gevögelten Nutte im Etablissement. Ich bin nur auf Platz vier oder fünf. Aber wer zählt schon mit und macht daraus einen Wettbewerb?

»Niemand sonst wäre gut genug«, beschwört Lynn mich weiter. »Wir dürfen den Grafen heute nicht als Kunde verlieren. Wenn Maria von unserem Versagen erfährt, können wir uns eigenhändig einen Pflock durchs Herz jagen.«

Oh ja, das würde bestimmt riesig werden.

Ich sehe sie ausdruckslos an. Ihre himmelblauen Augen blinzeln mir flehend entgegen und ich ergebe mich letzten Endes stumm meinem Schicksal.

Eigentlich ist es egal, wer mein nächster Kunde ist. Vielleicht lässt ein Freier aus hohem Hause ja einiges an Trinkgeld springen. Unter Umständen kann ich mir schon morgen eine größere Wohnung mit Garten leisten. Und ein Haustier.

Aber warum bin ich plötzlich so nervös? Vermutlich, weil es sich um Marias Bekannten handelt. Ja, daran muss es liegen. Wenn er genauso respekteinflößend ist wie die Leiterin des Hurenhauses, dann Gnade mir … sonst wer.

Auf meinem Weg zur Tür atme ich tief durch und kann nur erahnen, dass mir Lynn eine Kusshand nachwirft.

»Ich liebe dich dafür. Du rettest unseren Arsch. Du bist die Erretterin der Ärsche, merk dir das!«

»Jaja«, tue ich ihre plötzliche Liebesbekundung ab und wende mich zum Gehen. Ich bin schon fast durch die Tür, als mir etwas einfällt und ich innehalte. »Wie spricht man einen Grafen eigentlich an?«

Lynn scheint genauso ratlos wie ich, als ich einen Blick zurückwerfe und sie nur mit den Schultern zuckt.

»Euer Erlaucht? Hochwohlgeboren? Lass dir was einfallen. Und vergiss, um Teufels Gnaden, nicht zu knicksen.«

Durch Lynns lieb gemeinte Tipps fühle ich mich eher entmutigt und stöckle los, ohne mich noch einmal umzusehen.

»Und sieh ihm nicht in die Augen!«, schreit mir Lynn durch die halbe Etage nach.

Wieso soll ich ihm nicht in die Augen sehen? Ist er die Medusa und ich muss ihm den Kopf abschlagen, um nicht zu Stein zu erstarren?

Der Weg in Marias Gemach führt mich in den dritten Stock des Etablissements. Als ich die Treppe nach oben nehme und mein Blick über den Eingangsbereich schweift, erwacht in mir kurz die Hoffnung, den Haarschopf eines gewissen Anwalts ausfindig zu machen, worüber ich mich sogleich selbst ärgere, denn meine jetzige Mission ist eine andere.

Es gilt, Marias, wie ich annehme, äußerst wohlhabenden und einflussreichen Stammkunden zu befriedigen. Und trotzdem ist er ein Kunde wie jeder andere. Ich muss überhaupt keine Bedenken haben. Was soll schon passieren? Ich werde das jetzt nicht verbocken.

Vor Marias Eichentür halte ich inne. Meine Hand liegt bereits auf der Klinke, doch ich zögere. Nach kurzem Überlegen rufe ich mich gedanklich zur Vernunft. Mein Verhalten ist lächerlich. Schließlich stehe ich nicht unmittelbar vor meiner Entjungferung, sondern übe diese Tätigkeit fast täglich aus. Also greife ich nach der Türklinke und trete ein.

Marias Privatgemach ist groß. Groß und finster. Keine Lichtquelle taucht das erlesene Interieur in anheimelnde Helligkeit.

Ist der Graf schon da und lauert in der Dunkelheit?

Ich schließe die Tür hinter mir. »Hallo?«

In Horrorfilmen erhält man auf diese simple Frage der Kontaktaufnahme meist keine Antwort. So auch ich.

Mit den Fingern fahre ich suchend an der tapezierten Wand entlang und taste nach einem Lichtschalter, kann jedoch keinen ausfindig machen. Ich fluche leise, aber ausgiebig.

Noch bevor ich mich an die vorherrschende Düsternis gewöhne, durchquere ich rasch den Raum und steuere die großen Fenster an der gegenüberliegenden Seite an. Mit ausgestreckten Armen tapse ich durch die Dunkelheit, hoffe, dass ich mich nicht irgendwo stoße, und ziehe letztendlich einen der Vorhänge beiseite, als ich dicken Stoff an meinen Händen spüre.

Das fahle Licht des zunehmenden Mondes spendet wenigstens etwas Helligkeit. Sofort fühle ich mich ein wenig wohler und betrachte den Himmelskörper in einem Moment der Melancholie.

»Ich muss gestehen, dass ich jemand anderen erwartet hatte«, sagt eine kühle und dennoch klangvolle Stimme hinter mir.

Mist. Er ist doch anwesend. Wie unhöflich ist es bitte, nicht auf mein vorangegangenes ›Hallo‹ zu antworten?

Langsam wende ich mich zum Kamin, nehme die stattliche Silhouette des Grafen nur sehr schwach wahr, vollführe einen Knicks und senke ergeben das Haupt.

»Eure Exzellenz«, begrüße ich den herrschaftlichen Gast und hoffe, alles richtig gemacht zu haben, denn was die Etikette im Umgang mit Adeligen angeht, muss ich zu meiner Schande zugeben, wirklich null Ahnung zu haben. »Mein Name ist Lisa. Ich bin heute Nacht hier, um Euch etwas … Gutes zu tun.«

Mit immer noch gesenktem Kopf lasse ich absichtlich eine lange Pause zwischen meinen Worten, sodass der Graf seine Fantasie schon einmal zu Höchstleistungen anspornen kann.

Ein leises Kleiderrascheln verrät mir, dass er sich langsam in Bewegung setzt. Seine Exzellenz tritt an mir vorbei und geht zum Fenster. Kein Hauch bewegt die parfümierte Luft um uns.

Verstohlen hebe ich den Kopf und schaue den herrschaftlichen Besuch von der Seite an, während er mit im Rücken verschränkten Armen den Blick über die Dächer Wiens schweifen lässt.

Silbernes Licht fällt auf seine Gestalt und ich komme nicht umhin zu erkennen, dass seine vornehme Haltung die erlauchte Herkunft nur noch mehr unterstreicht.

Langes schwarzes Haar umrahmt seine feinen Gesichtszüge mit den ausgeprägten Wangenknochen. Schmale Lippen und scharf gezeichnete Augenbrauen lassen ihn arrogant wirken. Ich würde meine nicht vorhandene Jungfräulichkeit darauf wetten, dass er es auch ist. Seine abgedroschene und dennoch stilvolle Kleidung passt zu seinem Auftreten und ich frage mich, welche Augenfarbe er wohl hat, da die alles umfassende Nacht im Moment kein Urteil darüber erlaubt.

»Der Knicks ist nicht nötig«, lässt er mich wissen und sieht zum Mond empor wie ich noch vor wenigen Sekunden. Die tiefe Stimme des Grafen hat etwas Düsteres, Bedrohliches und ist gleichwohl verführend. Und unüberhörbar dekoriert mit Arroganz. »Gestattet mir die Frage, ob Maria verhindert ist. Ich warte nur äußerst ungern.«

Unser Gast wendet sich erwartungsvollen Blickes zu mir herum und trotz der schlechten Lichtverhältnisse blitzen mich seine ausdrucksstarken Augen ungehalten an.

Ah ja. Eisblau. Wie die klarsten Gründe der Beringsee. Und genauso kalt.

»Sie ist heute leider außer Haus«, sage ich sofort wahrheitsgemäß und trete näher an Seine Erlaucht, um jetzt ernsthaft mit der Arbeit zu beginnen. »Aber ich bin sicher, dass wir uns ebenfalls gut verstehen werden.«

Ich lege meine Hand auf eine gräfliche Schulter, wobei ich mich fast strecken muss, weil er so groß ist. Langsam gleiten meine Finger über den edlen Stoff seines Gehrocks.

Scheiße, ist das etwa feinste Seide?

Mein Knie schiebt sich zwischen seine Beine, sodass der angesetzte Schoß seiner doppelreihigen Jacke gegen meine nackte Haut schlägt.

Plötzlich packen mich kalte Finger am Handgelenk und lassen mich verdattert in der Bewegung erstarren. Mit weit aufgerissenen Augen sehe ich zum Grafen empor. Dunkle Schatten tanzen auf seinem bleichen Gesicht und verwirren mich zusätzlich.

»Das wird nicht nötig sein«, sagt er um Höflichkeit bemüht, und doch höre ich die tiefe Verachtung bei jeder Silbe, die er spricht. »Ich halte es für angebracht, wenn ich ein andermal wiederkomme.«

»Ihr steht nicht auf Blondinen«, schlussfolgere ich aus seiner Abneigung gegen mich und trete einen Schritt zurück, als er mein Handgelenk wieder gehen lässt, jedoch nicht, ohne mit dem Daumen kurz und beinahe zärtlich über meine Pulsader zu streichen.

Die aufkommende Verwirrung in seiner Miene beachte ich nicht. »Ich kann gern eine Kollegin holen. Was darf es sein? Brünett? Schwarz? Rothaarig? Wir können das Zimmer wechseln, sollte es Euch Unbehagen bereiten. Oder wir machen es uns zu dritt bequem.«

»Auch das ist nicht nötig«, sagt er leise und um Haltung kämpfend.

»Soll ich einen Kollegen …«

»Nein!«, donnert er mir entgegen und ich zucke hinsichtlich dieses auffahrenden Verhaltens merklich zusammen.

Seine Nasenflügel beben. Ein klares Anzeichen dafür, dass er sich stark beherrschen muss, mich nicht gleich ungespitzt in den Boden zu rammen.

Der Graf rückt den Kragen seines nicht ganz zeitgemäßen Hemdes zurecht und ich bemerke die wuchtigen Schmuckstücke, die seine schlanken Finger zieren.

»Ich werde das Objekt jetzt verlassen«, teilt er mir geschwollen mit. »Guten Abend.«

In Schockstarre verfallen, kann ich nichts erwidern, beobachte jedoch, wie er mit wehendem Gehrock den Raum durchquert.

Er öffnet die Tür, und Lynn stolpert erschrocken vom Türblatt zurück. Ich will augenblicklich vor Scham im Boden versinken.

Entgeistert guckt sie den Grafen an, der sie keines Blickes würdigt und mit unnahbarer Eleganz in die Stille des nächtlichen Ganges entschwindet.

Lynns fassungsloser Ausdruck wandelt sich in Entsetzen und sie sieht zu mir. Ich stehe immer noch bewegungsunfähig am Fenster und rekapituliere, was soeben geschehen ist.

»Was hast du getan?«, will sie wissen. Ihre Stimme ist vor Aufregung eine Oktave höher als sonst.

»Nichts«, komme ich zu dem Schluss und frage mich, wieso um Himmels willen wir uns über die Distanz des gesamten Raumes hinweg anbrüllen.

Vor lauter Erschöpfung lässt sie sich gegen die edel verkleidete Wand des Flurs fallen.

»Das war vermutlich das Problem«, wirft sie mir vor.

»Er ist einfach gegangen«, rechtfertige ich mich.

»Du hättest ihn aufhalten müssen!«

»Hab ich ja versucht, aber sein Blick hat unmissverständlich klargemacht, dass mit mir gleich etwas Schreckliches passiert, sollte ich noch einen Mucks von mir geben.«

Sein niederschmetterndes ›Nein!‹ hallt deutlich in meinem Kopf wider.

»Ich sagte doch, sieh ihm nicht in die Augen.«

»Warum lauschst du eigentlich an der Tür?«

Lynn übergeht meine Frage und schmiedet bereits einen Plan, um des Grafen Besuch vor Maria geheim zu halten. »Er war in ihrer Abwesenheit nie hier, verstanden?«

»Wer war nie hier?«, spiele ich schon die Ahnungslose und gehe zu ihr, um sie zu stützen. Das Trauerspiel kann man sich ja nicht mehr länger ansehen. Also sage ich das Gleiche wie vor etwa zwanzig Minuten: »Besorgen wir dir erst einmal eine Bluttransfusion.«

Schließlich scheint Lynn mit sich übereinzukommen, dass wir mit der Aktion unter Umständen durchkommen können, denn ihre Laune bessert sich auf dem Weg in eines unserer Zimmer für medizinische Fälle wie diesen merklich.

»Aber in einer Sache musst du mir recht geben«, beginnt sie geheimnisvoll und blinzelt unter schweren Lidern hervor. »Er sieht *wirklich* verdammt gut aus.«

Ich antworte nicht, tue dies jedoch auf eine sehr bezeichnende Weise.

Kapitel 3

Die Tage vergehen. Ewig gleich, ewig monoton. Und so gleitet auch der eisgekühlte Drink in alltäglicher Gewohnheit meine Kehle hinunter und hinterlässt ein wohltuendes Brennen, das sich bis in meine Magengegend ausbreitet. Ich stelle das leere Schnapsglas zurück auf die Theke und wechsle den Überschlag meiner Beine, die durch die opulenten High Heels viel länger aussehen, als sie eigentlich sind.

Ich langweile mich und bestelle bei der vampirischen Barkeeperin noch ein Getränk. Dann lasse ich meine Aufmerksamkeit durch den Raum schweifen und bemerke just einen abgefuckten Vamp des Typs Ganove, der auf mich zustolziert. Dieser Typ bedeutet Ärger.

Ja, leider verirren sich hin und wieder Arschlöcher in das ›Zum schwarzen Mond‹. Da hilft auch eine vorangegangene Prüfung der Kundschaft nicht.

Schwer seufzend wende ich mich ab. Ally setzt mir einen weiteren blutroten Drink vor die Nase, während ich aus dem Augenwinkel die nahende Kundschaft mustere. Anschließend wirft mir meine Freundin einen wissenden Blick zu und widmet sich dem Getränkeausschank.

»Na, Liebchen«, sagt eine rauchige Stimme neben mir und ich mache mir nicht einmal die Mühe, in seine Richtung zu schauen, sondern befingere das kühle Glas zwischen meiner Hand. »Wie wär's mit uns beiden?«

Zieh Leine, will ich ungerührt von mir geben. Ich kann es mir leisten. Ich will es mir leisten, doch kein Laut kommt über meine Lippen.

Die üppig gebaute Natasha eilt mir prompt zu Hilfe und wirft sich regelrecht an den Hals des Vamps, noch bevor er mein Zögern als Abfuhr realisieren kann.

»Hallo, Süßer! Begleitest du mich auf mein Zimmer? Ich würde dir sehr gern etwas zeigen.«

Ich muss beinahe über ihre plumpe Art schmunzeln, bin ihr dennoch überaus dankbar.

Nach Verschwinden der beiden drehe ich mich auf dem Barhocker um und lehne mich mit dem Rücken lässig gegen den Schanktisch.

Ich ertappe mich dabei, dass ich ungeduldig mit den Füßen wippe. Irgendeine innere Unruhe lässt mich heute Nacht nicht los. Ich brauche etwas, worauf ich meine ganze Aufmerksamkeit lenken kann. Dringend. Aber bitte nicht so zwielichtige Typen wie der Kerl von eben.

Wenige Gedankengänge später habe ich meine Ablenkung. Maria schreitet in einem weiten barocken Kleid die Treppe herab und durchquert den Raum. Ich bin von ihrem Anblick gefangen, sieht sie doch immer aus wie der junge Morgen, und das, obwohl sie bereits mehrere Hundert Jahre auf dem Buckel hat. Ein Federhut sitzt auf ihren hellbraunen Schillerlocken, die ihr bei jedem Schritt leicht um das zarte Gesicht wippen.

Ein Seufzen entweicht mir völlig unbewusst. Ich bewundere diese Frau. Sie strahlt so viel Macht und Würde aus, dass man sich schwer damit tut, sie nicht anzubeten.

Etwas neidvoll sehe ich ihr hinterher und bemerke erst, in wessen Begleitung sie ist, als ich den Kopf drehe und in das ausdrucksleere Antlitz des Grafen schaue.

So was. Der zweite Besuch innerhalb weniger Tage. Hoffentlich hat er Maria nichts von seinem letzten Aufenthalt erzählt. Beim Liebesakt vielleicht. Als er sie von hinten auf dem Sekretär … Gott, diese Bilder. Nein, das will ich mir nicht vorstellen. Maria und der Graf sind tabu, wenn es um Sexfantasien geht.

In angemessenem Tempo und gebührendem Abstand folgt er der Bordellbesitzerin und mustert mich mit einem abschätzenden Ausdruck im Gesicht. Unsere Blicke treffen sich und ich habe das Gefühl, dass arktisches Eiswasser meine Wirbelsäule hinabläuft. Als der Graf vorbeischreitet und den Augenkontakt bricht, blinzle ich irritiert.

War das leichte Senken des Hauptes Seiner Exzellenz so etwas wie ein Gruß?

Perplex sehe ich ihm nach und bin mir durchaus bewusst, welche Wirkung sein Erscheinen auch auf alle anderen Anwesenden hat. Keiner wagt es, ihm im Weg zu stehen. Jeder stolpert sofort aus seiner Reichweite, um dem Edelmann ein unbehindertes Vorankommen zu ermöglichen.

»Woher kennst du den denn?«, fragt Ally unvermittelt und ich erschrecke, weil ich nicht erwartet habe, sie so nah neben mir vorzufinden. Blöde Vamp-Fähigkeit!

»Was? Wen?«, will ich stupide wissen und richte mein Haar.

»Von Carasescu«, antwortet die Bardame, räumt leere Gläser vom Tresen und deutet dem Grafen mit dem Kinn hinterher.

»Ach …« Ich suche nach einer passenden Ausrede, als ich begreife, wer gemeint ist. »Tu ich gar nicht.«

»Er scheint dich aber zu kennen«, stellt sie trocken fest und wischt mit einem nassen Lappen über die Theke.

»Woher weißt *du* überhaupt, wer er ist?«, werde ich neugierig und lenke somit gekonnt vom Thema ab.

Ally lacht ein leises gekünsteltes Lachen und schrubbt weiter das polierte Holz. »Jeder von *uns* kennt ihn«, erwidert sie und meint damit wohl die Gesamtheit der Wiener Vampire. »Wenn es um Spenden für wohltätige Zwecke und Organisationen geht, dann ist keiner so großzügig und engagiert wie von Carasescu. Hat offenbar ein Faible für … die Schwachen.«

»Ist das so?«, murmle ich gedankenverloren, als sie ihre Ausführungen beendet hat.

Mein Blick fokussiert sich wieder, doch was sich plötzlich in mein Gesichtsfeld bohrt, raubt mir fast die Nerven.

Lynn sitzt mit einem russischen Milliardär, der sein Geld mit dem Handel von Blutkonserven verdient hat, an der Bar. Sie spielt das hörige naive Mädchen und er saugt das Blut so selbstverständlich aus ihrem Handgelenk, wie andere ihren Wein aus Gläsern trinken. Ich finde es widerlich und stehe entschlossen auf, als Lynn zu mir sieht. Ich muss mich frisch machen.

Mies gelaunt will ich mich zurück an die Bar begeben, als es an meiner Tür klopft. Ich öffne diese einen Spalt und luge vorsichtig in den Flur.

»Henry!«, rufe ich ehrlich überrascht und ziehe die Tür vollends auf, um dem Anwalt Einlass zu gewähren. »Komm rein. Schön, dass du wieder da bist.«

Ich hatte gehofft, den charmanten Vampir wiederzusehen. Er lächelt mir so aufrichtig und ansteckend zu, dass meine schlechte Laune sofort verfliegt.

Henry folgt meiner Einladung, lehnt seine Aktentasche wie bei seinem letzten Besuch an den Stuhl und schält sich aus einer dunklen Anzugjacke.

»Hallo«, sagt er und wirkt irgendwie leicht verlegen, als er die Knöpfe an seinem Hemd selbstständig öffnet.

Meine Augenbrauen schießen nach oben, als nackte Haut mich grüßt. »Hast du es dir etwa anders überlegt?«

Ich beiße auf meine Unterlippe und will ihn am Gürtel zu mir ziehen, als er die Zweideutigkeit seiner Handlung begreift.

»Oh, nein«, erklärt er schnell und trotzdem helfe ich ihm dabei, das Hemd von seinen Armen zu schieben.

Stahl. Seine verflucht perfekten Oberarmmuskeln sind aus Stahl. Ich schwöre.

»Wir haben heute Nacht viel vor und haben keine Zeit zu verlieren«, erläutert der Vampir und lässt mich skeptisch zurück.

Ob er sich bewusst ist, dass derartige Aussagen in Räumlichkeiten wie diesen durchaus misszuverstehen sind?

»Wie geht es deinem Rücken?«, fragt er dann.

»Alles wieder gut, danke«, antworte ich, obwohl er für mich teilweise in Rätseln spricht. »Du willst keinen Sex und ziehst dich trotzdem aus? Willst du wieder ein Bad nehmen?«

Henry schlüpft aus seinen auf Hochglanz polierten Schuhen, greift vorsichtig nach meinen Händen und führt mich zum Bett hinüber. Mit nacktem Oberkörper legt er sich rücklings auf die Laken. Die blasse Haut leuchtet förmlich in der schwachen Finsternis des Raumes.

Das ist er! Der Mann meiner feuchten Träume!

»Ich dachte, du könntest dich für die Massage revanchieren, wenn du magst ...«, schlägt Henry vor.

Die Unsicherheit in seiner Stimme zerreißt mir fast das Herz. Er könnte alles von mir verlangen. Ich würde ihm sogar die Füße lecken, wenn er darauf steht. Hauptsache, mein Körper berührt seinen. Egal wie und wo.

Ohne zu antworten, klettere ich auf ihn und lasse mich auf seiner Mitte nieder. Die Absätze meiner Schuhe drücken gegen meinen Po, aber das ist nichts im Vergleich zu dem Schmerz, zu wissen, dass der heißeste Vamp ever zwischen meinen Schenkeln liegt und seine Hose nicht ausziehen will. Trotzdem korrigiere ich meine Haltung in eine angenehmere Position.

»Das tue ich«, sage ich, reiße meinen Blick von seinen Bauchmuskeln los und sehe in dunkle Augen, bevor ich meine fest schließe. »Wenn du mir eine Frage beantwortest.«

Ein Lächeln stiehlt sich auf meine Lippen, als ich mir ausmale, mit welchem Gesichtsausdruck er mich wohl gerade mustert.

»Abgemacht«, erklingt seine Stimme und er bewegt sich unter mir, was meiner Selbstbeherrschung nicht sonderlich guttut.

»Welche Farbe haben meine Augen?«

Er lacht leise und siegessicher. »Sie sind blau.«

Meine Hände schlagen fordernd gegen seinen sehnigen Oberarm. »Das ist alles? Komm schon. Sie sind nicht einfach nur blau.«

Ich spüre Henrys Hände, die meine umschließen und auf seiner Brust zur Ruhe kommen.

»Deine Augen haben die Farbe, die der Sommerhimmel am Tag vor meiner Verwandlung hatte.«

Das Lächeln auf meinen Lippen verblasst bei seinen Worten. Seine Hände entziehen sich meinen.

»Das helle Blau ist von einem dunklen Rand eingefasst. Wenn sich deine Pupillen weiten, verändert sich das Blau. Es wird intensiver. Wie die Flügel des Großen Schillerfalters.«

Als ich die Lider öffne, liegt Henry mit hinter dem Kopf verschränkten Armen unter mir und sieht mich unergründlich an.

Dann grinst er. »Ist diese Antwort ausreichend?«

»Ja«, presse ich hervor. »Sie ist recht passabel.«

Untertreibung des Jahrhunderts!

Henrys Schmunzeln wird noch breiter, während ich unbehaglich auf ihm herumrutsche.

Gott, ich würde ihn jetzt so was von gern vernaschen.

»Soll ich auch etwas über deine Haarfarbe sagen?«

Natürlich weiß ich, dass er mich verarscht, also rolle ich mit den Augen. »Nicht nötig. Dreh dich einfach um.«

Ich verlagere mein Gewicht, und Henry gehorcht. Kurz ärgere ich mich, dass mir so der Anblick auf seine ausgeprägten Bauchmuskeln verwehrt ist, aber das Muskelspiel auf seinem Rücken, als er die Hände faltet und seinen Kopf darauf bettet, ist ebenso ansehnlich.

»Sie schimmern rötlich, wenn das Licht in einem bestimmten Winkel darauf fällt«, äußert er sich trotzdem zum Haarthema, was ich mit einem Schmunzeln abtue.

»Du bist ein guter Beobachter.«

Ich starte die Massage im Nacken des Vampirs und knete mit aller Kraft, die ich aufbringen kann, damit Henry überhaupt etwas spürt. Kein Muskel seines Körpers wird je wieder eine Verspannung haben, dafür sorgt der Vampirismus, aber das heißt nicht, dass Vampire diese Art der Behandlung nicht als angenehm empfinden.

Wohliges Seufzen entweicht seinen Lippen, als ich mir die Schulterpartien vornehme und überlege, ob ich ein Gesprächsthema suchen soll.

Es passiert nicht oft, dass in diesen Räumlichkeiten ernsthafte Konversation gepflegt wird. Die meiste Zeit wird gestöhnt und vor Lust geschrien.

»Kommst du von der Arbeit?«, traue ich mich schließlich zu fragen.

Henry gibt ein bestätigendes Geräusch von sich. »Ich hatte einen Gerichtstermin.«

»Um was ging es? Oder musst du mich töten, wenn du davon erzählst?«

Sein Lachen vibriert in meinem ganzen Körper. »Nein, das nicht. Aber ich werde dir deinen süßen Arsch versohlen, wenn es diesen Raum verlassen sollte.«

»Henry!«, rufe ich gespielt empört. »Ich wusste ja gar nicht, dass du auf SM stehst.«

Sein Lachen wird lauter und ich hoffe, dass er eine Kabbelei anfängt, die dann in wilden Sex auf dem Flokatiteppich ausartet, aber Henry enttäuscht mich, indem er einfach liegen bleibt.

»Nur so viel: Die Angeklagte wurde wegen versuchter Pfählung drangekriegt und meinem Mandanten wurde Schadenersatz gewährt.«

Ich nicke anerkennend. »Sehr gut.«

Schwarze Schafe gibt es überall. Vampire sind nicht immer nur die Schreckgestalten aus Fantasy-Romanen, die Jungfrauen entführen und auf Schlössern in Transsylvanien hausen. Sie leben seit Jahrzehnten mehr oder weniger friedlich unter und mit uns und werden auch selbst zu Opfern von Gewalttaten.

»Weißt du, was mich wundert?«, wechsle ich prompt das Thema, während ich mit den Fingern über seine Lendenwirbelsäule streiche. »Dass du noch gar nicht gefragt hast, was ein Mädchen wie ich in so einer Branche macht.«

Es war als Scherz gemeint, doch Henry richtet sich schlagartig auf, sodass ich von ihm herunterrutschen muss, um nicht abgeworfen zu werden. Er hält meine vom Massieren angespannten Hände und sieht mich mit einer Ernsthaftigkeit an, die mich schaudern lässt.

»Ich gehe davon aus, dass du fundierte Gründe hast, und erlaube mir keinerlei Urteil darüber«, sagt er so bedeutungsvoll, dass ich ganz glasige Augen bekomme.

Er ist ein guter Mensch ... Vamp ... Typ.

Bevor ich weinen muss, entziehe ich ihm eine Hand und streiche eine vorwitzige Locke aus seinem Gesicht. »Eigentlich habe ich nur mein Hobby zum Beruf gemacht.«

Diesen Spruch musste ich einfach bringen, sorry.

Die Magie des Augenblickes ist jetzt allerdings hinüber. Trotzdem gönne ich mir noch einen Moment, um in seinen dunklen Augen zu versinken, von denen ich glaube, das Leid der Welt darin zu sehen, während Henrys Finger vorsichtig über mein Kinn fahren.

Plötzlich erhellt sich sein Blick. »Ich habe uns etwas mitgebracht.«

In vampirischer Schnelligkeit verlässt er das Bett. Einen Wimpernschlag später sitzt er wieder vor mir und hält ein Brettspiel in den Händen, das er vermutlich in der Aktentasche aufbewahrt hat.

»Das habe ich ewig nicht gespielt!«, rufe ich begeistert und nehme die quadratische Verpackung sogleich an mich. Doch die

Freude über das geliebte Partyspiel ist nur von kurzer Dauer. »Du weißt schon, dass man das zu zweit nicht spielen kann?« Ich deute auf die vorgegebene Spielerzahl auf dem Karton. Drei bis acht.

Henry schnalzt mit der Zunge, nimmt das Spiel wieder an sich und fängt, ungeachtet meiner Worte, damit an, es aufzubauen.

»Und ob man das kann«, teilt er mir mit. »Es dauert nur sehr, sehr lange.«

Meine Finger kribbeln, als ich die falschen Banknoten, die vielen Kärtchen und Spielfiguren erblicke.

»Her mit der Bank«, fordere ich. »Ich zocke dich so was von ab, Kumpel.«

»Na, das werden wir noch sehen … Schwester.«

»Sieh ihm nicht so verträumt nach. Das hat keine Zukunft.«

Verdammt. Lynn hat mich ertappt.

Ich will ihr erklären, dass sie sich keine Gedanken machen muss, dass ich nicht in Gefahr bin, mich in Henry zu verlieben. Ich finde ihn einfach nur heiß, und das ist ein himmelweiter Unterschied.

»Wir haben Monopoly gespielt«, sage ich stattdessen und klaue ihr den Drink unter der Nase weg.

»Was ist nur verkehrt mit dir? Ich hätte ihn sofort besprungen. Schon beim ersten Mal.«

»Ich habe gewonnen«, gehe ich gar nicht auf ihren Einwand ein und versuche, nicht auf die neue Narbe an Lynns rechtem Handgelenk zu starren, die sie probiert, vor mir zu verbergen. »Mein Hotel auf der Schlossallee hat ihm den letzten Cent aus der Tasche gezogen.«

Lynn lässt den Kopf hängen und knetet leidend ihre Augenbrauen. »Ich wünschte, du hättest ihm etwas anderes aus der

Tasche gezogen«, meint sie nuschelnd und ich stelle das geleerte Glas wieder vor ihr auf den Tresen. Plötzlich hebt sie alarmiert den Kopf. »Hast du schon gesehen? Natasha hat ein Veilchen. Sie sagt, es sei ein Unfall gewesen. Ihr letzter Freier muss ein richtiges Arschloch gewesen sein.«

Große Güte. Der Kerl, vor dem sie mich bewahrt hat?

Wenn man vom Teufel tratscht, denke ich, als der Kerl an der Theke auftaucht und Lynn einen Drink spendieren will.

Nein, nicht Lynn. Nicht meine Lynn.

»Willst du ficken?«, höre ich mich fragen, noch bevor ich wirklich realisiere, was ich da gerade in Gang setze.

Lynn scheint ebenso verwundert über mein Verhalten, was mir ihr erschrockener Blick mitteilt.

Der Gangstertyp springt jedoch sofort darauf an und wendet sich lüstern grinsend an mich.

»Mitkommen«, sage ich schlicht, rutsche vom Hocker und renne förmlich die Treppe hinauf.

Der drahtige Kerl folgt mir auf dem Fuße. Ich befürworte es sehr, dass er seine Griffel bei sich behält, bis wir in meinem Zimmer sind und er die Tür hinter uns schließt.

Schnell setze ich ein professionelles Lächeln auf, obwohl ich mich genauso gut gerade übergeben könnte. Es ist nicht sein Körper, den ich abstoßend finde, sondern sein Charakter, seine ganze Ausstrahlung. Er ist ein perfides Schwein, das sehe ich in seinen Augen. »Wie willst du mich?«

»Leg dich hin und mach die Beine breit«, weist er mich an und lässt bereits die Hosen runter.

Auf allen vieren krieche ich über die Laken, um weiter ans Kopfende zu gelangen. Ein kurzer Blick zur Seite verrät mir, dass er sich selbst mit der Hand stimuliert, um gleich bereit zu sein. Auf das Vorspiel ist heute wohl geschissen.

»Warte«, ruft er und ich halte sofort inne. »Bleib genau so. Ich nehme dich von hinten.«

Ehe ich etwas erwidern kann, spüre ich seine Hände bereits an meinem Gesäß, wie sie gierig mein Höschen zur Seite zerren. Der Stoff schneidet unangenehm in meine Haut. Ein Reißen ertönt, als die Wäsche nachgibt und mein Kunde nun freien Zugang zu meiner Kehrseite hat.

»Halt«, sage ich schnell und will nach dem Gleitgel in der Nachttischschublade greifen, doch er packt mein Handgelenk und drückt es in die Laken. »Ich bin noch nicht so … aaahh!«

Er stößt so hart in meine trockene Muschi, dass ich vor Schmerz aufschreie. Ich beiße mir auf die Unterlippe und versuche, zu Atem zu kommen, als sein Schwanz immer und immer wieder in mir reibt. Tränen treten in meine Augen, als er mich am Nacken packt und meinen Kopf nach unten in die Kissen drückt. Meine Arme geben nach und ich lasse geschehen, was er mit mir vorhat, während mein Hintern immer noch in die Höhe gereckt ist. Das Geräusch aufeinanderklatschender Haut erfüllt den Raum, zusammen mit seinem lustvollen Stöhnen und meinen unterdrückten Schmerzenslauten.

Er bumst mich weiter, bis der Schmerz zur Gewohnheit wird und kein Laut mehr über meine Lippen kommt.

Wie ich mich dabei fühle? Gedemütigt. Wie denn sonst? Benutzt. Schmutzig. Wertlos. Wie die Hure, die ich bin.

Ich schließe die Augen. Meine Gedanken driften ab. Mit einem Mal sehe ich Henry vor mir. Ich stelle mir vor, dass er mich zärtlich streichelt, küsst und seine Härte so langsam und vorsichtig in mich schiebt, dass ich vor Verzückung vergehe.

Dann ist die Ausflucht in meinen Tagtraum vorbei und ich überlege, ob ich eine Packung Wundsalbe im Badezimmerschrank habe.

»Lebst du noch?« Lynn reckt den Kopf durch die halb geöffnete Zimmertür, als ich mir gerade einen Eisbeutel auf den Intimbereich drücke. »Vicky sagt, sie hätte dich schreien gehört.«

»Alles gut«, wiegle ich ab und versuche, mich so wenig wie möglich zu bewegen, als ich ausgestreckt auf der Matratze liege und an den Betthimmel schaue.

»Sieht aber nicht so aus.« Lynn huscht in den Raum und gesellt sich zu mir.

»Nichts, was ein Sitzbad nicht wieder hinbiegen kann.«

Lynns wissender Blick schiebt sich in mein Sichtfeld, als sie sich über mich beugt. »Du hast ihn mir absichtlich vor der Nase weggeschnappt. Du wusstest, dass er ein blöder Wichser ist, gib's zu.«

Mit den Schultern zuckend raffe ich mich auf, sodass Lynn mir Platz machen und sich zurücksetzen muss. »Ich habe es geahnt.«

»Ich habe deine Freundschaft nicht verdient!«, ruft sie aus und schlingt ihre Arme um meinen Hals. »Hättest du dieses Opfer nicht gebracht, hätte ich gerade nicht die beste Nummer meines Lebens gehabt.«

Ich ziehe die Stirn kraus, während ich noch immer in ihrer Umarmung hänge und der Eisbeutel zwischen meinen Beinen verrutscht.

»Kalt!« Lynn weicht schnell von mir zurück, als ihre Oberschenkel den Beutel berühren.

»Sagtest du das nicht … neulich schon?«

»Mir war neulich kalt?«

»Nein, das mit der besten Nummer deines Lebens.«

»Da kannte ich Tom ja auch noch nicht. Er ist Hotelbesitzer. Du kannst deinen … wie heißt er eigentlich?«

»Henry«, kläre ich sie auf und ärgere mich, dass es gesäuselt klingt.

»Du kannst deinen Henry behalten. Ich werde jetzt Millionärsgattin.«

»Alles klar«, teile ich schnell mit und will eine bequeme Position einnehmen, zucke jedoch zusammen, als es im Schritt unangenehm brennt.

»Großer Gott. Was hat er in dich gerammt? Einen Lötkolben? Zum Glück hast du morgen frei. Du hast doch morgen frei, oder?« Ertappt sehe ich zu Lynn, die die Augen zu Schlitzen verengt. »Du hast noch nicht mit Maria gesprochen«, schätzt sie vollkommen richtig ein. »Wieso nicht?«

Ich schüttle den Kopf, als ich zu einer Erklärung ansetze. »Morgen ist Samstag, der bestbesuchte Tag der Woche. Sie wird mir nicht freigeben. Ich sage einfach, dass ich krank sei.«

»Soll ich mit ihr reden?«, ist Lynn Feuer und Flamme. »Ich erzähle ihr irgendeine haarsträubende Geschichte von Lötkolben und einem Kürbisgewächs. Oder fiesem Ausschlag, da bin ich mir noch nicht sicher.«

»Lass mal lieber. Ich finde einen Magen-Darm-Infekt plausibler.«

»Du weißt, dass sie dich – im besten Fall – rausschmeißt, wenn sie erfährt, dass du einen Nebenjob hast?«

»Dann darf sie es nicht erfahren. Ich brauche die zusätzlichen Einnahmen.«

»Schon verstanden. Der Traum finanzieller Unabhängigkeit erfüllt sich nicht von allein.«

»Und deswegen werde ich jetzt weiterarbeiten.«

Ich erhebe mich, stolpere fast über meine eigenen Füße und taumle zur Tür.

»Du hast ein Festgehalt«, erinnert Lynn währenddessen. »Du wirst nicht pro Kunde bezahlt.«

»Ach, halt die Klappe.« Schwungvoll werfe ich den Eisbeutel in Lynns Richtung, die ihn jedoch rechtzeitig auffängt und zu Boden fallen lässt.

Ich will gehen, reiße die Tür auf, doch ihr panischer Ruf hält mich davon ab, auf den Gang zu treten.

»Lisa!«

»Was denn noch?«

»Willst du dir vielleicht ein Höschen anziehen, oder soll jeder gleich deine Muschi sehen?«

Oh, mein Fehler.

Ich laufe zur Kommode und krame im oberen Fach nach einem Spitzenteil, das zu meiner roten Corsage passt.

»Und was hast du dir da unten eigentlich angetan?«

Ich sehe hinab zu meiner Scham und kann ihr Entsetzen nicht ganz nachvollziehen.

»Das ist eine Landebahn. Klassischer Schamhaarschnitt.«

»Aha«, sagt Lynn und kann den Blick gar nicht von meiner Blöße abwenden. »Wem's gefällt.«

Kapitel 4

Am nächsten Abend fühle ich mich im barocken Ensemble des Schloss Belvedere wie eine Baronin.

Na ja … fast.

Das Obere Belvedere ist schon bei Tag ein prunkvolles Bauwerk. Doch in den Nächten, in denen es für Veranstaltungen der Wiener High Society gemietet wird und wenn Parkanlagen und Wege mit Fackeln geschmückt sind, ist der Anblick schlicht und ergreifend ein Rausch für die Sinne.

Überall spielen leise Klänge und man kann die geschmackvoll angelegten Ruheplätze nutzen, wenn man trunken von Musik, Tanz oder dem teuren Champagner ist, den unaufdringliche Servicekräfte auf goldenen Tabletts anbieten.

Hier komme ich ins Spiel, denn ich bin eine dieser Bedienungen. Ja, ich kellnere hin und wieder, also nix Baronin. Die Möglichkeiten des heutigen Abends darf ich mir einfach nicht durch die Finger gleiten lassen. Die Trinkgelder, die man in Nächten wie heute zugesteckt bekommt, sind horrend.

Dennoch fühlte ich mich schrecklich, als ich vor ein paar Stunden auf Marias Anrufbeantworter gesprochen habe und ihr vorheuchelte, dass ich mir die Seele aus dem Leib würgen würde. Die Vampirfrau war immer gut zu mir, und ich hinterhältiges Miststück lüge sie so unverhohlen an, dass mir kotzübel werden könnte. Vor Selbstekel.

Ich schlendere durch den Belvederegarten, vorbei an erheiterten Politikern und plaudernden Gästen. Ich versuche, unsichtbar zu sein, während ich leere Gläser wegräume, Getränkewünsche erfülle und Häppchen verteile.

Das Wetter ist wunderbar mild, und die aufgebaute Tanzfläche am Fuße der prachtvollen Treppe des Schlosses ist gut gefüllt. Eine Liveband spielt klangvolle Rhythmen, zu denen man sich hervorragend bewegen kann. Ich ertappe mich dabei, wie ich summend über den Parkweg tänzle, als ein vampirischer Botschafter beschämt nach unten sieht, nachdem sich unsere Blicke getroffen haben.

Ein Kunde. Wie soll es auch anders sein? Ob ich Hallo sage? Seine Angetraute findet es bestimmt nicht witzig, zu erfahren, dass ihr Gatte die Servicekraft gebumst hat.

Ich verkneife mir jegliche Reaktion, stelle mein Tablett am nächstgelegenen freien Tisch ab und überprüfe kurz den Sitz meiner Kleidung. Ich fühle mich kostümiert, aber die weiße Schürze und die Kopfbedeckung im französischen Stil sind vom Veranstalter gewünscht. Die unzähligen anderen weiblichen Bedienungen tragen das enge schwarze Kleid und die hohen Pumps ebenfalls.

Guter Dinge mische ich mich erneut unter die menschlichen sowie vampirischen Gäste. Ich kenne niemanden, den Botschafter von eben ausgenommen.

Ich überlege, ob ich mich nach Ende meiner Schicht einem gut betuchten Gentleman anbieten soll. Gegen eine kurze Nummer in den Rosengärten haben die Herren doch sicherlich nichts einzuwenden.

Das letzte Musikstück der Liveband verhallt leise im Wind, als ich den Kopf hebe und vor Schreck erstarre. Mir wird heiß und kalt zugleich, als sich die Menge vor mir lichtet und den Blick auf eine sich amüsierende Maria freigibt.

Ich mache auf dem Absatz kehrt und haste hinüber zur Freilichtbar. Dort angekommen, zerre ich mir den Schmuck aus dem Haar und entledige mich ebenso der Schürze. Beides knülle ich zusammen, stopfe es zwischen die Gläser auf meinem Tablett und übergebe dieses an meinen heutigen Kollegen hinter der Bar, der mich skeptisch ansieht, aber keine Fragen stellt, als ich ihn stumm darum bitte.

Unauffällig schaue ich zurück über meine Schulter und bereue es sofort. Maria bahnt sich ihren Weg durch die Menge, direkt in meine Richtung. Direkt in Richtung *Bar*.

Das war's. Ich bin so gut wie gefeuert. Wenn sie mich jetzt sieht, verwandelt sie mich eigenhändig in einen Vampir, setzt mich der Sonne aus und versenkt meine Asche in der Donau.

Mein Herz schlägt mir bis zum Hals, als sie neben mich tritt und für sich und ihre Begleitung einen bluthaltigen Drink bestellt. Ich sehe nach unten, überlege, ob ich in meinem Kleid als normaler Gast durchgehe, und will schon aufatmen, als sie sich zum Gehen wendet, doch das Glück der Dummen ist mir heute nicht hold.

»Lisa?«, fragt Maria mit glockenklarer Stimme, als sie an mich herantritt und mich von der Seite mustert. »Was tust du denn hier, Täubchen?«

Ich hebe den Blick und blinzle den Barkeeper flehend an, der mein Tablett unauffällig verschwinden lässt, dann schaue ich überrascht zu Maria und setze schnell ein natürliches Lächeln auf, als wäre es das Selbstverständlichste auf der Welt, dass ich auch hier bin.

Ich habe Hoffnung. Vielleicht hat sie meine Nachricht noch nicht abgehört und ich kann mich irgendwie herausreden. In meinem Kopf rattert es wie in einem Uhrwerk.

Marias Ausdruck zeigt erst Verwirrung, dann Neugier, doch schließlich blitzen ihre Augen verstehend auf und sie runzelt die Stirn.

»Hast du heute einen Außentermin?«, will sie ausgesprochen ruhig wissen, als sie näher kommt, was mich nur noch nervöser macht.

Oh Gott, sie ahnt etwas.

Ich beginne zu stammeln. Vor meinem inneren Auge falle ich schon auf die Knie und winsle um Gnade, während Maria mir, ohne mit der Wimper zu zucken, einfach den Kopf von den Schultern reißt und ihn für alle gut sichtbar auf einem der goldenen Tabletts arrangiert.

Ich will schlucken, doch mein Hals ist plötzlich staubtrocken. »Ich … Das kann man so nicht sagen … Eigentlich …«

Aus der Nummer komme ich nicht mehr raus. Ich bin so richtig am Arsch.

»Sie ist mit mir hier.«

Ich glaube, den Verstand zu verlieren, als ich eine herrische Stimme hinter mir höre. Eine kalte Hand legt sich auf meine nackte Schulter, was mich frösteln lässt, als von Carasescu neben mich tritt.

»Vehla«, sagt Maria ehrlich überrascht. »Du erstaunst mich immer wieder.«

Vehla? Ist das ein Name? Oder ein Sonnenbrillenhersteller aus Australien?

Ich bin auf das Äußerste verwirrt. Was geschieht hier gerade?

»Bitte verzeih, aber meine Begleitung hat mir den nächsten Tanz zugesichert, und mir ist sehr daran gelegen, dieses Versprechen jetzt einzufordern.« Der Graf hält seine Hand formvollendet zwischen uns und ich gaffe blödsinnig in der Gegend herum. Dann bemerke ich seinen Blick, der mich zu durchbohren scheint. Eine seiner schwungvollen Augenbrauen ragt steil nach oben.

Es dauert ein paar Sekunden, bis ich begreife, was er von mir will. Schnell lege ich meine warme Hand leicht auf seine eisige. »Du entschuldigst uns?«

»Natürlich«, meint Maria beinahe nachdenklich und sieht uns hinterher, während wir, nicht nur von ihr beobachtet, die Tanzfläche ansteuern, die plötzlich um einiges leerer ist.

»Ich …«, setze ich an, als wir das Parkett fast erreicht haben, werde allerdings unterbrochen.

»Ich würde es sehr begrüßen, wenn wir dies stillschweigend hinter uns bringen könnten«, meint der Graf mit regungsloser Miene und sieht stur weiter geradeaus.

Ich gehorche, doch nur weil er mich mit seiner Reaktion total überrumpelt, und sehe ihn forschend von der Seite an. Sein langes Haar glänzt regelrecht im Mondlicht. Es wird von einzelnen silbernen Strähnen durchzogen, wie mir erst jetzt auffällt, aber das macht ihn nur interessanter. Sein markantes Kinn ist stolz in die Höhe gereckt. Alles an ihm strahlt tief sitzende Hochnäsigkeit aus.

Ich blicke auf unsere Hände hinab. Die Berührung hat beinahe etwas Zärtliches an sich, auch wenn ich mir nicht sicher bin, ob er sich dessen ebenfalls bewusst ist.

Das Intro eines langsamen Jazz-Titels erfüllt die Nacht. Ich kenne das Lied. Es handelt von Mitternacht in einer Metropole.

Davon, dass man nach dem Mond greifen soll, sich in der Finsternis der Stadt jedoch nur wie ein Fremder fühlt. Ein bisschen zu melancholisch für meinen Geschmack.

Schließlich erreichen wir die Mitte der Fläche. Der Graf wirbelt mich so unverhofft zu sich herum, dass ich hart gegen seine Brust stoße und mir ein Keuchen entweicht, was er prompt mit einem verächtlichen Zusammenpressen seiner Lippen quittiert. Ich beiße mir auf selbige und fühle mich in seinen Armen schrecklich klein und verloren. Wenn ich ihm jetzt auf die Füße trete, wird sicherlich ein Unglück geschehen.

Ich schwöre mir, mich von ihm nicht einschüchtern zu lassen. Augen zu und durch. Und um ehrlich zu sein, finde ich die Vorstellung, ihn dadurch zur Weißglut zu treiben, gerade sehr befriedigend.

Wir verharren noch einige Sekunden, messen uns mit Blicken, was ich schrecklich grotesk finde, und nehmen schließlich Position ein. Ich platziere meine Hand sanft auf dem Oberarm des Grafen, die andere liegt weiterhin in seiner Hand, und taste vorsichtig über den erstklassigen Stoff des rot-schwarzen Gewandes, das er heute trägt. Ich kann ein anerkennendes Pfeifen rechtzeitig unterdrücken. Dennoch ernte ich erneut einen missbilligenden Seitenblick. Der merkt aber auch alles.

Seine zweite Hand legt sich leicht an meinen tief ausgeschnittenen Rücken, was mein Unbehagen nur noch verstärkt. Ich fröstle plötzlich, habe aber keine Zeit mehr, mich darüber zu beschweren, da sich von Carasescu überraschend in Bewegung setzt und ich unbeholfen hinterhertapsen muss.

Ich brauche einige Sekunden, um mich an seinen Tanzstil zu gewöhnen. Er ist irgendwie altmodisch, beinhaltet aber auch moderne Elemente. Quasi eine perfekte Mischung. Ich finde es unfair, dass er vermutlich Jahrhunderte Zeit hatte, diesen Stil zur Vollendung zu bringen.

Ich bin mir nicht sicher, aber ich habe den Eindruck, dass ich mich gar nicht so dumm anstelle, als mich der Graf einmal elegant unter seinem Arm hindurch dreht. Es klingt bestimmt abgedroschen, aber wir schweben förmlich über die Tanzfläche.

Nach einer anmutigen Drehung zur Seite liege ich wieder sicher in von Carasescus Armen und er lehnt sich nach vorn, um meinen Nacken zu stützen. So kann ich mich weit nach hinten fallen lassen und in einer Art Tangoposition mein Knie nach oben reißen, wobei mein Kleid tiefe Einblicke gewährt.

Überraschenderweise muss ich feststellen, dass es anfängt, mir Spaß zu machen. Obwohl Maria uns argwöhnisch von der Bar aus beobachtet.

In einer fließenden Bewegung richte ich mich wieder auf, wobei sich Locken aus meinem Dutt lösen und mir nun ungezähmt ins Gesicht fallen.

Aus einer Laune heraus lege ich beide Arme um den Hals des Vampirgrafen. Ich ertappe mich dabei, wie meine Finger mit dem Spitzenstoff seines Hemdes spielen. Der Graf sieht mich mit kalten Augen unergründlich an. Wäre er ein lebendes Wesen, würde ich jetzt seinen Atem auf meiner Haut fühlen. Doch das Einzige, was ich spüre, ist sein Griff um meine Taille.

Panik will in mir aufbranden, allerdings bin ich keine Sekunde später schon in der Luft. Ich gebe einen überraschten Laut von mir, habe jedoch nach der kurzen Hebefigur schnell wieder Boden unter den Füßen. Ich kann mir ein Lächeln nicht verkneifen und kichere in mich hinein, während eine weitere Drehung uns erst auseinander- und dann wieder zusammenbringt.

Ich verliere jegliches Zeitgefühl und habe keinen Schimmer, wie viele Lieder wir bereits vertanzt haben, doch zu meiner Enttäuschung findet unser Beisammensein nach einer weiteren Hebefigur sein jähes Ende. Ich jauchze förmlich und gleite langsam in von Carasescus Umarmung zu Boden.

Die Liveband verstummt und die Anwesenden applaudieren, was ich nur am Rande mitbekomme, da ein Blick in arktische Gewässer mich gefangen nimmt.

Obwohl es nicht mehr nötig ist, hält mich der Graf immer noch fest in den Armen. Ich wage kaum, mich unter seiner Musterung zu rühren, und vergesse fast zu atmen. Er hat wirklich etwas Unheimliches an sich. Keine Regung ist seinen Zügen zu entnehmen. Er trägt immer die gleiche undurchschaubare Maske, während er mich seinerseits mustert. Letzten Endes blinzelt er, entlässt mich aus der Umarmung und schaut an mir vorbei.

»Wenn Ihr so freundlich wärt und mir auf ein Wort folgen würdet«, meint er letztendlich und ich nicke nur, aus Angst, meine Stimme würde versagen, sollte ich den Versuch unternehmen, mich anderweitig zu äußern.

Bereitwillig schließe ich mich ihm in Richtung Barbereich an.

Oh, wunderbar. Ich brauche dringend einen Drink. Und ich muss mich setzen, bevor meine vor Anspannung zitternden Knie nachgeben.

Maria ist mittlerweile nirgendwo mehr zu sehen. In den letzten Minuten war ich zugegebenermaßen ein wenig zu abgelenkt, um ihre Tätigkeiten zu verfolgen. Ich hoffe wirklich, dass sie gegangen ist.

Noch bevor ich mich richtig auf dem gepolsterten Barhocker niedergelassen habe, stellt der Barkeeper ein Getränk vor die blasse Nase des Grafen.

Cognac? Kommt mir bekannt vor …

»Ein Wasser bitte«, entscheide ich mich spontan zur Alkoholabstinenz, als der junge Mann mich abwartend ansieht.

Bestimmt setzt er mir gleich wieder die Haube auf und ich darf mir die Plörre selbst aus der Karaffe schütten. Doch nichts dergleichen geschieht. Ohne Widerworte oder abfällige Blicke bekomme ich ein stilles Wasser vorgesetzt und nippe kurz daran.

»Danke«, sage ich leise.

Was macht eigentlich meine unfreiwillige Begleitung?

Ich blinzle von Carasescu fragend an und ertappe ihn dabei, wie er mich anstandslos mustert. Schon wieder.

»Ich sollte mich bei Euch bedanken«, beginne ich schließlich, weil ich es schnell hinter mich bringen will und nicht den Eindruck habe, dass er das unausweichliche Gespräch beginnen wird.

»Das müsst Ihr nicht«, versichert er und sieht gelangweilt in den Gärten umher. »Es wäre eine Schande, wenn Maria Euch unter den Augen aller Anwesenden zerfleischt hätte. Ein solches Blutbad würde kein gutes Licht auf die Gala werfen und nur für unnötiges Aufsehen in der Klatschpresse sorgen. Das wollte ich dringend unterbinden.«

Ich lache gekünstelt. Absichtlich. »Ja, wie konnte ich nur annehmen, dass Euch mein Wohlergehen etwas bedeutet? Wie absurd.«

»Geradezu grotesk«, stimmt er zu und beobachtet aus dem Augenwinkel meine Reaktion.

»Töricht«, sage ich nur und trinke, ohne ihn aus den Augen zu lassen.

»Völlig abwegig«, antwortet der Graf erneut und lehnt sich mit dem Ellenbogen gegen den Tresen, während er mit der freien Hand sein Glas hält.

»Sinnwidrig.«

»Absonderlich.«

»Hirnrissig.«

»Ohne Verstand.«

»Unmöglich.«

»Weit hergeholt.«

»Aberwitzig.«

»Unsinnig.«

»Schief.«

Der Graf verzieht das Gesicht. Womöglich die erste Gefühlsregung, die die Welt je von ihm zu sehen bekommt.

»Schief?«, stellt er infrage und schaut mich dabei an. »Das ergibt keinen Sinn.«

»Tut es wohl«, rechtfertige ich mich und bemerke, dass er seinen Drink noch nicht einmal angerührt hat.

Offenbar widerspricht man Seiner Exzellenz nicht oft, denn seine Augenbraue schießt fast augenblicklich wieder in die Höhe.

»Aber nicht in dem eben diskutierten Zusammenhang«, gibt er zu bedenken und ich folge seinem erneut abschweifenden Blick.

Da ist sie wieder. Maria. Sie beobachtet uns aus der Ferne.

»Ihr seid ein sehr guter Tänzer«, unternehme ich den Versuch, vom Thema abzulenken, weil ich jetzt keine Lust habe, mich mit ihm zu streiten.

»Ihr tanzt recht annehmbar«, ist seine karge Antwort und ich lache empört auf.

Wow. Er weiß, was eine Frau hören will.

»Tut mir wirklich leid, dass ich Euren Ansprüchen nicht genüge. Bedauerlicherweise habe ich als Sterbliche keine Jahrhunderte an Tanzerfahrung vorzuweisen.«

Sein Kopf schießt zu mir herum und etwas liegt in seinem Blick. Etwas Neues, das ich erst nicht zu deuten weiß. »Solch eine Unterhaltung führe ich nicht mit einer … einem Serviermädchen.«

Ich schlucke angestrengt. Ich nehme an, dass er eigentlich etwas anderes sagen wollte. Hure, Dirne, Prostituierte, Nutte. Irgendetwas in dieser Richtung.

Aber ich werde jetzt nicht die Nerven verlieren und ihm mein restliches Wasser ins Gesicht schütten.

Betont langsam nicke ich, stelle mein Glas ab und rutsche vom Barhocker. Das war's. Meine Schicht ist eh vorbei, auf die Nummer in den Rosengärten ist geschissen. Und die Zeche prelle ich auch. Soll doch der feine Herr Graf das völlig überteuerte Getränk übernehmen.

»Ich werde das Anwesen jetzt verlassen. Guten Abend.«

Ohne mich umzusehen, gehe ich den beleuchteten Kieselsteinweg Richtung Ausgang hinunter. Ich kann den Blick des Grafen im Nacken spüren und plötzlich weiß ich, was ich in seinen Augen sah, als ich seine bereits Jahrhunderte andauernde Existenz angesprochen habe: tiefe Traurigkeit.

Der Pförtner überreicht mir Tasche und Jacke und ich kehre dem Schloss Belvedere den Rücken zu. Ich fingere nach meinem Mobiltelefon und hämmere wie verrückt auf eine Kurzwahltaste.

Mit ans Ohr gedrücktem Telefon laufe ich zur nächsten Bushaltestelle. Es läutet zwei Mal, dann nimmt Lynn das Gespräch an.

»Ja?«, fragt sie, verräterisch stöhnend.

»Kriegst du's gerade besorgt?«

»Nur ein bisschen, aber sprich ruhig weiter … Oh ja, das ist gut. Genau so.«

Die letzten Worte sind sicherlich nicht für mich bestimmt. Ich bin kurz abgelenkt, als auch Lynns Gegenpart genussvoll raunend am anderen Ende der Leitung zu hören ist.

»Bist du noch dran?« Das gilt mir.

»Ja«, sage ich schnell. »Ich habe nur das Gefühl, das fünfte Rad am Wagen zu sein.«

»Kannst du dich beeilen?«, ist Lynns Frage gedämpft zu hören, als würde sie das Telefon zuhalten.

»Na klar«, antwortet Lynns Freier.

Die Geräusche rhythmischer Bewegungen werden lauter, das tiefe Ächzen von Lynns Besuch zeugt davon, dass er bereits kurz davor ist zu kommen. Lynn kann ein Stöhnen ebenfalls nicht unterdrücken, auch wenn sie es versucht.

Ich lausche den Klängen des Liebesspiels, bis ein dunkles Knurren, gefolgt von einem erlösenden Aufschrei, zu hören ist.

Okay, das war ... grotesk.

Es raschelt in der Leitung, dann ist es still. Ich nehme beinahe an, dass die Verbindung unterbrochen wurde, und spiele schon nervös mit meinen Locken, doch dann ist Lynns Stimme glasklar erneut zu vernehmen. »Was gibt's, Mäuschen?«

»Du musst etwas für mich erledigen«, schieße ich sofort los. »Es ist lebenswichtig, dass du jetzt gleich in Marias Büro gehst und meine Nachricht auf dem Anrufbeantworter löschst.«

Ich ziehe scharf die Luft ein und schaue in die Ferne. Der beleuchtete Stephansdom blitzt am Horizont zwischen den Häuserdächern hervor.

»Okay«, sagt Lynn schlicht. »Bin schon unterwegs. Du erzählst mir hoffentlich auch warum.«

Ja ... später ... morgen vielleicht.

Mir fällt auf, dass ich den Satz nur gedacht und nicht laut geäußert habe.

»Ich hatte einen desaströsen Abend. Ich erzähle dir morgen alles. Nur so viel: Der Graf war da.«

Vor meinem geistigen Auge sehe ich, wie Lynn gerade die Kulleraugen aus dem Köpfchen fallen, während sie frisch durchgebumst durch das ›Zum schwarzen Mond‹ wackelt und meinen Geheimauftrag ausführt.

»Ist nicht wahr?! Oh, ich wünschte, ich wäre dabei gewesen!«

»Und Maria war auch da«, erzähle ich weiter und kann mich nur zu gut daran erinnern, mit welchen Blicken die Puffmutter mich taxiert hat.

»Scheiße«, murmelt Lynn fassungslos und gleichzeitig anerkennend. Vermutlich kann sie nicht begreifen, weshalb ich noch am Leben bin.

»Wir haben zusammen getanzt.«

»Du hast mit Maria getanzt?«

»Nein, mit von Carasescu.«

»Mit wem?«

»Mit dem Grafen!«

Etwas knallt so laut in der Leitung, dass ich erschrecke und das Telefon vom Ohr nehme. Gruß ans Trommelfell.

»Bist du gegen eine Tür gelaufen?«, frage ich meine Freundin und bin erstaunt, dass ich bereits den halben Botanischen Garten durchquert habe.

»Vielleicht habe ich vor lauter Aufregung vergessen, die Klinke zu benutzen. Man bricht ja nicht jeden Tag in das Büro der eigenen Chefin ein.«

»Es ist kein Einbruch«, ermutige ich Lynn. »Sie schließt nie ab.«

»Aber jetzt erzähl! Wie war der Tanz? Mach es nicht so spannend.«

Ich lasse den Tanz gedanklich Revue passieren, denke an von Carasescus Berührungen und Blicke, seine Hände auf meiner Haut. Und an sein Benehmen und die Beleidigungen.

Ich suche nach einem passenden Vergleich, um auf Lynns Frage zu antworten, als ich merke, dass ich die Stirn in Falten gelegt habe.

»Eine Lobotomie wäre eine schöne Alternative gewesen.«

»So schlimm?«

»Geradezu unheimlich«, bestätige ich nickend, obwohl sie es nicht sehen kann. »Er hat mich gemustert, als wäre ich Freiwild. Und er hat keine Manieren. Er ist unhöflich und arrogant. Ein richtiges Ekel.«

»Schade ...«, säuselt Lynn ernsthaft betrübt.

Aber er hat mir den Arsch gerettet ...

»Kann er sich wenigstens gut bewegen?«

»Wie ein junger Gott«, muss ich neidlos gestehen. Na ja ... das mit dem ›neidlos‹ stimmt so nicht ganz.

»War es ein enger Tanz? Du weißt schon ... konntest du gewisse Vorzüge spüren?«

Ich stoße leidend die Luft aus. Wenn wir uns gegenüberständen, würde ich ihr etwas gegen den Kopf werfen.

Ohne eine Antwort abzuwarten, redet Lynn weiter. »Hey! Wie ist sein Vorname? Nein, warte. Ich komme selbst darauf. Ernst August?« Ich verziehe das Gesicht, während Lynn weiterrät. »Ferdinand?«

»Nein.«

»Wilhelm? Vielleicht Siegfried?«

Auch das verneine ich vehement und beschließe, sie zu unterbrechen, bevor sie noch alle europäischen Königshäuser durchgeht. Oder schlimmer … bei Frauennamen landet.

»Vehla«, werfe ich daher ein, als sie in ihren Überlegungen kurz innehält.

»Vehla?« Ich kann das Unverständnis hören, welches sich vermutlich auch gerade in ihrem Gesicht zeigt. »Von der Marke habe ich eine Sonnenbrille.«

»Ich weiß.«

In einer unmissverständlichen Geste mache ich deutlich, dass ich exakt denselben Gedanken hatte, doch auch das kann sie natürlich nicht sehen.

Ein Piepen in der Leitung lässt mich aufhorchen. »Was war das?«

»Der Anrufbeantworter. Mission erfolgreich ausgeführt.«

Endlich kann ich erleichtert aufatmen. »Du bist die Beste.«

»Ich weiß. Dafür bist du mir einen Gefallen schuldig.«

»Was immer du willst«, sage ich und hoffe, dass ich meine Aussage nicht bereuen werde.

»Du und ich. Auf dem Rummel. Morgen vor Schichtbeginn.«

Und schon bereue ich meine Aussage.

Kapitel 5

»Wollen wir ein paar Nummern schieben?«

Wir passieren soeben die Wasserrutsche auf dem Wiener Prater, sind noch nicht einmal beim Riesenrad angekommen, als Lynn schon wieder unzüchtige Gedanken mit sich herumschleppt.

Ich werfe ihr einen Seitenblick zu und rücke meine Tasche zurecht. Ihr schulterlanges dunkles Haar trägt jetzt helle Spitzen. Das nennt sich Ombré, habe ich mir erklären lassen.

»Ich bin nicht in Stimmung«, sage ich wahrheitsgemäß. Unsere Schicht im ›Schwarzen Mond‹ beginnt früh genug. Ich liebäugele viel mehr mit dem Süßigkeitenstand gegenüber.

»Komm schon«, versucht Lynn, mich zu überreden. »Die Typen stehen total drauf, wenn man ihnen in der Geisterbahn einen bläst.«

Ich verzichte dankend. »Geh ruhig, ich hole mir solange einen kandierten Apfel.«

»Spaßbremse«, werde ich eher halbherzig betitelt, also kann ich gut damit umgehen.

Dann wendet sich Lynn winkend ab und steuert sogleich auf eine Gruppe junger Männer zu. Mindestens einer ist vampirisch, ich erkenne seine Eckzähne, als er lachend den Kopf in den Nacken wirft, nachdem Lynn die Freunde angesprochen hat.

Unglauben breitet sich in den Gesichtern der Herren aus, doch Lynn gibt mit so energischen Gesten zu verstehen, wie ernst sie es meint, dass der Vamp unter ihnen gar nicht anders kann, als Lynn zu begleiten.

Leise lächelnd schüttle ich den Kopf, als sich Lynn bei ihm einhakt und sie, untermalt vom lauten Gegröle der Zurückgebliebenen, den Weg in Richtung Geisterbahn ansteuern.

Der Plan zur Beschaffung eines kandierten Obststückes wird von mir sofort in die Tat umgesetzt, als ich die beiden aus den Augen verliere.

Wenig später sitze ich unter einer Birke mit enormen Ausmaßen und beobachte Passanten. Der Stamm drückt etwas hart gegen meinen Rücken. Ich brauche eine Weile, bis ich die perfekte Sitzposition gefunden habe, aber dann lutsche ich gierig an der Süßigkeit, lausche den Gesprächen vorbeilaufender Pärchen, amüsiere mich über Modegeschmäcker und versuche mir zusammenzureimen, in welcher Beziehung die Fußgänger wohl zueinanderstehen.

Laut feiernde Frauen eines Junggesellinnenabschieds ziehen an mir vorbei, Teenager-Cliquen, Familien, Mütter, Väter, Kinder. Schließlich beäuge ich ein Liebespaar, das es sich auf einer Bank gegenüber gemütlich gemacht hat. Sie isst Zuckerwatte, während er ihren Hals küsst und seine Hände nicht von ihr lassen kann. Sie lächelt glücklich, als sie mit den Fingern die süße Watte vom Stiel zupft.

Irgendetwas an der Szene stimmt nicht. Irgendetwas ist daran befremdlich. Erst komme ich nicht darauf, doch dann bietet sie ihm etwas Zuckerwatte an, was er lächelnd ablehnt.

Tatsache. Er ist ein Vampir. Sie nicht.

Natürlich können Vampire und Menschen Beziehungen führen.

Sind diese von langer Dauer? Eher nicht.

Der Grund für die Trennung? Unüberwindbare Differenzen. Die vergleichsweise niedrige Lebenserwartung des menschlichen Parts. Oder die Lust nach dem Blut der besseren Hälfte. Und wenn diese dazu nicht bereit ist … na ja …

Von dem Szenario nur noch mehr fasziniert, bemerke ich erst, dass Lynn mich gefunden hat, als sie direkt vor mir steht und den Blick auf das mittlerweile wild knutschende Paar versperrt. Erschrocken lasse ich den Apfel fallen und beobachte betrübt, wie er durchs Gras rollt. Na toll.

Ich hebe den Kopf und sehe zu Lynn auf. Sie grinst und wischt sich betont langsam die Mundwinkel sauber. »Kann man eigentlich zum Vamp werden, wenn man zu viel davon schluckt?«

»Vermutlich nicht«, sage ich gelangweilt. »Sonst wäre Rosalie schon dreimal zur Fledermaus geworden.«

Lynn lacht gehässig und lässt sich neben mich fallen.

»Ah.« Sie bemerkt ebenfalls das Pärchen. »Ein Platz mit Aussicht. Ich verwette meinen Arsch, dass sie sich innerhalb der nächsten fünf Minuten auf den Weg nach Hause machen und er sie noch in der Diele flachlegt.«

»Hm«, mache ich nur und denke, dass mein Hang zum Voyeurismus berufsbedingt ist.

»Was?«, fragt Lynn skeptisch. »Was ist los?«

»Nichts«, antworte ich schnell. Zu schnell.

Sie folgt meinem Blick und deutet ihn richtig. »Willst du das auch? Eine ernsthafte Beziehung? Du musst nur bei Maria deine Kündigung einreichen. Sie würde dich gehen lassen. Sie ist ja kein Scheusal.«

Das weiß ich natürlich. Das Problem ist, dass ich zu gut verdiene. Ich brauche das Geld. Wien ist nicht das teuerste Pflaster dieser Welt, aber jeden Cent, den ich nicht ausgebe, spare ich für die Zukunft. Wer weiß, was einmal dabei herausspringt? Ein Ferienhaus am See? Ein Café in der Kärntner Straße? Ich bin für alles zu haben, was mich über die Runden bringt, sollte ich der Branche je den Rücken kehren.

»Nein«, sage ich, als mein gedanklicher Monolog beendet ist, und suche schnell nach einem anderen Thema, während ich Gras zupfe und Ameisen dabei beobachte, wie sie meinen Apfel für sich entdecken. »Ich dachte nur, dass die beiden vielleicht an einem Dreier im Spiegelkabinett interessiert sind.« Ich hebe den Blick und grinse Lynn an, deren Augen begeistert aufleuchten.

»Ich gehe fragen.«

Ehe ich sie davon abhalten kann, ist sie auf den Beinen und watschelt zur Bank hinüber.

Mit vor den Mund gepresster Hand unterdrücke ich ein Lachen und sehe zu, wie sie sich eine Abfuhr einholt. Empört über das Angebot, erhebt sich das Pärchen und sucht schnell das Weite.

Lynn dreht sich zu mir um und wirft die Hände in die Höhe. »Sie wollten keinen Dreier!«, schreit sie so laut, dass nicht nur ich, sondern auch mein tauber Nachbar viele Straßenblocks entfernt ihren Ruf vernehmen kann.

Als sie sich wieder zu mir gesellt, lasse ich meiner Erheiterung freien Lauf und lache los. Doch diese Fröhlichkeit will nicht so ganz auf sie überspringen.

Ernst schaut sie mich an, setzt sich mir gegenüber ins trockene Gras und greift nach meinen Händen. »Ich muss dir etwas gestehen.«

»Was? Hat dich dein Millionär nun doch abgewiesen?«

»Ach der, der ist doch schon wieder Schnee von gestern. Das ist es nicht.«

Ermutigend blicke ich sie an. »Du kannst mir alles sagen. Welche Leiche müssen wir vergraben?«

Tief Luft holend setzt Lynn an. Doch was sie mir dann erzählt, überrascht mich so sehr, dass ich mir fast wünsche, wir müssten *nur* eine Leiche entsorgen. »Ich habe beschlossen, mich verwandeln zu lassen.«

Der Satz trifft mich wie ein Schlag ins Gesicht. Ich weiß, dass Lynn schon immer eine romantische Vorstellung vom Vampirdasein hatte, von plötzlich auftretenden optischen Vorzügen einmal ganz abgesehen. Mir ist auch bewusst, dass es eine Vielzahl an Personen gibt, die sofort ›Hier!‹ schreien würden, wenn es darum ginge, bis in alle Ewigkeit zu den begehrenswertesten Geschöpfen auf diesem Planeten zu gehören, doch dass Lynn dies jemals in die Tat umsetzen würde, erschreckt mich zutiefst.

»Du willst also … warum … wann?«

»Das steht noch nicht fest«, erklärt sie und sieht mir tief in die plötzlich tränennassen Augen, Zustimmung suchend. »Auch nicht, wer es tun soll. Aber meine Entscheidung ist gefallen. Die ewige Nacht ist nur noch einen Schritt entfernt.«

Ich weiß nicht, was ich sagen soll, also bleibe ich stumm.

»Mach dir keine Gedanken. Ich werde weiterhin im ›Schwarzen Mond‹ arbeiten. Maria weiß schon Bescheid und hat nichts dagegen. Ewige Jugend, Lisa. Ich kann so viel saufen, vögeln und koksen, wie ich will, ohne betrunken, schwanger oder abhängig zu werden. Nie wieder krank. Nie wieder schwach. Nie wieder …«

»Nie wieder die Sonne«, werfe ich leise ein, doch Lynn winkt ab.

»Die kriegen wir bei unseren Arbeitszeiten sowieso kaum zu Gesicht. Und außerdem bekommt man davon Falten.«

Ich ringe mir ein Lächeln ab. Die Vorstellung, dass meine beste Freundin bald unsterblich ist, muss ich erst einmal verdauen.

»Sind wir auch weiterhin befreundet?«, will sie wissen. »Ich meine, wenn es so weit ist und ich …«

»Natürlich«, sage ich eilig, lasse ihre Hände los und ziehe sie in eine Umarmung, die sie sofort erwidert.

»Und wenn du die Sterblichkeit satthast, dann bin ich sofort zur Stelle und …«

Sie drückt mich auf Armlänge von sich, formt eine Raubtierkralle und faucht in einer schlechten Darbietung von Draculas Braut. Aber ich habe verstanden und danke ihr für das Angebot.

»Ich bin erleichtert, dass es jetzt raus ist. Ich hatte Angst, dass du nichts mehr mit mir zu tun haben willst.«

»Quatsch«, rufe ich aus. »Ich liebe Vampire.«

Im wahrsten Sinne des Wortes.

Kurz ist es still zwischen uns. Ich überdenke die Tatsache, dass Vampirismus die Heilung für so ziemlich alle Krankheiten ist. Viele Pharmakonzerne sind in den letzten Jahren pleite gegangen, weil schlichtweg keine Medikamente mehr benötigt wurden. Und dennoch gehen manch Sterbenskranke lieber zugrunde, als das ewige Leben zu erhalten. Ich weiß nicht, wie ich wählen würde, sollte ich je die Entscheidung treffen müssen.

»Bock auf Zuckerwatte?« Lynn legt fragend den Kopf schief.

»Und dann ab aufs Riesenrad«, sage ich nickend und lasse mir von ihr auf die Beine helfen.

»Das ist mein Mädchen!«

Mit einem letzten Rest Zuckerwatte in der Hand schleichen wir durch den Hintereingang des ›Schwarzen Mondes‹. Lynns Watte ist blau, meine rosa. Ich hasse es, einen klebrigen Mund zu haben, aber die süße Sünde ist es allemal wert.

»Lust auf eine kleine Wette?«

Lynns Hang zum Glücksspiel kommt wieder durch, was mich leidend seufzen lässt. »Deinen Wetten konnte ich noch nie etwas abgewinnen, Lynn.«

»Du weißt doch noch gar nicht, um was es geht«, fängt sie an, sich aufzuregen, hört aber auf, als ich ihr meine restliche Zuckerwatte unter die hübsche Nase halte. »Uh, danke!«

»Was würde für mich dabei herausspringen?«, frage ich nun doch neugierig, während sie den Holzstab genießerisch von der Watte befreit und wir unsere Zimmer aufsuchen.

Wir sind ein wenig später als gewohnt im Etablissement, was aber nicht weiter schlimm ist, da wir in Gleitzeiten arbeiten. Klingt in diesem Berufszweig eindeutig zweideutig. Ist es auch.

»Wenn du gewinnst, dann schiebe ich meine Verwandlung noch um ein Jahr auf.«

Empört ziehe ich scharf die Luft ein. Das grenzt ja schon an Erpressung.

»Wenn ich gewinne, dann siehst du hinter dem Spiegel dabei zu, wie ich mich beißen lasse«, fährt Lynn fort.

»Das ist alles? Willst du mich bekehren oder was? Mein Hals bleibt Jungfrau, egal wie oft du noch versuchst, mich vom Gegenteil zu überzeugen.«

»Wir werden sehen«, flötet sie und ich beschließe, ihre besserwisserische Art zu ignorieren. »Du hast keine Ahnung, wie befriedigend so ein Biss für beide Seiten sein kann.«

»Wie lautet überhaupt die Wette?«, will ich von ihr wissen.

Ich werde mutig, denn wirklich viel steht für mich nicht auf dem Spiel.

»Wer heute Nacht mehr Nummern schiebt«, ist Lynns Antwort.

Ich bleibe vor meiner Zimmertür stehen und denke ernsthaft über ihr Angebot nach.

»Wenn du nicht annimmst, erzähle ich Maria, was du letzte Nacht tatsächlich auf der Gala getrieben hast«, droht sie mir übertrieben ernst.

Schnell schlage ich ein. »Ich hasse dich.«

»Und ich dich«, antwortet sie mit einem Lächeln, das die Größe von Transsylvanien hat.

Ich merke erst, dass bereits ein Freier auf mich wartet, als ich mein Zimmer hinter mir schließe.

»Scheiße, Henry!«

Ich erschrecke so sehr, dass meine Tasche von meiner Schulter rutscht und dumpf auf dem Teppichboden aufschlägt. Lynns Wette verbanne ich in die hinterste Ecke meines Bewusstseins.

Henry ist da, Henry ist da!

Er steht am Fenster und lacht aufrichtig. »So werde ich selten begrüßt.«

Plötzlich ist mir mein Ausruf peinlich und ich entschuldige mich. »Tut mir leid. Warte, ich ziehe mich nur schnell um.«

»Nicht nötig«, sagt er eilig und hält ein weiteres Brettspiel in die Höhe. »Hierfür sind Jeans und T-Shirt absolut ausreichend.«

Aber dafür, was ich mit dir machen will, nicht!

Ein gewinnhungriges Funkeln tritt in meine Augen, als ich den Raum durchquere, ihm das Spiel aus der Hand nehme und mich damit auf den Fußboden setze.

»Der Verlierer ist dem Gewinner eine Massage schuldig«, stelle ich klar.

Henry lässt sich, trotz des teuren Anzuges, den er trägt, neben mir auf dem Boden nieder und nickt meine Bedingung ab.

»Einverstanden.«

Als wir in der Badewanne sitzen und Henry mir sanft den Rücken einseift, frage ich mich ernsthaft, wer hier wen bezahlen müsste. Seine leichten massierenden Berührungen rauben mir fast den letzten Nerv und als er sich von hinten gegen mich lehnt, um seine wundervollen Lippen gegen meinen Hals zu drücken, will ich mich ›Nimm mich!‹-schreiend in seine Arme werfen.

Ich wundere mich über die Nähe, die er heute sucht, möchte mich aber keineswegs beklagen. Vielleicht hängt es ja damit zusammen, dass heute unser drittes Aufeinandertreffen ist. Es ist allgemein bekannt, was man darüber sagt, oder? Zwinker.

Henrys Lippen wandern nach oben. Als er vorsichtig in mein Ohrläppchen beißt, entweicht mir ein wohliges Stöhnen, das ich eigentlich nicht hatte entweichen lassen wollen, aber was will man tun?

Henry ist bei Weitem nicht der Erste, mit dem ich hier so vertraut sitze, aber irgendwie fühlt es sich mit ihm anders an. Besonders. Eine ganz blöde Fantasie nimmt gerade in meinem Kopf Gestalt an. Was, wenn er es ist? Wenn er das für mich sein kann, was der Vamp auf der Parkbank für die junge Frau ist?

Ich greife in seinen Nacken und ziehe ihn noch näher an mich. Seine Hände streichen über meinen Körper. Ich verzehre mich danach, ihn ganz zu spüren.

Das warme Wasser, das unsere Körper umgibt, bewegt sich, als er mit einem Mal zurückweicht und in mir ein bedrückendes Gefühl hinterlässt. Langsam drehe ich mich um und sehe ihn abwartend an.

Er mustert mich mit einem Lächeln. Es ist dieses gewisse Lächeln. Voll von Zuneigung, einem Hauch Schalk und ein bisschen entblößtem Eckzahn. Es macht ihn unwiderstehlich. Und er weiß es.

»Darf ich dich etwas fragen?«

»Du darfst mich alles fragen«, versichere ich und rücke näher an ihn heran. Ich sitze somit nicht mehr zwischen seinen Beinen, sondern direkt auf seinen Schenkeln, und beginne erneut zu fantasieren, was wäre, wenn. »Und du darfst so gut wie alles mit mir anstellen.«

Sein Lächeln wird breiter, jedoch geht er nicht näher auf mein Angebot ein, sondern streicht mir nur eine Locke aus dem Gesicht. Man merkt, dass er ein Gentleman ist. Er würde seine Position nie ausnutzen, obwohl er es könnte und jedes Recht darauf hat.

»Ich weiß, dass die Umstände, unter denen wir uns kennengelernt haben, recht ungewöhnlich sind.« Während Henry spricht, beben seine Nasenflügel vor Nervosität, was ich irgendwie niedlich finde. »Womöglich ist dir meine Aussage unangenehm, aber ich würde dich sehr gern außerhalb deiner Arbeitswelt kennenlernen.«

Ein Glitzern zeigt sich in seinen dunklen Augen, als ich ihn lächelnd ansehe.

Hat er mich gerade um eine Verabredung gebeten? Findet er mich interessant genug, um der Person Lisa eine Chance zu geben und nicht der Nutte? Mein letztes richtiges Date ist … ewig her. Damals war ich noch Teenagerin.

Kurz denke ich an die Mädchen, die Beziehungen mit ihren Freiern eingegangen sind. Maria hat dies natürlich nicht gutgeheißen. Daher wurden sie sehr schnell durch andere Täubchen ersetzt. Denn ein verliebter Freier ist irgendwann ein Freier, der kein Geld mehr in die Kasse spült, weil er das, was er nur hier bekommen sollte, plötzlich auch zu Hause haben kann.

Aber gegen einen Kaffee mit Henry ist doch nichts einzuwenden. Und Maria muss es nicht erfahren.

Mutig beuge ich mich nach vorn, was Henrys Augen kurz größer werden lässt. Ich lege sanft meine Lippen auf seine. Diese flüchtige Berührung geht nie und nimmer als Kuss durch.

Mit einem Grinsen lasse ich wieder von ihm ab. »Das bedeutet, dass ich einverstanden bin.«

Sein scheinbar auf ihn patentiertes Lächeln kehrt zurück und erreicht diesmal auch seine Augen. Dann leckt er sich über die Lippen und sagt: »Hm, Zuckerwatte …«

Wie ein altes Mütterchen sehe ich Henry nach, als er mich verlässt. In der offen stehenden Tür meines Zimmers schaue ich wehmütig den Gang entlang. Fehlt nur das weiße Stofftaschentuch, mit dem ich meinem Abschiedsschmerz noch mehr Kraft verleihen könnte.

Mit einem Mal geschieht etwas Merkwürdiges. Am Ende des Ganges, direkt vor dem Treppenabsatz, erblicke ich von Carasescu, der hochnäsig wie eh und je den Gang hinabsieht und Henry nickend grüßt. Ein dunkler Ausdruck liegt auf den feinen Zügen des Grafen, was ich selbst auf die beachtliche Entfernung erkenne. Mich beschleicht Verwirrung, und schnell schließe ich die Tür.

Maria wird von Carasescus Besuch sicherlich sehr begrüßen. Es heißt, dass ihr unsterbliches Leben beginne, sie zu langweilen. Ich kann das durchaus nachvollziehen. Bei Gelegenheit muss ich dies Lynn unbedingt unter die Nase reiben.

Apropos Lynn. Von wie vielen Kunden sie sich in den vergangenen Stunden wohl hat vögeln lassen? Die Nacht ist noch nicht vorbei, trotzdem sehe ich meine Chancen auf einen Gewinn ihres Wettbewerbes sinken. Spiegelzimmer, ich komme.

Ich will mir nicht länger den Kopf über versnobte Blutsauger und sexhungrige Freundinnen zerbrechen und steuere das Fenster an, um etwas nächtliche Luft zu schnappen. Es fühlt sich seltsam an, dass ich immer noch meine Alltagsklamotten trage, aber nach dem gemeinsamen Bad mit Henry bin ich einfach wieder in die Sachen geschlüpft, die zuerst greifbar in der Nähe lagen.

Ich habe den Raum zur Hälfte durchquert, als es an der Tür klopft. Verwundert wende ich mich um und taxiere das massive Holz. Da mir die Gabe des Röntgenblicks nicht gegeben ist, laufe ich zurück zur Tür.

Auf dem Weg dorthin klopft es erneut, diesmal fordernder, und ich muss mich beherrschen, nicht laut zu werden. Ich reiße die Tür regelrecht auf und … Überraschung!

In einer heldenhaften Anstrengung bringe ich es zustande, dass mir nicht sämtliche Gesichtszüge entgleisen. Stattdessen schaue ich nur wie ein dummes Schaf.

»Eure Exzellenz«, nuschle ich überrascht und halte mich rechtzeitig davon ab, zu knicksen.

Der Knicks ist nicht nötig, rufe ich mir in Erinnerung. *Der Knicks ist verdammt noch mal nicht nötig!*

»Marias Räumlichkeiten befinden sich zwei Etagen über uns.«

»Das ist mir durchaus bewusst«, sagt er ohne ein Wort der Begrüßung und trägt seine Nase noch ein bisschen weiter gen Himmel als sonst. »Wenn Ihr so freundlich wärt und mir kurz Euer Gehör schenken könntet.«

Ich blinzle ehrlich erstaunt. »Ihr wollt mit mir sprechen?«

»Ja, das ist mein Anliegen.«

Er tritt von einem Fuß auf den anderen, und als er ungeduldig eine Braue hebt, werde ich mir der Tatsache bewusst, dass ich jetzt an der Reihe bin, etwas zu sagen, und außerdem den Weg versperre.

Schnell trete ich zur Seite und deute mit einer einladenden Geste in den Raum. Er nimmt die Aufforderung sofort an und schreitet an mir vorbei. Ich lasse die Tür ins Schloss fallen und überwinde meine Verwunderung, so gut es mir möglich ist. Es wird Zeit, wieder professionell zu werden.

Also folge ich ihm und beobachte, wie er seinerseits den Blick schweifen lässt.

»Wenn es darum geht, dass Maria Euch den gestrigen Abend in Rechnung stellt … Selbstverständlich werde ich dafür aufkommen.«

Ob er Ratenzahlung akzeptiert? In zehn Jahren habe ich den Betrag sicherlich beglichen. Ich will keinesfalls mein ganzes Erspartes auf einmal dafür ausgeben müssen.

»Nein, das werde ich auf keinen Fall annehmen«, erwidert er.

Okay, dann nicht.

Ich nicke dankend.

»Was … kann ich sonst für Euch tun?«, frage ich nach einigen Sekunden des Schweigens. Ich will das hier zu Ende bringen, bevor die Sonne implodiert.

Sein Blick huscht vom Kronleuchter zu mir.

Bilde ich es mir ein, oder zeigt sein Gesicht ein abwertendes Urteil, als er meine legere Erscheinung mustert?

Wieder einmal werde ich mir der Kälte in seinen Augen bewusst und bekomme eine Gänsehaut.

»Es ist mir ein Bedürfnis, mich zu der Peinlichkeit von gestern Nacht zu äußern«, sagt er in gewohnt hochnäsigem Tonfall. »Ich war Euch gegenüber herablassend und verletzend. Auch wenn ich denke, dass ich Euch vor einer öffentlichen Blamage durch Maria bewahrt habe. Sie kann sehr aufbrausend sein. Dies hatte jedoch nichts mit unserer späteren Unterhaltung zu tun. Ich habe mich nicht angemessen verhalten und möchte dafür Abbitte leisten. Verzeiht.«

Das … ist Größe. Obwohl es einstudiert klingt und sein Tonfall Zweifel an der Aufrichtigkeit seiner Worte lässt. Ein Mann … Vamp seines Standes hat es mit Sicherheit nicht nötig, sich bei einer dahergelaufenen Prostituierten für etwas zu entschuldigen. Aber er tut es und ich bin zugegebenermaßen … irgendwie beeindruckt und rechne es ihm hoch an. Allerdings verstehe ich nicht, welchen Nutzen er daraus zieht.

»Ähm … ja«, werde ich unserer gemeinsamen Sprache wieder mächtig und nicke, was vermutlich den Eindruck einer Geistesgestörten erweckt. »Angenommen. Vergeben und vergessen. Schwamm drüber.«

Er nickt, rührt sich jedoch nicht vom Fleck, und die aufkommende Stille beginnt unangenehm zu werden.

»Kann ich sonst noch etwas für Euch tun?«, hake ich vorsichtig nach.

»Allerdings«, schießt es aus ihm heraus und er erscheint beinahe erleichtert darüber, dass ich nachgefragt habe. »Ich würde gern Eure Dienstleistung in Anspruch nehmen.«

»Oh«, sage ich lang gezogen und begreife. Endlich etwas, das ich wirklich kann.

Ich überbrücke unaufgefordert die Distanz zwischen uns mit zwei kleinen Schritten und presse meinen Körper gegen seinen. Jetzt werden wir gleich dieselbe Sprache sprechen. Ich befingere das teure seidene Tuch um seinen Hals und reibe mich aufreizend an ihm.

Jedoch geht er nicht darauf ein, sondern packt mich wieder nur an den Handgelenken. Dieses Mal nicht ganz so schroff wie bei unserer ersten Begegnung in Marias Gemach.

»Ich meine nicht diese Art von Dienstleistung«, lässt er mich wissen und ich trete vor Schreck einen Schritt zurück.

»Okay«, äußere ich verstehend.

Er drückt sich aber auch zweideutig aus. Himmel, Arsch und Zwirn.

Noch bevor ich Zeit habe, rot anzulaufen, zieht er plötzlich etwas aus der Innentasche seines Gehrocks, das aussieht wie ein Ticket, und hält es mir vor die Nase.

»Das ist eine Karte für die Staatsoper«, sage ich, nachdem ich das Papier beäugt habe. Durch die Bewegung seiner Finger teilt es sich wie bei einem Zaubertrick. »Das sind *zwei* Karten für die Staatsoper«, korrigiere ich mich selbst. »Die Vorstellung ist heute Nacht.«

»Ich bezahle Euch dafür, wenn Ihr Euch bereit erklärt, meine Begleitung zu sein. Seht es als Wiedergutmachung für den gestrigen Fauxpas.«

Tz. Seine Wiedergutmachung kann er stecken lassen. Ich will sie nicht haben. Und wieso zum Geier soll ausgerechnet ich ihn begleiten? Er kann genauso gut mit Maria die Oper unsicher machen.

Doch dann erwacht die Neugier in mir und die Frage, ob er wohl großzügig bei der Vergabe des Trinkgeldes ist. Und ein Abend, an dem ich dem ›Schwarzen Mond‹ den Rücken kehren kann, ist immer wieder eine aufregende Abwechslung. Es kommt nicht sehr oft vor, dass ich Außentermine wahrzunehmen habe. Zu hoch ist die Gefahr, dass Bekannte meiner Freier mich mit ihnen sehen könnten. Doch von Carasescu scheint diesbezüglich keine Ängste zu hegen.

»Wie groß ist das Bedürfnis, Euch bei mir zu entschuldigen, eigentlich genau?«, frage ich interessehalber und nehme eine der Karten an mich.

Das Stück heißt ›Die Fledermaus‹. Wie passend.

»Da ich dies als Annahme meiner Einladung deute, werde ich unten auf Euch warten«, teilt Seine Grafschaft mir mit.

Super. Keine Antwort ist auch … keine … oder so.

»Ich würde es begrüßen, wenn Ihr Euch dem Anlass entsprechend etwas … herrichten könntet«, fügt er hinzu.

Es beginnt gewaltig in mir zu brodeln, doch ich beiße mir auf die Zunge und ringe mir ein falsches Lächeln ab.

»Gewiss. Ich werde mich beeilen«, sage ich so emotionslos und distanziert, wie es mir möglich ist, und begebe mich, noch während ich dies mitteile, zu meinem Kleiderschrank.

»Gut«, höre ich Seine Exzellenz äußern und ziehe ein passendes Kleid vom Bügel.

»Schön«, verkünde auch ich, sehe kampflustig zu ihm und bemerke mit Genugtuung, dass er sich, um Fassung und Haltung bemüht, strafft und zum Gehen wendet.

»Es wäre von Vorteil, wenn wir die Oper vor Tageseinbruch erreichen würden«, setzt er unserer kurzen Unterhaltung noch die Krone auf und verschwindet.

»Wenn wir die Oper noch vor Tageseinbruch erreichen würden«, äffe ich ihn mit verfremdeter Stimme wie ein kleines Kind nach und schneide Grimassen.

Blödfisch! Ich werde mir so viel Zeit lassen, wie ich benötige, um mich ausgehfertig zu machen. Und wenn wir erst zum dritten Akt da auflaufen. Vielleicht habe ich ja auch Glück und er erstickt bis dahin an seiner Aufgeblasenheit.

Dann fällt mir ein, dass es ihm gar nicht möglich ist, zu ersticken. Na ja, man kann eben nicht alles haben.

»Wo gehst du hin? Nein, viel wichtiger: Wie viel hattest du?« Lynn passt mich ab, als ich durch den Barbereich schlendere.

»Einen«, gestehe ich, obwohl auch das geflunkert ist, denn wir hatten keinen Sex.

»Einen? Ich hatte fünf. Ich habe die Beine breit gemacht, als würde mein Leben davon abhängen. Wieso nur einen? Bist du eingeschlafen?«

»Es war Henry«, erkläre ich mich, und Verständnis zeigt sich in Lynns Blick.

»Oh. Schön für dich, Liebchen, dass du endlich ran an den Speck durftest, aber noch besser für mich. Und wo willst du jetzt hin? Vielleicht kannst du die Meisterin der Quickies ja doch noch einholen.«

»Ich gehe mit dem Grafen in die Oper.«

Lynn prustet los. »Mit Sonnenbrillen-Vehla? Ich habe so was von gewonnen. Es sei denn, du treibst es mit ihm mindestens achtmal in seiner Privatloge.«

Eher schneit es in der Hölle.

Kapitel 6

Ich trete auf den Vorplatz des ›Schwarzen Mondes‹ und werde von Passanten auf der anderen Straßenseite kritisch beäugt.

Kurz überlege ich, ob ich meine Laune durch eine obszöne Geste in deren Richtung bessern kann, entscheide mich jedoch dagegen. Also sehe ich mich in der Gegend um und halte nach von Carasescu Ausschau, doch von Graf ›Ich habe die Unsterblichkeit mit Löffeln gefressen‹ ist weit und breit keine Spur zu erahnen. Nicht einmal eine dezent aufgestellte Leuchtreklame, die in neonfarbenen Lettern ›Zum Grafen bitte hier entlang‹ verkündet, entdecke ich. Welch bodenlose Frechheit.

Aus Angst, dass mich jemand beobachtet, ziehe ich keinen Schmollmund und stampfe nicht wie ein Kleinkind mit den Füßen auf, sondern verschränke nur in einer gelassenen Geste die Arme vor der Brust und stehe da wie bestellt und nicht abgeholt.

Die Minuten verstreichen. Langsam, aber sicher komme ich mir verarscht vor. Wenn er mich versetzt, werde ich zur rasenden Wildsau und mache Seine Stinkstiefeligkeit bei nächster Gelegenheit so richtig zur Schnecke.

Ein Räuspern lässt mich aufhorchen.

Ich erkenne die Quelle des Lautes nicht sofort, und unhöflicherweise beginne ich zu starren, als ich es tue.

Am Straßenrand steht ein in Schwarz gekleideter Mann mittleren Alters. Seine Kleidung ist gepflegt und die lange, dunkle Jacke ist mit einer akkuraten Knopfreihe und kurzem Kragen versehen. Am auffälligsten ist jedoch die unverwechselbare, markante Chauffeursmütze, die auf seinem hellen Lockenkopf sitzt. Der Aufzug steht ihm gut, wie ich feststellen muss.

Doch nicht sein Anblick macht mich vorerst sprachlos, sondern das verlängerte Lincoln Town Car, das in seiner vollen Schönheit am Straßenrand parkt und dafür zwei Parkflächen benötigt.

Eine Limousine. Das ist eine verdammte Stretchlimousine!

Und natürlich bemerke ich diese erst jetzt, was mich augenblicklich dazu bringt, mich selbst ein blindes Huhn zu schimpfen.

»Wenn Sie gestatten«, sagt der Chauffeur in meine Richtung und ich sehe mich verdattert um.

Nein, hinter mir steht definitiv niemand. Und der Mann schielt doch nicht, oder?

Der Fahrer öffnet für mich die Fahrgasttür der langen Schönheit und mir schwant sofort Böses, als ich in das spärlich beleuchtete Innere schaue.

Ich stöckle näher an das weiße Gefährt mit den dunkel getönten Scheiben und lasse mich auf schwarze Ledersitze fallen.

Die Tür fällt hinter mir zu und ich habe das ungute Gefühl, gefangen zu sein.

Scheiße, denke ich, als ich mich genauer mit meiner Umgebung vertraut mache. Ich will wirklich nicht beeindruckt sein, aber ich bin es bereits jetzt. Was soll's? Ist ja kein Verbrechen.

Ich brauche ganze drei Sekunden, um die luxuriöse Ausstattung des Wagens abzuchecken. Die Aufmachung ist geradezu royal! Die geschmackvolle schwarze Lederausstattung endet in einer Rundsitzecke, an deren Ende von Carasescu mit überschlagenen Beinen in seiner vollen Erhabenheit sitzt.

Diese Tatsache verdränge ich jedoch für ein paar weitere Sekunden und bestaune die Bar mit wechselnder Farbbeleuchtung. Der Fernseher, das Glas-Schiebedach und der Sternenhimmel sind allerdings auch nicht zu verachten.

Welche Dame würde sich nicht in so einem Gefährt überallhin chauffieren lassen?

Nichtsdestotrotz zwinge ich mein Gesicht in die Ausdruckslosigkeit zurück und sehe zu von Carasescu, der mich genauso reglos mit einem seiner kalten Blicke betrachtet.

»Es freut mich, dass Ihr es einrichten konntet.« Er schafft es sogar, dass seine seidige Stimme vor Sarkasmus trieft.

Argh, ich könnte platzen, wenn er sich in Hochnäsigkeit aalt. Aber das Spiel kann er gerne haben. Ganz wie der Herr Graf es möchte.

Konzentriert fixiere ich meine Hand und rubble einen nicht vorhandenen Fleck vom Nagel meines Zeigefingers. »Ich habe später noch einen Termin zur Maniküre, wir müssten uns also etwas beeilen. Meint Ihr, die Opernsänger singen etwas schneller, wenn wir sie darum bitten?« Ich schaffe es, keine Miene zu verziehen, und schaue von Carasescu abwartend an.

Da! War das ein Zucken im Mundwinkel?

Ich rechne nicht mit einer Reaktion, doch der Vampirgraf antwortet völlig gelassen: »Vielleicht könnt Ihr Euren Termin zwischen dem zweiten und dritten Akt wahrnehmen. Ich empfehle das Nagelstudio ›Ma jolie‹ in Hundsturm.«

Ich verenge die Augen zu Schlitzen und presse die Lippen amüsiert aufeinander.

Ein Witz! Unglaublich. Das war doch einer, oder?

Ich belasse es dabei und wechsle das Thema, nachdem ich seine heutige Garderobe genauer beäugt habe. Vorhin war ich durch sein plötzliches Auftauchen so perplex, dass ich keine Gelegenheit dazu hatte.

»Wie heißt Euer Designer?«, will ich wissen. »Armani? Ford? Galliano?«

Der Gehrock im Frack-Stil schmiegt sich eng an seine Figur. Der floral gemusterte Brokatstoff schimmert dezent im schwachen Licht des Fahrzeuginneren. Elegante Knöpfe zieren den dunklen Stoff, aus einer seitlich angebrachten Paspeltasche hängt eine goldene Kette. Zubehör einer Taschenuhr?

Ich bin mir sicher, dass der feine Herr Graf nur die erlesensten Güter an seinen aristokratischen Körper lässt. Maßgeschneidert und sündhaft teuer ist in seiner Welt mit hoher Wahrscheinlichkeit ein Muss.

Stoff raschelt, als Seine Exzellenz den Kopf in meine Richtung dreht. Sein Kinn berührt den hohen Stehkragen, und sein sorgfältig zurechtgelegtes glattes Haar rutscht ihm von der Schulter. Gelassen hebt er eine Augenbraue und zupft den herausschauenden Spitzenbesatz seiner Ärmel zurecht.

»E-Bay«, teilt er unverblümt mit und verzieht dabei keine Miene.

In meiner Kehle stellt sich ein tiefes Brummen ein, als ich versuche, ein Lachen zu unterdrücken. Von Carasescu hat Humor. Er ist trocken, gewöhnungsbedürftig, aber definitiv vorhanden. Und das ist genau mein Ding.

Unser gemeinsamer Start war vielleicht holprig, aber jetzt, da ich hier sitze und eine Lachträne aus meinem Augenwinkel tupfe, muss ich zugeben, dass ich ihn doch einigermaßen leiden kann. Ein bisschen zumindest. Zu vierzig Prozent. So wie ich einen nicht vorgesehenen Zahnarztbesuch mögen würde. Mit Wurzelbehandlung. Wir werden schon miteinander klarkommen. Bis er plötzlich und aus heiterem Himmel wieder dichtmacht und auf sturer Adeliger stellt. Und wenn dies der Fall sein sollte, werde ich mich zu beruflicher Professionalität zwingen. Ich verdiene immerhin mein Geld damit.

Nach ein paar Sekunden des Schweigens sehe ich mich im Fahrzeug um. Meine Hand macht eine allumfassende Geste, als ich nach Worten ringe.

»Ziemlich …« Dekadent, verschwenderisch, schwülstig, theatralisch, schlicht und einfach übertrieben. »… auffällig«, wage ich zu äußern und rücke mein kleines Schwarzes zurecht, da es mir ungünstig weit nach oben gerutscht ist.

Bei jedem anderen Kunden würde ich den Blick auf meine entblößten Oberschenkel zulassen, aber bei von Carasescu ist es mir seltsamerweise unangenehm. Muss wohl an seiner adligen Abstammung liegen. So etwas ist mit Sicherheit gegen die Etikette.

»Ihr bevorzugt es also dezent«, stellt er inzwischen fest. »Dann hätte ich heute Nacht wohl lieber den Lamborghini wählen sollen.«

Ich verschlucke mich vor Überraschung fast an meiner eigenen Spucke, kann aber durch ein gespieltes Räuspern davon ablenken.

Ein Witz. Schon wieder. Unfassbar. Das Eis ist doch nicht etwa gebrochen? Ich bin geradezu in den Grundfesten meiner Meinung über den Grafen erschüttert. Geht er zum Lachen vielleicht doch nicht in den Keller … oder in die Gruft?

Ich habe keine Gelegenheit, länger darüber zu grübeln, da er erneut das Wort an mich richtet und mich so aus meinen Grübeleien reißt. »Champagner?«

Ich zwinge mich, die offensichtliche Verblüffung aus meiner Miene zu verbannen, und nicke nur, als er eine Flasche aus einem Kühlbehälter bei der Bar zieht und fragend in die Höhe hält.

Wenige Sekunden später reicht er mir ein Glas, gefüllt mit edlem Schampus, entgegen. Ich muss etwas an den Grafen heranrücken, da er keine Anstalten macht, näher zu mir zu kommen.

Peinlich darauf bedacht, dass sich unsere Hände nicht berühren, nehme ich das Getränk dankend an und trinke direkt einen Schluck. So wie es momentan aussieht, muss ich mich gar nicht betrinken, um den heutigen Abend einigermaßen gut über die Runden zu bekommen.

Die Limousine setzt sich leicht ruckelnd in Bewegung, als hätte der Chauffeur gewartet, bis die Gläser gefüllt sind, und ich gucke aus dem Fenster. Es ist schwer, in der vorbeirasenden Nacht etwas zu erkennen. Alles, was ich sehe, sind hin und wieder ein paar vorbeihuschende Schatten, da die Scheiben so stark getönt sind. Diese Tatsache verwirrt mich zusehends.

Als ich zu von Carasescu blicke, der ein Cognacglas in seinen schlanken Händen hält, den Inhalt kreisen lässt und mich unentwegt ansieht, fühle ich mich immer unbehaglicher.

Hier drin ist es einfach viel zu still. Keine leise einlullende Musik, keine Unterhaltung, kein trockener Witz über Designer und Nagelartisten, nicht einmal eine Liveband oder eine Akrobatenfamilie, die in der hinteren Ecke der Limousine wirklich ausreichend Platz zur Verfügung hätten … Das ist natürlich ein Witz.

Ich greife in mein Haar und prüfe in einer schnellen Handbewegung den Sitz meiner komplizierten Hochsteckfrisur, bevor ich allen Mut zusammennehme und versuche ein bisschen Small Talk zu führen.

»Ich mag die Oper«, beginne ich und bestätige meine Aussage durch ein Nicken, meine Augen huschen jedoch unsicher im Inneren hin und her. »Aber eigentlich mag ich alles, was mit Bühnen, Schauspiel und Gesang zu tun hat. Geht Ihr oft in die Oper?«

»Hin und wieder«, antwortet er, wendet den kalten Blick zum ersten Mal von mir ab und trinkt seinen Cognac.

»Allein oder in Begleitung?«, erkundige ich mich und bereue es augenblicklich, als mich wieder die volle Härte seiner durchdringenden Augen trifft. Fast bringt er mich dazu, wie ein kleines Hündchen zu wimmern und mich vor seine Füße zu werfen.

»Ich würde es sehr begrüßen, nicht darüber zu sprechen«, fordert er förmlich und ich leere mein Glas, spiele dann nervös mit dem Behältnis herum.

Gut, dann eben kein Small Talk.

Schweigen drängt sich erneut zwischen uns. Nur die stetigen Fahrgeräusche sind zu vernehmen. Als der Graf plötzlich abermals das Wort an mich richtet, bin ich beinahe dankbar, auch wenn seine Frage trotz ihrer Eindringlichkeit kühl und distanziert ist. »Wie lange arbeitet Ihr schon für Maria?«

Das Thema überrascht mich. Ist er vielleicht auch nur auf der Suche nach einem Gesprächsthema, um die unangenehme Stille zu durchbrechen?

»Seit ich achtzehn bin«, antworte ich, fast ohne zu zögern. Ich habe noch nie ein Geheimnis aus meiner Arbeit gemacht. »Und bevor Ihr fragt: Das ist jetzt neun Jahre her.«

Gott, das ist eine Ewigkeit. Ich werde alt. In all der Zeit habe ich mich bestimmt schon durch ganz Wien gebumst.

Von Carasescu nickt und wirkt abwesend.

»Woher kennt Ihr Maria? Oder würdet Ihr es begrüßen, auch darüber nicht zu sprechen?«, informiere ich mich vorsichtshalber, als ich seinen entrückten Ausdruck bemerke. Ich meine es scherzhaft, aber irgendwie will sich kein Schmunzeln auf seinen Zügen zeigen. Welch absurden Gedanken ich auch wieder habe, tz.

»Sie …«, beginnt er, als ich schon fast denke, dass er nicht mehr antwortet. Er wirkt zögernd, wählt seine Worte mit Bedacht. Etwas, das gar nicht zu seiner sonst so forschen Art passt. »Sie war in unseren früheren Leben meine Geliebte.«

Ich blinzle einmal und lasse die Antwort sacken. Wenn Männer von einer Liebhaberin sprechen, dann tun sie es meist mit einem gewissen Funkeln in den Augen, mit einem schelmischen Grinsen oder einer Geste, die verdeutlicht, was diese Frau ihnen bedeutet.

Doch ich sehe nichts dergleichen. Keine Regung. Nur die ewig gleich bleibende Maske.

»Und Ihr habt sie wirklich geliebt«, nehme ich trotzdem an und bekomme feuchte Augen. Wenn es um Liebesgeschichten geht, werde ich ständig sentimental. »Liebt Ihr sie immer noch?«

Welchen Grund sollte er sonst haben, sie in aller Regelmäßigkeit zu besuchen?

»Jetzt wagt Ihr zu viel«, sagt der Graf ruhig und dennoch bestimmend.

Diese Zurückweisung trifft mich härter, als es eine aufbrausende Antwort hätte tun können.

»Verzeiht«, bitte ich daher und hoffe, dass meine Unverschämtheit nicht für den Rest der Nacht zwischen uns steht. »Es stand mir nicht zu.«

Gute Güte, warum rede ich eigentlich so geschwollen, wenn ich in seiner Nähe bin? Passiert irgendwie ganz automatisch.

Ohne auf meine Entschuldigung zu reagieren, beugt er sich zu mir und nimmt mir das leere Glas aus den Händen, um mir Champagner nachzugießen.

»Ich habe versäumt, zu erwähnen, dass Ihr hinreißend ausseht«, meint Seine Exzellenz plötzlich und reicht mir das gefüllte Kristall, wobei sich unsere Hände kurz berühren und ich der Meinung bin, dass meine Finger auf einmal genauso kalt sind wie die seinen.

Ich bedanke mich nuschelnd und klammere mich an den einzigen Anker, den ich habe: Alkohol.

Es besteht eine verschwindend geringe Wahrscheinlichkeit, dass ich mich auf der Stelle in Luft auflöse, um dem beklemmenden Gefühl, hier mit ihm gefangen zu sein, zu entkommen. Mit Abneigung kann ich umgehen, doch seine unverhoffte Freundlichkeit bereitet mir … Sorge.

Die schummrige Dunkelheit, die uns umhüllt, wird nur noch dunkler und beinahe greifbar, als etwas in die Augen des Grafen tritt, das vorher nicht da war. Angst schnürt mir die Kehle zu, doch als der Wagen jäh zum Stillstand kommt, ist die Bedrohung, die ich empfand, so schnell verschwunden, wie sie gekommen war.

Dieses Wechselbad der Emotionen raubt mir noch den letzten Nerv.

»Wir scheinen da zu sein«, sage ich nur, um meine Unsicherheit zu überspielen. Ich sehe hoffnungsvoll zur Tür, die sich auch sogleich öffnet und einen Blick auf den Chauffeur erlaubt, der sie galant geöffnet hält.

Von Carasescu macht den Anfang und schlüpft lautlos an mir vorbei in die Dunkelheit der Nacht. Ich seufze leicht und folge, nur um überrascht aufzuschauen, als eine blasse Hand im

Türrahmen erscheint, um mir aus dem Wagen zu helfen. Ich zögere eine Sekunde, dann lege ich meine Finger achtsam auf die des Grafen und lasse mich vorsichtig auf den Bürgersteig ziehen.

»Danke, Albert«, sagt er mit volltönender Stimme neben mir, doch ich habe nur Augen für das Opernhaus direkt vor uns.

Ich werfe den Kopf in den Nacken und bestaune die Vorderfront des mächtigen Bauwerks, das in goldgelbem Licht erstrahlt. Ein anerkennendes Pfeifen entweicht meinen Lippen. Dabei ist es mir komplett egal, ob das ladylike ist oder nicht. Alles, was ich irgendwann einmal über die Wiener Staatsoper gehört habe, krame ich jetzt aus den Tiefen meiner Gehirnwindungen hervor. Abgesehen vom jährlichen Opernball ist da allerdings nicht viel hängen geblieben.

Romantische Formen im Renaissance-Bogenstil machen die Hauptfassade aus. Obenauf thronen zwei Reiterdarstellungen auf geflügelten Pferden und ich gerate ins Grübeln, da ich nicht weiß, wen die Reiter darstellen sollen.

»Harmonie und die Muse der Poesie, Erato«, hilft mir von Carasescu aus, als hätte er meine Gedanken gelesen. Doch vermutlich spricht mein Gesichtsausdruck einfach Bände. »1876 aufgestellt. Bitte beachtet auch die Statuen aus Bronze in den Arkadenbögen. Heroismus, Melpomene, Phantasie, Thalia und Liebe.«

Ich lasse den Blick zu besagten Standbildern schweifen, bevor die Musterung des Gebäudes bei der Loggia und dem gemalten Zauberflöten-Zyklus-Fresko endet.

»Wunderschön«, gestehe ich, ehrlich beeindruckt aufgrund der Herrlichkeit des Bauwerkes.

Ich mustere die unterschiedlichen Formen der Bedachung ein letztes Mal, ehe ich den Kopf wieder senke und die Menschen und Vamps betrachte, die wie Bienen zu ihrem Stock in die Oper strömen. Sie alle, tot oder nicht, sehen schick und elegant aus und ich frage mich, ob dies auch auf das ungleiche Paar zutrifft, das wir abgeben. Was wird ein Beobachter wohl über uns denken?

Albert berührt in einer Geste der Verabschiedung kurz die Krempe seiner Mütze und nickt uns zu, bevor er erneut seinen Pflichten als Chauffeur nachgeht und in die Limousine steigt, um diese anderweitig zu parken.

»Gemietet?«, will ich aus einer Laune heraus wissen und beiße mir aufgrund der indiskreten und rhetorisch anspruchslosen Frage sofort auf die Lippen.

Ich hasse es, wenn mein Mund schneller ist als mein Verstand.

»Albert oder der Wagen?«

Hihi, er springt darauf an.

»Beides.«

»Ihr beleidigt mich«, antwortet er, jedoch weder aufbrausend noch jähzornig, und ich entscheide mich, einfach darüber zu schweigen.

Operngäste in prächtigen Kleidern und teuren Anzügen nicken von Carasescu zu, während sie an uns vorbeigehen. Hin und wieder höre ich ein ehrfürchtiges »Eure Exzellenz« heraus und der Graf reagiert mit einem simplen »Guten Abend«.

Neugierig blicke ich Albert nach, als wir dem Opernhaus entgegengehen. Einen Moment später wünsche ich mir, ich hätte es nicht getan, als der Treppenabsatz mich zum Stolpern bringt. Vornüberfallend, sehe ich mich schon mit aufgeschürften Knien und Handflächen auf den Stufen liegen, doch habe ich meine Rechnung nicht mit von Carasescu gemacht. Schneller als das Licht schießt sein Arm nach vorn und packt mich an der Schulter, bevor ich nur annähernd drohe zu stürzen. Sein zweiter Arm schwebt in der Erwartung, dass ich komplett das Gleichgewicht verliere, vor mir, um mich auch in dieser Situation rettend auffangen zu können.

»Seid vorsichtig«, meint der Graf leise, als ich mich wieder langsam aus dieser blamablen Lage aufrichte und eine Strähne, die gar nicht da ist, hinter mein Ohr streiche.

Zum wiederholten Mal bedanke ich mich nuschelnd und hoffe, dass keiner der Umstehenden von der kleinen Peinlichkeit Notiz genommen hat.

Noch während ich diese Angst hege, winkelt von Carasescu seinen rechten Arm an, hält ihn auffordernd in meine Richtung und erlangt somit meine volle Aufmerksamkeit. Der Anflug eines dankbaren Lächelns zieht meine Mundwinkel kurz in die Höhe, als ich meinen Arm in seinen schlinge, meine Hand Halt suchend auf seinem Unterarm zur Ruhe kommt und wir langsam zum Opernhaus emporsteigen.

Als ich in von Carasescus privater Mittelloge des ersten Ranges Platz nehme und den gesamten Zuschauerraum überblicken kann, fällt es mir wieder ein.

Also ... mein angesammeltes Wissen über die Oper, nicht Lynns Kommentar, dass wir es mindestens achtmal hier treiben müssen, um den Wettstreit noch zu gewinnen.

Natürlich würde ich es hier und jetzt mit ihm tun, sollte er es verlangen. Der Kunde ist schließlich König. Ich würde über ihn herfallen wie Dschingis Khan über China. Ich würde mich vögeln lassen, bis ich höher schreie als die Sopranistin.

Bei dem Gedanken an versaute Spielchen in der abgedunkelten Loge pocht es angenehm zwischen meinen Beinen, und ich grinse.

Schnell lenke ich mich ab, mein Blick gleitet über hereinströmende Gäste und ich beobachte das Geschehen im Saal.

Die Bühne der Wiener Staatsoper ist eine der größten der Welt, rund doppelt so groß wie der gesamte Zuschauerraum. Die Innenausstattung des Gebäudes ist prunkvoll und kostbar. Die Feststiege und der Promeniersaal stechen dabei ganz besonders ins Auge. Auch das Foyer und die Prunktreppe, über die wir hierhergelangten, sind … einzigartig. Vom Vestibül und dem Teesalon will ich gar nicht erst anfangen.

Der schwere rote Samtvorhang schließt sich hinter von Carasescu und sperrt ungebetene Blicke aus. Für mich ist es in diesem Moment die ganze Welt. Ich sitze auf einem der gepolsterten Stühle und halte mich verkrampft an meiner Handtasche fest, die auf meinem Schoß liegt. Ich bin nicht klaustrophobisch veranlagt, doch die wenigen Quadratmeter der erstklassigen Loge lassen mich aus einem unerfindlichen Grund ins Schwitzen geraten und schnüren mir die Kehle zu. Vergessen sind die Fantasien über ein, zwei oder acht schnelle Nummern. Nicht einmal einen gescheiten Handjob würde ich jetzt zustande kriegen.

Ich bin wirklich dankbar, weil mein Freund Alkohol in Form eines Bleikristallglases voller Sekt bereitsteht.

Der zweite Gong ertönt und kündet davon, dass bis zum Beginn der Oper nur noch wenige Minuten zu überbrücken sind.

»Kennt Ihr ›Die Fledermaus‹?«, beginnt meine düstere Begleitung, als sie sich dicht neben mir niederlässt, sodass der raue dunkelrote Stoff seines Gehrocks meinen Arm berührt.

»Nein, bis jetzt nicht«, gestehe ich und nippe kurz an dem schweren Glas. »Allerdings habe ich einmal ein Buch gelesen, welches denselben Titel trug. Ich bezweifle jedoch, dass die Handlung zu vergleichen ist.«

»Wohl wahr«, wird auch von Carasescu klar. Er beäugt seinerseits den Zuschauerraum, in dem sich immer mehr Publikum sammelt.

»Habt Ihr das Stück schon gesehen?«, bin ich neugierig und drehe den Kopf zu ihm.

»Erst fünfmal«, antwortet er prompt und ich überlege, ob sich dies auf die Wiener Inszenierung oder auf die Gesamtheit seit der Uraufführung bezieht. Die fand 1874 statt, wie ich dem Programmheft entnehmen konnte.

»Erlaubt Ihr mir die Frage, weshalb ich Euch begleiten darf?«, will ich wissen. Dabei denke ich an all die Bekanntschaften, die er mit Sicherheit hat. »Ich hoffe, ich trete Euch nicht zu nahe, aber ich denke, dass Ihr durchaus auch Umgang mit – wie soll ich sagen? – nicht derart zweifelhaften Damen wie mir pflegt.«

Ich rechne mit einer ausweichenden Antwort oder gar keiner, aber Seine Exzellenz hebt eine Augenbraue und wendet den Kopf abschätzend zu mir. Sieht so aus, als begrüße er es jetzt doch, darüber zu sprechen.

»Diese besagten ›nicht derart zweifelhaften Damen‹, wie Ihr sie nennt, langweilen mich«, gesteht er.

Ich vergesse für kurze Zeit zu atmen, als er mich mit einem Blick betrachtet, der Totgeglaubte wieder auferstehen lassen würde.

»Zu Tode?«, frage ich mutig und hoffe, dass ich selbigem nicht ins Antlitz lache.

»Wenn ich es nicht schon wäre«, erwidert von Carasescu und ich muss ungewollt schmunzeln.

Wie aus weiter Ferne ertönt der dritte Gong. Langsam wird der Saal immer dunkler und die Geräuschkulisse plaudernder Zuschauer leiser.

»Was ist mit Maria?«

»Kennt mich zu gut«, nimmt er rasch Stellung und zieht den fein geformten Mund ein wenig kraus.

Ich habe das Gefühl, dass das nicht alles ist, was er über Maria zu sagen hat.

»Und ich langweile Euch also nicht?«, locke ich ihn weiter aus der Reserve und bin auf der Suche nach der kleinsten Gefühlsregung in seinem blassen Gesicht, als er darauf antwortet.

»In keiner Weise«, offenbart von Carasescu und hebt sein Getränk, bevor unsere Gläser klirrend aufeinandertreffen.

»Albert wird Euch für Eure Mühen entschädigen«, reißt mich der Graf aus meinen abschweifenden Gedanken und ich drehe den Kopf zu ihm.

Erhaben wie eh und je schmückt er die Sitzecke der Limousine mit seiner Präsenz und sieht dabei so vortrefflich aus, als hätte er sein Lebtag noch nie etwas anderes getan. Oder ... Todtag?

Ich weiß, dass er bereits eine horrende Summe für die heutige Nacht ans Firmenkonto gelöhnt hat. Mir ist es fast unangenehm, dass er mir zusätzliches Trinkgeld verspricht.

Ich will etwas erwidern, mich für den Abend bedanken oder wenigstens einen geistreichen Kommentar über die angesehene Operette fallen lassen, doch ich tue nichts dergleichen. Also nicke ich schwach.

Albert öffnet mir die Tür. Ein Strahl der gerade aufgehenden Sonne fällt weit ins Innere des Lincoln Town Car.

Es ist wirklich spät geworden. Wird wohl nichts mehr mit meiner Maniküre.

Von Carasescu zieht unauffällig seinen Fuß zurück, sodass das direkte Sonnenlicht die Spitze seines teuren Schuhs nicht mehr berühren kann, und sieht anschließend zu mir auf. Jetzt weiß ich, weshalb die Fenster derart stark getönt sind.

»Guten Tag«, sagt er schließlich und beobachtet, wie meine Gestalt das Licht der Sonne bricht.

Ich blinzle aufgrund der plötzlichen Helligkeit und bin beinahe enttäuscht, dass er sich so abrupt distanziert und zurückhaltend verabschiedet. Als hätten wir die letzten zarten Unterhaltungen nie geführt. Aber eigentlich habe ich nichts anderes erwartet. Mein Job ist getan und ich kann gehen.

Also trete ich ins Freie und treffe auf Albert, der mir diskret einen weißen Umschlag zusteckt, den ich schnell in meiner Handtasche verschwinden lasse.

»Danke.«

Der Chauffeur scheint mein Unbehagen zu spüren, denn er wagt es, leise das Wort an mich zu richten, nachdem er die Tür hinter mir wieder geschlossen hat. »Wenn ich mir eine Bemerkung erlauben darf.«

Ich halte inne und verdeutliche ihm mit einer Geste, dass er fortfahren soll.

»Der Herr Graf wirkt nach außen kühl und distanziert, doch im Grunde seines Daseins ist er das genaue Gegenteil.«

»Da bin ich mir nicht so sicher, Albert.«

Der persönliche Fahrer schenkt mir ein verstehendes Lächeln, das ich nicht richtig einzuordnen weiß, und berührt zum Abschied erneut die Krempe seiner Mütze. »Es war mir eine Freude, Sie kennengelernt zu haben.«

»Auf Wiedersehen«, verabschiede auch ich mich und wende mich ab, während Albert um den Wagen läuft, um seinen Herrn nach Hause zu kutschieren.

Nach einigen Metern bleibe ich stehen und schaue zurück. Ich fühle ein Kribbeln im Nacken und glaube, einen Blick auf mir zu spüren. Die Scheiben des Fahrzeuges lassen keine Sicht ins

Innere zu, doch ich bin mir sicher, direkt in eisblaue Augen zu sehen.

Schließlich wende ich mich seufzend ab. Ich will mir keine Gedanken über versnobte Blutsauger machen.

Und doch tue ich es, als ich an diesem Tag nicht nur von Fledermäusen, sondern auch von arktischem Eiswasser und der Muse der Poesie träume.

Kapitel 7

Wenige Tage später versuche ich hektisch, mein Haar in eine simple Hochsteckfrisur zu zwingen, scheitere aufgrund nervösen Zitterns jedoch kläglich.

Ich begutachte mein Spiegelbild, entscheide, dass die blonde, wallende Lockenpracht auch etwas für sich hat, und eile zur Tür.

Seit Cynthia in meine Räumlichkeiten geeilt kam, um mir mitzuteilen, dass mich jemand erwartet und mit mir essen gehen möchte, ist schon viel zu viel Zeit vergangen. Ich darf Henry nicht länger warten lassen.

Ich wundere mich, dass er mich nicht persönlich abholen kommt, doch der Gentleman in ihm lässt vermutlich nicht zu, dass er im Raum ist, wenn ich mich ausgehfertig mache. Außerdem habe ich angenommen, dass er wenigstens bis zu meinem freien Tag wartet, um mich auszuführen. Schließlich wird er mich für meine Gesellschaft bezahlen müssen, aber mir soll es recht sein. Alles ist gut, solange ich nur für ein paar Stunden bei Henry bin.

In romantische Träumereien vertieft, stöckle ich die Treppen hinunter und setze mein schönstes Lächeln auf, als ich in den

Eingangsbereich trete. Sofort begutachte ich die anwesenden Freier der Reihe nach.

Wirtschaftsboss auf der Couch, Politiker bei der Tanzstange, Graf an der Bar, Restaurantbesitzer auf der anderen Couch. Hatte ich schon, hatte ich schon, hatte ich noch nicht und hatte ich schon.

Moment …

Ich spule zurück und mein Lächeln stirbt, als ich zur Bar hinüberschaue.

»Das gibt's doch nicht«, murmle ich vor mich hin, schultere meine Handtasche und stapfe los.

Ich bin wütend auf von Carasescu, da er mir die Illusion eines malerischen Abends mit Henry durch seine bloße Anwesenheit nimmt. Ich durchbohre seinen Rücken, über den sein langes Haar in vollkommener Glätte fällt, mit einem bösen Blick.

Mel stellt ein Shotgetränk vor ihm auf den Tresen und zwinkert ihm zu.

Pff.

Dann entdeckt sie mich und zieht sich zurück.

»Bitte sagt mir, dass Ihr auf Maria wartet«, bettle ich seinen Rücken an, der durchaus stattlich anzusehen ist, und beobachte, wie er sich daraufhin langsam auf dem Barhocker zu mir umdreht.

»Ich bedaure wirklich sehr, Euch diesbezüglich enttäuschen zu müssen«, meint der Graf mit samtener Stimme, und ich würde viel lieber eine Lüge hören, als ich mich an ihm vorbeischiebe und mit gequälter Miene auf dem Stuhl neben ihm Platz nehme.

Undamenhaft lasse ich meine Tasche auf den Tresen fallen, stelle meinen Ellenbogen darauf und lege mein Kinn in meine Handfläche, um von Carasescu zerknirscht zu betrachten. Es ist mir egal, wie das auf Außenstehende wirkt.

»Ich hatte gehofft, Ihr wärt jemand anderes«, sage ich wahrheitsgemäß, weil ich der Meinung bin, dass er diese Ehrlichkeit verdient hat. Dann streiche ich eine Strähne hinter mein Ohr und beäuge interessiert den unangerührten Drink des Grafen.

»Ich würde es gutheißen, wenn Ihr trotzdem mit mir ausgehen würdet«, gesteht mein Gegenüber und schiebt mit der Spitze seines Zeigefingers das Schnapsglas zu mir herüber. »Es könnte ein durchaus befriedigender Abend werden.«

Befriedigend?

Diese Äußerung werde ich jetzt geflissentlich ignorieren. Schließlich bemühe ich mich, nicht mehr ganz so genervt und enttäuscht zu sein, und leere das Getränk in einem Zug.

Ich verziehe das Gesicht, knalle das Glas auf den Tresen und zwinge mich zu einem Lächeln, denn schließlich bin ich Profi. Wenn auch ein eventuell ganz leicht in einen Kunden verschossener Profi.

»Sehr gerne«, raune ich, doch ein Aufblitzen in von Carasescus Augen verrät, dass er die Lüge erkennt.

Ein Blick nach links, rechts und dann wieder nach links. Nein. Beim besten Willen, ich kann keine Limousine entdecken. Und auch keinen Lamborghini, was mich irgendwie irritiert.

Meine miese Laune verfliegt schlagartig, als wir anfangen, den Fußweg entlangzuschlendern. Wie selbstverständlich hake ich mich bei von Carasescu ein. Er beobachtet mich aus dem Augenwinkel und ich frage spaßeshalber, ob wir den Bus nehmen werden.

»Ich bitte Euch«, beginnt er gespielt entrüstet und ich muss auflachen. »Auf Busfahrpläne ist doch kein Verlass mehr.«

Wie wahr, wie wahr.

Wir halten abrupt an. Kurz gerate ich ins Straucheln, bis ich meine Balance wiederfinde und belämmert neben ihm stehe.

Verwundert blinzle ich den Grafen an und er deutet mit dem Kopf auf ein feuerrotes Motorrad, das am Straßenrand geparkt steht. »Ist das die neue Ducati Panigale V4 R?«

Meine Begleitung kommt nicht umhin, anerkennend die Augenbrauen zu heben. »Ihr scheint Euch auszukennen.«

»Motorradsport ist ein Steckenpferd von mir. Obwohl ich heute viel lieber Lamborghini gefahren wäre. Könnt Ihr auch einen Ferrari Euer Eigen nennen?«

Von Autos habe ich nur wenig Ahnung, aber das muss ich ihm ja nicht auf die blasse Nase binden.

»Ja, den 458 Italia Spider.«

»Farbe?«

»Neutralgelb.«

Ein Seufzen entweicht mir. Die passt hervorragend zu meiner Augenfarbe.

Von Carasescu lässt meinen Arm los, schwingt sich elegant auf den Fahrersitz der Maschine und macht das italienische Fahrzeug abfahrbereit. Ich kann nicht anders, als zu bemerken, dass das irgendwie ziemlich … grotesk ist.

Ein motorradfahrender Graf in der Aufmachung irgendeines letzten Jahrhunderts? Wie krass ist das bitte schön?!

»Wir fahren also wirklich mit einem Motorrad?«

»Habt Ihr Bedenken?«, will von Carasescu wissen, als er zu mir herübersieht, die Maschine startet und mit dem Gas spielt.

Tz, Männer. Vampir oder nicht, wenn es um PS-starke Rennmaschinen geht, sind sie doch alle gleich.

Er versteht meinen Argwohn falsch und ich schüttle schnell den Kopf. Es ist einfach so … unwirklich.

Ein leichtes Zucken hebt seine Mundwinkel kurz nach oben. Zu lächeln steht ihm gut. Sollte er öfter tun.

Wie ich hier stehe und die Situation bestaune, kommt mir in den Sinn, dass ich es wohl nicht schaffen werde, dieses Gefährt unfallfrei zu besteigen. Das Kleid zu kurz und zu eng, die Schuhe zu hoch. Vielleicht können wir doch lieber den Bus nehmen …

Der Graf bemerkt meine zögernden Blicke und streckt die Hand nach mir aus. »Kommt, ich helfe Euch.«

Obwohl ich mir nicht sicher bin, ob dieses Vorhaben von Erfolg gekrönt sein wird, schlüpfe ich durch den Trageriemen meiner Handtasche und platziere sie auf meinem Rücken. Dann greife ich nach seinen Fingern und setze meinen High Heel an die Stelle, die ich für eine Fußraste halte.

Scheiße, sitzt die weit oben. Wenn gleich ein lautes Ratsch ertönt, dann hat sich die Seitennaht meines Etuikleides verabschiedet.

Erschrocken packe ich von Carasescus Hand noch fester, als er mich schwungvoll hinter sich auf den Beifahrersitz zieht und ich mit einem Keuchen gegen seinen Rücken plumpse. Ganz automatisch umschlinge ich ihn mit beiden Armen und drücke mich mit flatterndem Herzen an ihn.

Ich gestehe, dass ich noch nie auf einem Motorrad gesessen habe. Das Dröhnen der 221 PS starken Maschine unter dem Hintern lässt mir doch etwas flau im Magen werden.

»Gut festhalten«, verlangt der Graf und blickt über seine Schulter zu mir zurück. »Die Beine oben lassen und bitte nicht gegenlenken.«

Ich nicke und presse eine Wange an den Stoff seines Gehrocks. Mein Kleid legt meinen halben Oberschenkel frei, während ich mich selbst gegen von Carasescus Rücken schmiege und meine Schenkel fest zusammendrücke, um zusätzlich Halt zu finden.

Oh Mann …

Die plötzliche Nähe ist mir äußerst unangenehm und ich bin froh, dass mir eine Frage einfällt, um davon abzulenken.

»Brauchen wir gar keine Helme?«

Ein kehliges Lachen bahnt sich einen Weg aus dem Mund des Grafen und ich fühle mich dumm.

Stimmt … vampirische Reflexe. Eher wird eine Kuh fliegen lernen, als dass diese Ducati in irgendeinen Unfall verwickelt wird.

»Vergesst, dass ich gefragt habe«, murmle ich.

»Können wir starten?«

»Ja«, informiere ich mit dünner Stimme und spähe über seine Schulter. »Es kann losgehen.«

Kaum habe ich die Worte ausgesprochen, heult der Motor auf und wir machen einen Satz nach vorn, ordnen uns in den fließenden Verkehr ein.

Von Carasescu manövriert die Maschine durch die Innenstadt. Ich könnte schwören, dass er dabei nicht einmal den Rückspiegel benutzt, und obwohl ich den Tacho nicht sehen kann, bin ich mir sicher, dass wir jegliche Geschwindigkeitsbegrenzung weit hinter uns lassen.

Ich hoffe inständig, er weiß, wie man Polizeikontrollen umgeht. Vampirische Reflexe hin oder her. Die Straßenverkehrsordnung ist auch für Vampirgrafen verpflichtend. Eigentlich.

Der Motor der Ducati dröhnt ununterbrochen in meinen Ohren. Von Carasescu erkennt trotz der hohen Geschwindigkeit, die wir fahren, jede noch so kleine Gefahr und lenkt souverän durch den abendlichen Verkehr.

Der Fahrtwind weht mir sein schwarzes Haar ins Gesicht. Irgendwie genieße ich das Kitzeln an meiner Wange, während wir durch Wien rasen.

Ich habe keine Angst.

Ich bin sicher.

Vorerst.

Aufmerksam studiere ich die Speisekarte. Meine Haut brennt noch immer, als würde der nächtliche Fahrtwind weiter auf mich einwirken.

Mit zitternden Knien bin ich vor wenigen Minuten von der Maschine und in von Carasescus Arme gerutscht. Motorsport schauen finde ich gut, selbst fahren wird wohl nicht zu meiner Lieblingsbeschäftigung werden.

Mit geröteten Wangen betrachte ich die Wörter vor mir. Ich sehe mich in arger Bredouille. Unauffällig lasse ich den Blick durch den Raum gleiten.

Wir befinden uns im ›Le Ciel‹, einem französischen Edelrestaurant, das im siebten Stock des Grand Hotel Wien zu finden ist. Das Restaurant ist nicht nur aufgrund des spektakulären Ausblicks über die Dächer Wiens so bekannt, sondern es gilt als eines der besten Restaurants der Stadt. Das zumindest sagt TripAdvisor.

Die Inneneinrichtung ist traditionell, mit warmen Farben gestaltet. Das Porzellan und Silberbesteck sind eigens für dieses legendäre Lokal entworfen worden, wie mir von Carasescu erzählt hat. Man kann den Laden durchaus mit einem einzelnen Wort beschreiben: pompös!

Andere anwesende Gäste essen bereits ihre delikaten Menüs oder werden vom Sommelier bezüglich ihres Weins beraten.

Ich finde es befremdlich, dass der Graf mit mir in ein Restaurant geht, da er wohl kaum Freude an gebratenem Zander mit Wurzelsud und gratinierten Krenkartoffeln haben wird, oder?

Oder?! Vielleicht an der Nachspeise? Bin ich die Nachspeise? Ob er weiß, dass ich keine Blutlilie trage? Hilfe!

Schnell verdränge ich die absurden Gedanken, lege meine Karte beiseite und greife mir nervös an den Hals. Anschließend sehe ich zu meinem Gegenüber und bemerke, dass mich von Carasescu über seine Menükarte hinweg beäugt.

»Gibt es ein Problem?«, will er schlicht wissen und sein Blick gleitet kurz zu meiner abgelegten Speisekarte, dann zurück in mein Gesicht.

»Das ist alles auf Französisch.« Seine Gräflichkeit hebt fragend eine wohlgeformte Augenbraue. »Ich kann kein Französisch.« Noch immer bleibt sein Ausdruck unverändert und als ich die Zweideutigkeit meiner Beichte bemerke, füge ich schnell hinzu: »Also, die Sprache. Nicht dass wir uns missverstehen.«

Ohne darauf einzugehen, beendet er ebenfalls seine Studie und lehnt sich in den gepolsterten Stuhl zurück. »Erlaubt Ihr, dass ich für Euch bestelle?«

Erleichtert atme ich auf. Ich habe gehofft, dass er das sagt. Nichts wäre peinlicher, als wenn er mir die ganze Karte übersetzen müsste.

»Sehr gerne«, stimme ich zu. »Aber bitte keine Innereien. Und keine Froschschenkel.«

Froh, dass alle Servicekräfte außer Hörweite sind, lehne ich mich über den kleinen Tisch hinweg nach vorn und stütze mein Kinn in meine Handflächen.

»Wieso esst Ihr überhaupt?«, will ich neugierig wissen und ernte kurz einen missbilligenden Blick.

»Aus alter Gewohnheit«, bestätigt von Carasescu meine Annahme und hebt eine Hand, woraufhin sich zwei Ober beinahe darum prügeln, uns bedienen zu dürfen.

»Aber?«

»Aber es sättigt mich nicht. Zufrieden?«

Ich überlege, mit welchem Wort der Graf antworten würde, und sage: »Durchaus.«

Dann stehe ich auf, um mir die Nase pudern zu gehen. Von Carasescu erhebt sich ebenfalls, da dies zu seiner Zeit wohl Sitte war, wenn eine Dame den Tisch verließ.

Peinlich berührt beeile ich mich, zu den Toiletten zu finden. Schließlich trifft mich fast der Schlag, als mir bewusst wird, dass die Lokalitäten in diesem Restaurant gülden sind ...

Krasser Scheiß ...

Als ich mich Minuten später wieder in den Restaurantbereich begebe, sieht von Carasescu sofort zu mir auf, als würde er meine Anwesenheit spüren, und steckt etwas in die Innentasche seines feinen Gehrocks. (Heute bestickt mit feinster Spitze und einer schwarzen Brokatborte, uiii!)

Interessiert bahne ich mir einen Weg und trete näher an unseren Tisch heran. Noch bevor ich diesen erreiche, erhebt sich meine Begleitung erneut und rückt mir den Stuhl zurecht.

Ich setze mich dankend, beobachte, wie er sich mir gegenüber niederlässt, und sehe ihn wissend an. »War es das, wofür ich es halte?«

»Ich weiß nicht, was Ihr meint«, will er vom Thema ablenken und hebt sein Rotweinglas, um mit mir anzustoßen.

»Das, was Ihr gerade in Eurer Tasche habt verschwinden lassen«, helfe ich ihm auf die Sprünge und mache keine Anstalten, mein Glas ebenfalls zu erheben.

»Wofür haltet Ihr es denn?«, gibt von Carasescu erstaunlich schnell nach, stellt sein Glas wieder ab und erwidert meinen Blick.

»Für ein Smartphone.«

Leicht nickend will er mir soeben antworten, wird jedoch abgelenkt, als der Kellner unsere Vorspeise auftischt und mir der Geruch von Rotbarbenterrine mit gegrilltem Gemüse, Dörrobst-Couscous und Pernodsirup in die Nase steigt.

Schade. Habe ich wohl verpasst, wie er bestellt hat. Ich hätte zu gern gehört, wie er französisch spricht.

Der Graf legt sich, für besagte Ablenkung augenscheinlich dankbar, eine Stoffserviette in den Schoß und sieht fragend zu mir, als ihm offenbar etwas Wichtiges einfällt. »Habe ich eigentlich schon eine Facebook-Freundschaftsanfrage von Euch bekommen?«

Die Gäste der umstehenden Tische wenden sich abrupt zu uns um, als ich in schallendes Gelächter ausbreche und mein Glas für einen Toast erhebe.

»Seid vorsichtig mit der Treppe.«

Ich bleibe unvermittelt stehen und beobachte, wie der Graf die ersten zwei Stufen im Eingangsbereich des Grand Hotel hinuntergeht, bevor er meine Abwesenheit bemerkt und sich zu mir wendet.

»Macht Ihr Euch etwa über mich lustig, Eure Exzellenz?«

»Mitnichten würde ich das tun«, sagt er mit einer Stimme, die plötzlich so sanft ist wie Regen und mich beinahe dazu bringt, den Verstand zu verlieren. Noch dazu reicht er mir seine Hand und wartet darauf, dass ich die Einladung annehme. »Ich bin nur besorgt um Euer Wohlergehen.«

»Auf einmal?« Ich erinnere mich ziemlich gut an unsere erste kleine Unterhaltung. Dennoch ergreife ich seine dargebotene Hand, mit der er die meine behutsam umschließt.

Gemeinsam treten wir vor das Hotel und wenden uns nach links.

»Dann seid Ihr wohl sehr launisch?«, will ich ihn aus der Reserve locken.

»Oh nein«, widerspricht er vehement. »Luise bezeichnet mich eher als … emotionsflexibel.«

Luise? Das klingt für mich wie eine Herbergsmutter aus dem schönen Dörfchen Wald-Michelbach im noch viel schöneren Hessen. Aber ich sage nichts. Schließlich will ich Seine emotionsflexible Grafschaft nicht verärgern, da er offensichtlich bei guter Laune ist.

Also gehe ich nur weiterhin ergeben neben ihm her, da wir uns geeinigt haben, im nahe gelegenen Stadtpark einen kurzen nächtlichen Spaziergang zu wagen, bevor wir mit gefühlten dreihundert Sachen wieder gen Heimat rasen. Als Falschfahrer in Einbahnstraßen, versteht sich.

Ob ihn schon mal jemand auf seinen rasanten Fahrstil hingewiesen hat? Vermutlich nicht. Und ich werde ganz bestimmt nicht den Fehler begehen und die Erste sein.

»Eine herrliche Nacht«, sage ich daher völlig unverfänglich, um vom Thema abzulenken, als wir die Ausläufer des Parks erreichen.

Von Carasescu gibt lediglich ein zustimmendes Geräusch von sich, was mich stutzig macht. Er mag vieles sein, aber als wortkarg schätze ich ihn nicht ein, auch wenn er die Ruhe hin und wieder zu genießen scheint.

Trotzdem. Die vergangenen Minuten waren ruhig. Zu ruhig. Die Stille zwischen uns dröhnt mir schon fast in den Ohren. Und als die Baumkronen der Parkbäume immer dichter werden und sich über uns schließen, stellen sich meine Nackenhaare in stummer Erkenntnis auf. Es ist mitten in der Nacht.

Wir sind hier ganz allein. Er wird doch wohl nicht …? Bin ich in seine Falle getappt? Will er mich aussaugen? Maria würde ihm so was von die Leviten lesen! Sehe ich zu viele Horrorstreifen? Nerven mich die Regiefehler, die ich dauernd finde? (Oh, ja!) Niemand wird meine Schreie hören. Kann man überhaupt schreien, während einem die Kehle rausgerissen wird? Scheißeeeee!

Ich versuche, mir mein plötzliches Unbehagen nicht anmerken zu lassen. Ach, was sage ich? Ich habe eine Scheißangst!

Aber vielleicht ist es mit Vampiren ja wie mit Hunden. Können sie deine Angst spüren? Rede ich mir gerade nur etwas ein? Schließlich gehen wir einfach nur spazieren. Im dunklen, dunklen … dunklen Park? Hilfe! Wir können doch nicht die einzigen Nachtschwärmer im ganzen beschissenen Viertel sein, oder?

Wie auf Kommando bleibt von Carasescu stehen. Erst jetzt bemerke ich, dass ich mich höchst auffällig in seinen Unterarm kralle. Schnell ziehe ich meine Hand zurück, bringe einen Meter Abstand zwischen uns und wage es, ihn anzusehen.

Soll ich weglaufen? Andererseits will ich nicht mein Gesicht verlieren. Bestimmt spielt mir meine Fantasie einen Streich. Ich muss dringend anfangen, Jane Austen zu lesen, und meine Horror-DVDs auf dem Dachboden einzumotten.

»Es fällt mir schwer, die richtigen Worte zu finden«, sagt er und sieht mich beinahe traurig an.

Dieser Blick! Ich will schlucken, doch meine Kehle ist staubtrocken. Die Wüste Gobi ist ein Scheiß gegen meinen Rachen. Außerdem kann ich meine Knie nicht mehr fühlen und befürchte, jeden Moment zusammenzubrechen.

Er tritt näher an mich heran und der Geruch von nasser Erde steigt mir in die Nase. Ich lasse es zu, dass er meine Hand ergreift und zu seinem Mund führt, mit dem er sanft meine Fingerspitzen berührt.

Nicht mehr lange und ich werde zu wimmern beginnen. Mein Herz pocht ein unbarmherziges Stakkato gegen meine Brust, als wollte es sich liebend gern einen Weg nach draußen verschaffen.

»Verzeiht mir«, haucht er unter Aufbringung all seiner Selbstbeherrschung. »Ich habe heute noch nicht getrunken. Es ist schon zu lange her, dass ...«

»Ihr ... Wollt Ihr ... Wollt Ihr mein Blut kosten?«

Ehe ich begreife, wie mir geschieht, werde ich herumgerissen und knalle mit dem Rücken unsanft gegen die nächststehende Buche. Die Äste knarzen und mein Nacken knirscht protestierend, aber ich bin unfähig, darauf zu reagieren, denn von Carasescu presst sich so fest gegen mich, dass nicht einmal ein Blatt Papier zwischen uns passen würde.

Seine Hand liegt an meinem Hals, mit der anderen hält er mein Handgelenk. Ich bewege meinen Arm und bemerke, dass er hinter meinem Rücken fixiert ist.

Wie und wann ist das denn passiert? Egal. Ich komme zu dem Schluss, dass ich komplett festgenagelt bin. Supi.

Das Gesicht des Grafen kommt gnadenlos näher, während seine schlanken Finger meinen Hals liebkosen und sein Blick über mein Antlitz gleitet, als suchte er nach etwas. Seine Lippen streifen meine Wange und ich ziehe scharf die Luft ein, als mich ein ungewolltes Beben durchfährt.

»Ja, das würde ich wirklich gern«, antwortet er endlich und seine Stimme ist nur noch ein Flüstern, während seine Lippen meinen Hals finden und sich leicht öffnen.

Ein Ansatz von Eckzahn streicht behutsam und verheißungsvoll über meine Haut. Ein Schauer jagt meine Wirbelsäule entlang und etwas breitet sich in meinem Unterleib aus, als er mein Handgelenk gehen lässt, meine Taille umschließt und sich noch näher an mich drückt.

Verdammte Axt!

Mein Atem kommt stoßweise und da meine Arme wieder frei sind, kralle ich sie Hilfe suchend in die Rückenpartie seines Gehrocks. Ich bekomme auch sein Haar zu fassen und sehe meine Chance gekommen.

»Wollt Ihr es mir geben?«

Eines muss man ihm lassen. Er will mein Blut, aber er hat wenigstens den Anstand, danach zu fragen, er fällt nicht einfach über mich her und rammt seine Zähne in meinen Hals.

Seine Lippen liegen immer noch vielversprechend und kühl an meiner Haut, als ich fester zupacke und an seinem Haar ziehe.

Ja, wie eine Sechsjährige, ich weiß. Verklagt mich doch.

Missbilligend geht sein Kopf zurück und er sieht mich funkelnd an. Gier steht in seinen Augen geschrieben.

»Nein«, sage ich und es soll hart klingen, aber eigentlich ist es nur ein schwaches Flehen. »Ich kann das nicht.«

Meine Worte verfehlen ihre Wirkung nicht, denn von Carasescu tritt zurück und sieht mich abschätzend an.

Fürs Erste erlaube ich mir, erleichtert aufzuatmen. Eine Sekunde länger und er hätte alles mit mir anstellen können. Ich wäre Wachs in seinen Händen gewesen.

Ich umschlinge meinen Oberkörper mit den Armen. Mir ist kalt und außerdem habe ich Angst, auseinanderzufallen, jetzt, da er mich nicht mehr hält.

Ich mache einen Schritt, streiche mein Kleid zurecht und sacke zusammen. Mit Sicherheit werde ich gleich auf dem harten Boden aufprallen, doch ich finde mich gestützt in von Carasescus Armen wieder, der mich sogleich zurück auf die Beine zieht.

Er hat sich wieder unter Kontrolle, sieht mir allerdings nicht in die Augen, sondern starrt nur vielsagend in die Dunkelheit.

Ich fühle mich mies.

»Das hätte ich nicht tun sollen. Ich war nicht ich selbst. Verzeiht. Ich bringe Euch jetzt nach Hause«, sagt er kühl und distanziert und geht voraus.

Ich trotte hinter ihm her und finde den Boden zu meinen Füßen plötzlich schrecklich interessant, als ich über das Geschehene nachdenke. Vermutlich wird er mich vor dem ›Schwarzen Mond‹ vom fahrenden Motorrad werfen und auf Nimmerwiedersehen dem nahenden Sonnenaufgang entgegendüsen. Ich kann schon froh sein, wenn er seine Zahlung nicht von Maria zurückfordert.

Okay. Ich habe es verbockt. Ich hätte von Anfang an unmissverständlich klarmachen müssen, dass ich nicht *so eine* bin.

Ach, das Leben ist echt eines der härtesten …

Ich schaue auf, als von Carasescu in meinem Blickfeld auftaucht. Er ist stehen geblieben und ich trete an ihn heran, um zu sehen weswegen.

Oh!

Aus dem Dunkel vor uns treten drei düstere Gestalten und versperren den Weg. Ihrer Ausstrahlung nach zu urteilen, sind sie Vamps, was die Situation nicht wirklich leichter gestaltet. Das sieht mir doch ganz nach einem Überfall aus.

Ein Rascheln hinter mir verrät, dass ein Rückzug ausgeschlossen ist. Prima. Dieser Abend steckt doch voll desaströser Überraschungen.

»Ich würde es sehr begrüßen, wenn Ihr den Weg freigeben könntet«, dröhnt von Carasescu ehrfurchtgebietend, doch ich bezweifle, dass sich die Herrschaften davon beeindrucken lassen.

Und ich behalte recht. Sie amüsieren sich vielmehr über seine Ausdrucksweise, was mich rasend macht. Blödes Pack.

»Und wir würden es sehr begrüßen, wenn Ihr spontan Euer Geld und Euren Schmuck an uns abtreten könntet«, äfft der Typ, der der Anführer zu sein scheint, den Grafen nach. Er hat halblanges braunes Haar und trägt einen langen Ledermantel. Mehr kann ich in der Dunkelheit nicht erkennen.

Ein paar Sekunden passiert nichts, außer dass die Typen uns siegessicher angrinsen. Dann greift von Carasescu in die Innentasche seines Gehrocks und wirft dem Gauner ein Bündel Geldscheine – zusammengehalten durch so einen raffinierten Clip – und sein Smartphone zu.

Nein! Das bereitet mir ja fast körperliche Schmerzen.

Der Kerl fängt beides lässig auf und reicht es einem Handlanger weiter.

»Schmuck«, sagt Ledermantel schlicht und deutet auf mich.

Ich erwache aus meiner Starre und nestle sofort an der Öffnung meiner Kette herum. Ich kann mich gerade noch davon abhalten, um Verzeihung zu bitten, weil es so lange dauert. Auch meine Ohrringe drücke ich dem abwartenden Komplizen in die fahlen Hände und beobachte, wie er die Beute seinem Boss überbringt.

Dieser lächelt zufrieden und zeigt dabei spitze Eckzähne.

»Sehr schön«, freut er sich, sieht verschwörerisch zu mir und ich gelobe feierlich, er leckt sich lasziv über die Lippen. »Und jetzt das Mädchen.«

Wie meinen?

Mein Blick fliegt nach oben und ich versuche, eine Regung im Gesicht des Grafen zu erkennen, doch er funkelt Ledermantel einfach nur böse mit seinen Eisaugen an. Noch während ich darüber nachdenke, ob ich mich vielleicht verhört habe, streckt von Carasescu schützend einen Arm aus und schiebt mich hinter sich, wo mir die Sicht auf die Gauner vorerst verwehrt wird. Diese scheinbar harmlose Geste ist so besitzergreifend, dass ich unter seiner Berührung erzittere.

»Ich bedaure«, sagt mein Beschützer und lässt keinen Zweifel daran, dass er dies ganz und gar nicht bedauert. Seine Stimme erinnert mich schlagartig an geräuchertes Zedernholz. Rau, tief, abgründig, verheißungsvoll ... »Das wird leider nicht möglich sein.«

»Hör mal zu«, droht Ledermantel mit einem Knurren. Seine Freunde lassen in freudiger Erwartung ihre Fingerknochen knacken. »Wir vergnügen uns jetzt gleich mit deiner Hure. Wenn du kooperativ bist, darfst du sogar dabei zusehen, wie wir sie nacheinander nehmen und dann leer saugen.«

»Ich bin abgeneigt, Eurem Ersuchen die Einwilligung zu erteilen.«

Kurz frage ich mich, ob von Carasescu zu viele Piratenfilme geguckt hat und ob wir unsere DVDs vielleicht zusammen einmotten sollten, aber das ist schnell vergessen, denn mit Schrecken erinnere ich mich an die Leichenfunde im Park vor ein paar Monaten.

Toll. Es wird immer besser und besser.

Ich fühle mich klein, unbedeutend und absolut hilflos, also drücke ich mich ängstlich gegen von Carasescus Rücken und wünsche mir plötzlich, dass ich auch über vampirische Stärke und Schnelligkeit verfüge. Er ist allein, denn ich zähle nicht, sie sind mindestens zu viert. Unfair ist schon gar kein Ausdruck mehr.

Die Halunken geben währenddessen fauchende Geräusche von sich, die mir durch Mark und Bein gehen. Entweder ich täusche mich ganz arg oder hier wird es gleich richtig mies werden.

»Wenn ich ›jetzt‹ sage, dann springst du zur Seite«, raunt von Carasescu mir zu und ich wundere mich einfach mal gar nicht darüber, dass er mich plötzlich duzt.

»Welche Seite?«, will ich vorsichtshalber wissen und meine Stimme ist nur ein banges Wimmern.

»Jetzt!«

Unglücklicherweise habe ich keine Zeit mehr, zu reagieren. Der Graf gibt mir einen Schubs, der mich von den Beinen holt. Drei Meter weiter lande ich in einem lilafarbenen Rhododendronstrauch.

Ich muss kurz weggetreten sein, denn als ich die Augen öffne, sind nur noch von Carasescu und Ledermantel zu sehen. Letzterer renkt sich soeben lässig seine ausgekugelte Schulter wieder ein und der Vampirgraf wischt geronnenes Blut von seiner Wange, doch ich kann partout keine Wunde mehr erkennen.

Ach herrje, sein schöner Gehrock ist hinüber. Natürlich ist es absoluter Blödsinn, aber ich fühle mich schuldig.

Ich beiße mir auf die Lippe und rapple mich auf die Beine, nur um Zeuge zu werden, wie von Carasescu und Ledermantel wie die Titanen aufeinander losgehen. Sie bewegen sich so schnell, dass meine Augen kaum hinterherkommen. Trockener Waldboden wirbelt durch die Luft und mein Gehirn malt sich die schrecklichsten Bilder aus, als ich Knochen brechen höre und schmatzende Geräusche mir sagen, dass Körperteile Schaden nehmen.

Mir wird schlecht. Mein Blick huscht umher, ich versuche, irgendetwas zu erkennen. Es ist grauenhaft. Unmenschliches

Fauchen und Knurren wird immer lauter, und aus dem kämpfenden Knäuel, das die beiden Vampire sind, löst sich plötzlich Ledermantel und wird gegen einen Baum geschleudert, der einfach krachend umfällt.

Laub und Holzsplitter fliegen durch die Luft und ehe ich einen weiteren Atemzug mache, ist von Carasescu über seinem Gegner und packt ihn am Hals. Die Lippen des Grafen sind weit zurückgezogen und zeigen tödliche Absicht.

Mit überirdischer Geschwindigkeit wird der Kopf des Widersachers nach oben gerissen und anschließend auf den steinharten Gehweg geknallt. Ein abscheuliches Geräusch ertönt, als sein Schädel bricht und sich der Kampftumult legt.

Ich kann förmlich hören, wie die Knochen bereits im selben Moment anfangen, wieder zusammenzuwachsen. Von Carasescu ist noch immer über ihm und gibt bedrohliche Laute von sich, dann hebt er langsam den Blick und sieht mir direkt in die Augen.

Es kann gut sein, dass ich mich wiederhole, aber … Scheißeeeeeee!

Er ist komplett vampirisch geworden. Seine Augen sind vollkommen schwarz. Überall auf seiner Haut treten dunkle Adern hervor und zeugen vom Blutrausch, in dem er sich soeben befindet. Wenn er mit Ledermantel fertig ist, dann wird er seine gute Erziehung mir gegenüber vielleicht auch vergessen.

Ich werde so was von die Nächste sein!

Der Vampirganove kämpft unterdessen seine Benommenheit nieder und stößt von Carasescu von sich. Im Anschluss rappelt er sich auf, steht unschlüssig zwischen uns und scheint seine Chancen abzuwägen.

Er entscheidet sich für Rückzug, was ich nur befürworten kann, jedoch nicht ohne uns noch einmal hasserfüllt anzuschauen. Einen Augenaufschlag später ist er verschwunden.

Ich atme erleichtert aus und beobachte, wie von Carasescu langsam auf mich zukommt. Entgegen meinen ersten Befürchtungen hat er sich einigermaßen unter Kontrolle. Und doch sieht er furchtbar aus. Geronnenes Blut, Dreck und gesplittertes Holz haften an ihm. Seine schicke Kleidung ist nur noch ein Fall für die Tonne.

Seine Augen werden wieder heller und die Adern bilden sich zurück, als er eine Hand nach mir ausstreckt, um mich zu berühren. Er hält jedoch in der Bewegung inne, wendet den Kopf und sieht in die Düsternis. Ich folge seinem Blick und falle aus allen Wolken, als kurze Zeit später ein bekanntes Gesicht auf dem nächtlichen Weg auftaucht.

»Henry«, sage ich ungläubig und gaffe ihn blöd an.

Zwei Sekunden danach will ich mich in seine Arme werfen, übersehe aber einen tief hängenden Ast und stoße mir die Stirn.

Sterne tanzen vor meinen Augen, als ich die Lider wieder öffne.

Huch, wieso liege ich auf dem Waldboden?

Henry und der Graf beugen sich beide über mich.

»Vehla«, beginnt Henry, und mir wird bewusst, dass sie sich kennen müssen. »Was ist denn …«

»Ihr ist nichts passiert.«

Nichts passiert? Mir geht es schrecklich. Ich bin fix und fertig. So eine bedrohliche Situation habe ich noch nie erlebt. Ich fühle mich wie die Asche eines ausgebrannten Feuers. Wenn es anfängt zu regnen. Das Adrenalin, das noch zuvor durch meine Adern floss, lässt nach und macht mich schläfrig. Ich befürchte, mein Körper fährt in den Stand-by-Betrieb.

Henry zieht mich vorsichtig auf die Beine. Ich merke erst, dass ich unkontrolliert zittere, als er seine Jacke über meine Schultern legt und mich in seine Arme hebt.

Ja, das ist schön. So kann es für immer sein.

»Und wie geht es dir?«

Von Carasescu antwortet nicht auf Henrys Frage, zumindest nicht mit Worten.

Jemand streicht mir das Haar aus der Stirn und ich bezweifle, dass es sich bei demjenigen um Henry handelt, denn er hält mich noch immer fest umschlossen. »Bring sie bitte nach Hause.«

»Natürlich«, versichert Henry.

Ich drehe den Kopf, nur um zu sehen, wie von Carasescu in der Finsternis verschwindet.

Das ist falsch. Er darf nicht einfach so gehen. Nicht wie ein dunkler, einsamer Ritter. Ich muss noch etwas sagen. Ich weiß zwar nicht, was, aber ich muss mich dringend irgendwie mitteilen. Doch dann ist er weg. Verschwunden. Eins geworden mit der Nacht, die uns umgibt.

»Wo wohnst du eigentlich?«, fragt Henry leise, doch ich kann nicht mehr antworten, denn die Dunkelheit umfängt nun auch meinen Geist.

Kapitel 8

Ein kühler Lufthauch auf meinem Gesicht, meinen Beinen.

Vanilleduft.

Ein leises Rascheln.

Das Gefühl, dass jemand bei mir ist.

Von einer Sekunde auf die nächste bin ich wach und reiße die Augen auf. Ich bin erleichtert, da ich an meine mir wohlbekannte Zimmerdecke sehe. Als ich den Kopf zur Seite drehe, sitzt Lynn neben mir. Sie liest ein Buch und legt es auf meinem Bett ab, als sie bemerkt, dass ich bei Bewusstsein bin.

Kurz kann ich einen Blick auf den Titel erhaschen. Ein Thriller, bei dem es ein Mörder und Vergewaltiger auf Frauen mit blondem Haar abgesehen hat. Supi. Ich fühle mich gleich viel besser.

»Na, Dornröschen. Endlich wach?«

Ich richte mich auf, wobei Henrys Jacke, mit der ich zugedeckt bin, an mir herunterrutscht. »Sag, dass alles nur ein Traum war.«

Auflachend schüttelt sie ihren schönen Kopf und greift nach meiner Hand. »Nein, Liebes. Henry hat meine Nummer in deinem Handy gefunden und mich angerufen. Wir haben uns hier getroffen. Stimmt es, dass er nicht wusste, wo du wohnst? Ich meine, fick die Henne, bis sie platzt, immerhin seid ihr so gut wie …«

»Lynn!«

»Was denn? Ich bin mir sicher, irgendwann befreit er dich aus diesem verruchten Loch und reitet mit dir auf einem Schimmel in eine Vollmondnacht hinaus. Hach, so romantisch.« Meine Freundin legt beide Hände an ihre Wangen und schaut verträumt an die Zimmerdecke, bevor ihr schwärmerischer Anfall wieder vorbei ist. »Aber wie dem auch sei. Er ist bis kurz vor Sonnenaufgang geblieben. Du bist ein ganz schöner Langschläfer, das muss man schon sagen.«

Mir brummt der Kopf und ich greife in mein Haar. Prima. Es ist so sehr verknotet, dass darin sogar Vögel nisten könnten. Ich räuspere mich und sehe Lynn, die ein leises Lächeln auf den Lippen trägt, abschätzend an.

Schimmel. Vollmondnacht. Ja, klar.

Ich gleite vom Bett und gehe die wenigen Schritte zu meiner Wohnungstür, um Henrys Jacke an die Garderobe zu hängen. Bei der nächsten Gelegenheit werde ich sie ihm zurückgeben. Mit den Fingern streiche ich den dunklen Stoff glatt und runzle die Stirn, als ich bemerke, dass etwas in einer der Taschen steckt. Nur um sicherzugehen, dass es sich um nichts Wichtiges handelt, vergewissere ich mich, was es ist, und bin nur noch mehr überrascht.

Der Geldumschlag sieht aus wie der, den mir Albert letztens gegeben hat. In geschwungenen Lettern steht diesmal sogar mein Name darauf. Ich halte den Umschlag ins Licht und wundere mich, wann von Carasescu mir den zugesteckt hat.

Als ich halb benommen in Henrys Armen lag? Ist das seine Handschrift? Warum gibt er mir nach so einer verkorksten Nacht noch Trinkgeld?

»Hallohooo«, ruft Lynn plötzlich und zieht das Wort dabei unschön in die Länge.

»Was?« Ich wirble zu ihr herum und bemerke, dass sie mich mit großen Augen ansieht.

»Ich habe gefragt, ob du mit mir essen gehst«, wiederholt sie.

Ich bin am Verhungern. Wie spät ist es eigentlich?

»Du könntest mich einladen«, schlägt Lynn vor. »Ich habe bei Maria einen freien Tag für dich rausgeschunden.«

Ich nicke einverstanden, will mich vorher aber dringend frisch machen. »Gib mir zehn Minuten.«

Lynn plappert ohne Unterlass vor sich hin. Ich höre bereits seit ein paar Minuten nicht mehr wirklich zu, sondern stochere lustlos in meinem Salat herum, schiebe die Cocktailtomaten von einer Seite des Tellers zur anderen, während die Geräuschkulisse des Straßencafés zu einer unbedeutenden Nebensache verschwimmt.

»Oh, isst du das noch?« Lynn wartet keine Antwort ab, sticht ihre Gabel durch das Gemüsefleisch und schiebt es sich in den Mund, wobei sie keineswegs aufhört, sich mitzuteilen.

Ich seufze schwer, was ihre Aufmerksamkeit auf mich zieht. Ich bemerke erst, dass sie mich mustert, als ich zu ihr sehe, da ihr Redeschwall plötzlich versiegt ist.

»Geht's dir gut?«, will sie vorsichtig wissen.

Ich habe befürchtet, dass diese Frage früher oder später aufkommen wird. Die Antwort darauf fällt mir leicht. »Na klar, Unkraut vergeht doch nicht.«

»Aber?«, hakt Lynn nach und klaut sich eine weitere Tomate von meinem Teller.

»Aber …« Ich kann mich nicht davon abhalten, den Blick zu senken. »Du weißt nicht zufällig Einzelheiten von gestern Nacht?«

»Aha!« Lynn stößt den Laut so unvermittelt aus, dass ich erschrocken zusammenzucke. »Daher weht der Wind. Du sorgst dich um deinen neuen Verehrer.«

Ich bewerfe sie mit meiner Serviette. Und wieso muss sie so mit der Gabel vor meinem Gesicht herumwedeln?

»Er ist nicht mein Verehrer«, streite ich ab und verschränke beinahe schmollend die Arme vor der Brust. »Wir wurden Opfer eines Überfalls. Ich will nur wissen, wie es ihm geht.«

Lynn winkt ab und isst munter weiter. »Da musst du dir nicht den Kopf zerbrechen. Laut Henry war alles halb so wild. Ein Zufall, dass er gerade auf dem Nachhauseweg von einem Mandanten war, was?«

Jaaaaa, Wien ist ein Dorf.

»Hat Henry erwähnt, woher er den Grafen kennt?«, fällt mir spontan ein.

»Öhm …«, macht Lynn und sieht in den leicht bewölkten Himmel über uns. »Wenn ich so direkt darüber nachdenke … nö.«

Ich bemerke, dass ich allein sein und meinen freien Tag komplett für mich nutzen will, wenn ich schon mal einen habe. Also krame ich in meiner Tasche nach meiner Geldbörse.

»Was hast du vor?« Lynns alarmierte Stimme lässt mich innehalten. Überrascht sehe ich zu meiner Freundin.

»Ich will zahlen und dann gehen.«

»Das kommt gar nicht in die Tüte.« Schon wieder wedelt sie mit ihrem Besteck wild in der Gegend herum, um ihren Standpunkt zu verdeutlichen. »Ich habe mir etwas wirklich Schönes für dich ausgedacht.«

»Ach ja?« Das kann ich mir irgendwie nicht vorstellen.

»Du hast doch nicht etwa unsere kleine Wette vergessen?«

Nein, habe ich nicht. Mir ist durchaus bewusst, dass ich haushoch verloren habe. Ich schüttle resigniert den Kopf. Wieso hatte ich mich noch einmal darauf eingelassen?

»Du kannst heute deine Schulden bei mir einlösen«, erklärt sie mir und wirkt dabei fast stolz. »Das ist eine gute Gelegenheit, Mäuschen im Spiegelraum zu spielen. Na los, du weißt doch, was man über Wettschulden sagt.«

Ehrenschulden. Schon klar.

Ich schiebe den Teller von mir. Der Hunger ist mir vergangen.

Mit blankem Gesichtsausdruck sehe ich zu Lynn.

»Okay, gib mir eine halbe Stunde, dann darfst du gucken«, erklärt sie mit ernster Miene das weitere Vorgehen. »Abgemacht?«

Will sie wirklich eine Antwort? Sieht so aus.

»Abgemacht«, nuschle ich monoton und begebe mich unmotiviert auf den Weg, während Lynn schon halb in ihrem Gemach verschwunden ist.

»Supi«, kann ich ihre fröhliche Stimme noch hören. »Das wird so aufregend, ich freue mich.«

Yeah! Ich kann vor Freude auch kaum an mich halten. Ich brauche ganz dringend ein Fähnchen, das ich schwenken kann, wenn ich gleich dabei zusehe, wie meiner besten Freundin Fänge in die zarte Haut geschlagen werden.

Mein Weg führt mich keine fünf Meter weiter. Ich schiebe einen Wandteppich beiseite, brauche eine Weile, bis ich den Öffnungsmechanismus finde, und trete nach einem leisen *Klick* durch die geheime Tür, die ich sofort wieder hinter mir schließe.

Der Spiegelraum.

Klein, quadratisch, schalldicht, schwach beleuchtet und mit zwei schweren roten Samtvorhängen an gegenüberliegenden Seiten, an der jeweils eine goldene Kordel hängt.

Ich schlinge die Arme um meine Mitte und fühle mich seltsam.

Dieser Raum wird dafür genutzt, den neuen Pferdchen im Stall diskret zu zeigen, auf was es hier im ›Schwarzen Mond‹ ankommt. Und manchmal auch für … na ja … andere … nicht so diskrete Sachen.

Ich wende mich nach links und schiebe den Vorhang zu Paulas Räumlichkeiten mit dem Finger zur Seite, lasse ihn schnell wieder fallen, als ich erkenne, was sie da drin gerade treibt.

Nein, das will ich wirklich nicht sehen.

Kurz denke ich darüber nach, einfach das Weite zu suchen. Doch Lynn wird mich mit Sicherheit über meine Eindrücke zu ihrer Liebesnacht mit Biss ausfragen. Also bleibe ich. Auch wenn ich mir nicht sonderlich viel davon verspreche. Außer angewidert von dannen zu ziehen und in meinen Grundfesten bestärkt zu sein, dass mein Hals Jungfrau bleibt.

Eine halbe Stunde kann schrecklich lang sein. Die Zeit fließt so träge dahin wie Quecksilber aus einem zerbrochenen Thermometer.

Nervös wippe ich auf den Füßen vor und zurück. Immer wieder irren meine Gedanken zu den Geschehnissen der letzten Nacht. Dabei male ich mir abermals aus, wie von Carasescu in die Dunkelheit entschwindet. Einsam. Beinahe hilflos.

Ach, Schwachsinn. Von wegen hilflos …

Ich schüttle den Kopf und schaue auf meine Uhr.

Es ist so weit. Das Warten hat ein Ende.

Langsam greife ich nach der Kordel auf der rechten Seite des Raumes. Es kostet mich größere Überwindung, als ich zugeben will. Mein Herzschlag beschleunigt sich merklich. Durch das einseitige Spiegelglas hindurch werde ich Lynns Zimmer, fast genauso eingerichtet wie meines, sehen. Doch ich werde unsichtbar sein und im Verborgenen bleiben.

Einen Atemzug später ziehe ich an dem Seil, der Vorhang gleitet leise und geschmeidig zur Seite und ich habe freie Sicht auf das große Himmelbett.

Lynn ist nackt. Der beeindruckende Körper ihres Freiers drückt sie in die Laken und hält sie unter sich gefangen. Ihre Hände krallen sich in seinen Rücken, sie bäumt sich ihm lustvoll entgegen, während ihre Körper im Liebesspiel verschmelzen.

Ich kann das Gesicht des Vampirs nicht erkennen. Sein dunkles Haar fällt wie ein Vorhang über Lynn. Ein Blitz der Erkenntnis durchzuckt mich, doch ich kann nicht fassen, was es ist, das ich zu wissen glaube.

Als der Freier seine Fänge in ihren Hals treibt und zu trinken beginnt, läuft Lynns Blut in einem dünnen Rinnsal auf ihrer Haut entlang. Er saugt und stößt im gleichen Rhythmus in sie, was Lynn dazu bringt, sich wie eine Ertrinkende an ihn zu klammern und etwas in sein Ohr zu flüstern.

Der Vampir greift unter ihren Rücken und zieht sie mit sich nach oben in eine sitzende Position, immer weiter trinkend. Dann hebt er den Kopf und sieht mir, durch das verspiegelte Glas hindurch, direkt in die Augen.

Ich erstarre, vergesse, für ein paar Augenblicke zu atmen.

Nicht der Kuss, den Lynn in ebendiesem Moment auf seine blutigen Lippen haucht, entsetzt mich so sehr. Auch nicht, dass der Vamp seine Fänge nun in ihr Handgelenk treibt und mich weiterhin ohne Unterlass dabei fixiert. Oder dass Lynn nun ihrerseits kräftig in seine Haut beißt, ohne ihn verletzen zu können.

Nein.

Vielmehr, dass dieser Freier niemand Geringeres ist als Graf von Carasescu.

Wie betäubt taumle ich zurück, bleibe erst stehen, als ich nicht mehr weiterkann und die gegenüberliegende Wand im Rücken spüre.

Von Carasescu lässt Lynns Arm gehen, starrt weiter. Seine Augen sind Abgründe. Wild und vampirisch. Aber ich kann nicht wegsehen, sosehr ich es auch will.

Blut tropft von seinem Kinn auf seine nackte Brust. Sofort ist Lynn zur Stelle und leckt es von seiner Haut, was ihm ein Fauchen entlockt. Seine Fänge glitzern gefährlich und er drückt seine Blutquelle wieder nach unten, folgt ihrer Bewegung, nur um sich erneut aus der Wunde an Lynns Hals zu bedienen.

Mir wird schwindlig und ich erinnere mich daran, dass mein Körper Sauerstoff benötigt.

Also ziehe ich zischend die Luft ein und hetze zur Tür. Ich will hier weg. Ich will nach Hause. Aber vorher muss ich dem Damenkabinett einen Besuch abstatten. Denn es ist auch vonnöten, dass ich mich ganz dringend übergebe.

Ich liege auf dem Rücken in meinem Bett, baumle mit den Füßen und blättere lustlos in Lynns Buch, das sie vergessen hat. Ich bin noch nicht ganz bei Seite drei angelangt, aber schon jetzt bekomme ich überhaupt nicht mehr mit, was ich da eigentlich lese.

Meine Gedanken kehren immer wieder zu dem kleinen Schauspiel zurück, dessen Zeuge ich soeben war.

Nicht dass es mich besonders interessiert. Es hätte mir sogar klar sein müssen, dass sich von Carasescu ein anderes Mädchen für seine Bedürfnisse sucht, wenn ich sie ihm nicht erfüllen will … kann. Will.

Ich werde es vermutlich nie zugeben, aber irgendwie kränkt mich dieser Umstand ein bisschen.

Und ich habe mir tatsächlich Gedanken darüber gemacht, dass es ihm nach der gestrigen Nacht vielleicht nicht gut geht. Tz. Das wird mir nie wieder passieren.

Das Klingeln meines Handys lenkt mich ab. Ich weiß nicht, wo ich es hingelegt habe, und bin außerdem zu faul, danach zu suchen, also bleibe ich, wo ich bin. Doch der nervige Ton will nicht verklingen.

Fluchend rolle ich mich auf die Seite, lasse mich vom Bett fallen und folge dem Geräusch. Ich finde das Telefon zwischen Sitzfläche und Lehne meines kleinen Sofas, klappe das alte Ding auf und nehme das Gespräch an.

Es ist Lynn. Ich bin wirklich gespannt, was sie mir zu sagen hat. Ob sie sich entschuldigt? Wofür eigentlich? Dass sie ihre Arbeit gemacht hat? Oder will sie nur wissen, wo ich abgeblieben bin?

»Ja?« Ich erhalte keine Antwort. »Hallo? Lynn?«

Immer noch nichts. Nur ein leises … Röcheln?

Ich lege auf. Vermutlich hat sie meine Nummer einfach nur wieder versehentlich gewählt, weil sie ihr Handy immer unter das Kopfkissen steckt, während sie es sich besorgen lässt. Neulich hat sie sogar aus Versehen ihre Mutter angerufen, als sie einen Dreier hatte.

Ich hüpfe zurück auf mein Bett, lege das Telefon neben mich und versuche erneut mein Glück mit der Lektüre.

Dann bekomme ich eine SMS. Genervt greife ich nochmals nach dem Mobiltelefon und öffne den Posteingang. Lynn.

Meine Augen weiten sich, als ich das einzige Wort lese, aus dem die Nachricht besteht: Hilfe.

Sofort bin ich, meine Tasche packend, auf dem Weg zur Tür und eile kurze Zeit später durch die Straßen Wiens.

Mein Atem geht keuchend, als ich die Gänge des ›Schwarzen Mondes‹ entlanghaste und den letzten Treppenabsatz erreiche, der mich noch von Lynns Gemach trennt.

Ich habe ein schreckliches Gefühl in der Magengegend und nehme immer zwei Stufen auf einmal. Meine Seite sticht seit dem letzten zurückgelegten Kilometer ohne Unterlass, doch ich beschließe, später zusammenzubrechen, wenn ich nicht mehr so in Eile bin. Außerdem tut mein Knie weh, aber ich schlucke den Schmerz herunter. Auf meiner Hatz bin ich unglücklicherweise mit einem Fahrradkurier zusammengestoßen. Dabei muss ich auch einen Schuh verloren haben, wie ich erst jetzt bemerke.

Während meines rasanten Laufs durch Wiens Gassen habe ich immer wieder versucht, Lynn zu erreichen oder irgendwen, der nachsehen könnte, ob es ihr gut geht, blieb jedoch erfolglos.

Mein Telefon halte ich noch immer in den Händen, als ich bereits eilig die schwere Holztür zu Lynns Zimmer aufstoße.

Ich brauche eine Sekunde, um die Lage zu erfassen. Lynn liegt vor dem Bett in einer riesigen Lache ihres eigenen Blutes. Ihr Körper – Schultern, Bauch, Beine – ist mit Bissen übersät. Ihr rechter Arm ist unnatürlich weit abgewinkelt, ihre linke Hand krampft und hält dabei ihr blutverschmiertes Handy. Doch das Schlimmste ist ihr Hals.

Einer ihrer beliebten Flüche liegt auf meinen Lippen, doch ich bringe ihn nicht heraus. Ein Teil ihres Halses, ihrer Kehle, ist schlicht und ergreifend nicht mehr da. Ein rotes, fleischiges Loch klafft an der Stelle, wo vorher noch zarte alabasterfarbene Haut gewesen ist.

»Hilfe!«, rufe ich den Gang entlang und hoffe auf selbige.

Meine Knie drohen nachzugeben, doch ich reiße mich zusammen und stürze ins Zimmer.

Ich werfe mich neben Lynn, und augenblicklich taucht die lauwarme Nässe ihres Blutes meine Kleider in dunkles Rot. Lynn sieht mich mit großen glasigen Augen an. Sie zittert, und bei jedem erkämpften Atemzug lässt das Loch in ihrer Kehle ein furchtbares, wässriges Röcheln hören.

»Oh, Scheiße«, bringe ich leise hervor und schlucke Tränen hinunter, während mich Lynn unverwandt ansieht, als würde sie mir mit Blicken etwas mitteilen wollen.

Ich tippe die 144 in mein Handy und gebe der Frau am anderen Ende der Leitung in einer eiligen Beschreibung alles durch, was ich von der Unordnung in meinem Kopf als wichtig erachte. Ich bettle regelrecht, dass die Rettungskräfte sich beeilen sollen, dann lasse ich das Telefon unachtsam fallen und beuge mich über Lynn, um ihr Gesicht in meine Hände zu nehmen.

»Wer war das?«, will ich wissen und meine Stimme ist nur ein stotterndes Flüstern. »Wer hat dir das angetan?«

Lynns Mund bewegt sich, doch in ihrem Hals erklingt nur ein Blubbern, und Blut läuft aus ihren Mundwinkeln. Oh Gott. Mir wird schlecht.

»War es von Carasescu?«, frage ich und Wut steigt in mir empor. Er war immerhin der Letzte, den ich bei ihr gesehen habe.

Lynns Augen beginnen, sich zu schließen. Ich schüttle sie leicht. »Lynn! Wach bleiben! Hilfe ist unterwegs. Bitte halt durch.« Sie sieht mich wieder an. »War es von Carasescu?«

Ist das ein Kopfschütteln?

Ihr Arm schnellt nach oben und packt mich am Oberarm, schmiert rote Striemen auf meine Haut. Ihre Augen starren an die

Decke, ein Husten folgt und sie spuckt Blut. Dann fällt ihr Arm herunter und ihr Körper wird schlaff.

»Lynn?« Ich rüttle an ihr, ziehe sie in meine Arme, erhalte jedoch keine Reaktion mehr. »Lynn!«

Ich stehe seit einer gefühlten Ewigkeit unter der Dusche und beobachte, wie Lynns Blut von meinem Körper gespült wird und im Abfluss verschwindet.

Innerhalb von Minuten traf der Rettungsdienst ein, konnte allerdings nichts mehr für meine beste Freundin tun. Das Nächste, woran ich mich erinnere, ist, dass ich bei der Polizei war, um meine Aussage zu Protokoll zu geben. Ein Polizeibeamter hat mich nach Hause gefahren, mir eine Visitenkarte irgendeines Seelenklempners zugesteckt und mich meiner Wege gehen lassen.

Erst unter der Dusche habe ich wirklich realisiert, was gerade geschehen ist. Ich starre ins Leere, bis ich bemerke, dass das warme Wasser alle ist. Ich drehe es ab, schlüpfe in einen Bademantel und schleppe mich zum Bett.

Schlafen. Ich will schlafen. Schlaf bedeutet vergessen. Und ich *will* den heutigen Tag am liebsten komplett aus meiner Erinnerung streichen.

Das Klingeln an meiner Wohnungstür lässt mich aufhorchen. Wenn jemand bei mir klingelt, dann ist es entweder der Postbote oder es sind die Zeugen Jehovas. Beide will ich jetzt bestimmt nicht sehen. Und doch schlurfe ich zur Tür und öffne.

Zurückgehaltene Tränen quillen sofort über, als Henry vor mir steht und ich das Verständnis der Welt in seinen Augen erkennen kann.

»Glühwürmchen«, haucht er und tritt näher, um mich in seine Arme zu ziehen.

Ich lasse es zu, kralle mich in den Stoff seines weißen Hemdes und weine dicke Tränen an seiner Brust, während er die Tür mit einem Stoß hinter sich ins Schloss fallen lässt.

Ich bin wirklich froh, dass er nun weiß, wo ich wohne. Und dass er irgendwoher erfahren hat, was passiert ist. Habe ich vielleicht selbst wie in Trance in seiner Kanzlei angerufen? Heißt das, ich habe ihn endlich gegoogelt?

»Sie ist tot«, heule ich mit tränenerstickter Stimme, als er mich zu meinem Sofa führt und wir uns setzen. »Sie ist einfach gestorben. Vor meinen Augen.«

Ich schreie, kreische, drohe zu hyperventilieren, bis Henry mir übers Haar streichelt, meinen Kopf an seine Schulter drückt und beruhigend auf mich einredet, während er mich fest in seinen Armen hält.

Irgendwann, zwischen herausgeschrienem Schmerz und unsäglicher Trauer, verpufft meine alles einnehmende Verzweiflung zu purer Erschöpfung. Mein Hals kratzt, mein Kopf dröhnt und meine Augen brennen. Stille Tränen rollen noch immer über meine Wangen, aber die lauten Schluchzer sind vorerst versiegt.

Regungslos starre ich vor mich hin, nestle an Henrys Hemdstoff herum und hoffe, dass die nächste Welle bodenloser Traurigkeit eine Weile auf sich warten lässt. Henry wiegt mich in seinen Armen und haucht einen Kuss auf meinen Haaransatz.

Ich atme tief durch, wische meine Tränen fort und sehe ihn an.

Sofort streicht er mir eine verirrte Locke aus dem Gesicht und fasst sanft unter mein Kinn. »Es tut mir so leid.«

Seine einfühlsame Stimme lässt unmittelbar neue Tränen in meine Augen steigen, doch ich blinzle sie weg. Nur mein Kinn kann ich nicht davon abhalten, unkontrolliert zu beben.

Ich deute ein Nicken an und schniefe. »Wer tut so etwas? Welche Ausgeburt der Hölle ist so krank und … und …« Meine

Stimme bricht. Es dauert einen Moment, bis ich weitersprechen kann. »Sie ist nicht verwandelt worden, Henry. Sie wird kein Vampir werden, obwohl sie sich das doch immer gewünscht hat. Gott, ich hätte sie ermuntern sollen, es so schnell wie möglich zu tun, dann wäre sie jetzt vielleicht noch …«

»Hör auf damit«, sagt Henry leise, aber bestimmt. »Du trägst keine Schuld an dem, was passiert ist.«

Die Tränen rollen wieder über meine Haut. »Ich werde sie nie wieder sehen. Nie wieder ihre schmutzigen Witze hören, nie wieder ihr lautes Lachen. Sie ist einfach weg. Sie hat mich allein gelassen.«

Ich schlage die Hände vor das Gesicht und weine so lange, bis die Leere in mir einigermaßen zu ertragen ist und ich nicht drohe auseinanderzufallen.

Henry sagt kein Wort, gibt mir Zeit, bis ich bereit dazu bin.

»Denkst du«, schluchze ich und wische mir die Nase mit dem Ärmel meines Bademantels, »von Carasescu hat ihr das angetan? Er war zuletzt bei ihr, glaube ich.«

»Vehla?« Henrys Stimme klingt ehrlich entrüstet. »Nein. Für ihn würde ich meine Hand ins Feuer legen. Außerdem war er wegen einer letzten Absprache für die morgige Verhandlung bei mir. Ich hätte es gespürt, wenn er … Ich meine … Ich hätte es mitbekommen.«

Noch während ich mich frage, was genau er wohl damit meint, trifft mich die Erkenntnis wie ein Blitz.

»Du bist sein Anwalt?«, frage ich, aber eigentlich ist es gar keine Frage.

»Ja.«

Hat von Carasescu Henry unser Etablissement empfohlen? Das würde ich ihm zutrauen.

»Er … macht doch nichts Illegales?«, will ich leise wissen.

Drogen? Waffen? Menschenhandel?

»Nein«, versichert Henry. Irgendwie erleichtert lehne ich mich gegen ihn. Seine Stimme wird ganz weich, als er fortfährt: »Seine Absichten sind durchweg ehrenwert. Und gerade deswegen hat er viele Feinde. Es sind immer die Guten, auf die man es am meisten abgesehen hat. Leider legt er sich, meiner Meinung nach, zu oft mit milliardenschweren Konzernen an.«

Ich denke an Ally und ihre Erklärung über von Carasescus Faible für die Schwachen, seine Spenden für wohltätige Zwecke et cetera.

Plötzlich bricht eine neue Welle der Traurigkeit über mir zusammen. Habe ich Lynns Schicksal tatsächlich für einen Moment vergessen? Wie kann ich nur?!

Henry umfasst meine Hand und drückt sie leicht, was mich dazu bringt, mit tränennassen Augen in seine zu blicken. Sie haben gerade eine irre Farbe. Dunkel. Wie Schiefer, wenn Regen darauf fällt.

Ich rutsche etwas von ihm weg, bette meinen Kopf in seinen Schoß und strecke die Beine auf dem Sofa aus, um eine bequeme Position zu finden. Er streicht mir das Haar aus der Stirn und ich schließe die Augen.

»Haben deine Fenster Jalousien?«, will er fast etwas beschämt wissen.

Seine Frage irritiert mich und ich drehe den Kopf, um ihn ansehen zu können. »Ja, wieso?«

Ein entschuldigendes Lächeln liegt auf seinen Zügen. »Ich will dich nicht allein lassen. Wenn du erlaubst, bleibe ich den Tag über bei dir.«

Mein Kopf schmerzt, als ich in heftiges Nicken verfalle. Ich bin Henry so dankbar, dass er bei mir ist. Wäre ich jetzt auf mich gestellt, hätte ich vermutlich schon den Verstand verloren.

»Danke«, wispere ich, greife seine Hand und ziehe seinen Arm schützend über mich.

Scheiße. Unser erstes Date hatte ich mir anders vorgestellt.

Kapitel 9

Ich bin so richtig am Arsch.

Maria verlangt nach mir und ich weiß genau, was sie von mir will. Ein gemütliches Kaffeekränzchen zu halten, gehört garantiert nicht dazu.

Heute ist mein erster Arbeitstag seit … dem Vorfall. Mehrere Wochen sind vergangen. Trotz der ernsten Umstände hasst Maria Ausfälle wie die Pest. Oder in ihrem Fall ist Sonnenlicht wohl der bessere Vergleich.

Unschlüssig und leicht verängstigt stehe ich nun vor ihrer Tür. Ich lungere schon fast davor herum und komme mir dabei ziemlich dämlich vor.

»Bitte tritt doch ein«, höre ich ihre gedämpfte Stimme durch die geschlossene Tür, ohne dass ich auch nur zum Klopfen ansetze.

Ich beiße mir auf die Unterlippe und folge der Aufforderung.

Maria sitzt, wunderschön wie eh und je, hinter ihrem Sekretär und ordnet ihre Post, einen goldenen Brieföffner in der feingliedrigen Hand.

Bei meinem Eintreten hebt sie den Kopf und sieht mich mit funkelnden Augen an. Sie lächelt, was mir irgendwie Mut macht.

»Mein Täubchen«, beginnt sie sofort und erhebt sich, um auf mich zuzulaufen. Sie ist etwas kleiner als ich, trägt jedoch wie immer pompöse Kleidung und sieht daher aus wie die Kaiserin irgendeiner vergangenen Dynastie. »Ich bin so froh, dass es dir wieder besser geht.«

»Der Ausfall tut mir sehr leid, Maria«, nehme ich ihr sofort etwaigen Wind aus den Segeln. »Ich werde in der nächsten Zeit keinen Tag mehr freimachen. Hier wird quasi mein neues Zuhause sein.«

»Liebchen«, sagt sie sanft und doch bedrohlich, als sie direkt vor mir steht und zärtlich mit einem Finger über meine Wange streicht. Es beunruhigt mich, dass sie den spitzen Brieföffner noch immer in der anderen Hand hält. »Zerbrich dir deswegen nicht dein hübsches Köpfchen. Ich will, dass es meinen Mädchen gut geht. Gerade nach Lynns schrecklichem Verlust müssen wir besonders auf uns achtgeben. Du hast alle Zeit, die du brauchst, hörst du?«

Ich nicke ergeben. Und durchaus auch erleichtert.

Ich weiß, dass Maria nach Lynns Tod alle Hebel in Bewegung gesetzt hat, Sicherheitsvorkehrungen überprüft und Hausverbote ausgesprochen hat, nur um zu verhindern, dass so eine Tragödie noch einmal in diesem Etablissement Einzug halten kann.

Lynns Mörder wurde gefunden. Beziehungsweise seine Überreste, da er sich vermutlich selbst gepfählt hat, als man ihm auf die Schliche kam. Es war der Typ, der mich vor einiger Zeit so grob genommen hatte, dass ich danach ein paar Tage nicht richtig sitzen konnte. Der Typ, der eigentlich zu Lynn wollte und nicht zu mir. Scheint, als hätte er dies nachgeholt.

Scheißwichser.

Maria umfasst mein Kinn und holt mich somit aus meinen Gedanken. Sie haucht einen kühlen Kuss auf meine Lippen und sieht mich dann verständnisvoll an. »Ich habe eine Bitte an dich.«

»Alles, was du willst«, sage ich schnell.

Soll ich einem Elefanten das Fliegen beibringen? Mit Hulk Hogan wrestlen? Egal. Ich tue alles, um ihr zu beweisen, dass ich wieder voll einsatzfähig bin.

»Ich kann hier heute nicht weg, habe aber eine wichtige Lieferung.« Aus der Schublade ihres Sekretärs holt Maria ein hübsch verziertes Holzkästchen, öffnet es kurz, um mir die darin befindliche weiße Rose zu zeigen, und gibt es mir. Dazu überreicht sie mir eine Notiz und sieht mich zufrieden an.

Ich soll diese Lieferung tätigen? Kein Problem. Ich ziehe mir etwas Schickes an und …

»Sei so gut und gib Cynthia Bescheid, dass sie das Kästchen an diese Adresse liefern soll. Es ist mir sehr wichtig. Sie soll sich ruhig die ganze restliche Nacht dafür Zeit nehmen.«

Ich starre auf die Dinge, die sie mir gegeben hat, und bin etwas enttäuscht. Schade. Ich würde echt gern wissen, wer es verdient, von Maria eine Blume geschickt zu bekommen.

»Du darfst dich entfernen«, sagt sie und wedelt dabei mit der Hand, als wollte sie eine lästige Fliege loswerden.

Ich setze mich so schnell in Bewegung, dass ich fast stolpere, und gehe gedanklich schon den Weg zu Cynthias Gemächern durch.

Ich habe ein Problem.

Cynthia ist verhindert. Rosalie auch. Natasha auch. Und Sindy erst recht. Niemand, wirklich *niemand* war verfügbar, dem ich die Kästchenlieferung übertragen konnte.

Maria wollte ich natürlich von diesem Umstand unterrichten, doch als ich vor ihrer Tür stand, drang so lautes Stöhnen an mein Ohr, dass ich sofort wieder auf dem Absatz kehrtgemacht und die Aufgabe der einzigen Person anvertraut habe, auf die ich mich immer verlassen kann: mir selbst. Sie wird mir schon nicht an die Gurgel springen, wenn sie davon erfährt.

Ich trage Rot, was irgendwie dazu führt, dass ich wirke wie die Schwester von Arielle der Meerjungfrau. Arista oder so.

Ich sitze auf der Rückbank eines Taxis und habe das Kästchen sicher in meiner Handtasche verstaut. Erst der vierte Taxifahrer hat mich überhaupt zu besagter Adresse fahren wollen. Und auch nur, nachdem er sich mehrmals vergewissert hat, ob dies wirklich mein ausdrücklicher Wunsch ist. Sehr seltsam.

Die Nacht ist bereits weit fortgeschritten, als er außerhalb Wiens vor einem großen bedrohlich aussehenden schmiedeeisernen Tor hält.

»Verraten Sie mir noch Ihren Namen?«, will der Fahrer wissen und ich blicke ihn durch den Rückspiegel verwirrt an. »Dann kann ich später bei der Polizei aussagen, wer die Frauenleiche ist, die man aus der Donau gezogen hat«, fügt er feixend hinzu und ich schaue ihn blank an.

»Sehr witzig«, entkräftige ich seine Äußerung und lache gekünstelt, bevor ich auf das Taxameter blicke und ihm sein Geld von hinten auf die Brust drücke. »Da. Stimmt so.«

»Besten Dank«, höre ich ihn noch rufen, als ich bereits aussteige. »Und passen Sie auf sich auf.«

Ich widerstehe dem Drang, ihn nachzuäffen, als er davonfährt, und werfe einfach nur der Theatralik halber die Hände in den dunklen Himmel.

Was zum Teufel soll mir schon passieren? Immerhin bin ich mutterseelenallein hier draußen. Weit und breit nur verlassene Wiesen … und Felder … hin und wieder mal ein Fuchs … Vor mir ein riesiges videoüberwachtes, prunkvolles, komplett umzäuntes Anwesen mit einer scheißteuren Villa … Sagte ich schon riesig?

Im Erdgeschoss leuchtet übrigens Licht. Wenigstens scheint jemand zu Hause zu sein und ich habe den Weg nicht umsonst auf mich genommen.

Noch während ich überlege, ob ich hier wohl eine Klingel finde, öffnet sich eine normalgroße Tür im wuchtigen Tor und ich erschrecke tierisch, als eine ganz in Schwarz gekleidete Frau hindurchtritt.

Sie hat langes, dunkles Haar, weiße Haut und einen glasigen Blick.

Ein Blutmädchen. Sie gibt ihr Blut gegen Bezahlung. Also ist sie so ziemlich dasselbe wie die Blutlilien-Huren im ›Schwarzen Mond‹, nur ohne Sex.

Sie betrachtet mich mit leerem Ausdruck, läuft wortlos an mir vorbei und verschwindet in der Nacht.

Tja. Da hier jemand seinen Durst gerade gestillt hat, habe ich nichts zu befürchten, oder? Aber das werde ich sicherlich gleich herausfinden.

Da das Blutmädchen gnädigerweise die Tür für mich offen gelassen hat, bin ich so frei und schlüpfe einfach hindurch, ziehe die Tür hinter mir gewissenhaft ins Schloss und gehe die lange Auffahrt entlang.

Für die Schönheit der Gartenanlage habe ich im Moment kein Auge, als mich mein Weg schließlich über eine Treppe zur Haustür der Villa hinaufführt.

Ich sehe eine Klingel, fühle mich aber mehr zu dem Türklopfer hingezogen. Eine Fledermaus. Logisch. Ohne Umschweife betätige ich ihn.

In der obersten Etage ertönt sofort ein Heulen.

Ist das … ein Wolf?!

Ich trete von einem Fuß auf den anderen und streiche mir nervös die Haare aus der Stirn.

Nach einer Ewigkeit öffnet sich endlich die Tür und ich blinzle überrascht. Den Mann kenne ich.

»Albert«, höre ich mich erstaunt sagen und mein Gegenüber schaut mindestens genauso entgeistert drein.

»Lisa«, erwidert er. »Wie schön, Sie zu sehen. Was führt Sie zu uns?«

»Ich habe eine Lieferung für den Hausherrn«, antworte ich freundlich. Nun ist mir klar, um wen es sich dabei handelt. »Persönlich«, füge ich hinzu, obwohl Maria dies nicht explizit angeordnet hat.

»Ja, natürlich«, meint Albert und tritt zu mir nach draußen, um die Tür hinter sich zu schließen, was mich verwirrt. Er hingegen scheint durchaus erfreut. »Hier entlang bitte.«

Er geht voraus und führt mich die Treppen wieder hinunter. »Wir müssen nur kurz durch die Stallungen.«

»Die Stallungen?«, frage ich und erwarte beinahe, das Wiehern von Pferden zu hören. Doch das flache Gebäude direkt nebenan sieht vielmehr aus wie …

»Die Garage«, konkretisiert Albert grinsend, öffnet eine Tür an der schmalen Seite des Objekts und schiebt mich hindurch.

Beklemmung steigt in mir empor. Seit dem Abend, an dem Lynn umkam, habe ich den Grafen nicht mehr gesehen. Meine letzte Erinnerung an ihn ist, wie er sich mit ihr in den Laken wälzt und … Gott, diese Bilder kriege ich nie wieder los.

Im Inneren der Garage ist es angenehm kühl. Ein leichter Ölgeruch liegt in der Luft. Albert legt einen Schalter um, und Lampen flackern auf, um diffuses Licht zu spenden.

Lack und Chrom schimmern hier drin um die Wette, als ich mich umsehe. Wie schon erwähnt, habe ich von Autos nicht viel Ahnung, doch einen Lamborghini, eine Viper oder einen Jaguar erkenne sogar ich. Und sei es nur aufgrund der Logos. Schätzungsweise hat keiner dieser Wagen weniger als 300 PS.

Ich zähle acht Nobelschlitten, einen Geländewagen und die weiße Limousine, mit der uns Albert damals in die Oper gebracht hat.

Der Chauffeur übernimmt die Führung und steuert das andere Ende der Garage an. Er scheint meinen verträumten Blick auf den Ferrari zu bemerken und bleibt vor einem Maserati stehen, um zu mir zurückzuschauen.

»Ah.« Er lehnt sich doch tatsächlich gegen die Motorhaube des Wagens. »Damit fährt Seine Exzellenz zurzeit seine Rennen.«

Ich ziehe die Augenbrauen zusammen und sehe zu Albert, gehe dabei auf ihn zu.

»Rennen?«

»Straßenrennen. Sie wissen schon. Die, bei denen Fahrzeugpapiere und Unmengen an Geldbündeln ihre Besitzer wechseln.«

»Ach so. Die, bei denen in Filmen immer die Polizei auftaucht und es unfallträchtige Verfolgungsjagden durch nächtliche Städte gibt?«

»Genau«, sagt Albert sichtlich erfreut, dass ich begriffen habe.

»Das ist illegal«, äußere ich völlig ungerührt.

Hat der feine Herr Graf also doch Dreck am Stecken. Aber irgendwie … juckt mich das gar nicht. Vielleicht bekomme ich sogar einmal die Gelegenheit, als Grid-Girl eine Zielfahne zu schwenken. Das würde mir gefallen.

Albert stößt sich von der Motorhaube ab, sodass wir unseren Weg fortsetzen können. »Sollte es wirklich nötig sein, hat Seine Exzellenz einen hervorragenden Anwalt«, informiert er und schaut zurück über seine Schulter, um mir zuzuzwinkern.

Das lässt mich schmunzeln. Also beides. Seine Aussage und seine Mimik.

Er öffnet eine weitere Tür, die wieder aus der Garage nach draußen führt, und ich werfe einen letzten Blick auf den weißen Porsche, der ganz am Rand steht. Dann trete ich an Albert vorbei durch die Tür und finde mich just inmitten eines gehegten Gartens mit Terrasse, Pool, Rosenbüschen, gestutzten Hecken und Marmorstatuen wieder. Doch das alles ist gar nicht der Grund, weshalb mein Kinn nach unten klappt.

Direkt vor uns, am Fuße eines blühenden Kirschbaums, von dem Blütenblätter wie fallender Schnee rieseln, steht von Carasescu mit nichts weiter bekleidet als einer schwarzen Trainingshose, die zudem noch gefährlich tief auf seinen Hüften sitzt. Sein rabenschwarzes Haar klebt an seiner makellosen, blassen Haut und in mir erwacht der Wunsch, es anfassen zu wollen. Seine Hände sind mit weißen Bandagen umwickelt und zu Fäusten geballt. Er schlägt und tritt in schneller Kombination auf einen Sandsack ein, der an einem niedrigen Ast des Baumes angebracht ist.

Ich beobachte bei jeder Bewegung das eindrucksvolle Spiel seiner ausgeprägten Muskeln.

Zumindest so lange, bis Albert mich in meinen Träumereien unterbricht. »Beeindruckend, was?«

Ertappt sehe ich zu Albert, der mich wissend betrachtet, und räuspere mich peinlich berührt, ohne etwas darauf zu erwidern.

Unser Erscheinen ist nicht unbemerkt geblieben. Von Carasescu bringt soeben den nachschwingenden Sandsack zum Stillstand. Er wickelt die Bandagen von seinen Händen, kommt näher zu uns und ich zwinge meinen Blick zurück auf Augenhöhe.

Verdammt! Diese Trainingshose sitzt *wirklich* gefährlich tief.

»Was macht Ihr hier?«, fragt der Graf ohne Umschweife an mich gerichtet und seine blanke Tonlage verrät seine Stimmung keineswegs.

»Ich stalke Euch«, rutscht mir heraus, bevor ich mir auf die Zunge beißen kann.

Von Carasescu schaut an mir vorbei zu Albert. »Wo ist Lui?«

»Da, wo es um diese Zeit angebracht ist zu sein«, antwortet Albert umständlich und mich beschleicht Verwirrung, während von Carasescu sichtlich zufrieden nickt.

»Das war ein Witz«, fühle ich mich schnell genötigt zu sagen und erlange wieder die Aufmerksamkeit des Grafen. »Maria schickt mich. Ich soll Euch das hier geben, persönlich.«

Ich krame das Kästchen aus meiner Tasche und halte es ihm entgegen. Jetzt, da ich weiß, wer der Empfänger ist, verstehe ich den Sinn der Lieferung noch weniger.

»Ich gehe dann mal Tee aufsetzen«, verkündet Albert und verschwindet über die Terrasse ins Innere der Villa.

Von Carasescu nimmt mir endlich das Kästchen ab und mustert es einen Augenblick lang.

»Wollt Ihr es nicht aufmachen?«, frage ich ungeduldig.

»Ich weiß, was sich darin befindet.« Seine Stimme wird mit einem Mal bedrohlich düster. Als würde er nicht gutheißen, dass Maria ihm ein Präsent überbringen lässt.

Ich verkneife mir daher die Äußerung, ob er Superkräfte hat und den Röntgenblick besitzt.

»Ihr mögt vielleicht glauben, dass körperliche Liebe der Grund für meine Besuche bei Maria ist«, setzt er plötzlich an zu erklären, was mich automatisch in Unbehagen brennen lässt. Ich habe mit allem gerechnet, aber nicht damit, dass der Graf plötzlich redselig wird und seine Beweggründe erörtert. Gespannt lausche ich seinen Worten. »Das ist *nicht* der Grund. Ich bitte sie vielmehr Mal für Mal, mich nicht mehr zu kontaktieren. Unsere gemeinsame Zeit ist vorbei, aber sie … kann es nicht akzeptieren.«

Uff. Das muss ich erst einmal verdauen. Zusätzlich fühle ich mich nun auch noch schlecht, weil ich – wenn auch unfreiwillig – ein Teil dieser gräflichen ›Hör bitte auf, mich zu stalken‹-Sache geworden bin.

»Ich …«

… weiß absolut nicht, was ich darauf erwidern soll. Also schaue ich Hilfe suchend zu Boden und warte, bis die Peinlichkeit vorübergeht.

»Lisa«, sagt der Graf auf einmal zaghaft und sorgt nun hoffentlich mit einem Themawechsel dafür, dass sich die Situation nicht mehr ganz so befremdlich anfühlt. Seine Tonlage lässt mich aufhorchen. »Ich habe gehört, was Eurer Freundin zugestoßen ist. Mein aufrichtiges Beileid.«

Gut, auch kein angenehmer Gesprächsstoff, aber immerhin.

Ich nicke hektisch, als ich Tränen aufsteigen spüre. Es schmerzt mich noch immer. Natürlich tut es das. Und es wird auf ewig so sein.

»Danke.« Meine Stimme droht mir zu versagen.

Ich muss an etwas Lustiges denken. Katzenvideos zum Beispiel. Da war dieses eine neulich. Die Miez musste hicksen und pupsen gleichzeitig. Ach, das war goldig.

»Wenn ich irgendetwas tun kann …«, reißt mich der Graf aus meinen Katzen-Fantasien.

»… lasse ich es Euch sofort wissen, danke.«

Von Carasescu sieht mit einem Bedauern auf mich herab, das ich kaum ertragen kann. Er soll damit aufhören!

Die Sekunden verstreichen, in denen keiner von uns etwas sagt, dann deutet er auffordernd in die Richtung, in die Albert verschwunden ist. Ich habe Mühe, den Blick von seinem nackten Oberkörper zu reißen und seiner Einladung zu folgen. Ist das ein Blutfleck auf seinem Schlüsselbein?

»Gehen wir doch hinein«, meint er mit ungewohnt sanfter Stimme und ich nicke zustimmend.

Eigentlich ist mein Auftrag erledigt und es gibt keinen Grund, noch länger zu bleiben, aber gegen ein Tässchen Tee in den frühen Morgenstunden ist ja nichts einzuwenden. Und schließlich hat Maria Cynthia die ganze restliche Nacht zugesagt.

Ich versuche, es mir nicht anmerken zu lassen, als ich die Villa betrete, doch insgeheim stört es mich, dass er so leicht bekleidet hinter mir hergeht und ich keine Gelegenheit habe, zu spannen.

Unschlüssig bleibe ich in einer riesigen Küche stehen, die der Großküche eines Sternehotels Konkurrenz machen kann, und sehe Albert dabei zu, wie er sich am Herd betätigt.

»Einfach durchgehen«, sagt von Carasescu und legt vorsichtig eine Hand an meinen Rücken.

Ich zucke unter der unerwarteten Berührung zusammen, als würde jemand einen Stromstoß durch meinen Körper jagen. Er muss Notiz davon genommen haben, lässt sich jedoch nichts anmerken und schiebt mich durch die große weiße Flügeltür, die die Küche vom Eingangsbereich trennt.

Eine imposante Treppe führt zu einer Galerie und in die oberen Stockwerke. Im Raum gegenüber entdecke ich einen Kamin, direkt neben dem Aufgang hat ein Flügel seinen Standort gefunden.

Noch ehe ich weitere Details des Anwesens bewundern kann, erhebt von Carasescu erneut das Wort. »Ich gehe mich soeben salonfähig herrichten. Bitte nehmt doch derweil im Gesellschaftszimmer Platz.«

Er deutet in den behaglich wirkenden Raum unmittelbar vor uns.

Ich stimme stumm nickend zu, während er eine Verbeugung andeutet und die Treppe erklimmt. Ich schaue ihm so lange nach, bis ich seinen trainierten Rücken nicht mehr sehen kann. Dann lausche ich in die Stille, höre jedoch nur das Prasseln des Feuers und Alberts Topfgeklapper.

Ich setze mich in Bewegung und gehe am Flügel vorbei, lese auf den aufgeschlagenen Notenblättern den Titel *Comptine D'un Autre Été* und frage mich, wer das Instrument wohl spielt.

Der Salon beherbergt ein großes Sofa, das direkt vor dem Kamin steht. Ich beschließe, mich darauf niederzulassen, und umrunde es in diesem Vorhaben.

Auf halbem Weg bleibe ich jedoch erschrocken stehen und starre auf den gefährlich aussehenden Hund, der sich soeben von einem Bärenfell vor der Feuerstelle erhebt und mich mit düsteren Augen ansieht. Sein kurzes schwarzes Fell ist glatt und glänzend mit rotbraunen Abzeichen. Die Ohren des kräftigen Tieres stehen horchend nach oben. Ist das ein Dobermann?

Er geht einen Schritt auf mich zu und ich trete automatisch einen zurück. Zu meiner Überraschung bleibt er stehen und sieht mich abwartend an.

Verdammt! Hunde sollten wirklich nicht so dreinblicken können. Ich erschrecke, als er sich nun doch wieder in Bewegung setzt und unaufhaltsam näher kommt.

Bin ich in Gefahr? Habe ich eine reelle Chance, wenn ich anfange zu laufen?

»Hades, sitz!«

Der Hund gehorcht, ohne zu zögern, und ich wirble aufgrund der kindlichen Stimme herum. Im Türrahmen steht … ein Engel.

Goldene Schillerlocken fallen dem Kind über die Schultern, die Wangen sind trotz blassen Teints rosig, die Haut ist makellos. Das Mädchen sieht mich mit klugen, hellen Augen an. Ich schätze sie auf elf oder zwölf Jahre. Trotzdem habe ich das Gefühl, die Weisheit von Jahrzehnten in ihrem Blick zu lesen.

Sie ist barfuß, trägt ein Nachthemd, das ihr bis zu den Knöcheln reicht, und verzieht den Mund in genau dem Moment zu einem Lächeln, als ich sie als das erkenne, was sie ist: ein Vampir.

»Hi«, sagt sie, ohne mich aus den Augen zu lassen, und zeigt dabei ihre verlängerten Eckzähne.

»Hallo«, schaffe ich, leise zu antworten, und bin wie paralysiert.

Ich habe noch nie einen Vamp in Gestalt eines Kindes gesehen. Aber sie ist das hübscheste Wesen unter dieser Sonne. Irgendwie … perfekt.

Völlig geräuschlos bewegt sie sich näher und tritt an mir vorbei zu Hades, der bereits ungeduldig mit seiner kupierten Rute wackelt und sich dann freudig hinterm Ohr kraulen lässt.

»Er war nur neugierig«, erklärt das Mädchen, ohne zu mir zu schauen, und schickt den Hund mit einem stummen Kommando zurück auf das Bärenfell. »Sei froh, dass du Zeus nicht begegnet bist. Vor ihm hättest du richtig Angst gehabt.«

Jedes ihrer Worte ist wie Gesang in meinen Ohren. Wenn sie lacht, klingt es wie ein Glockenspiel. Bezaubernd. Sie tritt zu mir und nimmt meine Hand in ihre.

»Darf ich von dir kosten?«, fragt sie dann so unvermittelt, dass ich erst glaube, mich verhört zu haben.

Dabei sieht sie mich so unschuldig an, dass ich mir ihr Anliegen wirklich nur eingebildet haben kann.

»Wie bitte?«, vergewissere ich mich daher aus reiner Vorsicht.

»Erlaubst du mir, dein Blut zu trinken?«, formuliert sie ihre Frage neu und ihr Ausdruck ändert sich keineswegs. Schnell entziehe ich ihr meine Hand und umklammere meinen Oberkörper.

»Nein!«, rufe ich vielleicht einen Tick zu entsetzt. Das Mädchen nickt jedoch verstehend und ihr Mund formt sich zu einem, wie ich hoffe, ehrlich gemeinten Lächeln.

»Schade«, höre ich dennoch ihre bedauernden Worte. »Aber mein Papa sagt, man muss immer um Erlaubnis bitten.«

Sehr löbliche Einstellung. Daher nicke ich in stummer Zustimmung, bevor ich das Gehörte vollständig realisiere. Moment mal.

»Dein …«, beginne ich fragend, werde jedoch von einer durch den Raum dröhnenden Stimme unterbrochen.

»Luise!«

Das Mädchen senkt ertappt den Kopf und sieht an mir vorbei zum Grafen, der erhaben wie ein dunkler Engel zwischen Foyer und Salon steht. Zu meinem Bedauern komplett bekleidet.

»Solltest du nicht im Bett sein?«, donnert er streng.

Die Angesprochene schlurft ergeben zu ihm hinüber und ich erkenne im diffusen Licht des Kamins den roten Gehrock, der ihn so gut kleidet.

»Ich konnte nicht schlafen«, rechtfertigt sich das Mädchen und ist schon fast an der Treppe angekommen.

»Luise!«, ruft von Carasescu erneut barsch und das Kind hält inne, um sich langsam umzudrehen. »Hast du nicht etwas vergessen?«

Das intensive Grün ihrer Augen blitzt auf, als sie zu mir schaut und knickst. »Gute Nacht«, wünscht sie und ich erwidere den Gruß.

»Lui!«

Ich sehe zu von Carasescu, dessen Stimme einen belustigten Unterton angenommen hat. Mit dem Finger deutet er auf seine Wange und in Luises anfänglich betrübtes Gesicht stiehlt sich ein Grinsen, als sie die Distanz zwischen sich und von Carasescu überbrückt.

Ich beobachte, wie der Graf in die Knie geht und sich das Vampirmädchen in seine Arme wirft. Sie haucht Küsse auf seine Wangen, dann tut er so, als würde er ihr in die Nase beißen wollen. Kreischend flieht sie aus seiner Reichweite in die oberste Etage.

Ein Schmunzeln liegt auf meinen Lippen. Mir ist gerade das Herz aufgegangen.

Als sich der Graf aufrichtet und zu mir wendet, ist sein Gesicht wieder die kalte Maske und mein Lächeln stirbt.

»Nehmt doch Platz«, bietet er mir an und begibt sich seinerseits zu einem Sessel neben dem Kamin, um sich zu setzen. Sofort springt Hades auf, um seinen Kopf auf von Carasescus Schoß zu legen.

Unsicher lasse ich mich auf dem weichen Sofa nieder und bin froh, als Albert mit einem Servierwagen hereinkommt und mir aus einer edlen Porzellankanne Tee einschenkt.

»Gyokuro«, identifiziert er das Heißgetränk und ich bedanke mich artig. »Japanischer Grüntee.« Dann geht er zu von Carasescu und reicht ihm einen Latte macchiato, denke ich zumindest. »Grande Latte, französische Zubereitung, wenig Zimt, viel Schaum, mit einem Schuss Karamellsirup.«

Ich bin angemessen überrascht, sehe von Carasescu in die Augen und sofort wieder zu meinem Tee, als ich die Intensität seines Blickes auf mir spüre.

Albert schiebt das quietschende Gefährt aus dem Raum und entflieht Richtung Küche, jedoch nicht, ohne mir nochmals zuzuzwinkern. Was soll das ständig?!

»Ich hoffe, meine Tochter hat Euch nicht belästigt«, sagt von Carasescu, als wir allein sind, nippt am Kaffee und streichelt Hades.

»Eure Tochter«, wiederhole ich begreifend und bin über diese Erkenntnis mindestens genauso erstaunt wie Alice, als sie auf das weiße Kaninchen trifft. (»Ich komm zu spät. Zu spät, zu spät, zu spät!«) »Nein, nein! Sie war … ganz reizend.«

Ich habe das dringende Bedürfnis, zu erfahren, ob sie seine biologische Tochter ist oder ob er sie nur zu dem gemacht hat, was sie ist. Hat er sie getötet? Wie alt sie wohl wirklich ist? Wer ist ihre Mutter? Maria vielleicht? Sie sieht ihr kein bisschen ähnlich.

Schnell beschließe ich, dass mich das alles nichts angeht, und suche nach einem Themawechsel. »Henry hat mir von Eurer Verhandlung erzählt. War sie erfolgreich?«

»Sie wurde kurzfristig verschoben.«

»Oh«, äußere ich bedauernd und schlürfe am Tee.

Heiß, heiß, heiß!

Ich täusche ein Räuspern vor, während ich den Schmerz wegblinzle. Vergeblich warte ich darauf, dass er eine Unterhaltung beginnt.

Ob ich die Rose im Kästchen ansprechen soll?

»Um was geht es bei dieser Gerichtsverhandlung?«, beschließe ich, das Thema beizubehalten.

Und ja, ich bin ein neugieriges Luder, ich weiß.

»Tierschutz.«

Oha.

Ich kann mich nicht davon abhalten, überrascht mit den Augenbrauen zu zucken, wage jedoch keine Äußerung, als ich bemerke, wie mich von Carasescu über den Rand seines Glases hinweg beäugt.

»Danke für neulich im Park«, wechsle ich nun doch das Thema.

»Nicht der Rede wert.«

Gut. Ich habe es versucht. Er macht nicht den Eindruck, als wäre er an einem Dialog interessiert. Seine Ein-Satz-Antworten bestätigen das nur zu gut. Ich werde meinen grünen japanischen Tee schnell trinken, auch wenn ich mir den Rachen verbrühe, und zusehen, dass ich Land gewinne.

»Lisa«, sagt von Carasescu plötzlich nach ein paar weiteren Sekunden des Schweigens und ich blicke überrascht auf. »Könntet Ihr es in Erwägung ziehen, für mich zu arbeiten?«

Ich huste, da ich mich augenblicklich verschlucke, und wische mir den Tee vom Kinn.

»In welcher Beziehung?«

»Das werden wir dann sehen«, schnurrt er förmlich und mustert mich auf eine Art, die mir eine Gänsehaut über den gesamten Körper jagt.

Macht er mich gerade an?! Ich bin auf das Äußerste verwirrt!

Maria würde komplett ausrasten, wenn ich meine Kündigung einreiche, auch wenn Lynn immer das Gegenteil behauptet hat. Ich habe Stammkunden, die vielleicht nie wieder einen Fuß in den ›Schwarzen Mond‹ setzen würden.

Ich kann nicht einfach … oder doch?

»Es ist wohl besser, wenn ich jetzt gehe. Danke für den Tee.« Ich bleibe ihm eine Antwort schuldig.

Jetzt mal ernsthaft. Was bildet er sich eigentlich ein? Ich muss hier weg. Dringend. Auf solche Angebote darf ich mich gar nicht erst einlassen. Die private Hure für einen adeligen Großkotz zu spielen, liegt unter meinem Niveau.

Ja, genau. Die Hure für zigtausend andere zu sein, ist wirklich viel *besser.*

Kacke.

»Ich fahre Euch nach Hause«, bietet der Graf mir an und erhebt sich ebenfalls.

»Das ist nicht nötig.«

»Wir können den Ferrari nehmen.«

Ich will bereits ablehnen, als ich begreife, was er vorgeschlagen hat. Langsam stoße ich die Luft aus und schürze den Mund.

Er hat mich. Und er weiß es.

»Abgemacht«, sage ich und auf von Carasescus Lippen liegt der Ansatz eines Grinsens.

Die Tür des Ferraris öffnet sich und ich lasse mich in den tiefen Ledersitz auf der Beifahrerseite fallen. Von Carasescu schließt die Tür wieder und umrundet das Gefährt auf der Vorderseite, um hinter dem Lenkrad Platz nehmen zu können.

Ich erleide fast einen Herzinfarkt, als er den Motor durch einen Knopfdruck startet und aus den Lautsprechern in ohrenbetäubendem Lärm *I Believe in a Thing Called Love* dröhnt.

Laut und untypisch in einer fremden Sprache fluchend, regelt der Graf den Lärmpegel auf ein erträgliches Maß herunter und ich weiß nicht, worüber ich mehr schmunzeln muss. Über die pinken Plüschwürfel, die am Rückspiegel hängen, oder über die Tatsache, dass er The Darkness in einer solchen Lautstärke hört.

Er scheint meinen Blick auf den farbenfrohen Rückspiegelschmuck bemerkt zu haben und tippt mit dem Finger dagegen, sodass er zu baumeln beginnt.

»Ein Geschenk«, sagt er und lässt die Garage mit Scheinwerferlicht erfüllen.

Ich kann mir gerade sehr gut vorstellen, wie ein kleines Mädchen Würfel unter einen Weihnachtsbaum legt und wie sich ihr Papa freut, als er das Präsent entgegennimmt.

Der Graf steuert den Ferrari aus der Garage. Gemütlich rollen wir die Einfahrt entlang und warten am Tor, bis dieses sich komplett geöffnet hat. In der Zwischenzeit fährt das Verdeck des Sportwagens zurück. Angenehm milde Nachtluft streift meine Haut, lässt mich tief durchatmen.

»Der Beifahrer ist berechtigt, Musikwünsche zu äußern«, informiert mich von Carasescu, als er sich mit den zahlreichen Knöpfen des Lenkrads durch die gespeicherten Musiktitel klickt. »Und bitte sagt jetzt nicht, dass Ihr die Gummibärenbande hören wollt.«

Ich grinse diabolisch.

Etliche Landstraßen und Kinderlieder später überrasche ich den Grafen mit der Tatsache, dass ich den kompletten Text des

Albums *One Way Ticket to Hell … and Back* kenne. Es endet damit, dass wir im Duett singen. Zu meiner eigenen Schande muss ich zugeben, dass er dabei die Töne besser trifft als ich.

Wir sausen weiter durch den nahenden Morgen. Der Motor schnurrt wie ein Kätzchen, und die Vibration geht mir durch und durch. Der Fahrtwind spielt mit unserem Haar, und als sein Arm beim Herumspielen an der Temperaturregulierung mein Bein streift, bin ich mir seiner Nähe nur allzu bewusst.

»Verzeiht«, entschuldigt er sich sogleich, obwohl es nichts zu entschuldigen gibt.

Ich bin bereits weitaus unsittlicher berührt worden. Aber meine Vergebung hat noch nie jemand eingefordert.

»Schon gut«, sage ich leise und beobachte, wie die Leitpfosten am Fahrbahnrand an uns vorbeischießen.

»Meine Frage war im Übrigen ernst gemeint.«

Ich schnalze mit der Zunge, wende den Blick von der Straße und sehe zu ihm. »Ich dachte mir schon, dass Ihr diesbezüglich keine Scherze macht.«

Von Carasescu schürzt beinahe betroffen die Lippen und schaut kurz in den Rückspiegel. Die Scheinwerfer eines anderen Wagens erhellen sein Gesicht. »Ich würde es sehr begrüßen, wenn Ihr darüber nachdenken könntet.«

Ja, klar. So … tausend Jahre lang.

Von Carasescu runzelt die Stirn, jedoch nicht aufgrund meiner nicht existenten Antwort. Der Wagen hinter uns fährt so nah auf, dass seine Lichter schon nicht mehr zu erkennen sind.

Ich will mich gerade umdrehen und dem Fahrer meinen ausgestreckten Mittelfinger zeigen, als er zum Überholen ansetzt und mit uns auf gleicher Höhe ist. Dann geschieht alles viel zu schnell.

Der Wagen zieht ruckartig nach rechts und rammt die Fahrerseite genau in dem Moment, als von Carasescu erneut flucht, aufs Gaspedal tritt und der Ferrari einen Satz nach vorn macht.

Ich kralle mich wie eine Ertrinkende an der Tür fest und bemerke entsetzt, dass ich überhaupt nicht angeschnallt bin, als wir noch einmal gerammt werden.

Wieso habe ich mich nicht angeschnallt?!

Die Reifen haben bereits Kontakt mit dem Seitenstreifen und ich schreie, als ein Baum auf uns zurast. Von Carasescu reißt das Lenkrad herum und der Wagen saust den Abhang hinunter. Sträucher kratzen über frisch polierten Lack, Äste knallen gegen die Karosserie.

Der Arm des Grafen schießt zu mir herüber und legt sich fest über meinen Brustkorb, um mich im Sitz zu halten, bevor der Ferrari – oh Gott, der Ferrari! – sich überschlägt. Wieder und wieder.

Metall ächzt, Holz kracht und Glas splittert. Ich weiß nicht mehr, wo oben und unten ist. Mein Kopf fliegt hin und her. Dann beschließt mein Körper, dass es wohl besser ist, wenn er das Bewusstsein verliert.

Kapitel 10

Als ich erwache, spüre ich einen dumpfen Schmerz hinter der Schädeldecke und fühle die Strahlen einer untergehenden Sonne auf meiner Haut.

Oder aufgehend? Wer weiß das schon?

Etwas Nasses wischt über mein Gesicht und ich reiße die Lider auf. Dunkle, kluge Augen sehen mich aus einem zotteligen grauen Hundegesicht an.

»Du musst Zeus sein«, vermute ich mit rauer Stimme, so als ob sie tagelang nicht benutzt worden wäre.

Wie zur Bestätigung meiner Annahme setzt sich der Hund auf sein Hinterteil, lässt die Zunge aus dem Maul hängen und hechelt mir zu. Es sieht aus, als würde er lächeln. Er muss ein Wolfshund sein, denn er ist schlichtweg riesig. Ich schätze, dass er mir ohne Probleme bis zur Hüfte reicht.

Er legt seinen Kopf auf die Kante des Bettes, in dem ich liege, und sieht mich abwartend, beinahe bittend an. Ich ziehe meine Hand unter der leichten Decke des Himmelbettes hervor und kraule Zeus hinter dem Ohr. Während ich dies tue, schaue ich mich um.

Der Raum ist nicht groß und fast leer. Die Vorhänge sind zur Hälfte zugezogen, eine Kommode steht unter dem Ölgemälde einer Blumenwiese und die Tür zum Flur ist offen.

Ich versuche, zu rekapitulieren, was letzte Nacht geschehen ist. Oder war es gar nicht letzte Nacht? Wenn ich die Kratzer auf meiner Haut betrachte, dann wirken diese, als wären sie bereits mehrere Tage alt. Zusätzlich macht mich der Einstich in meiner Armbeuge stutzig. Merkwürdig.

Ich richte mich komplett auf und wünschte augenblicklich, ich hätte es nicht getan. Der anfangs dumpfe Schmerz verwandelt sich von jetzt auf gleich in ein stetiges Pochen.

Trotzdem schwinge ich die Beine aus dem warmen Bett und schlurfe barfuß zum Fenster.

Wessen Pyjama trage ich überhaupt?

Zeus tapst mir hinterher. Seine Krallen klacken bei jedem seiner Schritte auf dem Dielenboden. Ich habe recht behalten. Er *ist* riesig.

Ein Blick aus dem Fenster verrät mir, dass ich mich noch immer auf dem Anwesen des Grafen befinde. Die Sonne geht soeben unter. Schon bald wird nur noch ein schwacher Streifen den Horizont rosa färben, bevor es Nacht wird.

Das Eingangstor zur Villa öffnet sich wie von Geisterhand und ich beobachte, wie der weiße Porsche, den ich in der Garage entdeckt habe, die Einfahrt hochschleicht.

Ich erkenne Albert hinter dem Steuer, als der Wagen nah genug ist. Zufällig sieht der Bedienstete des Grafen zu mir empor, winkt mir dann sichtlich erfreut zu.

Zeus stupst mit der Nase gegen meine Hand und ich schenke ihm wieder meine Aufmerksamkeit. Er drückt sich gegen mich und ich taumle aufgrund dieser Liebesbekundung in Richtung Wand, tätschle ihm jedoch weiterhin das zottelige Fell.

»Scheint so, als hättest du einen neuen Freund gefunden.«

Als ich Luises Stimme höre, sehe ich augenblicklich zum Horizont, um zu überprüfen, ob die Sonne bereits vollständig verschwunden ist.

»Oder er mich«, sage ich, als ich mir der Sonnensache sicher bin, und wende mich zu ihr.

Zeus wedelt durch den Raum, um sie zu begrüßen, während ich ihr reizendes barockes Kleid bewundere. Sie wirkt so winzig neben dem riesigen Hund. Er könnte sie ohne Probleme mit Haut und Haar verschlingen.

»Geht es dir wieder besser?«, fragt sie, bleibt jedoch im Türrahmen stehen und schaut besorgt zu mir herüber.

»Ja, danke. Alles halb so wild«, winke ich ab und begebe mich zum Stuhl bei der Kommode, als ich einen Morgenmantel über der Lehne entdecke.

»Doch«, widerspricht mir Albert, der gerade hinter Luise in der Tür erscheint und seine Hände auf ihre Schultern legt. »Leider war es das.«

Ich ziehe den Gürtel des Mantels fest um meine Mitte und sehe ihn fragend an.

Wie lange habe ich geschlafen?

»Wir mussten Sie schlafen legen.« Die Stimme des Chauffeurs zeugt von Bedauern.

Schlafen legen? Wie in künstliches Koma? Wieso bin ich nicht in ein Krankenhaus gebracht worden, wenn es so schlimm um mich stand?

»Was hat mir denn gefehlt?«, wage ich mich zu erkundigen.

Albert weicht meinem Blick aus. Auch Luise macht den Eindruck, als würde sie lieber nichts darüber hören wollen. Selbst Zeus gibt ein leises Winseln von sich.

»Albert?«, frage ich erneut und fordere ihn stumm auf, mir zu antworten.

Widerwillig räuspert er sich und streicht seinen Anzug glatt. »Also, vielleicht hatten Sie ein paar Knochenbrüche, tiefe Schnittwunden, eine Gehirnerschütterung und einen Milzriss. Aber vielleicht auch nicht. Wer weiß das schon so genau? Ich bin ja auch kein Arzt.«

Ernsthaft? Abgesehen von den Kopfschmerzen habe ich überhaupt keine Beschwerden.

»Wie lange war ich … Ich meine, wie lange habe ich denn geschlafen?«, will ich wissen, obwohl ich ziemlich viel Schiss vor der Antwort habe.

Wie lange brauchen solche Blessuren, um vollständig zu heilen? Wochen? Monate? Ist bei inneren Verletzungen eine Operation nötig?

Himmel! Ich muss Henry anrufen. Andererseits ist er von Carasescus Anwalt und weiß mit Sicherheit schon Bescheid. Ob er sich Sorgen macht?

»Fast einen halben Tag«, antwortet Luise auf meine Frage, doch ich kann ihr nicht so richtig glauben.

Sie muss sich irren, oder? Keine Wunde der Welt heilt derartig schnell.

Dann wandert meine Hand wie von selbst zu der Ellenbeuge meines anderen Arms.

»Das war Dr. Gabler«, plappert Luise weiter und Albert ist sichtlich anzusehen, dass er nicht genau weiß, ob er sie gewähren lassen soll. »Papas Leibarzt.«

Wofür braucht ein Vampir denn einen Leibarzt?

Ich kann mich des Gedankens nicht erwehren, dass er mir ein kleines Wundermittel verabreicht haben muss.

»Blut«, entscheidet Albert, sich nun doch einzumischen. Dafür bin ich ihm äußerst dankbar, denn es bedeutet, dass ich nicht völlig im Unklaren bin. Außerdem scheint er meine Gedanken erraten zu haben. »Vampirblut.«

Pardonne-moi?!

»Es hat eine enorm heilende Wirkung, wenn man es einem lebenden Organismus injiziert.«

Ich sehe ihn, wie ich hoffe, verängstigt und schockiert zugleich an, doch vermutlich gucke ich einfach nur wie eine Kuh vor dem geschlossenen Scheunentor.

Warum habe ich noch nie davon gehört? War ich schon immer so ignorant, was die Belange der Vampirgesellschaft betrifft?

»Wessen Blut?« Meine Stimme ist ganz leise.

Kenne ich die Antwort nicht schon?

Albert setzt zu einer Antwort an, doch Luise kommt ihm zuvor. »Von meinem Papa!«, sagt sie stolz.

Mir wird schwindelig. Schnell setze ich mich auf die Bettkante.

Von Carasescus Blut fließt durch meine Adern? Großer Gott … Was macht das mit mir? Werde ich nun ein verlängertes Leben haben? Übermenschlich stark sein? Blutdurst haben? Ich verlange Aufklärung, und zwar so …

Mein Magen meldet sich laut knurrend zu Wort, sodass Albert in die Hände klatscht und das Thema Bluttransfusion für ihn vergessen ist. »Ich schlage vor, wir gehen jetzt alle nach unten und ich bereite uns ein schönes Frühstück zu, Abendbrot, Fressen, wie auch immer.«

Zeus setzt seine sechzig Kilo in Bewegung, als er ›Fressen‹ hört, und wird von einer jubelnden Luise ins Erdgeschoss verfolgt.

»Nicht so laut, ihr beiden! Ihr weckt noch euren Vater!«, ruft Albert sie zur Ordnung und fügt an mich gewandt hinzu: »Tz, Kinder.«

Hungrig, wie ich bin, würde ich ihm überallhin folgen, als Albert in den Flur hinaustritt und mich die Gänge entlangführt.

Gemälde schmücken die Wände. Ich sehe nur Porträts, daher nehme ich an, dass es sich um eine Ahnentafel handelt. Vor dem Bildnis einer jungen Frau bleibe ich stehen. Sie hält ein Baby in den Armen und blickt den Betrachter traurig an. Das Porträt zeigt meine Chefin Maria.

Als Albert bemerkt, dass ich ihm nicht mehr folge, kommt er zurück und stellt sich neben mich. Stumm begutachten wir gemeinsam die Darstellung.

Maria hatte ein Kind, als sie noch menschlich war. Diese Tatsache überrascht mich so sehr, dass ich wie gebannt auf ihr Abbild starre, als könnte es mir die Tragödie dahinter durch akkurat gesetzte Pinselstriche erklären.

»Sie war wirklich wunderschön«, merkt Albert nach einer Weile an und holt mich aus meinen düsteren Gedanken.

»Sie ist immer noch wunderschön«, korrigiere ich ihn und sehe aus dem Augenwinkel, dass er einsichtig nickt. Dann fällt mein Blick wieder auf das Baby.

»Ist das …«

»Nein«, unterbricht er mich prompt. »Das ist nicht Lui.«

Ich stelle keine weiteren Fragen, versuche, mir über die Familienverhältnisse der Herrschaften keine Gedanken mehr zu machen, und folge Albert in die Küche.

Luise sitzt am Tresen, Zeus vor einem der zwei großen Futternäpfe in der Ecke. Es riecht nach frisch aufgebrühtem Kaffee.

Ich setze mich, während Albert den linken von zwei nebeneinanderstehenden Kühlschränken öffnet. Die Sicht hinein bleibt mir verwehrt, doch ich bin mir bewusst, dass er eine Blutkonserve herausgeholt hat, den Inhalt in ein Spezialgefäß gibt und dieses bei niedriger Stufe in der Mikrowelle erhitzt.

Ich verstehe nicht viel von Chemie, weiß aber, dass dieses Behältnis dafür sorgt, dass das Blut auch hinterher noch genießbar ist. Zumindest für Vampire.

»Ist Rührei mit Kräutern genehm?«, fragt er an mich gewandt, wühlt nun im rechten Kühlschrank und holt Nahrungsmittel daraus hervor, unter anderem einen Fleischbatzen, der Zeus dazu veranlasst, ungeduldig aufzuspringen.

»Das ist perfekt«, versichere ich und beobachte, wie Albert das auf Körpertemperatur erwärmte Blut aus der Mikrowelle holt und in eine Kindertasse füllt.

Ich schmunzle, als ich Spongebob Schwammkopf darauf erkenne.

»Oh, tut mir leid«, scheint Albert soeben etwas einzufallen, als Luise schon an der Tasse nippt. »Ich habe vergessen mich zu erkundigen, ob das in Ordnung geht.«

Sein Blick wandert zu der trinkenden Luise und ich nicke aufrichtig, obwohl sich ein eigenartiger Geruch im Raum ausbreitet. Ich stelle mir einfach vor, dass ein Mädchen seine Milch trinkt.

»Lass es dir schmecken«, sage ich zu guter Letzt, und Albert wendet sich dankbar lächelnd ab.

Während meine Eier in der Pfanne auf ihre Vollendung warten, bekommt Zeus endlich seine Portion Frischfleisch. Er macht sich sofort darüber her, lässt den zweiten Napf jedoch unangerührt, obwohl dieser ebenfalls bis oben gefüllt ist. Ich nehme an, dass dies Hades' Schale ist.

Schließlich schiebt Albert einen Teller mit Rührei und Toast zu mir, gefolgt von einem Kaffee und einem Glas Orangensaft.

»Der Schinken ist leider aus«, gesteht er peinlich berührt und sieht mich entschuldigend an.

»Das ist nicht schlimm. Es riecht bereits mehr als köstlich. Vielen Dank.«

»Unsere menschlichen Gäste sind der Meinung, Albert bereitet die besten Kräuter-Rühreier der Welt zu«, sagt Luise. »Aber er hat vergessen, einkaufen zu gehen.«

»Das ist so nicht ganz richtig«, rechtfertigt sich dieser und stellt die Pfanne in die Spüle. »Es gab in den letzten Tagen einfach Wichtigeres, als Schinken zu kaufen.«

Ich sehe stumm zwischen Luise und Albert hin und her, die sich freundschaftlich mit Blicken messen. Albert gibt auf und schaut als Erster weg.

»Entschuldigt mich kurz«, meint er nur und verlässt mit einer weiteren Tasse voller Blut den Raum.

Ich genieße meine Mahlzeit, werde jedoch bald von einem Blutfleck an Luises Mundwinkel abgelenkt.

»Luise, du hast da«, beginne ich, greife dann allerdings ziemlich schnell nach meiner Serviette und wische der Kleinen den Fleck weg. »Okay, alles klar.«

»Danke«, sagt sie artig und schiebt ihre Tasse beiseite, als sie fertig ist.

»Möchtest du noch mehr haben?«, frage ich sofort und deute auf das Mikrowellengefäß auf der Anrichte.

Luise verneint und rutscht vom Hocker, um Zeus die Tür zum Garten zu öffnen. Als sie wiederkommt, biete ich ihr ein Stück

Toast an, was ich genauso gut hätte bleiben lassen können. Angewidert verzieht sie das Gesicht. Aber einen Versuch war es wert.

»Wie alt bist du eigentlich?«, erkundige ich mich ganz subtil und werde von ihr beim Essen beobachtet.

»Zwölf«, antwortet sie prompt, während ich Weißbrot kaue und mit Orangensaft nachspüle.

»Ja, aber was ich meinte, war, wie lange du schon zwölf bist.«

Sie überlegt kurz, scheint es nicht genau zu wissen. »Schon eine ganze Weile.«

Das dachte ich mir. Meine Fragestunde geht weiter. »Und wer ist deine Mama?«

Das Mädchen zuckt mit den schmalen Schultern. »Ich kann mich nicht mehr erinnern.«

Ist es so verdammt lange her?

»Was weißt du denn noch?«, frage ich unbeteiligt, höre jedoch genau hin, als sie bereitwillig ihre Erzählung beginnt.

»Ich lag im Hospital, weil ich sehr krank war. Ich war oft allein. Nur Ärzte waren bei mir. Ich glaube, ich war ein Waisenkind. Ich wäre gestorben. Aber dann war Papa plötzlich da und hat gesagt, dass er mir helfen wird und dass ich mit ihm gehen kann, wenn ich will.«

»Er hat dich verwandelt«, bringe ich atemlos ein. »Um dich zu retten.«

»Ja. Es hat ganz schlimm wehgetan, aber ich habe Papa schrecklich lieb und kann jetzt für immer bei ihm bleiben. Und das ist gut so.«

Für immer. Diese Aussage zeugt von erschreckender Wahrheit.

Mir wird wieder einmal klar, dass ich sehr wenig über Vampirismus weiß. Ihr Körper bleibt für immer Kind, doch wird Luises Geist jemals den Entwicklungsstand einer Erwachsenen haben?

»Was ist das?«, fragt das Mädchen plötzlich und deutet auf meine Wange.

Ich greife an die angegebene Stelle und wische etwas Nasses weg.

»Das sind Tränen«, erkläre ich. Ich habe gar nicht bemerkt, dass ich weine.

»Bist du traurig?«, will Luise weiter wissen.

»Nein, bin ich nicht. Man kann auch weinen, wenn man sich sehr über etwas freut.«

»Weinen«, lässt Luise sich das Wort auf der Zunge zergehen. Ganz so, als würde sie es zum ersten Mal hören. »Tut das weh?«

Ich lache und schüttle den Kopf. »Tut es nicht.«

Luise nickt verstehend und sieht an mir vorbei. Ihr Gesicht erstrahlt, dann stürmt sie zur Tür. »Guten Abend, Papa.«

Ich wische mir schnell noch einmal über die Wangen, drehe mich auf dem Hocker um und beobachte, wie von Carasescu seine Tochter in die Arme hebt, um ihr einen Kuss auf die Stirn zu hauchen.

»Guten Abend, mein Herz«, erwidert er den Gruß und gibt sie wieder frei. »Tust du mir einen Gefallen und gehst mit Hades in den Garten?«

Erst jetzt bemerke ich den Hund, der hinter von Carasescu steht, stolz erhobenen Hauptes an seinem Futternapf vorübergeht und mit Luise über die Veranda verschwindet. Ich schätze, er mag mich nicht sonderlich.

Ich komme nicht darum herum, festzustellen, dass irgendetwas anders ist. Bei genauerer Betrachtung des Grafen wird mir klar, dass es sich dabei um die Frisur des Hausherrn handelt.

Großer Gott, er trägt einen Dutt. Einen Dutt! Und er kann ihn besser tragen als so manche Frau.

Auch seine Kleidung ist legerer als sonst. Turnschuhe, blaue Jeans und ein schlichtes helles, kurzärmeliges Shirt stehen ihm ebenfalls ausgezeichnet, wie ich neidlos zugeben muss.

Er ist einer der Glücklichen, die einfach alles tragen können und denen selbst eine Plastiktüte wunderbar schmeicheln würde. Der dünne Stoff, der sich eng über den stattlichen Vampirkörper spannt, bringt mich kurzzeitig dazu, in einem Tagtraum zu versinken.

Ich sehe mich in den Armen des Grafen, umschlinge ihn und presse mich derart fest gegen den gestählten Körper, dass mir die Luft wegbleibt. Ein Rinnsal Blut sucht sich einen Weg über sein Kinn und tropft auf sein Schlüsselbein. Ich stelle mich bereitwillig auf die Zehenspitzen, fahre mit der Zunge über seine glatte Haut und beseitige das Malheur. Meine Hände am Rücken des Grafen gleiten tiefer, schieben sich unter sein Shirt und tasten so lange über Muskelberge, bis meine Fingerspitzen auf von Carasescus Bauchmuskeln zum Ruhen kommen. Er sieht mich an, lässt seine Hände über meinen immer heißer werdenden Körper streichen und …

… stellt die geleerte Kaffeetasse, die Albert vorhin aus dem Raum getragen hat, so lautstark auf dem Tresen ab, dass ich aus meinem Tagtraum gerissen werde und ihn verdattert angucke.

Na super. Das fehlt mir noch. Erotische Fantasien mit Graf von Duttfrisur. Danke Hirn. Danke für gar nichts.

Die Musterung, der ich mir soeben bewusst werde, lässt mich realisieren, dass ich lediglich in einem Morgenmantel stecke. Aber egal. Bei unserer ersten Begegnung hatte ich noch viel weniger an.

»Guten Abend«, sage ich, weil ich nicht weiß, wie ich sonst beginnen soll, und rutsche vom Stuhl.

»Hi«, erwidert er und tritt näher an mich heran.

Hi? Jetzt fehlt nur noch ein »Ey, alles klar, Mann?«.

»Es freut mich, Euch wieder auf den Beinen zu sehen.« Die Art, wie von Carasescu die Worte betont, lässt keinen Zweifel an seiner Aufrichtigkeit, obwohl er einen abweisenden Eindruck macht. »Wie geht es Euch?«

Ich beeile mich, ebenso wahrheitsgemäß zu antworten. »So weit ganz gut. Dank Euch, schätze ich.«

Ein unwirsches Schnauben dringt über gräfliche Lippen. »Das bezweifle ich.«

»Nein, ehrlich«, beteuere ich, weil ich seinen Verdruss nur schwer ertragen kann. »Ohne Euch wäre ich mit Sicherheit nicht mehr am Leben, also danke.«

Verdammt! Erst jetzt wird mir klar, dass ich die Radieschen um ein Haar von unten betrachtet hätte.

Einige Sekunden lang sieht mich der Graf abschätzend an, dann stößt er, wenn das überhaupt möglich ist, erleichtert die Luft aus. »Ich hatte befürchtet, dass Ihr bei dieser Unterhaltung Eure Wut auf mich loslassen würdet.«

Plötzlich wird mir bewusst, was ihn anfangs so griesgrämig erscheinen ließ. Sorge.

»Euch die Schuld daran geben?«, frage ich schnell. »Nein, so sehe ich das nicht. Zerbrecht Euch darüber nicht den Kopf.«

Von Carasescu nickt zufrieden und steckt in einer fahrigen Geste die Hände in seine Hosentaschen.

Über wie viele Frauenkörper sind diese Hände wohl bereits gewandert? Wie viel Glückseligkeit sind seine Finger imstande zu schenken, wenn er mich so berühren würde, wofür andere bezahlen müssten?

Ich schnalze mit der Zunge, um mich selbst zur Raison zu rufen.

Eine Sache beschäftigt mich jedoch. Abgesehen von seinen Fingerfertigkeiten.

»Bin ich jetzt … so etwas wie … ein halber Vampir?«

Erstaunen zeigt sich im Blick des Grafen, dann hebt sich sein Mundwinkel, als er zu einer Erklärung ansetzt. »Was wisst Ihr über Vampirismus?«

Okay, eine Frage, keine Erklärung.

»Ich verstehe nicht ganz.«

Von Carasescu lehnt sich gegen den Tresen. Der Duft von Apfelblüten steigt mir in die Nase, als er sich zu mir beugt. »Wann wird ein Mensch zum Vampir?«

»Wenn er gebissen und ausgesaugt wird und im Gegenzug das Blut des Vampirs trinkt, der ihn verwandeln will«, bete ich mein geringes Wissen herunter, aber es scheint meinem Gegenüber zu genügen.

»Korrekt«, pflichtet er mir bei. »Und wenn bereits Vampirblut durch menschliche Blutbahnen strömt?«

Ich kenne die Antwort nicht. Aber meine Augen werden groß, als ich sie mir zusammenreime. »Kann er nicht zum Vampir werden?«

Die Pupillen des Grafen weiten sich kaum merklich und er schüttelt den Kopf. »Nicht ganz. Nur derjenige, dessen Blut in seinen Adern fließt, kann ihn noch zum Kind der Nacht machen.«

Das Gesagte hängt zwischen uns wie das Schwert des Damokles.

»Das heißt …« Wir sehen einander in die Augen. Erkenne ich Sehnsucht hinter der kalten Fassade seines Blickes? »Das heißt, dass nur Ihr mich verwandeln könnt?«

Von Carasescu nickt kaum merklich, dann bricht er den Blickkontakt. »So weit wird es selbstverständlich nie kommen. Seid ganz unbesorgt, ich habe heute schon gefrühstückt.«

Es ist als Witz gemeint, aber ich spüre trotzdem den Schmerz hinter diesen Worten.

»Luise hat mir erzählt, dass Ihr sie gerettet habt«, will ich vom Thema ablenken.

»Sie ist das Beste, was mir passieren konnte«, springt der Graf sofort darauf an.

Er liebt sie wie eine leibhaftige Tochter, das treibt mir fast schon wieder die Tränen in die Augen.

»Sie war nicht die Letzte, die ich verwandelt habe, auch wenn ich mir wünschen würde, dass es so gewesen wäre«, eröffnet er mir mit Leid in der Stimme.

Dieses Geständnis überrascht mich. Ich sehe ihn erstaunt an, was er bemerkt.

»Die Menschen verändern sich manchmal, wenn sie zum Vampir werden. Einige von ihnen bleiben genauso, wie sie waren. Gütig, aufrichtig, mutig. Andere hingegen werden machtgierig und hinterhältig. Sie sind nur noch dafür auf der Welt, um anderen größtmögliches Leid zuzufügen. Sie wandeln sich komplett. Von den Menschen, die sie einmal waren, bleibt nichts mehr übrig.«

Ich schlucke. Klingt ganz so, als hätte er dabei eine bestimmte Person vor Augen. Maria?

»Ich habe mir geschworen, niemanden je wieder in solch ein Unglück zu stürzen«, erklärt von Carasescu und droht, sich in Erinnerungen zu verlieren.

Scheiße. Wenn das keine Offenbarung ist, dann weiß ich auch nicht. Was kann man darauf noch erwidern? Vielleicht sollte ich einfach vom Thema ablecken … äh … -lenken und fragen, was der Wetterbericht voraussagt.

»Entschuldigt, ich wollte Euch nicht langweilen.« Der Graf missversteht meinen leeren Gesichtsausdruck und stößt sich vom Tresen ab.

Oh nein, oh nein, da ist sie wieder. Die Mauer, die soeben erste Risse bekommen hat und anfing zu bröckeln. Er zieht sie erneut hoch.

»Danke, dass Ihr mir das erzählt habt«, sage ich hastig.

Danke, dass Ihr für mich Maria angelogen habt.

Danke, dass Ihr mir mein Leben gerettet habt.

Danke, dass Ihr mich respektiert und nicht über mich herfallt, wie es so gut wie jeder andere Freier im ›Schwarzen Mond‹ sofort tun würde.

Und danke, dass Ihr Euch immer wieder für unangemessene Träumereien in meine Gedanken schmuggelt.

Ein leichtes Neigen seines Kopfes, das ist alles, was ich als Reaktion erhalte.

»Wer hat uns eigentlich von der Straße abgedrängt?« Das muss ich unbedingt noch in Erfahrung bringen. »Und warum?«

Die wichtigsten Fragen fallen mir eben immer erst zum Schluss ein.

Ein Muskel seines Oberarms spannt sich an. Faszinierend.

»Ich habe nicht nur Freunde«, bekennt er und diese Antwort muss mir genügen.

Ich werde jedoch das Gefühl nicht los, dass er etwas für sich behält.

»Lisa«, beginnt er erneut und ich mag es, wenn er meinen Namen ausspricht. »Ich habe gleich einen Termin. Wenn Ihr wollt, könnt Ihr mich gern begleiten. Natürlich nur, wenn es Euer Zustand zulässt.«

Mein Zustand? Ich bin quasi topfit. Kopfschmerzen werden mich schon nicht gleich umbringen. Und natürlich bin ich auch neugierig, was das für ein Termin ist, bei dem ich anwesend sein soll.

Ich will bereits zusagen, als mir etwas Wichtiges einfällt. »Ich befürchte, ich habe nichts anzuziehen.«

Von Carasescus Miene erhellt sich. »Ich habe Albert gebeten, Euch etwas rauszulegen.«

Habe ich jetzt eigentlich schon eingewilligt?

»Dann sehr gerne.« Obwohl ich immer noch keine Ahnung habe, was das für ein Termin sein soll.

In diesem Moment sieht er mich an und in den Tiefen seiner Eisaugen glimmt neben der üblichen Kälte und abweisenden Art seines Blickes so etwas wie Erleichterung auf.

Kapitel 11

Unschlüssig gehe ich die Treppe zum Eingangsbereich hinunter.

Ich trage eine helle Bluse sowie eine leichte sommerliche Hose. Beides hat ordentlich zusammengefaltet auf dem Bett des Zimmers gelegen, in dem ich aufgewacht bin. Eine kurze Überlegung war es mir wert, wem die Sachen wohl gehören, jedoch bin ich zu keinem Schluss gekommen.

Eine kleine Tür, die ich anfangs gar nicht bemerkt hatte, führte mich in ein Bad, das ich nutzte, um mich frisch zu machen. Dabei musste ich entsetzt feststellen, dass sich ein übler blauer Fleck auf meiner Wange zeigte. Er ist bereits grün-gelblich verfärbt, daher habe ich nur wenig Make-up aus meiner Tasche, die ebenfalls im Zimmer auf mich wartete, auftragen müssen, um ihn zu verdecken.

Ich ziehe meine Umhängetasche zurecht und gehe wieder in die Küche.

Die Tür zur Terrasse steht offen, also schlendere ich hinaus.

Luise spielt mit den Hunden, Albert werkelt im Garten herum, von Carasescu sitzt am Pool in einem Liegestuhl und hat ein Auge auf alle vier.

Als ich näher trete, blickt er zu mir und erhebt sich. Dabei greift er nach einer Tasche, die er sogleich schultert. Irgendwie erinnert mich das Teil an Indiana Jones. Fehlen nur noch Hut und Peitsche.

»Ich hoffe, ich habe nicht zu lange gebraucht«, sage ich besorgt und er schüttelt leicht den Kopf. Sein Haar, das er wieder offen trägt, bewegt sich sacht im Wind.

»Nein, keine Sorge. Wir haben noch genug Zeit.« Dabei sieht er in den Himmel, auch wenn ich nicht verstehe, warum. »Bitte hier entlang.«

Ich folge seiner einladenden Geste und nehme die Treppe in den Garten hinunter. Albert winkt uns kurz verabschiedend zu, dann pflanzt er weiter Geranien ein.

»Pass auf, dass Albert keinen Unsinn anstellt, Lui«, ruft von Carasescu seiner Tochter zu, die sich lachend zu uns dreht. Albert brabbelt Unverständliches vor sich hin.

»Mach ich. Viel Sp…«

Der Rest ihrer Worte geht in lautem Hundegebell unter, da Zeus und Hades sehnsüchtig darauf warten, dass Luise einen Ball wirft.

Von Carasescu führt mich um die Villa herum. Dabei entdecke ich noch eine zweite Terrasse, ein Gewächshaus sowie einen Geräteschuppen, einen Springbrunnen und etwas, das aussieht wie eine Gedenkstätte. Der Marmorengel der Trauer, der über einem Grabstein lehnt, sieht so wunderschön aus, dass es mir sofort die Kehle zuschnürt.

Ich räuspere mich. Von Carasescu hat meinen Blick bemerkt, sagt jedoch nichts und läuft weiter über den Kiesweg zu einem Gartentor auf der Rückseite der Villa. Als wir durch dieses hindurchtreten, gelangen wir auf einen Feldweg. Rechts und links des Weges blühen Blumen und auf den Feldern wächst hüfthoch Gerste, hin und wieder durch Kornblumen gesprenkelt.

Schweigend spazieren wir nebeneinanderher und ich genieße die Natur. Rehe grasen unweit auf einer dämmrigen Lichtung, sogar ein Hase kreuzt unseren Weg, bevor er wieder erschrocken im Getreide verschwindet. Die Sonne ist schon vor einer Weile untergegangen, dennoch bleibt es erschreckend lange hell.

»Langsam macht Ihr mich neugierig, was das für ein Termin sein könnte«, sage ich, als wir ein Waldstück erreichen.

Irgendwo ruft eine Eule in die Nacht hinaus.

»Vielleicht will ich einfach nur in einer Ecke des Waldes über Euch herfallen.« Täusche ich mich oder liegt ein Schmunzeln in seiner Stimme, als er spricht? »Und meine dunkle gequälte Seele befriedigen, indem ich Euch leer sauge und dann irgendwo verscharre.«

Ich bleibe stehen und sehe ihn ungläubig an. Nach ein paar Metern hält von Carasescu ebenfalls inne und schaut zu mir zurück.

Er bemerkt erst, wie unangemessen seine Aussage war, als es zu spät ist. »Ich wollte nicht …«

Ich kann es kaum glauben. »Ein Witz?«, frage ich. »Schon wieder? Damit werft Ihr in letzter Zeit ganz schön um Euch. Ich bin richtig stolz auf Euch, Eure Exzellenz.«

Von Carasescu strafft sich und streicht in einer fließenden Bewegung seiner Hand dunkles Haar zurück über seine Schulter. »Ich habe das Wort ›Humor‹ schon lange aus meinem Wortschatz gestrichen«, meint er, doch die Art, wie er es betont, lässt mich auflachen.

Schließlich zieht er eine Augenbraue hoch und bringt so etwas wie ein schiefes Grinsen zustande. Wir setzen unseren Weg fort und ich schüttle den Kopf.

»Nein«, sage ich und von Carasescu schaut interessiert zu mir herab, als er neben mir herläuft.

»Nein?«

»Nein zum Leersaugen und Verscharren.« Ich verfalle in Erklärbär-Modus und sehe belehrend zu ihm auf. »Das wäre zu einfach. Vampire wollen verführen und das Blut von Freiwilligen trinken.«

»Ach?«

»Ja, schmeckt ihnen besser.« Hab ich zumindest mal so gehört. Irgendwann, irgendwo.

»Tut es das?«, fragt von Carasescu interessiert und sieht mich herausfordernd an.

Ich schlucke, da plötzlich etwas Gefährliches in seinen Augen aufblitzt.

»Entschuldigt, wenn ich Euch zu nahe getreten bin«, sage ich schnell, in dem Versuch, das Ruder wieder herumzureißen.

»Das seid Ihr keineswegs.« Ich beiße mir auf die Unterlippe. Seine Tonlage verrät, dass dies wohl doch der Fall ist. »Wir sind gleich da.«

Das Waldstück öffnet sich in eine weitläufige Lichtung, die zum Großteil von einem See eingenommen wird. Am gegenüberliegenden Ufer steht ein Holzhäuschen unter einem Felsvorsprung.

Ich vermute, dass dies unser Ziel ist, kann jedoch weit und breit keinen potenziellen Geschäftspartner entdecken.

»Wir müssen auf die andere Seite«, meint von Carasescu und deutet gleichzeitig auf ein am Ufer festgetautes Ruderboot.

Fast lache ich laut auf. Man könnte meinen, wir befänden uns auf einem gemütlichen Sonntagsausflug.

Ich lasse mir in das schwankende Boot helfen und nehme schnell im hinteren Teil Platz, um zu beobachten, wie der Graf das Halteseil löst, seinen athletischen Körper ebenfalls in das Wasserfahrzeug befördert und sich mir gegenüber auf die Holzbank setzt.

Mit einem platschenden Geräusch landen die Ruder im Wasser. Innerhalb weniger Ruderstöße sind wir weit auf den See hinausgefahren. Es ist windstill, was dazu führt, dass mich die Mücken fast auffressen, doch dann werde ich von dem Muskelspiel unter von Carasescus dünnem Shirt abgelenkt und die Stiche sind vergessen.

»Scheint ganz so, als wären nicht nur Vampire auf Euer Blut erpicht«, sagt er und ich bilde mir ein, ein weiteres Schmunzeln herauszuhören.

Ich reiße den Blick vom Bizeps des Grafen los und sehe in sein Gesicht, doch seine Augen sind auf das Wasser und die Seerosen gerichtet, die es zu umschiffen gilt. Der Ansatz eines Lächelns umspielt seine Mundwinkel.

Ich will etwas Ironisches erwidern, doch dann wird mein Kopf derartig aggressiv umschwirrt, dass ich beginne, wild mit den Armen zu wedeln, um die lästigen Blutsauger loszuwerden. Also … die Mücken …

»Da habt Ihr wohl recht«, sage ich daher nur und schlage mit der flachen Hand gegen unzählige Stellen an meinem Körper, während der Graf von den Mistviechern völlig unbehelligt bleibt.

Was gäbe ich jetzt für ein bisschen Autan?

Ein Steg wartet am anderen Ufer auf uns. Von Carasescu hebt die Ruder aus dem Wasser und legt sie zurück ins Boot. Lautlos gleiten wir die letzten Meter über den See, das Gefährt schwankt, als wir leicht gegen die hölzerne Anlegebrücke stoßen.

Schnell ist mein Begleiter auf den Beinen und steigt trittsicher auf die schmalen Bretter, während ich nach dem Seil greife, welches das Boot befestigen soll. Stumm werfe ich ihm das Ende zu. Ohne hinzusehen, fängt er es mit einer Hand und macht das Boot damit an einem am Steg angebrachten eisernen Ring fest.

»Ein Rundtörn mit zwei halben Schlägen«, erklärt er mir sein Tun, weil ich ein wenig zu neugierig auf die geübten Bewegungen seiner Finger gespannt habe. Wenn auch aus anderen Gründen, als er vielleicht glaubt.

Natürlich, denke ich nach seiner Erläuterung. *Der Herr Graf ist auch noch Seefahrer.*

Ich verziehe nun doch anerkennend das Gesicht und greife nach seiner Hand, die er mir zum besseren Ausstieg reicht.

»Danke«, nuschle ich, als er mich dabei so nah an sich zieht, dass ich die Gewebemusterung seines Shirts deutlich erkennen kann.

»Vorsicht«, sagt der Graf leise und setzt sich in Bewegung.

Ich folge ihm. Ich *muss* folgen, denn er hält mich immer noch fest, um mich sicher über den schmalen Steg zu führen.

Mein Blick fällt auf unsere Hände. Meine zierlichen Finger verschlungen mit den seinen zu sehen, macht etwas mit mir. Ein Gefühl regt sich in meiner Brust, das ich nicht zu deuten weiß. Ist das … Zuneigung?

Plötzlich tritt mein Fuß ins Leere. Einen mädchenhaften Aufschrei später hält mich der Graf umschlungen. Verwundert blinzle ich gegen seine Brust, während sein Arm meine Taille hält.

Scheiße. Wie ist das denn so schnell passiert?

»Was habe ich gesagt?«, fragt mein Retter und blinzelt gespielt mahnend auf mich herab.

»Dass ich ein Tollpatsch bin?«

Ein Brummen dröhnt in seiner Brust, als sich ein Lachen seinen Weg nach draußen bahnt.

Bilde ich es mir nur ein oder streicht sein Daumen gerade vorsichtig über die Stelle knapp unter meinen Rippenbögen?

Als ich den Blick heben will, um in Eisaugen zu lesen, machen wir gemeinsam einen letzten großen Schritt und er entlässt mich aus unerwartet viel Körperkontakt.

»Ich bin gleich wieder da«, teilt er mir mit.

Ich beobachte, wie er in der nicht abgesperrten Hütte verschwindet, und schaue mich um.

Nett hier. Wie geschaffen für ein Einsiedlerleben.

Von Carasescu kehrt wie versprochen schnell zu mir zurück, trägt eine dicke Decke unter dem Arm und eine entzündete Öllampe in der Hand. Neben dem Haus breitet er die Decke auf trockenem Rasen aus und bedeutet mir, Platz zu nehmen.

Ich gehorche, setze mich auf den weichen Stoff und beobachte, wie er es mir gleichtut. Ein Griff in seine Indiana-Jones-Tasche, und er holt einen Block und einen edlen Füller hervor, stellt die Tasche letztendlich zur Seite.

»Und was genau …«, setze ich an zu fragen, von Carasescu legt sich jedoch einen Zeigefinger auf den Mund und ich verstumme augenblicklich. Dann deutet er nach oben und legt sich neben mich.

»Es geht gleich los«, sagt er leise, während ich mich ebenfalls fallen lasse und in den dunkler werdenden Himmel sehe.

Der Fels über uns hebt sich fast schwarz vom Nachthimmel ab. In einer paranoiden Panik hoffe ich, dass er nicht auf uns fällt. Ob von Carasescu sich schützend über mich werfen würde, wenn doch? Die Vorstellung, dass sein perfekter Körper auf meinem liegt und sein gesamtes Gewicht mich auf dem Boden festnagelt, löst ein Kribbeln in mir aus.

Dann erkenne ich etwas. Ein Schatten in der Dunkelheit. Über uns klettert etwas aus einer Ritze des Felsens hervor, spannt hauchdünne Schwingen und fliegt in die aufkommende Nacht davon.

Ich ziehe scharf die Luft ein und drehe den Kopf zum Grafen, der auf seinem Block einen Strich notiert und wissend grinst. Erschrocken, wie nah unsere Gesichter beieinanderliegen, blicke ich schnell wieder in den Himmel.

Das ist sein Termin?! Er legt sich hier in die Walachei … in die wunderschöne Walachei … und zählt Fledermäuse?!

Neugierig beobachte ich, wie ein Tierchen nach dem anderen hervorkommt und davonfliegt.

»Weshalb macht Ihr das?«, frage ich leise, als er bereits den zehnten Strich verzeichnet.

»Von den in Österreich nachgewiesenen achtundzwanzig Fledermausarten sind eine Handvoll vom Aussterben bedroht. In den letzten Jahren ist die Anzahl der Tiere in dieser Kolonie wieder leicht gewachsen. Ich kontrolliere den Bestand regelmäßig und kämpfe für den Erhalt und die Vielfalt bäuerlicher Kulturlandschaften. Und das Verbot von Pestiziden.«

Ich bin baff. Ein Vampirgraf, der sich für den Artenschutz von Fledermäusen einsetzt und sich mit großen Landwirtschaftskonzernen anlegt? Geht es darum auch in der Gerichtsverhandlung?

»Sie sind so bedeutend für ein intaktes Ökosystem, aber das wollen die Menschen nicht begreifen. Sie streuen Insektizide auf ihre Felder, zerstören Schlupfwinkel und verhindern die störungsfreie Aufzucht der Jungtiere. Könnt Ihr kurz übernehmen?«, will er plötzlich wissen und hält mir Block und Füllfederhalter entgegen.

»Sicher«, sage ich deutlich überrascht, dass er mir dies anvertraut.

Dann erhebt er sich und verschwindet erneut im Haus. Bis er wieder auftaucht, kann ich zwei weitere Striche hinzufügen.

Neugierig luge ich zu ihm hinüber, darauf bedacht, keine Fledermaus zu versäumen. Der Graf trägt etwas in der Hand, schirmt es jedoch mit der anderen ab, sodass ich erst erkenne, was es ist, als er sich neben mich hockt und die Hand wegnimmt.

Ein Keuchen entfährt mir, als ich die Baby-Fledermaus sehe, die sich mit ihren kleinen Krallen an seinem Finger festhält. Sie ist gerade einmal so groß wie mein kleiner Zeh.

»Darf ich sie halten?«, höre ich mich schon fragen und als Antwort wird mir Block und Stift aus den Händen genommen und mit dem Jungtier getauscht.

Vorsichtig schiebt von Carasescu das Tierchen von seiner Hand in meine, wobei ich kaum bemerke, dass sich unsere Hände länger berühren, als es eigentlich nötig ist. Ich bin zu fasziniert.

»Ihr betreibt hier also auch eine Aufzucht?«, will ich wissen.

»Und eine Auffangstation für kranke und verletzte Tiere, ja.«

Ich bin beeindruckt, dass ihm die Tiere so wichtig sind.

»Ach du meine Güte«, rufe ich nach einer Weile leise aus, bringe mein Ohr ganz nah an das flauschige Kerlchen in meiner Hand und sehe dabei zu von Carasescu, der seinen Platz wieder eingenommen hat. »Schnarcht der Kleine etwa?«

Dann geschieht etwas wirklich Seltenes. Der Graf lacht mit voller Inbrunst, bevor er mir antwortet. »Ich weiß nicht, ob dies möglich ist.«

»Hört doch mal«, fordere ich und halte meine Hand mit dem Tierchen nah an sein Ohr.

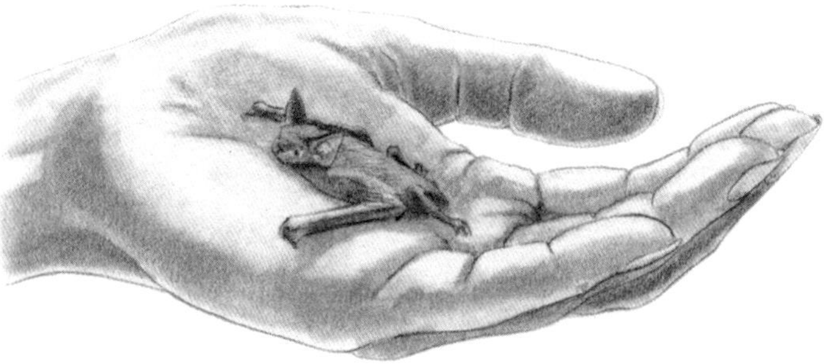

Er neigt den Kopf, um zu lauschen, und sein Haar fällt leicht über meine Unterarme. Jetzt weiß ich endlich, wie es sich anfühlt. Weich wie Seide. Wie es wohl wäre, wenn es wie ein dunkler Vorhang über mein Gesicht fällt, während wir uns lieben?

Halt! Falsch! Ganz falsch!

Meine Gedanken verlieren sich schon wieder in einer völlig verkehrten Richtung. Das ist sehr unangebracht.

»Ihr habt recht«, reißt mich von Carasescu aus meinem unzüchtigen Tagtraum. »Das ist eindeutig ein Schnarchen.«

Schnell ziehe ich meine Hände wieder zu mir und beobachte das schlafende Tier.

Bin ich rot angelaufen?

Die Ohren sind riesig.

Mein Herz pumpt gerade eine Menge Blut durch meinen Körper.

Und diese putzige Nase.

Meine Hände sind ganz schwitzig.

Diese ledernen Schwingen.

Eine Frage spukt plötzlich durch meinen Kopf. Keine Ahnung, weshalb ich ausgerechnet jetzt darauf komme. Aber ich muss es wissen, bevor ich vor Neugier platze. Nachher werde ich mich mit Sicherheit dafür schämen, aber sei es drum.

»Darf ich Euch etwas fragen?«, will ich wissen, ohne den Blick von meiner Hand zu wenden.

»Nur zu«, bekräftigt mich der Graf, und aus dem Augenwinkel sehe ich, dass er den Kopf weit in den Nacken gelegt hat und den Himmel überwacht.

»Ein Biss ist in der Vampirwelt etwas so Intimes wie der Kuss zweier Liebenden.«

Von Carasescu dreht den Kopf langsam zu mir.

»Wo beißt Ihr am liebsten zu?«

»Ich persönlich?«

Ich nicke und schaue nun doch in seine Richtung. Seine Miene ist undeutbar und ich glaube nicht, dass er antworten wird, aber dann neigt er sich näher zu mir und schiebt mein Haar beiseite, sodass Schulter und Hals frei liegen. Seine Berührung auf meiner Haut lässt mich erschaudern.

»Genau hier«, sagt er mit dunkler Stimme und legt zwei Finger leicht gegen die Haut an meinem Nacken.

Da würden also seine Eckzähne sitzen. Ganz nah an meiner Wirbelsäule. Ungewöhnlich weit hinten.

Mein Atem kommt nur noch stoßweise, während seine Hand an meinem Hals ruht und sich unsere Blicke ineinander bohren. Ich bin mir sicher, dass mein heißer Atem seine Haut streift.

Dann blinzelt er und der Moment ist vorbei. Langsam zieht er seine Hand wieder zu sich, berührt wie nebenbei meine Schulter.

»Ich schaffe den kleinen Kumpel wieder zu seinen Geschwistern«, meint von Carasescu, legt den Block beiseite und nimmt mir das Kerlchen aus den Händen, um es zurück ins Haus zu tragen.

Ich stoße scharf die Luft aus, als sich der Graf entfernt und sich meines brennenden Ausdrucks hoffentlich nicht bewusst ist.

»Was ist eigentlich aus dem Ferrari geworden?«

Wir schlendern den Feldweg entlang, während sich die aufgehende Sonne bereits durch ein helles Band am Horizont ankündigt.

Von Carasescu schnalzt mit der Zunge. Eine Geste, die ich bei ihm noch nie wahrgenommen habe.

»Verzeiht meine Ausdrucksweise, aber um es mit Alberts Worten zu sagen: ›Der ist im Arsch!‹«

»Nein«, flehe ich förmlich, obwohl ich nichts mehr daran ändern kann.

»Doch. Totalschaden. Ein großes Stück Schrott.«

Ich muss fast weinen und von Carasescu besänftigt mich damit, dass er bereits wieder ein baugleiches Modell bestellt hat. Trotzdem fühle ich mich irgendwie schuldig. Ich hoffe, die Typen werden gefasst und erhalten ihre gerechte Strafe.

»Lieber der Ferrari als Ihr«, fügt er hinzu und ich fühle mich gemocht.

Ich will etwas Nettes erwidern, doch die Worte bleiben mir im Halse stecken, als ich mir der aufgehenden Sonne bewusst werde.

Sollten wir dieses Tempo beibehalten, würden wir es nicht vor Sonnenaufgang zurück zur Villa schaffen.

»Mir wäre wohler, wenn wir ein bisschen schneller laufen könnten«, informiere ich ehrlich besorgt und beschleunige meine Schritte.

Ohne darauf zu achten, ob der Graf mir folgt, hetze ich über Feldwege und Trampelpfade.

Als ich am Grundstück ankomme, blicke ich zurück, um mich zu versichern, dass von Carasescu hinter mir ist. Ich beginne zu rennen und räume den Weg für ihn frei, indem ich Gartentore aufstoße und Laubrechen zur Seite trete.

Panisch überlege ich mir den optimalen Weg ins sonnenlichtgeschützte Innere des Hauses. Die Terrasse ist näher, liegt jedoch auf der Ostseite der Villa, weshalb ich mich spontan für den Weg auf der Westseite entscheide.

Wie ein gehetztes Wild komme ich an der Haustür an, stoße sie auf und drehe mich zurück zur Treppe.

Ich blinzle ins Leere.

Keine Spur vom Grafen.

Mit der flachen Hand versuche ich, mich vor den blendenden Strahlen der Sonne zu schützen.

Scheiße. Wo bleibt er? Er wird sich doch nicht im Gartenschlauch verheddert haben und kämpft nun mit diesem wie mit einer drei Meter langen Anakonda?

Oder ist er vielleicht schon zu Asche verpufft?

Bange Sekunden stehe ich schockstarr in der offenen Tür, dann kommt der Graf seelenruhig um die Hausecke spaziert, als hätte er alle Zeit der Welt.

Erleichtert stoße ich die Luft aus, bis mir klar wird, was ich da gerade sehe.

Er läuft in der Sonne. Und ich verstehe es nicht.

Als er den Aufgang zum Haus erklimmt und näher an mich herantritt, erkenne ich, dass seine Haut zu qualmen beginnt und durch den direkten Kontakt mit UV-Licht langsam verbrennt.

Das muss doch wehtun!

Die Arschruhe des Grafen macht mich fast wahnsinnig. Kann er sich bitte beeilen?!

Auf der letzten Stufe bleibt er sogar noch einmal stehen, um die Sonne zu betrachten, und tritt letztendlich an mir vorbei in den Schutz des Gebäudes.

Ich knalle die Tür hinter ihm zu und drehe mich um. Das verbrannte Gewebe seiner Haut lässt ihn wie das Opfer eines Hochhausbrandes wirken.

Für einen kurzen Moment bleibt der Grad seiner Verbrennungen konstant, dann heilen seine Wunden in Sekundenschnelle.

Ich habe kaum geblinzelt. Mit offenem Mund schaue ich ihn so lange an, bis seine Haut wieder makellos weiß ist. Er lächelt sogar.

Er wäre fast gestorben und *er lächelt?!*

Das ist zu hoch für mich.

»Ich ... äh ... ich dachte, Ihr ...« Wieso stammle ich jetzt wie ein bescheuertes Dummchen?

»Ihr dachtet, ich würde augenblicklich verbrennen und zu Asche zerfallen? Tut mir leid, dass ich Euch enttäuscht habe.«

»Nein, nein. Ich bin vielmehr erleichtert, dass es nicht so ist.«

Ein Nerv am Auge des Grafen zuckt, was mich erstaunt. So eine menschliche Regung habe ich nicht erwartet.

»Dr. Gabler wird morgen noch einmal nach Euch sehen«, wechselt von Carasescu das Thema. »Bitte seid noch so lange mein Gast. Macht Euch keine Gedanken über Maria, sie weiß Bescheid. Henry auch«, fügt er hinzu, als wüsste er, dass es mir wichtig ist.

Ich nicke nur. »Danke.«

»Es freut mich, dass Ihr mich heute begleitet habt. Ich empfand die Nacht als sehr angenehm.«

»Das fand ich auch«, erwidere ich leise und nestle am Saum meiner Bluse herum. Dann schießt mein Kopf nach oben und ich fixiere den Blick des Grafen. »Zu welcher Sorte gehört Ihr?«

Unverständnis spiegelt sich in seinen Gesichtszügen wider, also muss ich konkreter werden.

»Nach Eurer Verwandlung. Habt Ihr Euch geändert? Oder seid Ihr noch der, der Ihr als Mensch wart?«

Wage ich mit dieser Frage zu viel? In den letzten Stunden habe ich mehr über Seine Exzellenz erfahren als in den ganzen Monaten davor. Ich will aus diesem Abend mitnehmen, was ich nur kann.

»Schlaft gut«, sagt von Carasescu schlicht, ohne auf meine Äußerung einzugehen, läuft langsam rückwärts und wendet sich schließlich ab, um in einem Durchgang hinter der Treppe zu verschwinden.

»Ihr auch«, nuschle ich, obwohl er bereits außer Hörweite ist, und kaue auf meiner Lippe herum.

Kapitel 12

Nachdem ich fast den gesamten Tag verschlafen habe, beobachte ich Luise bei ihrem Mitternachtsdrink und schlürfe selbst einen Kaffee, als der Türgong erklingt. Da Albert außer Haus ist, um ein paar Besorgungen zu tätigen – Schinken, nehme ich an, dieser Fauxpas wird ihm so schnell nicht wieder passieren –, und sich von Carasescu in der Bibliothek verschanzt hat, schiebe ich mich nach einem kurzen Blickwechsel mit Luise an der Kücheninsel vorbei und laufe in den Eingangsbereich.

Zeus folgt mir auf Schritt und Tritt, wobei von Hades jede Spur fehlt. Ich sehe mich um, nicht dass der Hausherr plötzlich hinter mir steht, dann zucke ich mit den Schultern und reiße die schwere Tür auf.

Ich blinzle den Anzugträger überrascht an, der einen Schritt auf mich zugeht und mich schließlich umarmt.

»Glühwürmchen«, flüstert Henry in mein Haar und ich schiebe meine Arme seinen Rücken hinauf. »Du hast mir einen ganz schönen Schreck eingejagt. Mach nie wieder solche Sachen, ja?«

»Was tust du hier?«, frage ich, nachdem er mich an den Schultern gepackt und auf Armlänge von sich geschoben hat.

»Nur ein kurzes Mandantengespräch, aber danach schaffe ich dich nach Hause. Weißt du, wo Vehla ist?«

Ich deute hinüber zur Treppe und freue mich gleichzeitig wie Bolle über sein Auftauchen. Zeus augenscheinlich auch, denn er springt Henry in genau dem Moment an, als ich antworte: »In der Bibliothek.«

Ein Mensch würde unter dem Gewicht des Wolfshundes wohl zusammenbrechen, doch Henry gerät nicht einmal ins Wanken. Er packt Zeus in aller Ruhe bei den Pfoten und stellt diese wieder auf den Boden.

»Ich kenne den Weg«, sagt er an mich gewandt. »Ich gehe einfach durch.« Ich kann nur einverstanden nicken, denn er haucht einen unschuldigen Kuss auf meine Lippen und berührt kurz meine Wange. »Bis gleich.«

Anschließend verschwindet er hinter der Treppe.

Als ich in die Küche zurückkehre, sieht Luise mich mit ihren schönen Augen neugierig an.

»Ist das dein fester Freund?«

Ich denke eine Zeit lang darüber nach. Ein Treffen außerhalb der Wände des ›Schwarzen Mondes‹ hat noch nicht stattgefunden. Henry ist klug, charmant und äußerst begehrenswert. Obwohl ich mir wünsche, ihre Frage bejahen zu können, tue ich es nicht.

»Nein, das ist nur *ein* Freund«, erkläre ich schließlich und trinke den Rest meines Kaffees.

Luise wirkt für einen kurzen Augenblick sichtlich erleichtert.

»Ich mag ihn«, lässt sie mich trotzdem wissen. »Er ist nett.«

»Ja, das ist er«, räume ich ein, dann begebe ich mich zur Spüle, um unsere Tassen auszuwaschen.

»Er ist der Anwalt von meinem Papa.«

»Ich weiß«, teile ich mit und greife nach einem Wischtuch. »Hast du eine Ahnung, über was Henry und dein Papa immer reden?«

Luise schüttelt ahnungslos den Lockenkopf und ich fühle mich mies, weil ich sie aushorchen will. »Über Sachen, die ich nicht verstehe. Aber es geht immer um viel Geld. Papa meint, dass böse Leute ihn von seiner Arbeit abhalten wollen und Henry ihm dabei hilft weiterzumachen.«

Erstaunlich, dass ihm die Arbeit im Tier- und Naturschutz so wichtig ist.

»Bist du so weit?«, fragt eine männliche Stimme plötzlich.

Ich wirble herum und sehe Henry im Türrahmen stehen. Das ist wirklich ziemlich schnell gegangen.

»Hallo, Lui«, grüßt er das Vampirmädchen.

Sie lächelt ehrlich und winkt ihm zu, sagt jedoch nichts.

Ich trete an sie heran und stupse ihre Nase mit meinem Zeigefinger. »Mach's gut.«

»Auf Wiedersehen«, verabschiedet sie sich und ruft Zeus zu sich, der sich bis dahin an mein Bein gedrückt hat. Ich streiche ihm kurz durchs Fell, als er zu ihr tapst.

»Das hoffe ich«, erwidere ich auf Luises Verabschiedung.

Sie strahlt über das ganze Gesicht.

Von Carasescu wartet an der Eingangstür auf uns und reicht Henry sofort die Hand, klopft freundschaftlich gegen dessen Oberarm. »Danke, Henry.«

»Kein Ding, das weißt du doch«, versichert der Anwalt und sieht zu mir, bevor er durch die Tür nach draußen geht. »Ich warte im Wagen.«

Ich schaue ihm kurz hinterher, suche dann Augenkontakt mit meinem Gegenüber und finde ihn. Von Carasescu hält auf einmal meine Tasche in den Händen und überreicht sie mir.

»Danke«, murmle ich. »Für die Pflege, den Arzt, die Kleider, den Ausflug zum See, Eure Offenheit und vor allem für das Retten meines Lebens.« Ich stehe wirklich mächtig in seiner Schuld. »Wenn es irgendetwas gibt, was ich tun kann … lasst es mich bitte wissen.«

Er sieht mich nur an, pickt einen Fussel aus meinem Haar, was ich in dieser Situation als äußerst seltsam empfinde, und weicht dann meinem Blick aus. »Mein Angebot besteht weiterhin.«

Ich erinnere mich daran. Schwach. Als hätte der Autounfall einen Schleier des Vergessens über mich gelegt.

Er will noch immer, dass ich für ihn arbeite. Irgendwie, haltet mich für debil, liegt das jetzt sogar im Bereich des Vorstellbaren.

»Das erlaubt Maria nicht«, lüge ich und trete von einem Bein auf das andere.

Ich bin mir nicht einmal sicher, ob es die Unwahrheit ist. Was würde die Vampirfrau tun, wenn ich meine Kündigung einreiche? Will ich das überhaupt? Ich habe noch nie irgendetwas anderes gemacht. Das ›Zum schwarzen Mond‹ ist quasi mein Zuhause.

»Das verstehe ich«, äußert der Graf rücksichtsvoll. Trotzdem glaube ich, eine Spur der Enttäuschung in seiner Stimmlage wahrzunehmen. »Dennoch nehme ich an, dass Ihr Lui eine große Freude bereiten würdet, wenn Ihr uns erneut als Gast beehren könntet.«

Ja, ich glaube, mir würde es ebenso gehen. Also sichere ich einen zukünftigen Besuch zu und schultere meine Tasche, als es nichts weiter zu sagen gibt. Zögernd strecke ich meine Hand aus.

Ein Anflug von Verwirrung zeigt sich kurz auf den Zügen des Grafen, dann greift er danach. Seine schlanken Finger schließen sich sanft um meine, als er sie leicht schüttelt.

»Auf Wiedersehen«, verabschieden wir uns gleichzeitig und ich muss lachen, bevor unsere Hände langsam auseinandergleiten.

Ich drehe mich um und laufe die Treppe hinab, an deren Fuß Henrys BMW mit laufendem Motor auf mich wartet. Da mir noch etwas einfällt, bleibe ich auf halbem Weg stehen und blicke zurück.

»Grüßt Albert von mir«, rufe ich zum Grafen empor, der in der Tür steht und mir nachsieht. »Und teilt ihm bitte mit, dass …« Ich überlege, wie ich es formulieren soll, als ich die Stimme des gräflichen Angestellten in mir widerhallen höre.

»Der Herr Graf wirkt nach außen kühl und distanziert, doch im Grunde seines Daseins ist er das genaue Gegenteil.«

»… dass er mit dem recht hatte, was er in der Nacht meinte, als wir in der Oper waren.« Ja, so geht es.

»Ich richte es ihm aus.« Wenn er über meine Äußerung verwundert ist, zeigt er es nicht. Vielleicht ist er auch nur abgelenkt, da Luise soeben neben ihm auftaucht und den Arm ihres Vaters um sich legt. Sie winkt mir zu und ich erwidere die Geste.

Danach laufe ich weiter und bugsiere mich in den Beifahrersitz von Henrys Auto.

»Alles in Ordnung?«, fragt er, als ein Radiofuzzie gerade die Staumeldungen durchgibt.

Meine Finger streichen über die Stelle an meiner Hand, wo der Graf mich berührt hat.

Kribbelt meine Haut oder bilde ich mir das nur ein?

Dann schnalle ich mich so sorgfältig an, als wäre es eine religiöse Handlung.

»Alles in Ordnung.«

In freudiger Erwartung des heutigen Abends tänzle ich durch meine kleine Wohnung. Wir haben ein Date. Henry und ich haben endlich ein Date! Keine Ahnung, wohin er mich entführen will, aber die Aussicht auf seine Gesellschaft bringt meinen Bauch und meine Libido zum Flattern.

Es klopft an meiner Wohnungstür, als ich gerade dabei bin, meine wilden Locken in eine Hochsteckfrisur zu zwingen.

Zu früh! Henry ist viel zu früh!

Wer zum Teufel lässt die Leute immer ins Treppenhaus und warum benutzt niemand mehr die Klingel?

Ich eile zur Tür und betätige die Klinke. Als die Tür aufgleitet, entgleisen mir alle Gesichtszüge. Das … ist nicht Henry.

»Hallo, Liebes.«

Maria.

»Willst du ausgehen? Gut, dass ich dich noch antreffe. Wir haben etwas Wichtiges zu besprechen.«

Perplex gestatte ich, dass sie sich selbst einlädt und die Tür hinter sich ins Schloss knallt.

Ich mustere die Vampirfrau von oben bis unten. In solch legerer Kleidung habe ich Maria noch nie zu Gesicht bekommen. Sie trägt lediglich hautenge Jeans und ein schwarzes Tanktop, während schlichte Turnschuhe ihre zierlichen Füße umhüllen. Sie sieht irgendwie fremd aus. Etwas in ihrem Blick ist anders, ohne dass ich sagen kann, was genau es ist.

»Was kann ich für dich tun?«, frage ich mitten im Raum stehend und beobachte Maria dabei, wie sie tief die Luft einzieht. Es sieht aus, als würde sie Witterung aufnehmen.

»Wir haben leider ein Problem«, meint sie. Ihre Tonlage lässt mich aufhorchen. »Ich mag dich wirklich, Lisa. Aber ich kann nicht zulassen, dass du dich zwischen mich und meine Pläne drängst.«

Sie lächelt, aber es wirkt unecht.

Völlig verständnislos schaue ich sie an.

»Du weißt es wirklich nicht, oder?« Marias falsches Lächeln wird mitleidig.

»Was meinst du?«

Sie lacht wieder, wirft dabei sogar den Kopf in den Nacken, sodass ihre spitzen Zähne im Licht meiner Deckenlampe gefährlich blitzen. Ich fühle mich dumm. Dann sieht sie mich auf eine Art an, dass mir ganz ungut zumute wird. Langsam bringe ich etwas Abstand zwischen uns.

»Ich hasse Menschen«, spuckt sie plötzlich aus, wobei ein Feuer in ihrem Blick lodert, das mich zu verbrennen droht. »Ich habe euch schon immer gehasst. Ihr habt mir selbst zu Lebzeiten alles genommen. Alles!«

»Maria«, versuche ich, ihr aufbäumendes Temperament zu beschwichtigen.

Doch ehe ich michs versehe, versetzt sie mir einen Stoß gegen die Brust und ich fliege durch den Raum, knalle gegen meine Schrankwand. Splitterndes Glas schneidet in meine Haut und ich falle so heftig zu Boden, dass mir für einen Moment die Luft wegbleibt. Etwas Heißes fließt meinen Hinterkopf hinab, und Sterne funkeln vor meinen Augen, als Schmerz in meinem Kopf explodiert.

Maria bewegt sich gleichzeitig elegant und mit einer wilden, kontrollierten Stärke auf mich zu. Schmerz sorgt dafür, dass ich mich nicht besonders schnell bewege. Adrenalin schießt durch meine Adern, als sich ihre Hand um meine Kehle legt und sie mich nach oben reißt. Ich würge, und grässliche Geräusche dringen aus meinem Mund.

»Bitte«, keuche ich und erschrecke über meine gebrochene, raue Stimme.

»Vehla sieht es nicht«, flüstert sie, hört mein Flehen gar nicht und fixiert einen Punkt im Raum, irgendwo knapp über meiner Schulter. »Aber er wird bald begreifen, dass wir beide füreinander bestimmt sind. Das waren wir schon immer. Unser gemeinsamer Verlust hat uns mit den Jahren nur noch mehr zueinandergeführt. Und du wirst dich nicht zwischen uns stellen!«

Tu ich nicht!, will ich sagen, bringe jedoch kein Wort hervor. *Was musste ich auch das Kästchen liefern, ich blöde Kuh?!*

Erneut fliege ich durch den Raum und lande so hart auf meinem Couchtisch, dass er unter mir nachgibt und sich das splitternde Holz schmerzhaft in meinen Rücken bohrt.

Ich muss kurz weggetreten sein, denn als ich die Augen öffne, ist Maria bereits über mir und entblößt ihre scharfen Fänge. Ohne weitere Spielchen schlägt sie ihre Zähne in meinen Hals.

Es fühlt sich an, als ob Feuer durch meine Adern raste und sich im ganzen Körper verteilte. Ich schreie, kann nicht mehr aufhören und krümme mich vor Schmerzen, während sie wie ein Hund an meinem Hals zu nagen beginnt.

Als ich fühle, wie meine Haut zerfetzt wird, werfe ich mich hin und her und stoße ein verzweifeltes Brüllen aus. Doch Maria schlägt wieder und wieder ihre Zähne in meinen Hals, bohrt ihre Fänge mit schnellen, hungrigen Bewegungen in meine Haut.

In diesem Moment erkenne ich, dass ich sterben werde.

Meine Sinne schwinden, doch ich bin mir bewusst, dass sie kurz von mir ablässt. Mein Blut klebt an ihren Lippen und sie leckt es genießerisch ab. Dabei funkelt sie mich böse an.

Ich wimmere und suche in den Trümmern meiner Einrichtung nach etwas, das ich als Waffe benutzen kann. Sie lacht hämisch, als Scherben erneut meine Haut durchdringen und mein eigenes Blut den Fußboden besudelt. Maria ist der Teufel.

Nachdenklich lehnt sie sich zurück und sieht auf mich herab. Mein Blut läuft ihr Kinn hinunter und tropft auf mein zerrissenes Kleid.

»Ich bin froh, dass Lynn endlich verreckt ist«, äußert sie. Hass verzerrt ihr schönes Gesicht, während unbändige Wut in mir brodelt.

»Nimm ihren Namen nicht in deinen verfickten Scheißmund!«, geifere ich heiser, was Maria tatsächlich ein Lächeln entlockt.

»Ich hätte den Kerl schon viel eher engagieren sollen.«

Nein!

»Die beste Möglichkeit, um ungeliebtes menschliches Personal loszuwerden, ist immer noch ein machtbesessener Vampir, der darauf scheißt, ob seine Gespielinnen krepieren. Schade, dass er zu labil war und sich selbst aus der Welt geschafft hat, bevor er auch dich und die anderen erwischen konnte.«

Ich mobilisiere alle Kräfte, die ich noch aufbringen kann, bäume mich unter ihr auf, doch sie schlägt mir ins Gesicht und sofort donnert mein Kopf zurück auf den harten Fußboden.

Maria packt meinen Hals, beugt sich so dicht über mich, dass sich unsere Lippen berühren, als sie spricht.

»Keine Sorge«, raunt sie. »Ich kümmere mich persönlich um dich. Für die übrigen Mädchen wird sich eine andere Möglichkeit ergeben. Und ihnen werde ich vielleicht sogar die Wahl lassen, eine Kreatur der Nacht zu werden. Doch du …«

Ich bekomme einen Holzsplitter zu fassen und ramme diesen in Marias Hals. Sie lässt schreiend von mir ab und zieht sich den Splitter sogleich wieder heraus. Dunkles Blut klebt am Holz, das sie in die Ecke wirft. Ihr Ausdruck ist rasend, als sie mich fixiert.

Ich nutze die Gelegenheit und krieche von ihr weg. Unfähig, Schmerz und Angst voneinander zu unterscheiden. Ich atme, also nehme ich an, dass ich noch am Leben bin. Die Frage ist, wie lange noch. Wie viel hat sie getrunken? Wie viel Blut sickert noch aus meiner Wunde?

»Dafür wirst du leiden«, krächzt sie und setzt zum Sprung an.

Ein Klopfen lässt sie in der Bewegung einfrieren. Mein Blick schießt zur Tür.

Henry!

Ich öffne den Mund, um nach Hilfe zu rufen, doch ehe ich Luft geholt habe, ist Maria wieder über mir und drückt ihre Hand so fest gegen meine Lippen, dass kein Laut aus meiner malträtierten Kehle entweicht.

Um ihren Triumph gebracht, sieht sie mich abschätzend an.

»Lisa?«, ertönt Henrys gedämpfte Stimme durch das Holz.

»Betrachte das als deine Kündigung«, wispert Maria, zieht ihre Hand fort und verschwindet aus meinem Sichtfeld.

Eine Sekunde später flutet nächtliche Frische den kleinen Raum, als sie irgendwo ein Fenster öffnet, um in die Dunkelheit zu entkommen.

Es klopft erneut. Ich fühle mich sterbenselend und kann mich kaum bewegen. Ich muss irgendwie auf mich aufmerksam machen, obwohl ich nicht die Kraft finde, die Stimme zu erheben.

Müde … so müde …

Mein Kopf kippt zur Seite, als ich langsam wegdämmere, meine blutverschmierten Hände lösen die krampfhafte Umklammerung der langen Teppichfasern unter mir. Die Dunkelheit ruft mich. Und sie verspricht friedliche Ruhe.

Etwas lässt mich zusammenzucken. Erst höre ich nur meine rasselnde Atmung.

Weiteratmen. Immer schön weiteratmen.

Meine Kleidung wird nass, durchtränkt von meinem eigenen Blut, und ich finde die Kraft, den Kopf zu drehen, als ein Klingeln an meine Sinne dringt. Mein Blickfeld verschwimmt, aber ich kann das schwarze Telefon wenige Zentimeter neben mir liegen sehen. In meinem jetzigen Zustand fühlt es sich an, als würden uns Kilometer trennen. Es ist unerreichbar weit weg.

Erneut krallen sich meine Finger in die Fasern des Teppichs, versuchen, zum Telefon zu gelangen, ergebnislos.

Hilfe … ich brauche Hilfe. Sogar eine Telefonumfrage würde mir jetzt weiterhelfen.

Wie um mich anzuspornen, klingelt das blöde Ding, das meine Rettung sein kann, immer weiter und ich beiße mir auf die Unterlippe, als ich mich über meine rechte Schulter drehe und auf dem Bauch zum Liegen komme.

Die Wunde an meinem Hals gibt ein wässriges Geräusch von sich und ich stöhne leidend auf. Das tut scheiße weh. Blut sickert weiterhin daraus hervor und es ist nur noch eine Frage der Zeit, bis ich endgültig das Bewusstsein verliere. In einer heldenhaften Anstrengung strecke ich mich und fingere so lange am drahtlosen Telefon herum, bis ich es richtig zu packen bekomme und das Gespräch endlich annehmen kann.

»Hilfe«, hauche ich kaum wahrnehmbar und fange jämmerlich an zu weinen. »Ich brauche Hilfe … Bitte.«

Heiße Tränen schießen meine Wangen hinab, als ich Henrys Stimme am anderen Ende der Leitung erkenne. Ich verstehe nicht mehr, was er sagt, aber ich bekomme neue Hoffnung.

Ich weiß nicht, wie viel Zeit bereits vergangen ist. Sie scheint so langsam dahinzufließen wie eine zähe Flüssigkeit durch einen Trichter.

Bin ich schon tot? Wo bleibt das helle Licht? Ich will schlafen …

Das Bersten von Holz lässt mich zusammenfahren. Ich erschrecke, als ich gepackt und vorsichtig auf den Rücken gedreht werde.

»Lisa«, beschwört mich Henry mit sanfter Stimme.

Ich dämmere weg.

Als ich gefühlte Sekunden später die Augen öffne, sehe ich schwarzes Haar wie einen Vorhang über mich fallen. Ich werde aufgerichtet und jemand lehnt mich gegen sein angewinkeltes Bein. Hektisches Gerede von viel Blut und davon, dass irgendetwas sofort geschehen müsse, drängt sich in meine Wahrnehmung.

Ich verstehe nur jedes dritte Wort. Dann höre ich eine dunkle Stimme. Gedämpft und wie aus weiter Ferne.

»Redet mit mir, Lisa. Ihr müsst wach bleiben. Bitte sagt etwas!«

Mein Blick fokussiert sich. Von Carasescu hält mich in seinen Armen. Albert krempelt hastig einen Ärmel des Grafen nach oben und holt aus so einer altmodischen Medizintasche eine Nadel hervor. Henrys Gestalt ragt hinter Albert empor, er beobachtet die Szene mit versteinerter Miene.

Henry … mein armer, einsamer Henry …

Ich schaue dem Grafen ins Antlitz und spüre einen kurzen Stich im Arm.

»Ihr seid so schön«, schwafle ich vor mich hin und strecke meine Hand nach von Carasescus Gesicht aus. »Seid Ihr ein Engel?«

Geht mit Blutverlust auch geistige Verblödung einher?

Ich bin zu schwach, um ihn zu erreichen, also greift er nach meiner zitternden Hand und führt sie gegen seine Wange.

»Ich bin kein Himmelsbote«, sagt er und ich schließe enttäuscht die Lider.

Selbst der Teufel war einst ein Engel. Er muss einer sein. Ein dunkler Engel.

Unsanft werde ich geschüttelt und öffne schmollend wieder die Augen. Ich will doch nur ein bisschen schlafen. Nur ein klein wenig. »Nicht einschlafen. Seht mich an.«

»Ich kann nicht«, murmle ich und blinzle verzweifelt gegen die Müdigkeit an. Die Worte kommen nur langsam über meine Lippen. »Es ist wie ein Abgrund, der mich ruft. Ich soll mich fallen lassen und …«

Erneut werde ich gerüttelt und reiße die Augen auf. Was treibt Albert da gerade mit dem … Schlauch … in von Carasescus Arm?

Der Graf greift unter mein Kinn und zwingt mich, ihn anzuschauen. »Seht Ihr meine Augen? Verliert Euch in diesem Abgrund. Welche Farbe haben sie?«

Hey, das Spiel kenne ich. Das habe ich erfunden.

Ich blinzle, will den Kopf abwenden, doch er hält mein Kinn weiter fest. »Wie sehen meine Augen aus?«

Er hält mich mit seinem Blick gefangen, legt seine Hand gegen meine Wange und sieht mich abwartend an, während Albert erleichtert aufatmet und sich ein dumpfer Druck in meinem Arm einstellt.

Ach je, ich blute sein schickes Hemd voll.

»Die arktische See …«, stammle ich. »Im … Sommer … unergründlich …« Sein Daumen streichelt mich und er zieht mich noch enger in seine Arme. »Dunkel … kalt …«

Apropos kalt. Ich erfriere gerade. Unkontrolliert beginne ich zu zittern. Kalter Schweiß steht auf meiner Stirn.

Von Carasescu sieht mich auf eine Art und Weise an, die mir sofort die Tränen in die Augen treibt. Er fasst an meinen Hinterkopf und ich weine an seiner Schulter, durchtränke sein Hemd vollends mit Blut und Tränen.

»Habt keine Angst«, flüstert er nah an meinem Ohr und ich nehme den Geruch von verbrannter Erde wahr, während sich die feinen Härchen in meinem Nacken aufstellen. »Ihr dürft jetzt schlafen.«

Ich seufze dankbar. Die beste Idee des Tages.

Bevor sich meine Augen schließen, sehe ich an mir herab. Ein Transfusionsschlauch verbindet meinen Arm mit dem des Grafen. Dunkles Blut strömt hindurch. Wenn ich nicht so neben der Spur wäre, würde ich mich wohl übergeben.

Ich fixiere meine Hände, die sich an die Brust des Grafen krallen, und wundere mich, dass die oberflächlichen Schnittwunden bereits verheilt sind.

Scheißeee! Hier ist gerade wieder mächtig dieser Vampir-Hokuspokus am Laufen.

Irgendwie fühle ich mich sicher. Bei ihm kann mir nichts geschehen. Ich schließe die Augen, von Carasescu erhebt sich mit mir im Arm und setzt sich in Bewegung.

»Maria«, sage ich leise, da ist er noch nicht einmal bei der Tür angekommen. Er verspannt sich, als er den Namen seiner ehemaligen Geliebten hört. »Sie war es …«

Ich falle in einen traumlosen Schlaf und bin mir fast sicher, dass ich weiß, wo ich aufwachen werde.

Kapitel 13

Als ich zu mir komme, liegt etwas Schweres auf meinen Beinen. Ich öffne die Augen und sehe nichts außer Dunkelheit. Ich taste neben mich und finde den Schalter einer Nachttischlampe, den ich betätige.

Aufgrund der plötzlichen Helligkeit muss ich heftig blinzeln. Dann erkenne ich Zeus, der langsam wach wird. Als er bemerkt, dass ich es ebenfalls bin, rappelt er sich auf und kommt gähnend an das Kopfende gekrochen, um sich kraulen zu lassen und mir über das Gesicht zu lecken. Ich kichere und bemerke, dass ich in letzter Zeit öfter im Anwesen des Grafen erwache als in meinen eigenen vier Wänden.

Schließlich kommt die Erinnerung zurück und ich greife automatisch an meinen Hals, taste über … glatte Haut. Das ist irgendwie ziemlich … creepy.

Ich inspiziere das Zimmer. Seit meinem letzten Besuch hat sich nicht viel geändert. Ein Kleiderschrank ist hinzugekommen und ich nehme mir vor, ihn zu untersuchen.

Wie sich herausstellt, ist der Inhalt ein Sammelsurium an geschmackvollen Hosen, Shirts, Röcken und Kleidern. Ich beschließe, mir ein luftiges Sommerkleid zu leihen, denn ich trage nur meine dunkle Spitzenunterwäsche. Gerade will ich hineinschlüpfen, als sich die Tür öffnet.

»Tut mir leid«, entfährt es Henry, als er eintritt und mich so leicht bekleidet vor sich stehen sieht. Sofort wendet er sich ab, um mir den gebührenden Freiraum zu geben, den ich überhaupt nicht will.

Ich lasse das Kleid fallen und bin in wenigen Schritten bei ihm, lege meine Wange gegen seinen Rücken und schlinge meine Arme um ihn.

»Ich bin so froh, dass du da bist«, sage ich aufrichtig.

»Wie geht es dir?«, fragt er und dreht sich um, um mir ins Gesicht sehen und mit dem Daumen über mein Kinn streicheln zu können.

»Sehr gut«, antworte ich wahrheitsgemäß. Zumindest körperlich. »Erzählst du mir, was passiert ist?«

Henry nickt und führt mich zum Bett. Gemeinsam setzen wir uns auf die Kante, was Zeus zu missfallen scheint, denn er erhebt sich schwerfällig und sucht murrend das Weite durch die leicht offen stehende Tür.

»Nachdem ich bei dir angerufen hatte, gab ich sofort Vehla Bescheid. Ich ahnte, dass etwas Schreckliches geschehen sein musste.« Und er sollte recht behalten. »Dein Körper hätte auf die heilende Wirkung meines Blutes nicht reagiert. Nur seines konnte dir helfen.«

Ich verdanke von Carasescu also mein Leben. Schon wieder.

»Maria!«, fällt es mir plötzlich wie Schuppen von den Augen und ich will aufspringen, doch Henry greift nach meinen Händen und hält mich somit zurück.

»Untergetaucht«, lässt er mich wissen. »Wir waren da, wollten sie zur Rede stellen und … nun ja … die Scheiße aus ihr rausprügeln …« Ich ziehe scharf die Luft ein, als ich Henry derart fluchen höre. »Aber sie ist wie vom Erdboden verschluckt.«

Wieso? Wieso gibt sie urplötzlich alles auf, was sie sich aufgebaut hat? Wegen mir? Wegen ihrer unerfüllten Liebe zu Veh… zum Grafen?

»Sie hat den Mord an Lynn in Auftrag gegeben«, sage ich leise und bin beinahe stolz, dass meine Stimme nicht bricht.

Henry sieht mich überrascht an. Die Tatsache scheint ihm neu. »Ich werde dem Staatsanwalt einen Tipp geben. Vielleicht wird der Fall neu aufgerollt. Würdest du eine Aussage machen?«

»Natürlich. Ich tue alles, um … Oh Gott … Was, wenn sie mich sucht? Um zu Ende zu bringen, was sie begonnen hat?«

Henry greift nach meinen Oberarmen und streichelt beruhigend daran auf und ab. »Zerbrich dir darüber nicht den Kopf. Vehla sagt, du kannst so lange bleiben, wie du willst. Ich denke, du solltest das Angebot annehmen. Du bist nirgends sicherer als hier.«

Ich nicke abwesend und wir sitzen stumm beieinander, bis ich näher an ihn heranrücke, meinen Kopf gegen seine Schulter bette und meine Hände auf seinem Oberschenkel platziere.

»Unsere Verabredung ist leider ins Wasser gefallen«, erinnere ich an den verkorksten Abend.

Henry gibt ein zustimmendes Geräusch von sich. »Dabei hat die Karaoke-Bar schon auf uns gewartet.«

Awww, ich hätte es geliebt. Geliebt!

Ich hebe den Kopf, um zu sagen, dass wir das nachholen, bin jedoch abgelenkt, da sein Gesicht mit einem Mal so nah ist.

Ich betrachte seine Lippen, während Begehren in mir aufflammt. Ich will ihn schmecken, fühlen. Mit jeder Faser meines

Seins. Meine Finger wandern in seinen Nacken, eine Sekunde später sitze ich auf ihm und lege meine Lippen sanft gegen seine.

Ein Seufzen entweicht ihm, dann spüre ich seine Hände an meinem nackten Rücken, zart und tastend, als hätte er Angst, etwas kaputtzumachen.

Ich presse mich an ihn, sauge neckend an seiner Lippe und keuche auf, als er mich fester packt und stürmischer zu küssen beginnt. Meine Hände greifen in sein dunkles Haar, als unsere Zungen forschend übereinander herfallen.

Henry legt sich zurück, ich folge ihm bereitwillig. Er öffnet meinen BH-Verschluss und streift mir das lästige Stück Stoff von den Schultern.

Ich liege auf ihm, spüre die Wölbung in seiner Hose, die sich gegen meine empfindlichste Stelle drückt, und öffne die Knöpfe an seinem Hemd, ohne den Kontakt unserer Lippen zu unterbrechen. Meine Hände gleiten über seine glatte Brust, als er endlich entblößt unter mir liegt, tasten über Muskeln, Sehnen und machen sich schließlich an seinem Gürtel zu schaffen.

»Warte«, keucht er plötzlich in unseren Kuss.

»Was ist?«, frage ich atemlos, lasse mich jedoch nicht von meinem Vorhaben abbringen. »Willst du mich etwa nicht?«

Ich öffne den Verschluss seiner Anzughose, bevor ich anschließend sofort seine Männlichkeit umfasse.

Henrys Aufstöhnen ist wie Musik in meinen Ohren.

»Und ob ich dich will«, presst er mühsam hervor, während ich seine Härte stimuliere. »Ich dachte lediglich, dass wir uns erst besser kennenlernen sollten.«

»Du bist süß«, sage ich, ziehe meine Finger zurück und bedecke seinen Bauch mit Küssen, während ich mich langsam nach oben arbeite, bis ich mein Gesicht über seines schiebe und in dunkle

Augen sehen kann. »Ich mag dich sehr, Henry. Und wenn du willst, dass ich aufhöre, dann gehe ich sofort von dir runter.«

Aufreizend reibe ich mein Becken an seinen Lenden, und ihm entweicht ein lustvolles Zischen.

»Ich mag dich auch sehr«, raunt er an der Grenze seiner Selbstbeherrschung.

Sein Blick huscht forschend über mein Gesicht, ein unterdrücktes Stöhnen rollt über seine Lippen. Schließlich ist sein Entschluss gefallen.

»Hol mich doch der Teufel«, brummt er, packt mich an der Hüfte und wirbelt gemeinsam mit mir herum.

Ich liege auf dem Rücken, sofort ist Henry über mir und schiebt ein Knie zwischen meine Beine, während seine Hände meine Brüste finden und seine Lippen eine heiße Spur auf meiner Bauchdecke hinterlassen. Hingebungsvoll küsst er die Innenseiten meiner Schenkel, als ich meine Finger erneut in sein Haar kralle.

Mein Unterleib bäumt sich ihm entgegen und bettelt um Zuwendung, die er mir geben will, als er sich vorsichtig auf mich legt und seine Zunge meinen Hals liebkost.

Schmerz durchflutet mich urplötzlich, als er die Stelle streift, die Marias Angriff zum Opfer fiel. Ich will es überspielen, doch Henry hält sofort inne, als er mein Zucken spürt.

»Alles gut«, sage ich schnell, schlinge mein Bein um seine Taille und ziehe seinen Kopf wieder an mich. »Mach weiter.«

Doch Henry löst sich von mir, stützt seine Arme neben meinem Körper ab und sieht mich entschuldigend an. »Ich kann nicht … nicht so … nicht nachdem du fast …«

Er dreht sich von mir herunter, setzt sich auf die Bettkante und ich bleibe schwer atmend liegen.

Bis die aufwallende Lust meinen Körper verlässt, vergehen einige Sekunden. Dann richte ich mich auf, lehne mich gegen Henrys nackten Rücken und küsse seine Schulter.

»Tut mir leid«, sagt er und streichelt meine Arme, die ich um seine Mitte schlinge.

»Dir muss gar nichts leidtun.« Ich drücke ihn, so fest ich kann, bis ihm ein Lachen entweicht, weil ich mich so sehr anstrenge und dabei keuchen muss. »Wir haben noch alle Zeit der Welt, um da weiterzumachen, wo wir aufgehört haben.«

Henry dreht sich zu mir, haucht sanfte Küsse auf meine Lippen und flüstert mit rauer Stimme: »Ich kann es kaum erwarten.«

Aus der Ferne ertönt plötzlich ein Geräusch, und Henry und ich schauen gleichzeitig zur Tür.

»Verdammt«, flucht er mit einem Mal, als hätte das laute Dröhnen ihn an etwas erinnert. Er schließt seine Hose und greift nach seinem Hemd. »Ich habe doch noch einen Termin.«

Schmunzelnd sehe ich ihm dabei zu, wie er sich ankleidet und sein Haar richtet.

»Entschuldige«, äußert er gehetzt, beugt sich zu mir und drückt einen Kuss auf meinen Haaransatz. »Ich melde mich bei dir. Sei schön brav und mach Vehla das Leben nicht so schwer.« Er sagt es mit einem Zwinkern, doch ich fühle mich angegriffen und verschränke die Arme vor der nackten Brust.

Als ob ich jemandem das *Leben* – Ach, egal.

Wehmütig blicke ich Henry nach. Schließlich ziehe ich meine Wäsche wieder über und schlüpfe in das am Boden liegende dünne Sommerkleid.

Barfuß tapse ich ins angrenzende Bad, um mir das Näschen zu pudern, anschließend auf den Gang hinaus, vorbei an den Porträts. Dabei bin ich sehr darauf bedacht, keine Sekunde an das

Abbild von Maria zu verschwenden, bis ich im Augenwinkel bemerke, dass eine große freie Stelle vom Abhängen des Gemäldes zeugt.

Also bleibe ich doch stehen, betrachte die helle Fläche des sonst dunkel gewordenen Holzes und hebe meine Mundwinkel in einem zufriedenen Lächeln.

Der Krach wird lauter, je näher ich der Eingangshalle komme. Ein Blick über das Geländer verrät mir, dass Albert gerade die Teppiche saugt.

Als ich die Treppe hinabgehe und Albert mich entdeckt, stellt er sofort den Staubsauger ab und kommt zu mir geeilt.

»Schön, dass Sie wieder wach sind«, sagt er und macht Anstalten, mich umarmen zu wollen, lässt es jedoch bleiben. Der Moment beginnt peinlich zu werden, also fügt er hinzu: »Ihr Kleid ist in der Reinigung. Wollen Sie vielleicht etwas essen?«

Ich lehne sein Angebot dankend ab.

»Wo ist Seine Exzellenz?«

»Auf dem Dach. Zusammen mit Lui.« Diese Aussage finde ich merkwürdig, lasse mir aber nichts anmerken. »Ich zeige Ihnen den Weg.«

Ich folge Albert wieder die Treppe hinauf. Gemeinsam gehen wir vorbei an der obersten Galerie zu einer schmalen und beinahe verwitterten Holztreppe. Unschlüssig sehe ich hinauf und Albert nickt mir aufmunternd zu.

»Ich bin in der Küche, wenn Sie mich brauchen.«

Ich bedanke mich und erklimme die Stufen. Bei jedem meiner Schritte knarrt das Holz unter meinen nackten Füßen. Der enge Aufstieg ist nicht beleuchtet und es wird immer dunkler, doch dann höre ich den Wind rauschen, und Frischluft bläst mir entgegen. Über mir erspähe ich schließlich eine geöffnete Dachluke und trete vorsichtig ins Freie, als ich diese erreiche.

Ein Großteil des Daches ist begradigt und man kann von hier aus das nächtliche Wien betrachten.

Ich blicke nach links und sehe von Carasescu und seine Tochter an einem hübschen gusseisernen Tisch sitzen, während der Wind an meinem geliehenen Kleid und meinen Haaren zerrt.

»Lisa!«, ruft Luise, als sie mich sieht, springt auf und kommt auf mich zugelaufen, um sich gegen mich zu werfen und meine Mitte zu umklammern. »Papa und ich haben gerade ›Untoter ärgere dich nicht‹ gespielt und jetzt wollen wir Sterne zählen. Willst du mitmachen?«

»Äh«, stammle ich, sage aber schließlich: »Ja, gerne.«

Erfreut über meine Antwort führt Luise mich zu einem der vielen Liegestühle, die es hier oben gibt, und ich setze mich. Von Carasescu kommt zu uns und will neben mir Platz nehmen, wird jedoch von Luise aufgescheucht, da diese unbedingt in der Mitte sitzen will.

»Also gut«, rufe ich aus und sehe in den Sternenhimmel empor, als alle ihren Platz gefunden haben. Wie Diamanten auf einem schwarzen Seidentuch glänzen Abertausende Sterne über uns am nächtlichen Himmel. Puh ... Es erscheint mir unmöglich, diese zählen zu wollen. Aber was tut man nicht für leuchtende Kinderaugen? »Wo fangen wir an?«

Ich erhalte keine Antwort, wende den Kopf nach rechts und blicke in zwei erstaunte Gesichter. Luise lacht ungezügelt los, während von Carasescu wenigstens versucht, es als Hustenanfall zu tarnen.

Jaja. Vampire und Erkältungen, schon klar. Ich merke doch, wann man sich über mich lustig macht.

»Wir zählen nicht wirklich die Sterne«, erklärt der Graf, während Luise immer noch lacht und sich den Bauch hält. »Jeder Himmelskörper hat einen Namen und eine Geschichte, die wir uns in Nächten wie dieser vortragen.«

Ah, verstehe. Sterne *er*zählen also.

»Ich kenne diese Geschichten leider nicht«, muss ich gestehen und Luise hat sich insoweit beruhigt, dass sie mir antworten kann.

»Das ist nicht schlimm. Papa erzählt immer und ich höre nur zu. Papa, heute die Geschichte mit dem Seeungeheuer. Bitteee!«

Luise lehnt sich zu ihrem Vater und lümmelt nun auf der Lehne seines Liegestuhls, um ihn noch besser überzeugen zu können.

»Wie du wünschst, mein Herz.«

Ich mag den Kosenamen, den er für seine Tochter hat. Neugierig lehne ich mich zurück, während von Carasescu in den Himmel sieht und nach der richtigen Konstellation im Norden sucht.

»Das da ist das Sternbild Andromeda«, erklärt er und deutet in die Nacht über sich, wobei ich nicht wirklich erkennen kann, welches gemeint ist, obwohl ich natürlich schon einmal davon gehört habe. »Andromeda war die einzige Tochter des äthiopischen Königs Kepheus und seiner Frau Kassiopeia. Sie sollte einem Meeresungeheuer geopfert werden, um die Eitelkeit ihrer Mutter zu strafen. Wie hieß das Ungeheuer, Lui?«

Luise hängt gespannt an den Lippen ihres Vaters, auch wenn sie die Geschichte womöglich schon ein Dutzend Mal gehört hat. Auf die Frage sieht sie kurz nach oben und deutet ebenfalls in den Himmel.

»Ketos, dargestellt im Sternbild Walfisch.«

Von Carasescu nickt zufrieden und erzählt weiter. »Kassiopeia hatte behauptet, selbst die Nymphen des Meeres an Schönheit zu übertreffen. Diese wandten sich in ihrer Schmach an den Meeresgott …«

»Poseidon!«, wirft Luise aufgedreht ein und ich wundere mich, ob es davon auch ein Sternbild gibt.

»… an Poseidon, der ein Untier aussandte, das die Küste von Kepheus' Reich verwüstete. Nur durch das Opfer Andromedas konnte das Ungeheuer besänftigt werden.«

Luise klatscht hibbelig in die Hände und wippt dabei auf ihrer Liege auf und ab. »Das ist so spannend«, raunt sie mir zu.

»Als Andromeda, an einen Felsen gekettet, auf ihr Schicksal wartete, erschien der Held Perseus mit seinen Flügelschuhen und erschlug das Untier. Zum Lohn erhielt er Andromeda zur Frau.«

»Ende der Geschichte«, erklingt erneut Luises Stimme und sie lehnt sich zurück, während sie leise vor sich hin brabbelt. »Perseus ist meine Lieblingsfigur. Ich möchte auch Flügelschuhe haben.«

»Das verstehe ich nicht«, werfe ich ein. »Ich meine … wieso opfert jemand sein einziges Kind?«

»Genau«, stimmt Luise mir zu. »Kepheus hätte seine Frau opfern sollen.«

»Richtig«, pflichte ich ihr bei. »Sie war ja wohl an der ganzen Misere schuld.«

Von Carasescu hebt besänftigend die Hände und meint nur: »Zur Strafe für ihren Hochmut steht das Sternbild der Kassiopeia auch kopfüber am Firmament.«

Schweigend starren wir alle in den Himmel. Als ich melancholisch werde, unterbreche ich die Betrachtung des Firmaments und sehe zu meinem Gastgeber. Das schwache Licht der Sterne und des fahlen Mondes lassen seine helle Haut fast weiß erscheinen. Woran er wohl denkt?

Als ob er meinen Blick spüren könnte, wendet er den Kopf und sieht mir direkt in die Augen. Ich denke nicht mehr, sondern existiere gerade einfach nur so vor mich hin.

Luise schaut verwundert zwischen uns hin und her.

»Ich gehe Klavier spielen«, verkündet sie schließlich lauthals und rennt bereits der Dachluke entgegen.

»Wie oft wollt Ihr mir eigentlich noch das Leben retten?«, platzt es sofort aus mir heraus, bevor ihr Lockenschopf gänzlich in der Öffnung verschwunden ist.

»So oft es vonnöten ist.«

»Ich weiß wirklich nicht, wie ich mich dafür revanchieren kann.«

Von Carasescu legt den Kopf kurz schief, steht dann auf und bietet mir seine Hand an. »Kommt!«

Verdutzt lasse ich mir aufhelfen und mich zum Geländer der Plattform führen. Erst da angekommen, lässt er meine Hand gehen, stützt sich mit den Unterarmen auf der Brüstung ab und sieht in die Ferne, hinab auf Wien. Ich folge seinem Blick, als er zu sprechen beginnt.

»Ich war bei Maria.«

»Das hat Henry bereits erwähnt.«

»Ich wollte ihr auf die deutlichste Weise zu verstehen geben, dass sie nie wieder Hand an Euch legen soll, wenn sie nicht will, dass …« Er spricht nicht zu Ende, presst so stark die Kiefer aufeinander, dass ich befürchte, gleich ein Knirschen zu vernehmen. »Ich verspreche, dass sie Euch nie wieder behelligen wird. Habt keine Angst.«

Ich weiß nicht, womit ich seinen Schutz verdient habe, bin jedoch dankbar. Dankbar und gerührt, dass es jemanden gibt, der sich für mich in die Bresche wirft. Woher auch immer diese ritterliche Ader an ihm rührt.

»Ich hatte gehofft«, fährt er fort, »dass Ihr mein Angebot noch einmal überdenken könntet, jetzt, da die Dinge … sind, wie sie sind. Ich würde Euch selbstverständlich angemessen entlohnen.«

Völlig unvermittelt begreife ich, dass ich arbeitslos bin. Kann ich mir einen Wohnanhänger mieten und an irgendeiner Straßenecke meine Dienste weiter anbieten? Ich habe nie etwas anderes gemacht, kann keine Ausbildung vorweisen. Soll ich sein Angebot annehmen und für einen Grafen arbeiten als … als was eigentlich?

»Lui braucht jemanden, der für sie da ist, wenn ich es nicht bin.«

Von der Prostituierten zum Kindermädchen? Hollywood lässt grüßen.

»Ihr habt Albert«, gebe ich zu bedenken und sehe den Grafen von der Seite an, der sogleich das Gesicht verzieht.

»Ihr fehlt eine … Freundin.«

Ich sauge die klare Nachtluft tief in meine Lungen, überblicke das friedlich vor uns liegende Wien mit seinen hellen Lichtern und den zum Weltkulturerbe gehörenden Bezirken.

»Luise ist bezaubernd«, flüstere ich in die Nacht hinaus. »Ich würde mich glücklich schätzen, mehr Zeit mit ihr verbringen zu dürfen.«

»Ihr nehmt also an?« Der Graf richtet sich zu voller Größe auf und dreht sich zu mir.

Dankbar lächle ich seine imposante Erscheinung an. »Wie könnte ich Euer großzügiges Angebot jemals ablehnen?«

Von Carasescu wirkt erfreut, als der Wind sein Haar in meine Richtung treibt. Erneut keimt in mir der Wunsch auf, es zu berühren und zwischen meine Finger gleiten zu lassen.

Die harte Brüstung drückt in meine Unterarme, also richte auch ich mich auf, drehe mich um und lehne mich mit dem Rücken dagegen. »Sie ist so zart, so unschuldig«, säusle ich, weiter über Luise nachdenkend.

»Und sie wird nie erwachsen werden, immer den Verstand einer Zwölfjährigen besitzen. Allezeit gefangen im Körper eines Kindes. Was für ein Leben ist das?«

Hier ist sie. Die Antwort auf die Frage, die ich mir schon so lange gestellt habe.

Erstaunt sehe ich ihn an. Der sonst so harte Ausdruck des Grafen ist leidend geworden.

»Fühlt Ihr Euch schuldig?«, will ich leise wissen.

Der Graf lässt den Blick über die Landschaft gleiten, bevor er antwortet. »Schuldig ist gar kein Ausdruck.«

»Sie wäre gestorben«, erinnere ich ihn und merke kaum, dass ich Partei für etwas ergreife, das ich normalerweise verabscheuen würde. »Ihr habt sie gerettet.«

Der Graf wirbelt erbost zu mir herum. Die Schöße seines Gehrocks schwingen dabei wild um seinen Körper. »Habe ich das? Habe ich wirklich sie gerettet? Oder nur mich selbst? Nach all den Jahren bin ich mir dessen nicht mehr so sicher.«

Der plötzliche Gefühlsausbruch lässt mich etwas erschrocken zusammenfahren und einen Schritt zurückweichen.

Von Carasescu bemerkt meine Scheu, seine Miene wird sofort weicher. Ich weiß nicht, was ich sagen soll, also bleibe ich stumm und beobachte, wie er die Augen schließt, und höre, wie der Wind seine flüsternden Worte zu mir trägt. »Ich bin es leid …«

Mein Herz wird ganz schwer, als ich die Last von Jahrhunderten spüre, die gerade über ihm zusammenbricht. Wie grausam muss es sein, ganze Weltzeitalter kommen und gehen zu sehen und dabei zu wissen, dass das Leben für einen selbst immer nur die ewig währende Nacht bereithält.

Seine Hand umklammert die Brüstung so stark, dass ich fürchte, sie wird unter seinem Griff zusammenbrechen. Nach kurzem Zögern lege ich schnell meine Hand auf seine. Tröstend, wie ich hoffe.

Überrascht öffnet er die Augen und blickt mich unergründlich an. Ich überbrücke den Abstand zwischen uns mit zwei kleinen Schritten. Meine zweite Hand berührt vorsichtig seinen Unterarm. Ich muss mich stark zusammenreißen, meinen Kopf nicht gegen seine Schulter zu betten.

»Wollt Ihr bis zum Sonnenaufgang hier oben bleiben?«, fragt der Graf nach ein paar Momenten des Schweigens merklich ruhiger. Auch seine Hand unter meiner liegt jetzt entspannter auf der eisernen Absperrung.

Ich denke daran, wie es wohl ist, den Tagesanbruch über Wien zu sehen, die glitzernden Dächer. Aber dann denke ich auch an verbrannte, qualmende Haut und der Reiz ist verflogen.

Nein danke.

Ich sage es nicht, sondern schüttle nur ablehnend den Kopf, suche ein neues Gesprächsthema. »Habt Ihr schon immer in Wien gelebt?«

»Nein«, verrät er mir sogleich. »Meine Familie stammt aus …« Ein kehliges Lachen entweicht ihm. »Rumänien.«

Ich lache auch. Ein rumänischer Vampirgraf? Wie überaus passend. »Und was hat Euch hierher verschlagen?«

Von Carasescu verzieht untypisch das Gesicht, antwortet jedoch fast sofort. »Ich war auf der Suche nach jemandem.«

Die Art, wie er in die Ferne schaut, ohne wirklich etwas zu betrachten, und offenbar an längst vergangene Zeiten denkt, macht alles nur zu deutlich.

»Nach einer Frau«, vermute ich schmunzelnd.

Der Graf bestätigt mit einem kurzen resignierenden Lächeln. »Ich war wegen ihr schon überall. Volterra, Edinburgh, New Orleans.«

»Habt Ihr sie gefunden?«

Er entzieht mir seine Hand, dreht sich zur Seite und schenkt mir wieder einen dieser undurchschaubaren Blicke. »Nein, aber dafür … etwas anderes.«

Mit großen Augen sehe ich ihn an, beobachte entgeistert, wie er langsam näher tritt, und erschrecke fast, als er eine Locke hinter mein Ohr schiebt.

Plötzlich erklingt Klaviermusik. Irgendwo muss ein Fenster offen stehen, denn ich kann es so deutlich hören, als würde Luise direkt neben mir spielen. Sie handhabt das Instrument virtuos, wenn ich mir dieses Urteil überhaupt erlauben darf. Und ich kenne die Melodie.

»Ist das die Mondscheinsonate?«

»Ja«, bestätigt von Carasescu und glänzt mit Fachwissen. »Die Klaviersonate Nr. 14 op. 27 Nr. 2 in cis-Moll von Ludwig van Beethoven, vollendet im Jahr 1801. Sie wird auch als Mondscheinsonate bezeichnet. Ludwig selbst gab seinem Werk jedoch den Namen *Sonata quasi una Fantasia,* was so viel bedeutet wie: gleichsam einer Fantasie.«

Klingt für mich nach einem auswendig gelernten Wikipedia-Eintrag.

»Woher wisst Ihr das?«, informiere ich mich, und von Carasescu wirkt erstaunt über meine Frage.

»Er hat es mir erzählt«, meint er nur, als wäre diese Tatsache das Logischste auf der Welt. Noch während ich das Gesagte verarbeite, hält er mir auffordernd eine Hand entgegen. »Bitte tanzt mit mir.«

Nicht sicher, ob das schon unter meine neuen Arbeitspflichten fällt, reiche ich ihm die meine. Zusammen gehen wir zur Mitte der Plattform und er zieht mich näher zu sich, um Tanzhaltung einzunehmen. Tanzen kann man unser Tun auch nicht richtig nennen. Wir bewegen uns nur ganz leicht im Takt hin und her, hin und her, hin und …

Während von Carasescus Finger ruhig an meiner Hüfte liegen, wandert meine Hand an seiner Schulter immer weiter nach oben.

Das ist meine Chance.

Schließlich berühren meine Fingerspitzen sein feines Haar und ich greife nach einer seidenen Strähne, die ich dann fasziniert zwischen meinen Fingern drehe.

Ziel erreicht. Jetzt kann ich getrost sterben.

Ein belustigter Ausdruck tritt auf sein Gesicht.

Natürlich hat er es bemerkt. Mist.

Ich lehne mich gegen seine Schulter, schließe die Augen und genieße den Moment. Sein Kinn berührt meine Schläfe und ich habe das ungute Gefühl, in seinen Armen zu Wachs zu werden, als sich mein Körper bereitwillig gegen seinen schmiegt.

Ich denke an unseren ersten gemeinsamen Tanz. Er scheint schon eine Ewigkeit her zu sein. Von Carasescu hatte mich damals eine recht annehmbare Tänzerin genannt. Diese Erinnerung lässt mich irgendwie schmunzeln.

Noch während ich darüber nachdenke, hält er abrupt in der Bewegung inne, steht plötzlich ganz still und ich sehe fragend nach oben.

Der belustigte Ausdruck auf seinem Gesicht ist verschwunden. Ernst schaut er mich an, streicht erneut eine Locke aus meiner Stirn. Ich muss schlucken.

»Ihr zittert«, bemerkt er dann mit einer Stimme, die so sanft ist wie Regen.

»Nicht vor Kälte«, wispere ich.

Von Carasescu fährt die Kontur meines Kinns mit dem Zeigefinger nach und hebt es schließlich an.

Was sieht er in mir? Die Hure, die es zu bezahlen gilt? Oder die Frau, die sich auch von ihm küssen lässt, wenn er nicht dafür blecht? Dass wir uns küssen werden, ist nur noch eine Frage von Augenblicken.

Er umfasst mein Gesicht mit beiden Händen, meine Finger kommen an seiner Brust zum Liegen. Ich lege den Kopf in den Nacken, während ein tief sitzender Hunger in seine Augen tritt, als sein Blick über meine Lippen gleitet.

Ich schließe die Lider, öffne leicht den Mund, als der Geruch von verbrannter Erde und vampirischem Räucherwerk mich einlullt und von Carasescus Gesicht so nah vor meinem ist, dass es mir fast den Atem raubt.

Mein Körper reagiert auf diese unerwartete Nähe mit einem verheißungsvollen Pochen zwischen meinen Beinen.

Gerade als seine kalten Lippen die meinen streifen, verklingt die Musik, und ein Ton, der schriller nicht sein kann, dringt aus Luises Mund zu uns empor.

Ich blinzle mehrmals und sehe ins Leere.

Der Graf ist verschwunden. Nicht einmal ein Luftzug gibt mehr Auskunft über seine kürzliche Anwesenheit hier oben. Ich drehe mich um und haste die Treppe hinunter, die ich heraufgekommen bin. Es dauert eine halbe Ewigkeit, aber endlich bin ich im Erdgeschoss angelangt und werde Zeuge eines handfesten Hysterieanfalls.

Luise steht auf dem Klaviersessel, wird von ihrem Vater beruhigt und Albert reckt nur kurz den Kopf aus der Küche, um sich zu vergewissern, was vor sich geht.

»Keine Angst, mein Herz. Sie ist weg.«

Auf dem Klaviersessel stehend, ist Luise beinahe so groß wie ihr Vater. Sie drückt sich ängstlich gegen ihn, während er ihren Lockenschopf tätschelt und mich über ihren Kopf hinweg entschuldigend ansieht. Ein zusätzliches Glühen haucht seinen sonst so kalten Augen unerwartet viel Leben ein.

»Was ist passiert?«, will ich wissen und reiße mich von seinem Blick los, da die Kleine aussieht, als wäre sie einem Geist begegnet.

»Da war eine Spinne«, jammert Luise und ich hüpfe nach einer Sekunde des Überlegens gespielt panisch zu ihr auf den Hocker und trample angeekelt mit den Füßen.

»Was? Wo denn? Mach sie weg, mach sie weg!«

Von Carasescu hält uns beide an den Händen, sodass wir nicht runterfallen.

Luise beginnt erst zu glucksen, dann mädchenhaft zu kreischen, als ich sie fast vom Hocker schubse, da dieser nicht sonderlich viel Platz für zwei bietet. Sie vergisst ihre Panik, während ich weiter in meiner Rolle bleibe und völlig aufgelöst um Hilfe schreie.

Auch aus von Carasescus Kehle dringt nun ein Lachen, das immer lauter wird, während ich übertrieben hysterisch wissen will: »Wann ruft denn endlich einer den Kammerjäger?«

Dann versagt meine schauspielerische Kunst für einen Moment, da ich mit ansehen muss, wie von Carasescu vor Lachen Schluckauf bekommt.

Kapitel 14

Im Laufe der darauffolgenden Woche liege ich mit geschlossenen Augen im kleinen Whirlpool eines Thermalbades und kann fühlen, wie jeder Muskel meines Körpers beginnt sich zu entspannen.

»Kann ein Mensch mehrere Personen gleichzeitig lieben?«, ertönt es zu meiner Linken.

Die Frage überrascht mich so sehr, dass ich mich fast an meiner eigenen Spucke verschlucke. Auch die ältere menschliche Dame, die mit uns im Sprudelbad sitzt, horcht interessiert auf und sieht zu Luise und mir herüber. Sie scheint sich an vampirischer Gesellschaft nicht zu stören, sonst würde sie wohl kaum zu mitternächtlicher Stunde in einem Freizeitbad zugegen sein.

Unwohl zupfe ich das Oberteil meines Bikinis zurecht und spiele dann mit den Blubberblasen, bevor ich zu dem Vampirmädchen sehe, das mich mit seinen hellen Augen abwartend und wissensdurstig ansieht.

»Ja, das ist möglich«, antworte ich letztendlich und zähle mit den Fingern mit, als ich fortfahre. »Vater, Mutter, Geschwister, Großeltern, Onkel, Tanten, Freunde …«

»So meine ich das nicht«, unterbricht Luise meine Ausführungen, noch ehe ich bei Gerichtsvollziehern und Postboten angekommen bin, und ich lasse die Hände wieder unter die Wasseroberfläche gleiten, da sie plötzlich anfangen zu zittern. »Henry liebt dich. Und ich glaube, dass du ihn auch liebst.«

Henry … Ohne es zu wissen, trifft Luise einen wunden Punkt. Ich habe seit Tagen nichts mehr von ihm gehört. Seit unserer Beinahe-Vereinigung ist es still um ihn geworden. Sicherlich hat er nur viel zu tun.

»Allerdings dachte ich«, stammelt Luise weiter, »dass … du und Papa … ihr könntet vielleicht …«

Ich sehe auf und bemerke, dass die Dame dazu übergegangen ist, mich unverhohlen mit Blicken zu taxieren, und ungehalten die Lippen schürzt.

Der ignorante Teil der menschlichen Gesellschaft sieht es nicht gern, wenn Menschen und Vampire zusammen verkehren, und natürlich ist sich die Dame bewusst, was Luise ist. Ich wette, dass sie zu besagter Personengruppe gehört, fühle mich noch unwohler, runzele kurz die Stirn und widme mich dann Luise.

»Schatz«, beginne ich behutsam und ergreife unter Wasser ihre Hände. »Wie kommst du denn auf so einen Gedanken?«

Die Kleine sieht auf unsere Hände hinab, guckt anschließend wieder hoffnungsvoll auf. »Weil ihr euch immer so anschaut.«

Wie bitte? Tun wir das?

Fast reflexartig schießt mein Kopf wieder zu der Dame herum, die soeben die Arme verschränkt und mir zu verstehen gibt, dass sie ganz genau weiß, was hier abläuft.

Ich suche beinahe panisch nach einer Erklärung, finde sie jedoch nicht sofort.

»Aber das macht nichts«, ertönt erneut Luises Stimme über das Rauschen des Wassers und das Kindergeschrei im Hintergrund hinweg. »Was nicht ist, kann ja noch werden. Ich gehe jetzt rutschen.«

Mit diesen Worten erhebt sie sich und entschwindet augenblicklich in Richtung Wasserrutsche. Ich nicke nur, nicht wissend, ob ich ihr wirklich zustimmen soll … und will.

Die Dame bewegt sich und ich schenke ihr kurz meine Aufmerksamkeit. »Was glotzen Sie denn so?«, traue ich mich, endlich zu sagen. Als sie ansetzen will, etwas zu erwidern, füge ich hinzu: »Ach, vergessen Sie es.«

Dann erhebe ich mich ebenfalls und warte am Rutschenausgang auf meinen Schützling.

Die Tage vergehen und ich werde Luises ständige Begleiterin. Wenn auch zugegeben eine sich ständig paranoid nach allen Seiten umschauende Begleiterin. Obwohl der Graf mir versichert hat, dass Maria mich nie wieder behelligen wird, darf man ja trotzdem noch furchtsame Grundängste hegen, richtig? Richtig.

Wir gehen in den Zoo, auf den Jahrmarkt oder ins Kino. Seit die Vampire unter uns leben, haben viele öffentliche Einrichtungen rund um die Uhr geöffnet, da den Kindern der Nacht schließlich das gleiche Vergnügen geboten werden soll wie uns Menschen.

Manchmal liegen Luise und ich einfach nur im Gerstenfeld hinter der Villa und zählen Sterne, während von Carasescu auf Geschäftsreise oder bei irgendeinem wichtigen Meeting ist. Oder bei einem Straßenrennen.

Seit der Nacht auf dem Dach ist er mir nur hin und wieder über den Weg gelaufen und auch dann stets sehr kurz. Eine flüchtige Begegnung im Gang, ein ›Guten Abend‹ beim Zubereiten von

Luises Mitternachtssnack oder ein verstohlener Blick, wenn er vor dem Kamin sitzt und ich im Eingangsbereich herumwusle.

Irgendwie werde ich das Gefühl nicht los, dass er mir aus dem Weg geht.

Ich lege die Tageszeitung beiseite, als ich erkenne, dass Luise aus dem Pool hinter der Villa klettert, und greife nach dem weichen Badetuch mit Disneymotiv, das sich neben mir auf der Liege befindet. Ich wickle Luise darin ein und rubble sie trocken. Nicht dass sie jemals frieren kann, aber es gehört sich einfach so, dass man ein Kind derart behandelt, Vampir oder nicht.

Wir gehen zu einer Partie ›Untoter ärgere dich nicht‹ über. Ich würde Luise ja absichtlich gewinnen lassen, aber das Mädchen hat keine Hilfe nötig und gewinnt jedes Spiel. Ich bin absolut chancenlos.

Das Licht in der Küche leuchtet auf, als Luise gerade eine meiner Figuren auf das Startfeld zurückbefördert. Ich nehme an, dass Albert aus der Stadt wieder da ist, obwohl ich nicht gehört habe, wie sein Porsche die Auffahrt hochgefahren ist.

Der Mann, der daraufhin auf der Veranda erscheint und gespielt entrüstet die Arme in die Hüften stemmt, ist mir völlig fremd.

»Begrüßt man so ein Familienmitglied?«, fragt er mit weicher, einschmeichelnder Stimme.

Als Luise diese vernimmt, sieht sie vom Spielbrett auf und ihr Gesicht erhellt sich, noch bevor sie sich ganz zu der Quelle des Gesagten umdreht. Das Badetuch gleitet von ihren Schultern, als sie aufspringt und schneller die Treppe emporrennt, als mein menschliches Auge es wahrnehmen kann. Ich habe nur einmal geblinzelt und schon liegt sie in den Armen des Neuankömmlings mit den langen blonden Haaren und kreischt so laut, dass die jungen Nachtschwalben im Kirschbaum verschreckt davonfliegen.

Ich hingegen bin nicht verschreckt, sondern vollends verwirrt. Immer wenn man denkt, man hat die Lebensumstände der von Carasescus auch nur ansatzweise verstanden, taucht jemand Neues auf und macht alle bisherigen Erkenntnisse zunichte.

Ich kümmere mich um Luises Handtuch, während sie auf den Schultern des blonden Vamps wieder zu mir getragen wird und bis über beide Backen grinst. So froh habe ich sie bisher nur gesehen, als sie sich selbst auf dem Rummel eine riesige Hello Kitty geworfen hat.

Der Vamp baut sich vor mir auf und ich erhebe mich hastig, als er Luise absetzt und sie sich sofort besitzergreifend an seinem Arm festkrallt. Verdammt ... der Typ ist zwei Köpfe größer als ich.

»Das ist Lisa«, stellt Luise mich vor und deutet kurz auf mich.

Ich bin stolz. Sie ist so höflich.

»Ah«, tönt er geschwollen und macht mich damit ziemlich neugierig. »Die Freundin, von der ich schon so viel gehört habe.«

Er hat von mir gehört?

Der Vamp reicht mir seine Hand und ich ergreife sie, sodass er sie in einer galanten Bewegung gegen seinen Mund führen und mich unter seinen langen Wimpern hervor mit dunklen Augen ansehen kann. Für solche Wimpern würde ich töten. »Enchanté, Madame.«

»Ich wünschte, dass ich ebenfalls behaupten könnte, bereits von Euch gehört zu haben«, gestehe ich und mein Gegenüber greift sich entrüstet an die Brust, die durch ein helles rüschenbesetztes Hemd bedeckt wird.

»Ich bin völlig außer mir«, lässt der Vamp großspurig verlauten und ich beiße mir auf die Lippe, um nicht augenblicklich loszulachen. »Hat dein Vater mich wieder verleugnet, Lui? Wie damals in Timbuktu?«

Luise giggelt leise vor sich hin, schüttelt aber den Kopf. »Nicht dass ich wüsste.«

»Rados«, stellt er sich ohne weitere Umschweife selbst vor. »Vehla ist mein Bruder.«

Ich halte mir den Bauch, während ich Tränen lache und versuche nach genug Luft zu schnappen, um nicht vor lauter Sauerstoffmangel vornüber auf das Bärenfell im Kaminzimmer zu fallen.

»Nein, ernsthaft«, beendet Rados seine Anekdote. »Sehe ich wirklich so aus, als würde ich auf Frauen stehen?«

Ich kringle mich nun vor Lachen, bringe jedoch ein Kopfschütteln zustande.

»Eben! Ich konnte das Angebot der Dame jedenfalls nicht verstehen.« Rados sitzt mit überschlagenen Beinen auf dem Platz im Salon, der sonst seinem Bruder zuteil ist, und gestikuliert wild mit den Armen. »Eins ist klar, wenn Ihr als attraktiver Mann allein mit dem transsylvanischen Zug fahrt, dann seid Ihr so gut wie verloren.«

Ich wische mir die Wangen trocken und versuche wieder einigermaßen zu Atem zu kommen.

»Wie dem auch sei«, endet der jüngere Graf seine Erzählung mit einem leichten Seufzen. »Ich hoffe, mein Besuch ist eine angenehme Überraschung.«

»Ja!«, ruft Luise und krault nebenbei Zeus, der zwischen uns auf dem Sofa liegt und seinen Kopf auf meinen Oberschenkel gebettet hat.

»Davon gehe ich aus«, sage ich und meine damit, dass von Carasescu sich sicherlich ebenfalls über den Besuch seines Bruders freuen wird. Wenn er denn irgendwann wieder nach Hause kommen sollte.

Ich bemerke, dass Rados mich mustert, und sehe von Zeus auf.

»Du warst also Prostituierte, bevor Vehla dich engagiert hat?«, fragt der gräfliche Bruder völlig ungeniert.

Besorgt schaue ich zu Luise hinüber, doch sie schert sich nicht um unsere Unterhaltung und malt weiter bunte Bilder in ein Malbuch.

»Ja«, gebe ich zu.

Dieses angesprochene ›bevor‹ ist noch nicht einmal zwei Wochen her. So lange hatte ich auch keinen Sex mehr. Das ist meine längste Durststrecke seit ... seit ... keine Ahnung.

Rados horcht auf und rückt interessiert näher zu mir. »Hattest du männliche Kollegen?«

Diese Anspielung bringt mich wieder an den Rand einer Lachattacke.

»Nein«, presse ich gerade noch so hervor und verschweige, dass Angelo lediglich samstags da ist.

Wie die Geschäfte wohl laufen? Wer wird den Laden übernehmen, wenn Maria nicht mehr auftaucht?

»Schade, sonst hätte ich dieser Einrichtung doch glatt mal einen Besuch abgestattet.« In der Stimme des blonden Vampirs schwingt echtes Bedauern mit.

Schnell sehe ich auf meine nicht vorhandene Armbanduhr. »Luise, du solltest jetzt wirklich schlafen gehen.«

»Soll ich dich ins Bett schaffen?«, fragt Rados begeistert und ich fühle mich plötzlich wie das fünfte Rad am Wagen, weil gerade irgend so eine Verwandtschaftssache am Laufen ist.

»Oh, ja!«, ruft Luise genauso aufgeregt und ist schon auf dem Weg zur Tür, als sie sich eines Besseren besinnt und noch einmal bei mir haltmacht.

»Ich hab dich lieb«, bekundet sie und ich küsse ihre Stirn.

»Ich dich auch.«

Mein Mobiltelefon gibt ein verräterisches Brummen von sich, gerade als ich aus dem Faschingsladen trete und Luises Bestellung in meiner Handtasche verstaue.

Das Display verrät ›Nachtvogel‹, doch unerwarteterweise redet am anderen Ende der Leitung Luise auf mich ein.

»Wo bist du? Wir warten alle auf dich.«

Verwirrt ziehe ich die Stirn in Falten und steuere den nächsten Taxistand an. Mir ist nicht bewusst, dass meine Abwesenheit eine derart schmerzliche Lücke hinterlässt.

»Ich habe erledigt, worum du mich gebeten hast. Ist was passiert?«

»Komm einfach schnell nach Hause.«

Die Verbindung wird unterbrochen und ich verspreche dem Taxifahrer ein fettes Trinkgeld, wenn er mich besonders flott zum Anwesen der von Carasescus bringt.

In der gesamten Villa herrscht eine äußerst beklemmende Stille, als ich eintrete. Das Bild, das sich mir bietet, ist das Musterbeispiel einer unheimlichen Atmosphäre.

Sind alle ausgeflogen?

Nicht einmal die Hunde bellen oder kommen mir schwanzwedelnd entgegengelaufen.

Ich durchquere die Eingangshalle und bemerke, dass wenigstens im Kamin ein Feuer lodert. Sein Schein dient mir als einzige Lichtquelle auf meinem Weg in die Küche.

Ich stoße die angelehnte Tür vorsichtig auf, blinzle in plötzlich aufhellendes Licht und …

»Überraschung!«

Luftschlangen fliegen durch die Luft, Tröten tröten, Kameras klicken und ein Stimmenwirrwarr prasselt auf mich ein. An der Decke hängt eine Partygirlande, ein Kuchen mit Kerzen taucht ebenfalls von jetzt auf gleich in meinem Blickfeld auf und ich werde stutzig.

Familie von Carasescu, der Gärtner und die Putzfrau, die jeden Freitag kommt, um Albert unter die Arme zu greifen, stehen mit Partyhüten vor mir und erstarren in der Bewegung, als sie mich erkennen.

»Ich habe heute nicht Geburtstag«, sage ich kleinlaut und scharre mit den Füßen auf den spiegelnden Fliesen.

»Aber ich«, vernehme ich plötzlich eine bekannte Stimme hinter mir.

Das Lächeln auf den Gesichtern der von Carasescus erstarrt.

In mir geben sich Alarmglocken ein Stelldichein, als ich herumwirble und ein äußerst amüsierter Albert am Türrahmen der Küche lehnt und in die Runde grinst.

Ach du heilige …

»Alles Gute zum Geburtstag!«, rettet Luise quiekend die peinliche Situation, dass ich Albert die Überraschung verdorben habe. Oder eher, dass ich den von Carasescus die Freude genommen habe, Albert zu überraschen.

Ich beobachte, wie der junge Vampir lachend von Albert emporgehoben wird, ernte von Rados einen nicht zu deutenden flüchtigen Blick und sehe auf, als ich einen leichten Luftzug neben mir spüre.

Die gewohnt eisige Ausstrahlung Seiner Grafschaft trifft mich mit voller Härte, als er mit zusammengepressten Lippen ungehalten auf mich herabsieht, nachdem er sich neben mich geschoben hat.

»Ich hab das nicht gewusst … Ehrlich … Wieso hat mir keiner …« Ich ringe mit Worten und gestikuliere wild mit den Händen, was ziemlich verwirrt rüberkommen könnte. »Schicker Hut!«

In einer schnellen Bewegung, die für meine menschlichen Augen kaum wahrnehmbar ist, reißt sich von Carasescu den bunten Partyhut vom Kopf, wobei sein Haar leicht in meine Richtung wippt. Dann geht er, ohne ein Wort gesagt zu haben, zu Albert, um ihm zu gratulieren.

Ich geselle mich ebenfalls in die Reihe der Gratulanten, direkt hinter dem Gärtner, den ich zuvor mit einem Kopfnicken begrüßt habe.

Nach kurzem peinlichen Zögern entschließe ich mich dazu, Albert zu umarmen, während ich ihm alles Gute wünsche und mich für mein ungünstiges Erscheinen entschuldige. Ich hatte wirklich keine Ahnung.

»Nicht doch«, beruhigt er lachend mein schlechtes Gewissen. »Der Ausdruck auf dem Gesicht Seiner Exzellenz war unbezahlbar.«

Ich gluckse, sehe mich plötzlich Rados gegenüber, der mir in schneller Reihenfolge einen Kuss auf beide Wangen haucht, mir einen Teller mit Geburtstagskuchen in die Hand drückt und eine Luftschlange um meinen Hals legt.

Dann knallt etwas gegen mich und umfängt meine Hüfte. Ich drücke meine Lippen auf Luises Lockenkopf und sie sieht mit leuchtenden Augen zu mir herauf. Eigentlich sollte ich mich beschweren, dass mir niemand mitgeteilt hat, was heute für ein Tag ist. Bei diesem Anblick kann und will ich es jedoch nicht.

»Hier«, sage ich und greife in meine Tasche, um Luise die Tüte unter die Nase halten zu können. »Wie von dir bestellt. Zwei venezianische Masken.«

Wenn es überhaupt möglich ist, strahlen Luises Augen noch mehr.

»Danke«, flüstert sie, als wäre es unser kleines Geheimnis. »Aber behalte sie noch ein bisschen.«

Sie rauscht davon und lässt mich allein am Küchentresen zurück. Interessiert beäuge ich die Tageszeitung, die darauf liegt. Ich will die aufkommenden Unterhaltungen nicht stören, also widme ich mich der Nachtausgabe der *Wiener Zeitung* und stolpere über einen äußerst beunruhigenden Artikel, der das Thema ›Vampirjäger‹ behandelt.

Noch heute, nach vielen Jahren, in denen wir bereits um die Existenz der Blutsauger wissen, treiben Vampirjäger ihr Unwesen. Und diese jagen nicht immer nur die abtrünnigen Seelen unter unseren nachtaktiven Mitbürgern, sondern auch arglose Vampire, die perfekt in die Gesellschaft eingegliedert sind und nichts verbrochen haben, außer zu sein, was sie sind.

Gott, ich hasse diese Van-Helsing-Fetischisten.

Albert taucht neben mir auf, gerade als ich das Bild betrachte, welches den Jäger zeigt, der zurzeit in Wien *zuständig* ist.

Er zischt abwertend. »Dass es so etwas heutzutage noch gibt«, meint er, als er meinen Blick bemerkt. »Man könnte meinen, wir leben im Mittelalter.«

Ich will zustimmen, doch Rados rennt wie ein aufgescheuchtes Huhn durch die Gegend, um uns für ein Foto einzusammeln. Ich stelle mich an den Rand der kleinen Gruppe und warte auf den

Selbstauslöser, während alle bereits »Käsesahneeeee« rufen. Ich lache in genau dem Moment, da der Auslöser klickt, laut auf. Rados tänzelt zu dem Gerät zurück, um sich das Bild auf der Anzeige anzuschauen.

»Oh ja«, informiert er uns. »Das ist allerliebst geworden.«

»Gib her«, verlangt Luise, schnappt sich die pinkfarbene Digitalkamera und watschelt lachend zu ihrem Vater.

»Schau mal, Papa. Wir sind alle so hübsch!«

Von Carasescu sieht überhaupt nicht auf das Display, das ihm gereicht wird, sondern hebt stattdessen seine Tochter hoch.

»Wunderschön«, stimmt er zu, entblößt seine Zähne und tut so, als wollte er sie in die Nase beißen.

Sie kann sich kreischend befreien und flüchtet zu mir. Mit einem »Schau« hält sie mir das Gerät entgegen. Ich nehme ihr die Kamera ab und betrachte ein digitales Foto, das neben Albert und mir nur noch die anderen beiden anwesenden Menschen abbildet. Von den Vampiren keine Spur. Nur Lücken zwischen uns und Leere da, wo Albert seine Hände eigentlich auf Luises Schultern gelegt hat. Das macht mich schlagartig traurig, doch ich zeige es nicht und gebe Luise lächelnd den Apparat zurück.

»Ein toller Schnappschuss.«

Luise freut sich und schießt direkt ein neues Bild von ihrem Onkel, der mit in die Hüften gestemmten Armen vor ihr posiert, obwohl nichts auf dem Bild zu sehen sein wird außer der mit Geburtstagskram geschmückten Kücheneinrichtung.

Mein Blick schweift umher. Albert ist in ein Gespräch mit dem Gärtner vertieft, die Raumpflegerin bedient sich am Kuchen, und Rados und Luise fotografieren sich weiterhin gegenseitig.

Ich komme zu der Erkenntnis, dass ich das Gebäck noch nicht einmal probiert habe, trenne ein Stück ab und pike es mit der Gabel auf, um es zum Mund zu führen.

Auf halbem Weg halte ich inne. Augen, so kalt wie die Beringsee, sehen zu mir herüber. Mir jagt ein Schauer über den Rücken, als ich von Carasescu dabei ertappe, wie er mich aus einer Küchenecke heraus beobachtet.

Ich lasse die Gabel wieder sinken, stehe noch eine Sekunde unentschlossen da und will mich gerade in Bewegung setzen, als Alberts Ruf nach Luise mich davon abhält.

»Du darfst meine Kerze auspusten«, lässt er das Vampirmädchen wissen. »Und meinen Wunsch schenke ich dir auch.«

Ich lächle vergnügt, als Luise außer sich vor Freude auf einen Küchenhocker klettert, um Alberts Teller besser zu erreichen.

Wir applaudieren, als das Feuer der Kerze durch ihr Zutun erlischt.

»Was wünschst du dir?«, will ihr Onkel wissen.

Ich rechne damit, dass sie ihren Wunsch nicht äußert, da er sonst nicht in Erfüllung geht, doch sie sieht erst zu ihrem Vater, dann zu mir und zaubert eine gefaltete Karte aus der Tasche ihres Cardigans.

»Die habe ich ungelesen im Müll gefunden«, sagt sie leise, aber gerade noch so laut, dass jeder sie hören kann.

»Lui!«, ermahnt von Carasescu seine Tochter, die jedoch nicht auf ihn achtet.

»Papa hat eine Einladung erhalten«, erklärt sie uns und schaut dabei auf den gefliesten Tresen. »Sein Freund Friedrich feiert heute einen Ball. Papa, ich möchte, dass du auf diese Veranstaltung gehst.« Ihr Blick hebt sich und findet den ihres Vaters. »Mit Lisa.«

Mit … wem?!

Ich blinzle in die Runde. Albert schenkt mir einen kurzen aufmerksamen Ausdruck, Luise sieht nun auch bittend in meine

Richtung, Rados schaut nachdenklich zu seiner Nichte und die Angestellten nippen an ihren alkoholischen Getränken.

Und der Herr Graf?

Ich wende mich ihm zu. Er wirkt genauso überfahren, wie ich mich fühle.

»Eine hervorragende Idee.« Rados klatscht in die Hände und stürmt zu seinem Bruder. »Friedrichs Feste sind so berauschend wie französischer Wein. Das wird dir guttun, Vehla. Immer denkst du nur an deine Verpflichtungen und die Gerichtsverhandlung.«

Und Straßenrennen. Er soll die Straßenrennen nicht vergessen.

»Heute Nacht ist es an der Zeit, endlich einmal abzuschalten und Spaß zu haben.« Die Augen des jungen Grafen werden vor Begeisterung so groß wie Untertassen. »Was sagst du?«

Von Carasescus Kiefer mahlen wie das Werk einer Mühle. »Friedrich also?«, erkundigt er sich nach schier endloser Überlegung und nicht zuletzt, ohne fragend in meine Richtung zu sehen.

Luise nickt begeistert, während Rados seinem Bruder bekräftigend auf die Schultern klopft. »Ist es wieder ein Maskenball?«

Ich beginne zu begreifen und versuche Luises Blick zu erhaschen, die jedoch tunlichst vermeidet, mir in die Augen zu schauen.

»Davon ist auszugehen«, winkt Rados theatralisch ab. »Du kennst doch Friedrich.«

Fast hätte der Graf wieder mit der Zunge geschnalzt. »Tut mir leid«, lässt er mit barscher Stimme verlauten. »Ich wüsste nicht, wo wir jetzt noch eine Maske auftreiben können.«

Ich räuspere mich und fische die durchsichtige Tüte aus meiner Tasche, um sie in die Höhe zu halten. »Da kann ich vielleicht weiterhelfen.«

Stille legt sich über uns. Wir erwarten die Entscheidung des Hausherrn. Dieser sieht mich nur stumm an und legt leicht fragend den Kopf schief. Eine Geste, mit der er mein Einverständnis einholen will … glaube ich. Ich lächle und ziehe unbekümmert die Schultern nach oben. Wenn er gehen will, dann komme ich mit. Habe ich soeben beschlossen.

Ein resigniertes Seufzen entweicht seinen Lippen. »Sei so gut und mach den Mustang bereit, Albert«, bittet von Carasescu schließlich, was Luise dazu bringt, freudig aufzuschreien und sich in die Arme ihres Vaters zu werfen.

»Gewiss«, versichert der Angesprochene, setzt sein Getränk ab und huscht davon.

Ich finde es unmöglich, an Alberts Geburtstag etwas von ihm zu verlangen, sage jedoch nichts und schlucke meinen Kommentar hinunter. Außerdem scheint dieser hocherfreut über die Entscheidung seines Arbeitgebers.

Der Graf stellt sich währenddessen neben mich, zupft die Luftschlange von meiner Schulter, wobei seine kalten Finger leicht über meine Haut streifen, und mustert meine Erscheinung von oben bis unten.

»Ich bin in Kürze wieder bei Euch«, vernehme ich von ihm und blicke ihm nach, als er den Raum verlässt, um sich, wie ich annehme, ausgehfertig zu machen.

Kaum ist er aus dem Zimmer, stürze ich zu der kleinen Verschwörerin hinüber.

»Du freche Kupplerin!«, rufe ich, doch ihr Onkel schnappt sie bereits am Arm und führt sie zur Terrasse.

»Wir müssen ganz dringend mit den Hunden raus.«

Von hier auf jetzt sind die beiden verschwunden und ich sehe mich mit dem verdutzt dreinblickenden Gärtner und der wissend grinsenden Raumpflegerin allein. Ich nicke ihnen peinlich berührt zu und schleiche rückwärts aus der Küche, um im Eingangsbereich der Villa zu warten. Alberts Party ist offenbar gelaufen.

Ich begebe mich zu dem großen Spiegel, um mein Erscheinungsbild zu überprüfen. Bin ich eigentlich vorzeigbar oder sollte ich fix hinaufhüpfen und ein anderes Kleid überwerfen?

Ich trage Schwarz. Schwarz geht fast immer. Also beschließe ich, es dabei zu belassen, überprüfe nur noch schnell mein Make-up und lockere meine Frisur ein wenig auf, während ich ein Lied vor mich hin summe.

»Seid Ihr bereit?«

Ein kleiner blamabler Aufschrei entweicht mir, als ich die dunkle Stimme des Grafen direkt hinter mir vernehme. Es macht mich gerade echt fertig, dass er kein Spiegelbild hat und ich ihn daher nicht kommen sah.

Aufgescheucht trete ich einen hektischen Schritt zur Seite und taumle dabei gegen Seine Exzellenz, der sogleich einen Arm hebt und seine Hand gegen meinen Rücken legt, sodass ich mein Gleichgewicht wiederfinden kann.

»Ja«, versichere ich, nachdem ich tief eingeatmet habe, um mich wieder zu beruhigen. »Ich bin so weit.«

Der Druck an meiner Wirbelsäule wird stärker. Ich setze mich in die Richtung in Bewegung, die mir der Graf durch einen Deut seines anderen Armes zeigt.

Wenige Augenblicke später gehe ich die Treppen in den Hof hinunter, wo der Kies leicht unter meinen Füßen knirscht. Ich suche nach Albert und dem bereitgestellten Mustang, kann das Fahrzeug jedoch weder in der Auffahrt noch in der Nähe der Garage entdecken.

»Bitte hier entlang«, lädt der Graf ein und ich schaue überrascht zu ihm zurück.

Er deutet auf einen schmalen Pfad, der zwischen Büschen und Sträuchern hindurch von der Villa wegführt. Von Carasescu läuft voraus und als ich ihm folge, bemerke ich, dass er einen edlen schwarzen Gehrock mit filigranem silbernen Muster trägt und sich wohl meiner Garderobe angepasst hat.

Vorbei an Rosenbüschen und Brombeersträuchern erhebt sich nach wenigen Metern Fußmarsch ein flaches Gebäude, das durch die umliegenden Bäume von der Villa aus nicht zu sehen ist.

Noch ehe ich mich fragen kann, was das nun wieder ist, höre ich ein tierisches Geräusch, und Albert führt einen Rappen und einen Schimmel aus dem geöffneten Tor in der Mitte des Bauwerkes.

Langsam begreifend, gehe ich näher und bleibe vor dem schwarzen Tier stehen, das sofort seine Nüstern in meine ausgestreckte Hand legt und sich streicheln lässt.

»Das ist ein Pferd«, äußere ich und ernte ein amüsiertes Lachen von Albert, der die Zügel des gesattelten Rappen an von Carasescu übergibt.

»In der Tat«, bestätigt Seine Grafschaft und deutet in einer Geste an, dass ich näher treten und mich auf den Schimmel schwingen soll.

»Ich kann nicht reiten«, sage ich beinahe ängstlich und mache große Augen.

»Dann nur Achilles?«, fragt Albert prompt, während das weiße Pferd schon ungeduldig mit den Hufen scharrt.

»Ja, dann nur Achilles«, wiederholt von Carasescu, und Albert führt das zweite Tier wieder zurück in den Stall. »Danke, Albert. Warte mit dem Essen bitte nicht auf uns.«

»Gewiss. Ich wünsche Euch viel Vergnügen.« Dann ist er im Stall verschwunden.

Ich bekomme Panik und beginne zu zittern. Das kann nur eines bedeuten. Entweder werde ich hierbleiben oder …

»Whoa!«

Ich werde an der Taille gepackt und in einer fließenden Bewegung mit Leichtigkeit auf den Rücken des Tieres gehoben, wo ich mich sogleich an der dunklen Mähne festkralle, als würde mein Seelenfrieden davon abhängen.

Während ich noch mit mir und einer leicht panischen Gefühlsregung zu kämpfen habe, schwingt sich der Graf hinter mir in den Sattel und legt einen Arm um mich.

»Keine Sorge«, sagt er ganz nah an meinem Ohr und zieht mich so dicht an sich, dass ich gegen seine Brust gelehnt ein Gefühl der Sicherheit empfinde. Mein Herz pocht wie wild, ohne genau zu wissen, woran dies eigentlich liegt. »Ich werde gut auf Euch achtgeben.«

Dennoch hoffe ich, dass Friedrichs Maskenball keiner Weltreise gleichkommen wird.

Kapitel 15

Mich fröstelt, als wir durch die nächtliche Landschaft traben. Hätte ich geahnt, dass wir uns auf diese Weise fortbewegen würden, dann hätte ich noch ein dünnes Jäckchen übergeworfen … oder eine Winterjacke … oder wenigstens einen Neoprenanzug. Ich bin so eine Frostbeule.

Der Mond spendet hin und wieder fahles Licht, als unser Weg querfeldein über Wiesen und Weiden führt. Wenn sich Wolken vor den Himmelskörper schieben, kann ich kaum die Hand vor Augen ausmachen. Ich fühle mich verloren und wundere mich, dass Achilles sich nicht scheut, blindlings durch die Gegend zu laufen.

Als eine kalte Hand meinen Oberarm berührt, erschrecke ich und blicke nach hinten, kann aufgrund der Dunkelheit jedoch nicht viel erkennen.

»Euch ist kalt«, stellt von Carasescu fest.

Während er versucht, mich durch Reiben meiner Arme ein wenig aufzuwärmen, bin ich mir seiner Nähe nur allzu bewusst.

»Ein wenig«, gebe ich zu und suche zusätzlichen Halt, als Achilles eine kleine Böschung überwindet. Ich spüre Hitze in meinem Gesicht aufsteigen, als ich bemerke, dass sich meine Hände ihren Weg auf den Schenkel des Grafen gesucht haben. Schnell grapsche ich wieder nach der fliegenden Mähne des Hengstes und bin froh, dass von Carasescu mein Gesicht nicht sehen kann.

»Wir sind gleich da«, meint er, ohne sich irgendetwas anmerken zu lassen.

Sehr gut. Mein verlorenes Zeitgefühl gaukelt mir vor, dass wir bestimmt schon längst den Kontinent verlassen haben.

Dann sehe ich es.

»Ach du …« Ich beiße mir auf die Unterlippe, um vor lauter Überwältigung nicht zu fluchen. Friedrichs Anwesen ist unglaublich … phänomenal … einzigartig.

Das Landschloss liegt allem Anschein nach inmitten eines riesigen Parks und überschaut einen nahe liegenden Fluss sowie die Hügel, die dieses vom benachbarten Tal trennen. Das Hauptgebäude ist um einen Innenhof erbaut, hat eine reich verzierte Dachbrüstung und eine streng gegliederte Fassade. Über wie viele Räume es wohl verfügt? Egal. Es ist wunderschön. Überall spenden brennende Fackeln warmes, flackerndes Licht.

Pferdekutschen stehen aufgereiht im Hof, während immer mehr Gäste über das Parkgelände dem Anwesen entgegenströmen und Stallburschen sich um die Pferde einsamer Reiter kümmern. Ich fühle mich doch glatt in das 18. Jahrhundert zurückversetzt.

»Hier könnte man einen verdammten Jumbo parken!«, rufe ich aus, als wir dem Landhaus langsam über eine Hügelkuppe entgegenreiten und ich meine Begeisterung nicht länger zurückhalten kann. »Äh … ich meine … das ist wirklich sehr beeindruckend. Wer ist dieser Friedrich?«

»Ein bekannter österreichischer Maler und guter Freund von mir.«

»Und ein Vampir«, nehme ich an.

»Exakt«, bestätigt von Carasescu und übt mit seinen Schenkeln mehr Druck aus, sodass das Pferd in ein schnelleres Tempo verfällt, den nächtlichen Hügel hinabeilt und uns der langen Auffahrt entgegenträgt.

Wiehernd und schlitternd kommt Achilles vor dem Treppenaufgang im Innenhof der Villa zum Stehen. Er bäumt sich kurz auf die Hinterläufe und wirft wild seine schwarze Mähne umher. Nur mit Mühe kann ich einen Aufschrei unterdrücken.

Ein Diener des Anwesens tritt hinzu. Er trägt so eine altmodische weiße Perücke und sieht dabei aus, als wäre er einem Jane-Austen-Roman entsprungen.

Mein Begleiter umfängt meine Mitte, um mich zu stützen und auf dem Pferd zu halten, während er das Zaumzeug locker lässt und Achilles Zeit gibt, sich wieder zu fangen. Dann überreicht er die Zügel dem Bediensteten, bevor er selbst elegant vom Rücken des Tieres gleitet.

Erst jetzt fallen mir die polierten dunklen Reitstiefel auf, die er trägt. Ich will etwas sagen, werde jedoch wortlos gepackt und schwungvoll vom Pferderücken gehoben.

Langsam gleite ich in von Carasescus Armen nach unten. Unsere Blicke treffen sich und er hält mich sekundenlang fest, während er mich gleichzeitig ansieht, als wäre er für immer verloren.

In mir regt sich etwas. Mein Mund ist staubtrocken und ich weiß nicht, was gleich passieren wird, also warte ich ab und harre der Dinge, die noch kommen.

Von Carasescus Augen fixieren nun meine rot geschminkten Lippen, meinen Hals, mein Schlüsselbein. Ich bin auf das

Äußerste verwirrt. Warum zum Henker hat er plötzlich diesen traurigen Ausdruck?

Meine Finger haben sich wieder selbstständig gemacht. Das weiß ich, weil sich feine Strähnen dunklen Grafenhaares um meinen Zeigefinger wickeln.

Schnell nehme ich die Arme nach unten. Ich glaube, einen neuen Fetisch zu haben.

»Ich …«, beginnt von Carasescu. Ich blicke zu ihm auf, gebe stumm zu verstehen, dass er weitersprechen soll und ich seinen Worten lauschen werde. »Ich wünschte wirklich, dass …«

Ein dunkler Blitz rast an uns vorbei und kommt unweit von uns zum Stehen. Kies fliegt durch die Luft und wir beide sehen erschrocken und verärgert in die Richtung des rasanten Reiters. Ich erschrocken. Von Carasescu verärgert.

Der Reiter wirkt jung, als er vom Pferd springt und dieses achtlos stehen lässt. Ich nehme zumindest an, dass er jung ist, denn sein gesamtes Gesicht wird von einer für einen solchen Ball typischen Maske verdeckt. Er dreht den Kopf kurz in unsere Richtung, ohne seine Schritte zu verlangsamen, nickt höflich grüßend und erklimmt, zwei Stufen auf einmal nehmend, die beleuchteten Treppen.

Verwirrt schaue ich wieder zu von Carasescu und runzle die Stirn, als ich seinen grimmigen Ausdruck bemerke. Noch immer blickt er dem Rowdy nach.

»Kennt Ihr ihn?«, frage ich blauäugig.

Der Typ hat schließlich eine Maske auf.

»Er kommt mir seltsam bekannt vor«, gesteht der Graf und ich beschließe das Thema zu wechseln, weil er plötzlich abwesend wirkt.

»Was wolltet Ihr sagen, bevor Ihr unterbrochen wurdet?«

Von Carasescu lächelt fast, als er kurz meine Wange berührt, dann meinen Arm in seinen legt und mich zur Treppe führt. »Nicht so wichtig. Kommt.«

Ich würde wetten, dass es das doch ist, lasse mich jedoch kommentarlos ins Innere des Anwesens führen.

»Oh, wartet!«, fällt mir auf dem obersten Absatz etwas ein, während unter uns Pferde in die Ställe gebracht werden. Andere, historisch gekleidete Gäste überholen uns, als ich in meiner Tasche wühle und eine federne Maske zum Vorschein bringe. »Hätte ich doch fast das Wichtigste vergessen.«

Schnell ziehe ich das elastische Band über meinen Kopf und versuche, meine Frisur so wenig wie möglich zu zerstören. »Was ist mit Euch?«

Fragend halte ich die zweite Gesichtsbedeckung in die Höhe.

»Nur über meine … nun …«

Ich lache auf, obwohl ich es nicht will, während von Carasescu mit den richtigen Worten ringt.

»Nur über meine …«

»Unsterbliche Seele?«, schlage ich vor und er deutet mit dem Zeigefinger auf mich.

»Ja, das ist gut. Nur über meine unsterbliche Seele werde ich je so ein Ding tragen.«

»Miesmacher«, spiele ich die Schmollende, packe die zweite Maske wieder ein, und wir treten gemeinsam in den ersten Prunkraum von Friedrichs Behausung ein.

»Ihr würdet mich sowieso nur verspotten«, sagt von Carasescu so gelassen dahin, dass ich fast schon wieder auflachen muss.

»Mich dünkt, Ihr habt ein ganz falsches Bild von mir«, lasse ich geschwollen verlauten. Seine Sprechweise färbt eindeutig ab.

»Habe ich das?« Der Graf mustert mich mit leicht zusammengekniffenen Augen.

Ist das ein angedeutetes Grinsen? Flirten wir gerade miteinander? Krass.

»Wen darf ich ankündigen?«, erkundigt sich einer der Diener, als wir näher treten.

Ich habe keine Ahnung, wie die exakte Berufsbezeichnung des Herrn ist, kann aber sagen, dass er absolut ulkige Klamotten trägt. Dann erkennt er, wen er vor sich hat, und wird direkt einen Kopf kleiner.

»Verzeiht, Eure Exzellenz.« Er wendet sich an mich. »Wie darf ich die Dame ankündigen?«

»Die Dame würde es begrüßen, anonym zu bleiben«, gebe ich mit vorgehaltener Hand zu verstehen und der Verkünder nickt, ohne eine Miene zu verziehen. Ich komme mir gerade sehr geheimnisvoll vor.

»Gewiss.« Sogleich dreht er uns den Rücken zu, klopft mit einem Stab mehrmals laut auf den Dielenboden und ruft, während wir hinter ihm geduldig warten, lauthals: »Seine Exzellenz, Vehla Edric Dragos Alexandr Graf von Carasescu.«

Wie viele Vornamen kann man eigentlich haben?

»Mit Begleitung.«

Ja, das klingt nett.

Bereits anwesende Gäste wenden die Köpfe zu uns. Einige, die meisten von ihnen maskiert, nicken uns kurz zu. Nein, falsch. Sie nicken Vehla kurz zu. Äh, ich meine … von Carasescu.

»Also, Fräulein Anonymus«, tönt seine Stimme just in meinen Ohren und ich sehe zu ihm, wie er mir einladend seinen angewinkelten Arm entgegenhält. »Wollen wir?«

»Ja, unbedingt«, erwidere ich gut gelaunt, hake mich ein und wir betreten den Saal.

Selbst im Inneren des Anwesens sucht man künstliches Licht vergebens. Überall flackert der warme Schein einer Kerze und taucht die prunkvollen Örtlichkeiten in orangeroten Glanz. Von irgendwoher ertönt Musik über das Getratsche der Gäste hinweg. Riesige Bilder zieren die Wände in jedem Raum. Ich nehme an, dass diese Friedrichs eigene Werke sind.

Ein Blick nach oben zeigt umwerfende Deckengemälde sowie Seiden- und Leder-Wandbehänge. Darüber hinaus staune ich über die ausgestellten Möbel und Porzellane.

»Ihr solltet warten, bis Ihr die Bibliothek zu Gesicht bekommt«, sagt der Graf leise, da mein Erstaunen mir wohl, trotz Maske, nur allzu deutlich anzusehen ist.

»Im Vergleich hierzu«, stichele ich, »haust Ihr in einer Drecksbude.«

Ein kehliges Lachen bahnt sich den Weg aus von Carasescus Mund und ich kann dies durchaus als Erfolg der heutigen Nacht abhaken.

Sonst lässt er meine Aussage unkommentiert und ich wechsle erneut das Thema. »Was macht man auf einem Maskenball eigentlich?«

»Man trifft alte Bekannte, lernt neue kennen, unterhält sich, flaniert, tanzt höfische Tänze und schmiedet Pläne, wie man die Weltherrschaft an sich reißen kann«, antwortet mir von Carasescu und ich erstarre merklich.

Verdammt. Höfische Tänze? Darauf bin ich nicht vorbereitet. Ob ich mich davor drücken kann?

»Das war ein Witz«, klärt er mich auf und ich bin erleichtert.

»Ein Glück. Ich dachte schon, ich müsste mit Euch ein Menuett tanzen.«

Sein Gesicht bleibt ausdruckslos. »Der Teil mit dem Tanz war ernst gemeint. Ich spielte eher auf die Äußerung mit der Weltherrschaft an.«

»Oh.«

Jetzt stehe ich ziemlich blöd da.

»Könnt Ihr etwa kein Menuett tanzen?«, stichelt nun der Graf und ich fühle mich ertappt, während wir bereits durch den dritten Raum schreiten und kleinere, sich unterhaltende Grüppchen hinter uns lassen.

»Ich muss gestehen, dass mir diese Form des Tanzes in der Tat fremd ist.«

Von Carasescu huscht erneut der Anflug eines Lächelns übers Gesicht und ich wundere mich stark, woher die plötzliche gute Laune kommt. Dann erinnere ich mich daran, dass er einmal erwähnt hat, Luise habe ihn als emotionsflexibel bezeichnet. Oh, wie passend.

»Vehla!«, macht eine männliche Stimme auf sich aufmerksam und ich sehe mich nach der Quelle um.

Ein historisch gekleideter Vamp kommt auf uns zugestürzt und zieht von Carasescu in eine stürmische Umarmung. Ich kann den Arm Seiner Grafschaft gerade noch rechtzeitig loslassen. Die Szene ist mir äußerst befremdlich und ich mustere den Vampir unauffällig.

Er hat graues Haar und trägt einen Vollbart. Er scheint erst in höherem Alter zum Vampir geworden zu sein. Ich mag ihn auf Anhieb.

»Schön, dass du es einrichten konntest«, sagt der vampirische Künstler mit auffallend melodischer Stimme. »Ich weiß, du bist ein viel beschäftigter Mann.«

Von Carasescu drückt herzlich den Oberarm seines Gegenübers. »Genau wie du. Aber für dich habe ich immer Zeit.«

Der Vamp lacht und auch auf meine Lippen stiehlt sich ein Lächeln, denn seines ist ansteckend. »Friedrich, das ist Lisa.«

Erst jetzt sieht Friedrich zu mir und in seinen braunen Augen leuchtet etwas auf. »Vehla, du erstaunst mich immer wieder. In den knapp zweihundert Jahren unserer Freundschaft hast du erst ein Mal eine Begleitung mitgebracht. Ich bin entzückt, Madame.«

Mit seinen letzten Worten greift Friedrich nach meiner Hand und haucht einen Kuss auf meinen Handrücken. Ich knickse leicht und könnte schwören, dass er meine Haut nach Bisswunden absucht.

Als seine Suche zu lange dauert, richtet er sich wieder auf und meint an von Carasescu gewandt: »Henry ist auch hier.«

Ich mache mir gerade Gedanken, wer wohl von Carasescus Begleitung war. Maria vielleicht? Doch als ich Henrys Namen vernehme, sehe ich horchend auf. Friedrich sucht den Raum mit Blicken ab, scheint fündig zu werden und verkündet mit lauter Stimme: »Henry!«

Ich bin zu klein und kann über die Gäste hinweg keinen Henry, den Friedrich zu uns winkt, erkennen. So lange, bis er fast vor mir steht und sich sein schönes Gesicht aufhellt. Er sieht in diesem grünen Samt-Gehrock mit Spitze an den Ärmeln unglaublich gut aus.

»Lisa«, sagt er für alle Anwesenden, beugt sich zu mir herunter und küsst meine Wangen, flüstert »Glühwürmchen« in mein Ohr.

Ich fühle mich wie ein Teenager, als sein Geruch mich umfängt, und ich merke, wie sehr ich doch in Gefahr bin, mich in ihn zu verlieben.

Henry begrüßt auch von Carasescu freundschaftlich. Die Situation wird mir plötzlich unangenehm. Der Mann, dessen Begleitung ich heute bin, und der Mann, den ich auf der Stelle nackig anspringen würde, zusammen mit mir und einem guten Freund des Ersteren in einem Raum? Nicht gut.

Ich muss das Weite suchen. Und zwar ganz schnell.

Meine Chance ist gekommen, als die Unterhaltung beginnt, sich um Politik zu drehen. Leicht berühre ich von Carasescus Unterarm, um zu signalisieren, dass ich mal kurz verschwinde. Er nickt, bevor er weiter Friedrichs Worten lauscht. Henry lächelt mir zu und ich erwidere seinen Blick, ehe ich mich ganz abwende und auf die Suche nach den Toiletten begebe.

Mit frisch gepudertem Näschen mische ich mich wenig später wieder unter die Feiernden, nur um zu bemerken, dass die Gruppe von Henry, von Carasescu und Friedrich Zuwachs bekommen hat. Zwei weitere – Freunde? Bekannte? – haben sich hinzugesellt und ich gehe eilig rückwärts, um nicht zufällig einen ihrer Blicke einzufangen.

Ich greife mir ein Punschglas von einem herumstehenden Diener, lasse mich in eine der gepolsterten Sitzecken fallen und beobachte. Meine Maske nehme ich ab, denn sie beeinträchtigt mein Sichtfeld.

»Ganz allein hier?«

Ich wende den Kopf. Der Rowdy von vorhin steht neben mir und schaut, lässig gegen die Wand gelehnt, auf mich herab. Er trägt noch immer seine Maske. Ich kann nicht einmal seine Augen erkennen.

»Nein. Meine Begleitung ist nur beschäftigt«, antworte ich und nippe am Punsch. Hm, der ist wirklich gut.

»Oh, verzeiht«, scheint Maskenmann plötzlich etwas einzufallen und er reißt sich förmlich selbige vom Schädel. »Wie unhöflich. Ich muss aussehen wie ein Meuchelmörder.«

Ich blinzle überrascht. Er *ist* jung. Oder vielmehr war er jung, als er starb, denn er ist ein Vamp. Seine dunklen, kurzen Haare stehen in krassem Kontrast zu seinen hellen Augen und sie fallen ihm immer wieder ins Gesicht, fast wie bei Justin Bi… Nein … ich werde es nicht einmal denken.

Er muss meine Verwunderung bemerken, denn er lächelt und sagt: »Das ist mein Gesicht. Das kann ich leider nicht abnehmen.« Okay, das Eis ist gebrochen. Und niedlich ist er außerdem. »Tanzt Ihr eine Quadrille?«

Gleich mit der Tür ins Haus, was?

Ich sehe zum tanzenden Teil der Gäste im benachbarten Raum und fühle mich zu dem, was sie tun, auf keinen Fall imstande. »Oh nein, nicht, wenn ich es vermeiden kann.«

Mein Gegenüber wirkt enttäuscht, gibt jedoch nicht so schnell auf. »Es ist kinderleicht. Na los, kommt schon!«

Ich blicke auf die Hand, die er mir reicht, und zögere weiterhin. Dann werfe ich alle Zweifel über Bord.

»Wenn ich so nett gebeten werde«, meine ich, lege meine Hand in seine und lasse mir aufhelfen.

Hand auf Hand begeben wir uns Richtung Tanzsaal und ich stülpe mir währenddessen schnell wieder meine Maske über. Muss ja nicht jeder mitbekommen, wer beim Tanzen mächtig versagen wird. Mein Tanzpartner tut es mir gleich und so stehen sich zwei Maskierte gegenüber, als wir uns irgendwo einreihen und der Tanz nach einer kurzen Verbeugung beginnt.

Die Paare machen einen Schritt aufeinander zu, entfernen sich voneinander und bewegen sich schließlich wieder nach vorn, um erneut aufeinander zuzugehen, sich zu drehen und sich die Hände zu reichen. Ich kichere, als ich einen falschen Schritt setze, aus der Reihe tanze und mich unbeholfen wieder zwischen die anderen drängeln muss. Vielleicht liegt es am Punsch, denn die kleine Peinlichkeit ist mir geradezu egal. Ich wage sogar zu behaupten, dass ich Spaß habe. Ja, ich amüsiere mich.

»Ihr macht das sehr gut«, flüstert mir mein Partner bei einer weiteren Drehung zu und ich gluckse erneut, während ich der Dame neben mir unbeabsichtigt auf den Fuß trete.

»Ihr müsst mir wirklich nicht schmeicheln.«

»Nun, das möchte ich aber gern«, informiert mich mein Tanzpartner und ich würde einiges dafür geben, in diesem Augenblick sein Gesicht sehen zu können.

Ich fühle, wie ich erröte. Abermals schiebe ich es auf den Punsch und wünsche mir einen Fächer zum Wedeln.

Scheiße, ist das hier drin heiß. Muss an den Kerzen liegen.

»Wollen wir etwas trinken?«, erkundige ich mich und hoffe, dass er Ja sagt. Wasser. Ich brauche dringend ein Glas Wasser.

Sein Kopf bewegt sich und er sieht kurz über meine Schulter hinweg, bevor er nach meiner Hand greift und einen Handkuss andeutet. »Ich fürchte, die Pflicht ruft. Es war nett, Eure Bekanntschaft gemacht zu haben.«

Ehe ich etwas erwidern kann, hat er sich abgewendet und verschwindet in der Menge.

Seltsam. Als ob er vor etwas fliehen würde.

»Lisa«, höre ich meinen Namen und erschrecke, als kalte Hände mich von hinten an den Oberarmen packen. »Ihr seid ganz heiß. Fühlt Ihr Euch nicht wohl?«

Ich drehe mich zu von Carasescu und frage mich, was zum Teufel die in den Punsch gekippt haben. Ich bin beschwipst. Der Graf hat ein Stirnrunzeln aufgelegt und ich schüttle leicht den Kopf.

»Alles in Ordnung.«

»Gut«, lässt er verlauten und führt mich bestimmend von der Tanzfläche. »Wir müssen jetzt aufbrechen.«

»Was? Aber wir sind doch gerade erst angekommen.«

Ich verstehe es nicht.

»Ich weiß. Ein Unwetter zieht auf und ich möchte nicht, dass Lui sich fürchtet«, erklärt der Graf seine Beweggründe, die sich für mich ein wenig nach einer Ausflucht anhören.

Dennoch schlucke ich hart und nicke. Lui ist nicht die Einzige, die sich bei einem Unwetter fast in die Hose pieselt.

»Wo ist Henry?«, wundere ich mich, obwohl wir es plötzlich schrecklich eilig haben. »Ich will mich noch verabschieden.«

»Das wird nicht möglich sein«, sagt von Carasescu, der mich am Ellenbogen gepackt hat und durch die Räume führt. »Er ist bereits gegangen.«

»Oh«, mache ich und hänge meinen Gedanken nach, bis wir die Stallungen erreicht haben. Ich vermisse Henry und nehme mir vor, ihn schnellstmöglich anzurufen.

Als wir das Anwesen auf Achilles' Rücken verlassen, zucken schon die ersten Blitze am Himmel. Ich bemühe mich redlich, kein Angsthase zu sein. Aber so ist es eben mit Phobien. Sie zeigen sich immer in den ungünstigsten Momenten.

Ein Regentropfen benetzt die Haut meines Armes und ich sehe verunsichert nach oben, nur um die Augen zusammenzukneifen, als weitere folgen.

Donner hallt über die Ländereien und ich bin mir sicher, dass wir es nicht mehr rechtzeitig schaffen werden. Von Carasescu zügelt das Pferd, welches sogleich beginnt, ungeduldig zu tänzeln. Ich bilde mir ein, einen Fluch aus dem Mund des Grafen gehört zu haben, und schaue zu ihm zurück.

Er scheint zu überlegen. Das Wetterleuchten erhellt sein Gesicht und lässt es noch kälter und härter als sonst wirken. Dann hat er eine Entscheidung getroffen und reißt an den Zügeln.

Achilles vollführt einen Satz zur Seite und rast los. Ich bin unwissend, aber ich bin mir ziemlich sicher, dass das nicht die Strecke ist, die wir vorhin genommen haben.

Wassertropfen haben sich an meiner Nasenspitze gesammelt, meine Haare kleben in dunklen Strähnen zusammen, die teuren Schuhe schmatzen bei jedem Schritt leise vor sich hin. Es schüttet wie aus Eimern, Wasser rinnt mir den Rücken hinunter. Das Kleid ist morgen mit Sicherheit zwei Nummern kleiner als jetzt. Und oh … meine Wimperntusche hat sich vermutlich über mein gesamtes Gesicht verteilt. Mein einziger Trost ist, dass es von Carasescu nicht besser geht. Abgesehen von der Wimperntusche natürlich.

Selbstverständlich haben wir es vor Einbruch des Weltunterganges nicht mehr zurück zur Villa geschafft. Was von Carasescu irgendwie gewusst haben muss, denn er ist zu einer kleinen Hütte in den Wäldern geritten, die nicht auf unserem Weg lag, aber als Unterschlupf für vom Regen überraschte Reiter äußerst gut geeignet ist.

Ich stehe mit verschränkten Armen unter der kleinen Überdachung, die Achilles als Quartier dienen wird, und warte, bis von Carasescu den Hengst angebunden hat.

»Gehen wir hinein«, sagt er, nachdem er beruhigend den Hals des Tieres getätschelt und etwas zurückgelassenes Heu aufgelockert hat.

Ich bin mehr als dankbar, dem Regen entkommen zu können, und renne zur Vordertür. Nicht dass es irgendetwas nützen würde. Ich bin so oder so schon nass bis auf die Knochen.

Von Carasescu folgt mir, greift sich den auf dem Türrahmen abgelegten Schlüssel und verschafft uns Einlass. Just in dem

Moment kracht ein Blitz über uns hinweg und ich springe fast in von Carasescus Arme. Stattdessen hüpfe ich über die Türschwelle. Der prasselnde Regen setzt augenblicklich aus.

Hinter mir lässt der Graf die Tür zufallen und wir stehen im Finsteren. Meine Augen gewöhnen sich nur langsam an die Dunkelheit. Es riecht irgendwie modrig. Der Regen hämmert gegen die Fenster der Hütte, als würde jemand einen Eimer Wasser dagegen schütten. Neben mir raschelt es und auf einem Holztisch flammt eine Kerze auf, taucht den kleinen Raum in schwaches Licht.

»Was ist das für ein Ort?«, frage ich zitternd und beäuge den gusseisernen altertümlichen Ofen in der Ecke, dessen Abzug zwar schon bessere Tage gesehen hat, mir aber wenigstens keine Kohlenmonoxid-Vergiftung bereiten sollte. Mir wird jetzt ernsthaft richtig kalt.

»Das ist Friedrichs Jagdhütte«, sagt von Carasescu und wirft mir einen besorgten Blick zu, bevor er zum Ofen schreitet.

Ich sehe an die Wände, wo Geweihe und ausgestopfte Wildschweinköpfe prangen, und zittere nur umso mehr. Die Schatten um die toten Tiere herum scheinen lebendig zu sein. Die morbide Stimmung löst ein unbehagliches Gefühl in mir aus. Das hier ist nichts für mich.

»Ich weiß, wie Ihr Euch fühlt«, meint von Carasescu. Ohne zu mir zu schauen, sucht er Holzspäne zusammen. »Die allgegenwärtige Zurschaustellung des Todes ist nicht jedermanns Sache.«

Ich staune über seine Sicht der Dinge und finde sie befremdlich, da er selbst der Inbegriff dessen zu sein scheint, was er in Friedrichs Hütte anprangert. Doch vermutlich rührt diese Abneigung von seiner Tierliebe her. Und das kann ich durchaus nachvollziehen.

»In der Bank da sind ein paar Decken.«

Die Stimme des Grafen reißt mich aus meinen Gedanken.

Ich ziehe meine Schuhe aus und schlurfe zu der angegebenen Eckbank, kippe die Sitzfläche nach oben und fische drei dünne Baumwolldecken heraus. Hinter mir höre ich ein leises Knistern. Als ich mich umdrehe, legt von Carasescu gerade Holzscheite auf die kleine Flamme im Ofen.

Ich stehe vor einem echten Dilemma. Ich will dringend aus meinen nassen Klamotten raus, aber es gibt nur diesen einen Raum. Verstohlen sehe ich zu von Carasescu, der sich nahezu penibel dem Feuer widmet. Also, was soll's?

Zwei Decken lege ich auf den Tisch, die dritte falte ich auseinander und binde sie als Sichtschutz um meinen Körper, während ich mich umständlich aus meiner Kleidung schäle.

Als ich komplett nackt bin, hänge ich meine Klamotten zum Trocknen über einen Stuhl, wickle mich fest in die Decke ein und greife nach den beiden anderen, bevor ich zum Ofen trete.

Erst als ich näher komme, blickt von Carasescu auf. Ich reiche ihm eine der Decken, breite die letzte auf dem Boden aus und setze mich. Der Graf hat die Ofentür offen gelassen, sodass Nässe und Kälte schneller verfliegen. Ist fast so gut wie ein Kamin. Von Carasescu setzt sich neben mich und legt mir zusätzlich seine Decke um die Schultern.

Ach ja, richtig. Vampir. Habe ich doch fast vergessen.

»Danke«, meine ich ehrlich, starre ins Feuer und lausche dem Unwetter, während sich die Kälte ganz langsam aus meinem Körper zurückzieht.

Ein Blitz lässt mich erneut zusammenzucken, als er die Hütte erhellt.

»Und ich dachte immer, Lui wäre die Einzige, die bei einem Unwetter getröstet werden muss.«

Ich lächle humorlos. »Falsch gedacht. Aber sie hat ja ihren Onkel. Macht Euch um sie keine Sorgen. Sie ist ein tapferes Mädchen.«

»Ja, sie hat Rados«, bestätigt Seine Exzellenz. Die Art, wie er es sagt, bringt mich dazu, aufzublicken. »Und Ihr habt mich.«

Gut. Was soll ich darauf antworten? Will er mich etwa in den Schlaf wiegen? Ich sehe ihn schon wieder an wie ein Reh im Scheinwerferlicht.

Dann hebt er seine Hand zwischen uns und fragt: »Darf ich?«

Ich nicke benommen. Der Punsch spielt noch immer in meinem Blut verrückt.

Von Carasescu lehnt sich näher zu mir, nimmt mein Gesicht in seine Hand und wischt mit dem Daumen über meine Wange. Beinahe … zärtlich.

»Ihr habt da etwas«, erklärt er und wiederholt den Vorgang auf der anderen Seite, während ich unter der Decke nervös an meinem Fußkettchen herumnestle und überlege, dass ich mir dringend wasserfeste Wimperntusche zulegen muss. Oder auch nicht. Will er jetzt etwa da weitermachen, wo wir neulich aufgehört haben?

»Wir bleiben nur so lange, bis sich das Unwetter gelegt hat«, sagt er dann plötzlich und bringt etwas mehr Abstand zwischen uns.

»Und wenn es bis zum Morgengrauen nicht vorüber ist?«

Ich schiebe mein nasses Haar zurück hinter mein Ohr. Ich brauche dringend einen Föhn und eine Rundbürste oder ich werde bald einem explodierten Handfeger Konkurrenz machen können.

»Dann werde ich im erbarmungslosen Strahl der aufgehenden Sonne qualvoll verbrennen.«

Ich starre ihn mit großen Augen an. Er starrt regungslos zurück.

Dann bewegen sich seine Mundwinkel, ziehen sich in der Ankündigung eines Lachens in die Höhe und bringen mich dazu, gespielt erbost gegen seinen Oberarm zu schlagen.

Blöder Vamp. Nie weiß man, wann er etwas ernst meint.

Zwischenzeitlich lacht von Carasescu lautstark über meinen Gesichtsausdruck, was ich jedoch nicht weiter kommentieren kann, da meine Decke ins Rutschen geraten ist und ich damit beschäftigt bin, nicht gleich komplett nackt neben ihm zu sitzen.

»Wer war bei Friedrichs früherem Ball Eure Begleitung?«, frage ich, um das Thema zu wechseln, aber auch, weil es mich interessiert.

Von Carasescus Lachen verstummt. Er legt Holz nach und sieht überall hin, nur nicht zu mir. Ist es Schmerz, was ich in seinen Augen sehe?

»Das ... geht Euch nichts an.«

Alles klar. Kotzbrocken-Alarm!

»Ja, ich weiß. Aber vielleicht verratet Ihr es mir ja trotzdem.«

Von Carasescus Kopf schießt zu mir herum. Unmittelbar will ich im Boden versinken, solch Härte zeigt sich in seinen Zügen. »Ihr Name«, beginnt er gepresst, »war Georgina. Sie war der größte Fehler meines untoten Lebens.«

Ich lausche seiner leisen Stimme, während er andächtig ins Feuer schaut, verloren in Erinnerungen.

»Sie war ein Bauernmädchen, das zarteste und liebenswerteste Wesen, das ich je erblickt hatte. Ich glaubte, dass das, was ich für sie empfand, so etwas wie Liebe war.« Der Graf lacht lustlos auf.

»Dabei hatte mich nur die Vorstellung von Liebe betört. Sie bat mich, sie zu wandeln. Also tat ich es.«

»Sie hat sich verändert?«, vermute ich.

Der Graf nickt kaum merklich. »Sie ist zu dem geworden, was die klassische Literatur in uns sieht. Zu einer blutsaugenden Bestie. Kein Hals war vor ihr sicher. Ich bat sie, aufzuhören, flehte sie an. Doch sie wollte … *konnte* nicht hören. Das Dasein als Kind der Nacht hatte ihre Sinne betäubt. Eines Tages war sie einfach … verschwunden.«

»Und seitdem sucht Ihr sie?«

Von Carasescu blinzelt mehrmals ins Feuer, bevor sein Blick klarer wird und er mich ansieht. »Ich habe die Suche vor langer Zeit aufgegeben. Ich wünschte nur, ich könnte es ungeschehen machen.«

»Tut das nicht.« Ich sehe den Grafen wissend an, während die Flammen das Licht auf seinem Gesicht tanzen lassen. »Denkt nicht zu viel über Dinge nach, die Ihr nicht mehr ändern könnt.« Ich sollte ein Thema finden, das ihm Freude bereitet. »Erinnert Ihr Euch an Luises fröhlichen Ausdruck, als Ihr zugestimmt habt, auf den Ball zu gehen?«

Er lächelt, wenn auch traurig, und ich beobachte fasziniert, wie Wassertropfen von seinem langen Haar perlen. »Glaubt Ihr, dass ich nur Lui zuliebe mit Euch auf diesen Ball gegangen bin?«

»Nicht?«, frage ich zaghaft und so leise, dass ich meine Stimme selbst kaum höre.

Von Carasescu hebt als Antwort erneut die Hand, streicht über meine Wange und zieht die heruntergerutschte Decke zurück auf meine entblößte Schulter.

»Ich war mir neulich sicher, dass ich sterben muss.« Ich finde es nur fair, dass ich ihm etwas Intimes erzähle, nachdem er so viel von sich preisgegeben hat. Aufmerksam betrachtet er mich, daher spreche ich weiter. »Als Maria ihre Fänge in mein Fleisch bohrte, hätte ich an so vieles denken können. Familie, Freunde, Henry … Aber das tat ich nicht. Wisst Ihr, woran ich stattdessen dachte?« Es ist mir peinlich, also starre ich den Boden an, bevor ich weiterspreche. »Ich dachte daran, dass ich nie wieder in Eure Augen würde blicken können. Was sagt das über mich aus? Über uns?« Nun sehe ich ihn doch an und erkenne waschechte Verzweiflung in der Miene des Grafen. »Ist das nicht verrückt?«

Der Graf zögert, dann legt er einen Arm um mich und zieht mich an seine Brust, was ich ohne Widerstand geschehen lasse. »Vermutlich ist es das.«

Während der Sturm weitertobt, stelle ich mir die Frage, ob das, was er mir vor Friedrichs Anwesen mitteilen wollte, wirklich nicht so wichtig war.

Kapitel 16

Sanfte Berührungen und Küsse, Streicheleinheiten und Liebkosungen. Seine Hand streicht zärtlich über mein nacktes Fleisch, seine kalten Finger spielen auf meiner erhitzten Haut. Seine Lippen stürzen sich gierig auf meine. Er presst meine schlanke Gestalt fest an seinen Körper. Unsere Leiber sind ineinander verschlungen, seine Arme umfangen meinen Rumpf, meine Beine umklammern seine Taille. Ich stöhne in höchster Euphorie und will, dass es nie aufhört.

Dann hört es auf und ein Heidenlärm reißt mich aus meinem erotischen Traum.

Schlaftrunken fahre ich vom Fußboden hoch, blinzle in das helle Licht der aufgegangenen Sonne, die durch die Fenster scheint, und wische mir den Sabber aus dem Mundwinkel.

Wo bin ich?

Die Erinnerung an letzte Nacht drängt sich in meine Wahrnehmung. Suchend blicke ich mich in der Hütte um und werde hektisch, als ich bemerke, dass der Graf nirgendwo zu sehen ist.

»Guten Morgen«, wünscht eine dunkle Stimme leise hinter mir.

Ich fahre erschrocken herum, suche mit den Augen in den schattenhaften Ecken der Behausung nach seiner Silhouette.

Schließlich erkenne ich seine Gestalt neben der Eckbank, in der finstersten Ecke des kleinen Raumes, da, wo kein Sonnenlicht den abgewetzten Holzboden berührt. Von Carasescu sitzt auf dem Boden, den Rücken gegen die Wand gelehnt und die Ellbogen auf die Knie gestützt. In seinen Händen blitzt der erleuchtete Bildschirm eines Smartphones auf. Ich muss zugeben, dass mich Erleichterung durchflutet, als ich ihn da vorfinde.

Lautstark stoße ich die Luft aus. »Ich dachte schon …«

»Dass ich zu Staub zerfallen bin?«

Ich gähne und schüttle den Kopf. »Nein. Dass Ihr einfach ohne mich nach Hause geritten seid. Warum habt Ihr mich denn nicht geweckt?«

Die hellen Augen des Grafen funkeln mich durch die Distanz des Raumes verheißungsvoll an. Seine Stimme wird rau, als er antwortet: »Ich mag es, Euch beim Schlafen zuzusehen.«

Oi.

Ich hoffe wirklich, dass ich nicht laut gestöhnt habe, weil ich diesen besonderen Traum hatte.

Als es an der Tür hämmert, schrecke ich hoch. Erneut, wie ich soeben registriere.

Umständlich schäle ich mich aus dem Deckenwirrwarr, das mich umgibt, und tapse in eine Decke gewickelt zur Tür. Mein Nacken ist von der Nacht auf dem harten Boden ein wenig steif, aber sonst fühle ich mich erstaunlich ausgeruht.

Mit einem lauten Knarzen öffne ich die Tür und kneife die Augen zusammen, als ich gegen das durch die Bäume fallende Sonnenlicht anblinzeln muss.

»Guten Morgen«, sagt Albert fröhlich und senkt sogleich beschämt den Blick, als er bemerkt, dass ich nur eine dünne Decke um meinen Körper trage.

»Morgen«, gebe ich mit belegter Stimme murmelnd zurück.

»Der Abholservice ist bereit«, verkündet mein Gegenüber und hält einen dunklen Regenschirm in die Höhe. Dann tritt er an mir vorbei über die Türschwelle.

Als ich mich umwende, ist der Graf schon auf den Beinen und hat den Schirm an sich genommen. »Danke, Albert. Habt Ihr einen Führerschein?«

Die Frage gilt mir. Ich bin zwar verwundert, nicke aber bestätigend.

»Dann wie besprochen«, sagt der Graf erneut an Albert gewandt und setzt sich in Bewegung.

Bevor er über die Schwelle und in das für ihn tödliche Sonnenlicht des neuen Morgens tritt, spannt er den Schirm und schreitet hinaus.

Besorgt blinzelnd stecke ich den Kopf ins Freie und begutachte seine Erscheinung. Mit beiden Händen hält er den Griff des lichtundurchlässigen Sonnenschirms, stets darauf bedacht, kein Sonnenlicht an unbedeckte Hautstellen zu lassen. Was ziemlich gut funktioniert, da der Rest seines Körpers mit dickem Brokat und hohen Stiefeln verhüllt ist.

»Spezialanfertigung«, erklärt mir der Graf, als mein Blick auf dem Schirm hängen bleibt, und zupft dabei am Ärmel seines Gehrocks, dessen feine Muster bei Helligkeit nur noch mehr glitzern. »Keine UV-Strahlen durchdringen dieses Gewebe.«

Verstehe. Keine UV-Strahlung, kein brennender Graf. Leuchtet mir ein.

Albert schiebt sich an mir vorbei und gesellt sich neben seinen Herrn. Beide Männer sehen mich abwartend an.

»Ich … würde mich gern noch umziehen.«

Albert blinzelt, von Carasescu blinzelt ebenfalls, dann räuspert sich der Chauffeur und beide wenden sich gleichzeitig ab, um nach Achilles zu schauen.

Ich schließe die Tür und beeile mich, in meine getrocknete Kleidung zu huschen. Sie ist noch ein bisschen klamm, aber das Gefühl vergeht schnell, als ich sie wieder am Körper trage. In einem Anflug von Ordnungswahn lege ich die benutzten Decken zusammen und verstaue sie an ihrem Platz. Nachdem ich kontrolliert habe, ob das Feuer erloschen und die Kerze heruntergebrannt ist, greife ich meine Schuhe an den dünnen Riemchen und laufe barfuß nach draußen.

Sorgsam verschließe ich die Tür und platziere den Schlüssel wieder da, wo der Graf ihn letzte Nacht entwendet hat. Dann drehe ich mich um, spähe um die Hausecke und sehe einen Reiter im Unterholz verschwinden.

Ein Schatten gleitet über mich, als von Carasescu näher an mich herantritt.

»Wir müssen nur ein kurzes Stück durch den Wald laufen«, erklärt er mir. »Albert hat direkt am Forstweg geparkt.«

Der Graf schreitet voran, ich folge in einigem Abstand. »Nicht dass der Besitzer etwas dagegen hat«, äußere ich Bedenken.

»Hat er nicht«, meint von Carasescu. Ich bin der Meinung, ein Lächeln herauszuhören.

»Wem gehört der Wald?«

Der Graf dreht sich um, marschiert rückwärtsgehend über Wurzeln und Äste. »Mir«, sagt er schließlich und wirkt dabei so jungenhaft, dass ich grinsen muss.

Trotz meiner nackten Füße genieße ich den Waldspaziergang. Weiches Moos und Fichtennadeln bedecken den Großteil unseres Weges, was mir keinerlei Mühe bereitet voranzukommen. Der

Morgen ist friedlich. Nebelschwaden und das Zwitschern der Vögel liegen in der Luft, während die durchfallenden Strahlen der Sonne wie Scheinwerfer wirken.

Wenig später hilft mir der Graf über einen Bachlauf hinweg. Mit seiner ausgestreckten Hand greift er nach meiner, dabei gerät sie ins Sonnenlicht. Erschrocken mache ich einen Hüpfer über das Rinnsal zu unseren Füßen, als sich Brandblasen auf seinem Handrücken bilden.

Seine Hand immer noch in meiner dränge ich mich gegen den Grafen und schirme das vermaledeite Licht mit meinem Körper ab. Neugierig blicke ich auf unsere Hände, berühre seine geschundene Haut behutsam mit meinem Daumen, während noch im gleichen Moment der Heilungsprozess beginnt, wenn auch viel langsamer als beim letzten Mal.

Er muss trinken, nehme ich an.

»Ihr solltet vorsichtiger sein«, mahne ich Seine Exzellenz, was ihm lediglich ein Brummen entlockt.

Als die Verletzung komplett verschwunden ist, lasse ich von ihm ab und wir setzen uns wieder in Bewegung.

»Darf ich Euch fragen, ob Ihr mir morgen Abend Gesellschaft leisten wollt?«, höre ich seine Stimme neben mir, als wir eine Lichtung erreichen.

»Was ist morgen Abend?«, will ich interessiert wissen und bleibe stehen, als von Carasescu dies auch tut.

»Der Urteilsspruch«, teilt er mir mit und ich verstehe.

»Ihr seid also entweder zu Tode betrübt oder werdet himmelhoch jauchzen«, locke ich ihn aus der Reserve.

»Vermutlich«, sagt er schmunzelnd und tritt ein paar Schritte näher an einen Abhang, den die Schneise im Wald freigibt.

»Dann nehme ich die Einladung an und mache mich auf das Schlimmste gefasst«, necke ich und folge Seiner Grafschaft.

Als mein Blick von dieser Anhöhe über die Weite der Landschaft wandert, verschlägt es mir für einen Moment den Atem. Dampfende Wälder, glänzende Seen, blühende Felder und völlig unberührte Fleckchen Natur erstrecken sich bis zum Horizont.

»Ist das schön«, raune ich und beobachte ein Schwanenpaar auf einem See unweit entfernt.

»Ich komme oft hierher, wenn ich allein sein will«, spricht von Carasescu. Eine tiefe Ruhe ergreift von mir Besitz, als ich den Moment auf mich wirken lasse und seine Stimme wie Samt in meine Sinne dringt. »Oder wenn die Last meines Daseins zu schwer auf mir liegt.«

Voller Wehmut sehe ich ihn an, doch er bemerkt meinen Blick nicht, hat den eigenen in die Ferne gerichtet und hängt seinen Gedanken nach.

Die Sekunden verstreichen, bis von Carasescu sich ruckartig umdreht. »Kommt. Ich will Euch nicht länger von Eurem Frühstück abhalten.«

Ich lache auf. »Ich will *Euch* nicht länger von Eurem abhalten.«

Kurz darauf erreichen wir den Forstweg. Das strahlende Weiß der Limousine wirkt in der Natur wie ein Fremdkörper.

»Ich soll dieses Schiff fahren?«, frage ich skeptisch, während es sich der Herr Graf bereits im Inneren bequem macht und hinter den getönten Scheiben in Sicherheit ist.

»Ich glaube fest an Euch!«

Tja. Er weiß eben nicht, dass ich viermal durch die praktische Prüfung gefallen bin.

Dinge, die ich nie wieder tun will:

Austern essen.

An einem Triathlon teilnehmen.

Barfuß eine Limousine durch das Eingangstor einer Grafenvilla manövrieren.

Mit zitternden Händen stelle ich den Motor ab, lege den Kopf auf das Lenkrad und schrecke hoch, als ich dadurch die Hupe betätige.

Albert wartet bereits auf uns und kommt die Treppe heruntergeeilt, um mir beim Aussteigen zu helfen.

»Ich schwöre, es hat keinen Kratzer abbekommen«, rechtfertige ich mich sofort und der Chauffeur lacht, bevor er zur Hintertür eilt und von Carasescu den Schirm hält, damit dieser besser vom Rücksitz gleiten kann.

Der Graf reicht mir meine Schuhe, als beide wieder auf meiner Höhe angelangt sind, und ich sehe hinab auf meine dreckigen Füße.

Barfuß durch den Wald laufen? Das mache ich bald noch einmal.

»Viel Erfolg für die Verhandlung«, sage ich zur Verabschiedung.

Der Graf nickt mir dankend zu, dann schreitet er würdevoll zum Eingang empor und verschwindet im Haus.

Meine Wohnung ist noch in dem Zustand, in dem ich sie zurückgelassen habe. Ein kaputter Tisch, eine demolierte Schrankwand und überall Glas- und Holzsplitter, umgeben von eingetrocknetem Blut.

Ich nahm an, dass es etwas mit mir anstellen würde, wenn ich diesen Ort erneut betrete, doch ich blicke völlig ungerührt auf die Szenerie zu meinen Füßen, als wäre das Geschehene einem anderen zugestoßen und nicht mir selbst. Es fühlt sich wie ein ganz anderes Leben an. Außerdem ist es helllichter Tag. Maria *kann* mir überhaupt nicht auflauern.

Ich räume auf, wische, poliere, bohnere, nehme ein Bad, packe ein paar Sachen zusammen und gehe in der nahe gelegenen Einkaufspassage abendessen.

Kurz nach Einbruch der Dunkelheit verlasse ich meine Wohnung und schlage einen Weg ein, der sich nur zu gut in mein Unterbewusstsein gebrannt hat. Ich bin ihn jahrelang fast täglich gegangen.

Kaum habe ich das ›Zum schwarzen Mond‹ durch den Hintereingang betreten, wirft sich bereits jemand kreischend an meinen Hals.

Cynthia.

»Wir dachten schon, du wärst tot«, teilt mir die Blondine mit. »Maria wird wegen Anstiftung zum Mord polizeilich gesucht. Der Laden steht zum Verkauf. Willst du wieder arbeiten? Dein Zimmer ist leider neu vergeben.«

Ich lasse das Gesagte sacken und horche in mich hinein.

Will ich wieder als Hure arbeiten? Will ich meinen Körper feilbieten und jeden Tag eine Handvoll verschiedener Sexualpartner haben?

»Nein«, teile ich entschlossen mit. »Ich habe etwas Neues gefunden. Ich möchte mich nur verabschieden.«

»In der gleichen Branche?«, fragt Cynthia neugierig.

Ich verneine kopfschüttelnd.

»Du Glückliche«, flüstert sie zwinkernd und umarmt mich.

Im noch wenig besuchten Empfangsbereich stutze ich, als ich einen Herrn erblicke, der mir nur allzu bekannt ist.

»Ihr solltet lieber Eurem Bruder für die Verhandlung beistehen und nicht hurend durch die Gegend ziehen«, mahne ich nicht ganz ernst gemeint, als ich den blonden Vamp erreicht habe.

Rados ist nicht einmal überrascht, als ich ganz und gar nicht nuttig gekleidet neben ihn trete und mich gegen den Tresen lümmle.

»Ich hure nicht«, erwidert er aufrecht und sieht mir ins Gesicht. »Ich gucke lediglich.«

»Aha«, sage ich lächelnd und kann mir meine gute Laune selbst nicht erklären.

»Sehr schicker Laden«, bekundet er interessiert, beäugt die Bardame, das Interieur, die Kundschaft und abschließend mich. »Was machst du eigentlich hier? Hat mein Bruder Mist gebaut?«

»Nein, wieso sollte er?«, frage ich verwundert. »Ich will mich nur verabschieden und noch ein paar Sachen holen.«

»Gut«, gurrt Rados zufrieden. »Denn ich gedenke, dieses Etablissement zu übernehmen. Und das könnte ich nicht, wenn du hier anschaffen gehst.«

Ich begegne Henry, als ich auf dem Weg in die Küche bin, um Luise ein mitternächtliches Getränk zuzubereiten.

»Henry!«, rufe ich überrascht seinen Namen und er dreht sich ertappt in meine Richtung, als er gerade durch die Eingangstür entschwinden wollte.

Was tut er hier? Eine letzte Besprechung für die morgige Verhandlung?

»Lisa«, sagt er ohne jegliche Emotion in der Stimme und ich trete stutzend auf ihn zu.

»Kann es sein, dass du mir aus dem Weg gehst?«, frage ich ohne Umschweife und schaue ihn forschend an.

Mit großen braunen Augen blickt er zurück, nimmt mich bei den Händen und führt mich in den Salon. »Komm mit.«

»Oh, verstehe«, säusle ich, als er die Tür hinter uns zuzieht. »Du willst endlich da weitermachen, wo wir aufgehört haben, hast aber Bedenken, dass uns jemand erwischt.«

Meine Arme umschlingen seinen Körper, ziehen sein Hemd aus dem Hosenbund und tasten sich seinen nackten Rücken hinauf. Gleichzeitig presse ich mich fordernd gegen ihn, was er kommentarlos geschehen lässt. Erst, als ich mich recke, um von seinen Lippen zu kosten, hält er mich davon ab. Henry greift meine Hände und löst sie von seinem Rücken.

Okay, was kommt jetzt?

»Ich mag dich wirklich sehr«, beginnt er leise und sieht mir direkt ins verdatterte Gesicht.

»Aber du willst nicht mit mir schlafen«, beende ich seinen Satz.

»Nein«, platzt es pistolenschussartig aus ihm heraus. »Und ob ich das will. Es gibt nichts, was ich im Moment lieber täte.«

Ich verstehe sein Handeln nicht. Seine Worte passen absolut nicht zu seinem Verhalten.

»Du kannst mich haben. Hier. Sofort.« Ich nestle an den Trägern meines Kleides herum und ziehe sie mir bereits über die Schultern. »Luise wird uns nicht überraschen, wenn wir schnell machen.«

Henry packt meine Oberarme, sieht mich mit einem Blick an, der jegliche Hoffnung einer gemeinsamen Zeit verschwinden lässt. »Es wird nicht funktionieren«, raunt er.

»Wieso nicht?«, frage ich genauso leise, mit tränenden Augen. »Ich mag dich doch auch. Sehr.«

»Und ich weiß, dass es jemanden gibt, den du noch viel mehr magst.«

Er sieht mich verständnisvoll an, ich starre ungläubig zurück.

»Da weißt du mehr als ich«, äußere ich, nicht wissend, ob ich schreien oder weinen soll.

»Glaub mir«, sagt er sanft und nimmt mein Gesicht in beide Hände. »Es ist offensichtlich.«

Seine Lippen legen sich auf meine. Behutsam. Wie eine Feder. Es ist ein Abschiedskuss. Das mit uns ist vorbei, noch ehe es richtig begonnen hat.

»Leb wohl«, flüstert Henry gegen meinen Mund.

Ich greife in seinen Nacken und verstärke somit den Druck des Kusses, sodass ein Ansatz von Eckzahn auf meinen Lippen zu spüren ist. Henry umfasst rücksichtsvoll meine Handgelenke und zwingt sie nach unten. Der Kuss endet und mir ist klar, dass er mich nun verlassen wird.

Ich stehe mitten im Salon und sehe ihm nach, als er sich abwendet und langsam den Raum durchquert, mich allein zurücklässt.

Ich schlucke schwer und drücke meine Handballen auf die Augen, um die plötzlich aufkommende Leere nicht durch einen Gefühlsausbruch zur Schau zu tragen.

Tief durchatmend straffe ich nach ein paar Augenblicken die Schultern und taumle in die Küche, um eine Blutkonserve vorzubereiten.

Kapitel 17

Der Barkeeper der Spelunke beäugt mich aufmerksam, als er den dritten doppelten Whiskey vor mich stellt.

Ich knabbere Salzstangen, fahre mit den Nägeln über die Rillen im abgewetzten Holz und kippe das Getränk hinunter.

Keine Ahnung, wann ich mich das letzte Mal betrunken habe. Auf einem Junggesellinnenabschied vor fünf Jahren? Damals habe ich mir geschworen, nie wieder über die Maßen Alkohol zu mir zu nehmen. Eine verschmähte Liebe ist jedoch ein guter Grund, wieder damit anzufangen, wie ich finde.

»Den Blick kenne ich.« Die Stimme des Typen, der neben mir auftaucht, kommt mir seltsam vertraut vor. »Es geht um eine Herzensangelegenheit, richtig?«

Ich drehe den Kopf zu der Quelle der jungen Stimme herum. Ich brauche ein paar Sekunden, um zu begreifen, um wen es sich bei meinem Gegenüber handelt.

»Der Rowdy«, sage ich erkennend, meine Zunge bereits schwer wie Blei. »Heute ohne Pferd unterwegs?«

»Heute ohne Maske unterwegs?«, stellt er eine Gegenfrage und grinst frech, während er dem Barkeeper anzeigt, dass er zwei weitere Getränke ordert.

Er setzt sich neben mich, stützt den Kopf in seine Hand und mustert mich unverhohlen. »Wo drückt der Schuh?«

»Pff«, gebe ich von mir. »Darf sich eine Dame nicht grundlos die Kante geben?«

»Darf sie schon«, gesteht er, rückt dabei so nah, dass sich unsere Beine berühren. »Aber die Erfahrung zeigt mir, dass der Grund dafür meistens doch wir Männer sind.«

Die Getränke werden vor uns auf den Tresen gestellt und ich lache humorlos auf, bevor ich den doppelten Shot hinunterspüle.

Scheiße, er hat so recht.

»Der Kerl, den ich heiß finde, will mich nicht ficken«, lalle ich leise, ohne jegliche Scham.

Mein Gegenüber zuckt nicht einmal mit der Wimper, als er das Gesagte aufnimmt. »Okay«, meint er nur.

»Das wurmt mich. Außerdem ist er der Meinung, dass ich auf einen anderen stehen würde.«

»Tust du?«

»Blödsinn, absoluter Bockmist! Klar, er ist groß, muskulös, er hat die schönsten Augen dieser Welt, es wird nie langweilig, wenn ich bei ihm bin, und wenn er mich ansieht, dann … Gott … dann explodiert ein Feuerwerk in mir.«

Der Rowdy schenkt mir in dem Moment ein ehrliches Lächeln, in dem ich es selbst merke. »Du stehst *total* auf den anderen Kerl.«

Scheiße, ja.

Meine vernebelten Sinne wollen schon den Geist aufgeben, als er mich an der Schulter berührt und davor bewahrt, auf den Tresen zu knallen.

»Ich bring dich nach Hause.«

»Nein«, protestiere ich, nur schwach um mich schlagend. »Da will ich jetzt nicht hin. Lass uns zu dir fahren.« Ich taumle gegen ihn, als ich vom Barhocker gleite, und werfe mich an seinen Hals. »Vielleicht willst du ja mit mir schlafen.«

»Du bist betrunken«, sagt er so verständnisvoll wie kein anderer und bezahlt unsere Rechnung.

»Ja«, gebe ich giggelnd zu und versuche, seinen Hals mit Küssen zu bedecken. Ich scheitere kläglich. »Aber willst du mit mir vögeln?«

»Nein«, meint er schlicht, und ganz am Rande meiner Wahrnehmung bekomme ich mit, dass er mich aus der Bar bugsiert.

»Wieso nicht?« Ich bin ernsthaft gekränkt, dass niemand meine Avancen annimmt.

»Ich bin vergeben«, teilt er mir mit, als kühle Nachtluft über uns brandet und mir den Rest gibt.

»Eine treue Seele«, freue ich mich, tätschele seinen Kopf und drücke nun doch noch einen Kuss auf seine Wange. »Wie schön. Ist sie ein Vampir?«

»Ja, ist sie. Sie ist eine sehr einnehmende Persönlichkeit. Und wir brauchen uns gegenseitig, um … nicht komplett der Finsternis zu verfallen.«

Ich bekomme kaum mit, wie ich auf die Rückbank eines Autos gehievt werde und augenblicklich zur Seite kippe. Mein Gesicht kratzt über den rauen Stoff der Sitzbezüge. Ich drifte in Dämmerschlaf, ein Motor wird gestartet, das Fahrzeug setzt sich in Bewegung.

Ich träume. Ich stehe am Rand einer Klippe, Henry neben mir. Ich halte mein Herz in den Händen, doch er verschmäht es, stößt mich in den Abgrund und ich falle kreischend in die Finsternis. Aber ich sterbe nicht. Starke Arme umfangen mich, der Geruch nach verbrannter Erde lullt mich ein. Schwarzes Haar fällt in mein Gesicht, und als ich nach oben sehe …

Ich wache auf. Nur ganz leicht. Irgendwo in der Welt zwischen Traum und Wirklichkeit höre ich eine Unterhaltung. Rowdy spricht mit einer Frau. Durch halb geöffnete Augenlider erkenne ich, dass beide in der offen stehenden Autotür auf mich herabblicken.

»Was soll das, Johann? Seit wann bringst du deine Opfer mit nach Hause?«

»Sie ist nicht irgendein Opfer. Das ist Vehlas neues Spielzeug.«

Stille. Der Schlaf droht mich erneut zu übermannen, dann sagt eine aufgebrachte Frauenstimme: »Wieso hast du sie nicht getötet?«

Bitte?

»Ich finde sie irgendwie putzig. Vielleicht können wir sie ja behalten.«

»Du bringst sie sofort zurück, bevor er noch auf uns aufmerksam wird.«

»Ich glaube, das ist er schon. Er hat mich gesehen. Auf Friedrichs Anwesen. Du solltest mit ihm reden. Er wird sonst ewig nach dir suchen, Georgina.«

Als ich erwache, sitze ich im grauenden Morgen an einer Bushaltestelle. Ich weiß nicht, ob meine Sinne mir einen Streich gespielt haben, ob diese Begegnung tatsächlich stattgefunden hat. Alles, was ich weiß, ist, dass ich rasende Kopfschmerzen habe und meinen Rausch ausschlafen muss.

Ich entleere meinen Mageninhalt vor mir auf den Fußweg und hoffe, dass bald der nächste Bus kommt.

Schlaf. Tiefer, traumloser, wohltuender Schlaf.

Ich erwache so erholt am nächsten Abend, dass man meinen könnte, ich hätte nicht die letzte Nacht durchgesoffen. Ich nehme an, dass das Vampirblut in meinen Adern seinen Teil dazu beiträgt, dass sich der Kater in Grenzen hält.

Geil.

Mit zerzausten Haaren, nur mit einer kurzen Pyjamahose und dazu passendem Trägertop bekleidet, eile ich durch die Villa.

Wo sind denn schon wieder alle? Ich muss wissen, wie die Verhandlung gelaufen ist. Und dann muss ich versuchen herauszufinden, welche Gefühle der Graf in mir auslöst.

Ich luge mit dem Kopf in die Küche, normalerweise Anlaufstelle Nummer eins, doch heute ist sie verlassen und unbeleuchtet.

»Ich bin hier«, tönt es aus dem Salon zu mir herüber.

Die Haare in meinem Nacken stellen sich auf, als ich mich umwende und die Silhouette des Grafen vor dem Kamin ausmache. Mit hinter dem Rücken verschränkten Armen steht er da und starrt in die Flammen.

Ich renne durch den Saal. Meine nackten Füße klatschen über kalte Fliesen. Als ich das Gesellschaftszimmer erreiche, bin ich so außer Atem, als wäre ich einen Marathon gelaufen.

»Und?«, frage ich keuchend. »Wie ist es ausgegangen?«

So oder so. Ich hoffe, dass er sich nicht mit mir betrinken will. Noch so eine Nacht stehe ich nicht durch.

Langsam dreht sich Seine Exzellenz zu mir herum. Sein Blick gleitet über meine nur mäßig bekleidete Erscheinung, dann ziert ein Lächeln seine Lippen.

»Gewonnen«, wispert er in den Raum, über das Knacken des Feuers kaum zu verstehen. »Ebenso kam heraus, dass die Gegenpartei jemanden angeheuert hat, der für unseren Unfall verantwortlich war.«

Ich begreife und klatsche in die Hände, als die gute Nachricht mein Bewusstsein erreicht. Mit wenigen Schritten überbrücke ich die kurze Distanz zwischen uns, umarme von Carasescu stürmisch und werde von den Beinen gehoben, als er die Geste erwidert.

»Keine Pestizide mehr«, sagt er dicht an meinem Ohr. »Im ganzen Landkreis darf Landwirtschaft ab sofort nur noch unter strengen Auflagen mit chemischen Wirkstoffen betrieben werden.«

»Das ist großartig«, murmle ich ehrlich erfreut gegen seine Schulter und denke an die heimische Tierwelt, die hoffentlich bald wieder mehr Nahrungsquellen zur Verfügung hat.

Der Graf entlässt mich wieder aus seinen Armen und ich sehe mich suchend um. »Wo sind die anderen? Darauf müssen wir anstoßen.«

Mit O-Saft, versteht sich.

»Sie sind nicht da. Ich habe Lui, meinen Bruder und Albert auf den Jahrmarkt geschickt.«

»Ihr wollt nicht feiern?«

Der Graf tritt näher, sucht meinen Blick und als er ihn auffängt, durchfährt mich ein Schauer, der mich bis ins Mark trifft.

»Ich wollte mit Euch allein sein«, gesteht er und findet mit Sicherheit Erstaunen in meinem Ausdruck.

»Ich hatte letzte Nacht eine wirklich schräge Begegnung«, plappere ich los, bin mir bewusst, dass ich damit den Augenblick zerstören könnte.

»Erzählt mir später davon«, raunt er, bringt seinen Körper noch dichter an meinen. »Ich halte es keine Minute länger aus, Euch nahe zu sein und Euch nicht berühren zu können. Ihr solltet jetzt gehen, wenn Euch diese Vorstellung … Angst bereitet.«

Mein Herzschlag beschleunigt sich merklich. Mein Atem rauscht stoßweise durch meine Lungen.

Er lässt mir die Wahl.

Ich kann verschwinden. Ihm, dem Anwesen, seiner Familie und meinen Gefühlen den Rücken kehren und nie wieder einen Fuß in die Villa setzen. Oder ich bleibe und finde heraus, was als Nächstes geschehen wird.

Ich habe mich schon längst entschieden.

»Davor habe ich keine Angst«, hauche ich atemlos und streife mir die Träger meines Oberteils von den Schultern. Das weit sitzende Top gleitet sofort zu Boden. Entblößt stehe ich vor ihm. »Ich hoffe nur, Ihr wisst, dass ich nicht hier bin, weil ich mich dazu verpflichtet fühle.«

Wenn ich morgen einen Briefumschlag mit Hundertern auf meinem Nachttisch finde, dann schreie ich.

»Nur so würde ich es wollen.«

Ein wohliges Ziehen breitet sich zwischen meinen Beinen aus, als der Blick des Grafen mit einem Knurren tiefer gleitet. Meine Brustwarzen werden unter seiner Betrachtung hart und recken sich ihm entgegen, als könnten sie es nicht erwarten, berührt zu werden.

Ich finde es unfair, dass ich fast nackt vor ihm stehe und der Herr Graf noch komplett eingekleidet ist. Ich beschließe, dies schleunigst zu ändern.

Mit den Fingern taste ich über die Knöpfe seines Gehrocks, öffne vorsichtig den feinen Stoff und lasse ihn schließlich von seinen Schultern gleiten. Achtsam lege ich das Kleidungsstück auf das Sofa neben uns und widme mich nun seiner Weste und dem hellen Hemd.

Keiner von uns spricht ein Wort, bis meine zitternden Finger über seine nackte Brust streicheln. Mein Kopf schießt nach vorn, ich küsse seine glatte Haut, meine Zunge liebkost, meine Zähne beißen spielerisch, was ihm ein tiefes Knurren entlockt.

Meine Hände zerren an seinem Hosenbund und endlich spüre ich seine Berührung auch auf meiner Haut.

Der Graf packt meine Hüften, zieht sie so nah gegen sich, dass ich mich aufreizend an ihm reiben kann. Sofort merke ich, was das mit ihm und seiner Männlichkeit macht. Von Carasescus Lippen sind an meinem Hals, saugen, küssen. Ich sollte Angst haben, doch reines Begehren bestimmt mein Tun.

Seine Hände umfassen meinen Hintern und heben mich mühelos in seine Arme. Ich umschlinge ihn mit beiden Beinen, vergrabe meine Finger in seinem weichen Haar und keuche auf, als seine Lippen über mein Schlüsselbein wandern und meine Brüste finden.

Mit der Zunge umkreist er die zarten Spitzen, bevor er daran saugt und Schauer der Erregung durch mich hindurchjagt. Der Graf geht in die Knie, bettet mich vorsichtig auf das Bärenfell und lässt nur so lange von mir ab, um mich quälend langsam von meiner Hose zu befreien.

Ich spreize bereitwillig die Beine, als er sich auf mich legt. Meine Hände krallen sich in seinen nackten Rücken, mein Becken bäumt sich ihm entgegen. Sein Haar fällt wie ein Vorhang über mich, als sich sein Gesicht über meines schiebt. Ein Unterarm des Grafen liegt neben meinem Kopf, seine andere Hand gleitet achtsam über meinen erhitzten Körper.

Ich stöhne, als er sie zwischen meine Schenkel führt und seine Finger in mich gleiten. Als sein Daumen mich in Ekstase kitzelt, werfe ich den Kopf in den Nacken und beiße mir auf die Unterlippe, um nicht aufzuschreien.

Ich schiebe ihm mein Becken in kreisenden Bewegungen entgegen, stöhne, keuche, wimmere und halte Augenkontakt, als sein Fingerspiel so schnell wird, dass ich aufbäumend unter ihm explodiere.

Mein Körper zittert unter den Nachwirkungen des Höhepunktes, was den Grafen jedoch nicht davon abhält weiterzumachen. Er streichelt meine empfindlichste Stelle so lange, bis sich meine Atmung beruhigt und das Zittern meiner Glieder nachgelassen hat.

Dann erhebt er sich, streift langsam seine Hose von den Hüften und steht nackt über mir wie das Abbild eines griechischen Gottes.

Ich betrachte seine erigierte Männlichkeit. Als ich mich aufrichte und näher wage, packt er mich an den Armen und zieht mich mit vampirischer Stärke zurück an seine Brust. Wie ein Äffchen klammere ich mich an ihn, spüre die Spitze seines Penis an meiner Scham und vergehe vor unbefriedigter Gier.

Ich halte es keine Sekunde länger aus. Ich will ihn endlich in mir wissen, fühlen, wie seine Härte sich in mir bewegt, und schreien, wenn er mich komplett ausfüllt.

Die süße Qual hat ein Ende, als er mich auf das Sofa setzt, mit seinem gesamten Gewicht in die Polster drückt und sein Glied mit einem einzigen kräftigen Stoß in mich rammt.

Ich stöhne wollüstig auf, während er mein Gesicht betrachtet und mit beiden Händen durch mein Haar streicht.

»Lisa …«

Mein Name hat noch nie so dunkel geklungen, betörend und verheißungsvoll wie die Nacht.

Ich versinke in seinen Augen, als er beginnt sich in mir zu bewegen. Endlich keucht auch der Graf, als sein Blick von süßer Lust verschleiert wird.

Seine Lippen senken sich mit Bedacht auf meine, kalt, fordernd und doch unendlich weich. Ich greife in seinen Nacken und verstärke somit den Druck unseres ersten Kusses. Der Graf umfasst meine Handgelenke und führt sie über meinen Kopf, wo er sie festhält, während er sich mir qualvoll langsam fast bis zur Gänze entzieht, bevor er sich wieder so weit in mich schiebt, dass ich nicht anders kann, als mein Begehren geräuschvoll gegen seinen Mund zu ächzen.

Ich sauge an seinen Lippen. Als er einen Punkt in mir trifft, der mich beinahe explodieren lässt, beiße ich zu, was er mit einem Keuchen quittiert. Augenblicklich unterbricht er sein Tun und sieht mich fragend an. Ich grinse frech. Vor Verlangen kann ich kaum klar denken, bemühe mich aber, einen anständigen Satz herauszubekommen.

»Ich …«, krächze ich. »Ich würde es sehr begrüßen, wenn Ihr genauso weitermachen könntet, Eure Exzellenz.«

Meine Lippen, vom Kuss ganz wund, suchen erneut die des Grafen, als er leicht lächelnd in einen schnelleren Rhythmus verfällt. Eine Hand knetet meinen Busen, die andere hält noch immer meine Gelenke.

Ich bin kurz davor, zu kommen, als er sich von mir erhebt, mich an den Hüften packt und mit sich in eine aufrechte Position zieht. Breitbeinig sitze ich plötzlich auf ihm und stütze mich mit beiden Armen an der Sofalehne ab, von Carasescu zwischen mir. Seine Hände an meinen Hüften zwingen mich zu einer kreisenden Bewegung, dann führe ich seine Finger meinen Rücken hinauf und übernehme die Kontrolle, während ich die Arme um seinen Hals schlinge und gierig von seinen Lippen koste.

Als ich ihn in schneller werdendem Rhythmus reite, legt der Graf seinen Kopf genießend in den Nacken, schließt halb die Augen und flüstert Dinge in einer Sprache, die ich nicht verstehe.

Ich küsse seinen Hals, seine Schulter, seine Brust und spanne alle Muskeln an, als das wohltuende Zucken des Orgasmus mich überrollt. Ich werde gepackt und erneut auf den Boden gebettet. Von Carasescu stößt mehrmals so tief in mich, dass ich mir auf die Lippen beiße, um nicht aufzuschreien.

Schließlich erfüllt eine bekannte Kälte mein Inneres. Der Graf bleibt bewegungslos auf mir liegen, während ich behutsam über seinen Rücken streichle.

»*Bredica* …«, raunt er mir wenig später ins Ohr, streicht verschwitzte Haare aus meiner Stirn und küsst meine Nasenspitze.

Ich tue mich schwer damit, ihn nicht verträumt anzusehen, also presse ich meinen Mund schnell hart gegen seinen und umschlinge ihn so lange, bis er den Kuss beendet, um eine Decke über unsere Körper zu ziehen.

Ich erwache aus einem leichten Schlaf und blinzle in die sterbende Glut des Kamins. Die Nacht hält an, nur das helle Leuchten des fast vollen Mondes spendet dem Salon zusätzlich geisterhaftes Licht.

Weiches Bärenfell kitzelt meine Haut, als ich mich aufrichte und suchend im Raum umsehe. Ich bin nicht allein. Auf dem Sofa liegt ein Knäuel an grauem Zottelhaar. Zeus hat die Abwesenheit seines Herrchens genutzt, um es sich bequem zu machen. Leise schnarcht der Wolfshund vor sich hin.

Die Tür zur Eingangshalle ist geöffnet. Ein Windhauch weht milde Luft ins Zimmer.

Obwohl mir alles andere als kalt ist, erhebe ich mich mit um den Körper gewickelter Wolldecke und lege ein paar Holzscheite in den Kamin. Als die ersten Flammen am trockenen Holz lecken, wende ich mich ab und schleiche barfuß durch das Anwesen. Im Vorbeigehen kraule ich Zeus am Ohr, was er mit einem kurzen Schwanzwedeln quittiert.

Ich frage mich, wo ich den Hausherrn vorfinden werde. In der Bibliothek beim Studieren einer philosophischen Lektüre? Am Tresen beim Schwenken eines Cognacglases? Oder unter dem Kirschbaum beim Boxen?

Unzüchtige Gedanken stehlen sich in meinen Kopf, als ich an seine tief sitzende Trainingshose denke.

Fast lautlos bewege ich mich durch den Eingangsbereich und bringe auch die unbeleuchtete Küche hinter mich. Die eingeschalteten Lichter im Außenbereich zeigen mir, dass der Herr Graf im Garten zu finden ist, außerdem steht die Tür zur Veranda leicht offen. Ein angenehmer Hauch weht um meine nackten Knöchel, als ich nach draußen trete.

Im Pool ist von Carasescu schon mal nicht. Ebenso ist der Platz unter dem Kirschbaum, zu meinem großen Bedauern, verwaist.

Mit suchendem Blick wende ich mich erst zur Garage, dann in Richtung Gartentor auf der Rückseite der Villa. Als ich seine Gestalt hinter dem Springbrunnen ausmache, setze ich mich langsam in Bewegung.

Eine Fledermaus saust über meinem Kopf hinweg, während die helle Haut des Grafen mich anzieht wie ein Leuchtfeuer in der Nacht. Er steht mit dem Rücken zu mir gewandt, sein Haar, das postkoital etwas strähniger als gewöhnlich ist, fällt über seine

Schultern. Ein Schmunzeln stiehlt sich auf meine Lippen, als ich bemerke, dass sein seidenes Beinkleid ebenso knapp auf den Hüften des Grafen sitzt wie die besagte Trainingshose.

Ich trete näher an von Carasescu heran, und das Lächeln in meinem Gesicht verblasst. Vor ihm thront ein trauernder Marmorengel über einer Grabstätte. Von Carasescu hält eine weiße Rose in der Hand, beugt sich hinab und legt die Blume vor den Grabstein, wo bereits eine verwelkte Rose im Gras liegt.

Die aus Marias Schatulle?

Betrübt bleibe ich schräg hinter dem Grafen stehen und warte, bis er sich wieder erhebt. Ein Kloß bildet sich in meinem Hals, als ich die schlichte Inschrift betrachte. Lediglich Jahreszahlen sind auf dem geschliffenen Stein zu lesen.

1617–1620

»Es ist nun fast vierhundert Jahre her.« Seine leise Stimme bringt mich dazu, den Blick zu heben. Melancholisch betrachtet er den Grabstein. »Sie ist bald vierhundert Jahre tot.«

Ich weiß nicht, was ich sagen soll, und ziehe unbehaglich die Decke enger um meinen Körper. Das ist wirklich eine sehr lange Zeit.

»Sie …«, beginne ich, weiß aber noch nicht einmal im Ansatz, wohin mich dieser Satz bringen soll.

Von Carasescu erspart mir die Peinlichkeit meines hilflosen Gestammels und erklärt: »Sophie war unsere Tochter. Sie war ihr gesamtes kurzes Leben immer krank. Irgendwann hörte Maria von einem Mittel, das alle Krankheiten dieser Welt heilen könne.«

»Dem Vampirismus?«

1617–1620

Von Carasescu starrt immer noch gedankenverloren vor sich hin, nickt jedoch leicht. »Sie wollte Sophie in einen Blutsauger verwandeln lassen, doch ich ließ es nicht zu. Ich konnte nicht akzeptieren, dass eine Macht sich über die göttliche stellen sollte. Also starb Sophie. Im Schlaf. Friedlich, wie ich mir lange Zeit eingeredet habe. Ihr Tod hat Maria und mich entzweit. Wir gingen getrennte Wege, bis sie eines Tages plötzlich wieder im Schloss auftauchte und …«

»Ihr habt sie verwandelt«, unterbreche ich ihn atemlos staunend.

Mir ist durchaus bewusst, dass ich ihn förmlich anspreche, obwohl wir gerade eine äußerst intime Zeit miteinander verbracht haben. Jedoch würde es sich im Moment nicht richtig anfühlen, eine andere Anrede zu verwenden.

So muss es sein. In filmreifen Bildern male ich mir aus, wie irgendeine Vampirgräfin von Carasescu das ewige Leben geschenkt hat, als er sich mit ihr über seinen Verlust hinweggetröstet hat.

Der Graf kommt ins Stocken, blinzelt und dreht den Kopf zu mir herum. Erst wirkt er verdutzt, dann schaut er mich beinahe belustigt an.

»Maria hat *mich* verwandelt«, stellt er klar. »Ein Page aus ihrem Gesindel war über sie hergefallen und hat sie zu dem gemacht, was sie ist. Also beschloss sie, dass es meine größte Strafe ist, bis in alle Ewigkeit zu leben, was unserem Kind nicht vergönnt war.«

»Das ist grausam«, sage ich ehrlich betroffen. »Ihr habt Euch schließlich einmal geliebt.«

Dabei haben die beiden auf mich immer den Eindruck erweckt, dass sie sich gut verstehen. Zumindest vor der Sache mit Lynn.

Auch wenn von Carasescu Maria durch seine Besuche zu verstehen geben wollte, dass es aus ist und er mit der Vergangenheit abschließen will.

»Das ist lange her«, meint von Carasescu leise.

Mit einem großen Schritt bin ich bei ihm, presse mich gegen seinen nackten Rücken und schlinge die Arme um seinen Körper. Meine Augen sind geschlossen, als ich einen Kuss auf seine kalte Haut drücke und ihn so fest umklammere, wie ich nur kann.

»Das tut mir sehr leid«, flüstere ich wahrheitsgemäß.

Ich nehme an, dass er bei Luise wiedergutmachen wollte, was er bei Sophie versäumt hatte. Wenn auch nur für sich selbst.

»Das muss es nicht.« Der Graf befreit sich aus meiner Umarmung, dreht sich zu mir herum und umfasst mit beiden Händen sanft meinen Hals. »Das lange Leben hat mich gelehrt, dass die Zeit zwar nicht alle Wunden heilt, aber irgendwann lernt man, mit dem Schmerz umzugehen.«

Sein Ausdruck wird traurig, als er mich betrachtet. Doch nur für einen Moment, dann rutscht die Decke von meinem Körper und lässt mich völlig entblößt vor ihm stehen. Der Blick des Grafen gleitet tiefer. Er lässt ein zufriedenes Knurren hören und hebt mich so schnell in seine Arme, dass ich erschrocken nach Luft schnappe.

»Pool, Wiese oder Gartenliege?«, will er wissen und setzt sich in Bewegung.

»Wie bitte?«, frage ich ehrlich ratlos und schlinge dabei beide Arme um seinen Hals, als ich an seiner glatten Brust liege.

»Wo wollt Ihr geliebt werden? Im Pool, auf der Wiese oder bevorzugt Ihr die Gartenliege?«

Äääääähhh.

Von Carasescu bleibt stehen und sieht mir in die Augen, wobei sein Ausdruck keine Regung zeigt.

Sag was, dumme Kuh, sag was!

»Gut«, beschließt der Graf, als mein perplexes Zögern zu lange anhält. »Dann entscheide ich.«

Ich schreie, als er mich fast augenblicklich fallen lässt. Nein, er lässt mich nicht einfach nur fallen. Er *wirft* mich. In hohem Bogen segle ich durch die Luft, beschreibe eine annähernd parabelförmige Flugbahn und lande mittig im überraschenderweise beheizten Pool.

Wasser dringt in meinen Mund und meine Nase, als mich wild wirbelnde Luftblasen umgeben. Mit zusammengekniffenen Augen sinke ich erst wie ein Stein, dann treffen meine nackten Füße auf gefliesten Boden und stoßen mich ab. Keuchend und hustend breche ich durch die Wasseroberfläche, streiche nasses Haar aus meinem Gesicht und kann den Grafen lachen hören.

»Wollt Ihr mich ertränken?«, schimpfe ich, meine es aber nicht ernst und versuche, Chlorwasser aus meinen Augen zu blinzeln.

Der Graf bleibt mir eine Antwort schuldig. Stattdessen höre ich ein verräterisches Platschen und kann am Beckenrand nur noch seine zurückgelassene Hose ausfindig machen.

Ein Schatten nähert sich mir unter Wasser mit kräftigen Zügen. Instinktiv will ich zurückweichen, kämpfe aber gegen den Impuls an und bleibe, wo ich bin.

Dicht vor mir taucht der Graf aus dem Wasser, richtet sich zu voller Größe auf und betrachtet mich mit immer noch amüsiertem Blick.

Ich beobachte fasziniert, wie das Wasser von seinem Haar tropft und über seine nackte Brust perlt.

Ehe ich mich davon abhalten kann, lege ich beide Hände unter Wasser gegen seine Bauchmuskeln und dränge mich gegen ihn.

»Seid Ihr immer so forsch im Umgang mit Damen?«, frage ich gegen seine Brust murmelnd und hoffe, dass mein Atem auf seiner Haut ihn um den Verstand bringt.

»Verzeiht meine Ungeduld«, entschuldigt er sich. Seine Fingerspitzen gleiten über meinen Bauch, an meiner Taille entlang, und schließlich finden seine Hände ihren Platz an meinem Gesäß. »Habe ich Eure Erlaubnis, es wiedergutzumachen?«

Von Carasescu senkt den Kopf, seine Lippen streifen mein Ohrläppchen, als er spricht, was mich erzittern lässt. Langsam drängt er mich zurück, bis ich mit dem Rücken gegen den Beckenrand stoße und nicht mehr ausweichen kann.

Meine Antwort auf seine Frage ist nur ein ersticktes Piepen. Er hat von mir jede Zustimmung, egal für was. Meine Libido ist gerade außer Rand und Band, als er mich von den Beinen hebt und hinüber zu den Sitzflächen mit den deaktivierten Massagedüsen trägt.

Etwas umständlich krabbele ich in die Aussparung des Pools, während von Carasescu sich sofort über mich schiebt. Mein Herz hämmert wild in meiner Brust, mein Atem kommt laut und stoßweise über meine Lippen.

Die Erregung des Grafen streift meine Schenkel, als ich die Beine spreize und er sich zwischen mich drängt. Seine Lippen landen an meinem Hals. Augenblicklich krallen sich meine Hände in sein dunkles Haar. Der Graf hinterlässt eine Spur aus heißen Küssen auf meiner nassen Haut.

Obwohl sein untoter Körper keine Wärme ausstrahlt, steht meine Haut bei jeder seiner Berührungen in Flammen. Ich bäume mich ihm entgegen, als seine Zunge meine Brustwarze umspielt, während seine Hand meinen Busen massiert. Spielerisch beißt er kurz zu und ich keuche erschrocken auf, was meine Lust jedoch nur verstärkt. Sein Mund wandert tiefer, was dazu führt, dass sein Kopf unter Wasser verschwindet. Einen Moment lang mache ich mir Sorgen, bis mir einfällt, dass er gar nicht atmen muss.

Praktisch, denke ich, dann halte ich mich mit beiden Händen am Beckenrand fest, weil ich seine Zunge zwischen meinen Beinen spüre.

Ich beiße mir auf die Lippen, um lautes Stöhnen zu unterdrücken. Dabei recke ich ihm mein Becken entgegen und werfe den Kopf in den Nacken, wo ich ihn mir an den Fliesen stoße. Ich fühle keinen Schmerz. Lust hat die Kontrolle übernommen.

Als ich kurz davor bin zu explodieren, kralle ich meine Finger in sein nasses Haar, was er zum Anlass nimmt, mich noch schneller und stärker zu lecken. Zuckend und wimmernd komme ich zum Höhepunkt, mein ganzer Körper krampft im losgelassenen Rausch sexueller Euphorie.

Allmählich entspanne ich, während von Carasescu nicht von meiner Mitte ablässt. Schließlich liege ich glückselig grinsend und völlig gelöst im Whirlpoolbereich.

Der Graf küsst die Innenseiten meiner Schenkel, arbeitet sich nach oben und taucht langsam wieder über mir auf. Eine Hand umfasst meine Taille, mit der anderen stützt er sich neben meinem Kopf ab und bringt sein Gesicht somit dicht an meines.

Seine steife Männlichkeit streift über meine Haut. Wasser tropft vom Haar des Grafen auf meine Wange.

»Das war eine recht passable Wiedergutmachung«, sage ich.

Meine Stimme ist nur ein Krächzen. Mit beiden Händen umschlinge ich seinen Hals und bringe meine Lippen so nah an seine, dass sie hauchzart übereinanderstreichen, als er flüsternd und verheißungsvoll spricht: »Und dabei bin ich noch nicht einmal fertig.«

Wir teilen einen atemlosen Kuss. Die Eckzähne des Vampirs schrammen über empfindliche Haut. Der Hauch von Gefahr macht mich jedoch nur noch mehr an. Mutig beiße ich dem Grafen sogar erneut in die Unterlippe, was er mit einem überraschten Fauchen zur Kenntnis nimmt.

Mit mir zufrieden lächle ich in unseren Kuss hinein. Ich fühle mich großartig, wenigstens etwas Macht über ihn zu haben.

Plötzlich ist seine Hand an meiner Kehle. Unsere Lippen trennen sich voneinander und sein Blick gleitet zu meiner Schlagader, die unter meiner Haut pulsiert.

Es wäre ein Leichtes für ihn, mir im Rausch der Sinne die Kehle herauszureißen. Mein Leben liegt in seinen Händen. Ich bin ihm ausgeliefert, war es schon immer. Ich kann nur auf seine Selbstbeherrschung vertrauen.

Seine sonst so hellen Augen werden dunkel, doch ich spüre keinerlei Furcht. Dann schließt der Graf kurz die Augen, und der Moment ist vorbei.

Seine Hand wandert an meiner Seite hinab. Er hebt mein Becken, bringt sich in Position und gleitet in mich. Diesmal langsam, mit Bedacht, sanft. Unablässig schaut er mir in die Augen, als er so weit in mich eindringt, dass er mich zur Gänze ausfüllt.

Ein anfangs unangenehmes Ziehen jagt durch meinen Unterleib, bis ich mich an das tiefe Nehmen gewöhnt habe und nur erneut darauf warte, als er sich über mir bewegt.

Ein Ächzen weicht bei jedem Stoß aus meinem Mund. Ich würde noch viel lauter schreien, habe aber Hemmungen, dass der Wind mein Stöhnen bis zu den Nachbarn am Fuße des Berges trägt.

Ich kralle mich an seinen muskulösen Rücken. Die Reibung unserer Körper erhitzt mein Verlangen so sehr, dass nicht einmal das Wasser meine Begierde abkühlen kann.

Ich komme trotz vernebelter Sinne zu der Erkenntnis, dass dies mein erster Sex seit Urzeiten ist, für den ich nicht bezahlt werde. Und was es für Sex ist! Ich würde vieles dafür geben, das Gefühl seines Körpers auf und in mir nie wieder zu verlieren.

Der Graf richtet sich etwas mehr auf, meine Hände rutschen auf seine Pobacken. Mein Blick wird glasig, als ich seinen Körper betrachte und unter der Wasseroberfläche sehen kann, wie er immer wieder in mich dringt.

Seine Bewegungen werden schneller, was eine Welle der Lust durch meinen überreizten Körper branden lässt.

»Ich bin so weit«, teile ich ihm japsend mit, was dazu führt, dass der Graf mich mit so einer Härte vögelt, dass Sterne vor meinen Augen tanzen.

Und ich stehe total darauf.

»Ich komme, ich komme, ich …«

Ein Aufschrei erstickt mein letztes Wort, als der Orgasmus mich so heftig überrollt, dass mir kurz schwarz vor Augen wird. Ich spanne die Muskeln an und spüre kurze Zeit später sein pulsierendes Glied in mir.

Mit einem gewaltigen Knurren ergießt sich von Carasescu in mir und begräbt mich mit seinem Körper.

Um Atem ringend, keuche ich in sein Ohr, während ich meine Wange an seine presse.

Der Graf erholt sich schnell, dreht sich von mir herunter und blinzelt gedankenverloren in die Nacht.

»Ich wollte immer eine Gefährtin«, erklärt er mir nach ein paar Momenten der Stille. »Ich dachte, ich hätte sie in Georgina gefunden.«

Scheiße. Apropos Georgina.

Ich sollte wirklich für klare Verhältnisse sorgen, doch will ich von Carasescu nicht in seinem Redeschwall unterbrechen.

»Sie wollte die Verwandlung ebenfalls«, erklärt er mir leise und scheint sich beim Anblick der Sterne über uns ein wenig in der Vergangenheit zu verlieren. »Doch nachdem ich sie zu einem Kind der Nacht gemacht hatte, war sie nicht mehr sie selbst. Sie hat sich verändert, wurde brutal, kaltherzig und war nur noch auf ihr eigenes Wohl bedacht. Ich habe mir geschworen, nie wieder jemanden in diese Verdammnis zu führen.«

Wieso erzählt er mir das?

»Doch Ihr sollt wissen, dass sich, seit wir uns kennen, ein Gefühl in meiner Brust ausbreitet. Es erinnert mich an etwas, das ich längst verloren glaubte.« Mein Herz bleibt fast stehen, als er den Blick in meine Richtung wendet. Er sieht mich so hoffnungsvoll an, dass es mir völlig die Sprache verschlägt. »Wenn ich mit Euch zusammen bin, dann berührt mich das mehr, als ich mir je zu träumen wagte.«

Georgina!, schießt es im unpassendsten Moment wie ein Geistesblitz durch meine Gedanken. *Ich muss es ihm sagen.*

Obwohl oder gerade *weil* er mir soeben sein untotes Herz ausschüttet.

Ein Klingeln an der Tür lässt mich so sehr zusammenzucken, dass Wasser in mein Gesicht schwappt.

Wieso ist diese Klingel so laut?!

Der Graf wischt mit dem Daumen über meine Wange und klettert zu meinem Leidwesen aus dem Becken, um sich ein Handtuch aus einer Aufbewahrungsbox zu holen und um die Hüften zu legen. Verstohlen beobachte ich ihn dabei, bevor ich es ihm gleichtue und mich in ein großes Handtuch wickle.

Nicht dass die Rummelbesucher, die glücklicherweise den Anstand haben zu klingeln, nach Hause kommen und eine nackte Ex-Prostituierte im Pool vorfinden.

Wir hinterlassen nasse Fußabdrücke überall da, wo wir über Pflastersteine, Verandatreppen und Küchenfliesen laufen.

Es schellt erneut und ich beschließe, in der Küchentür zu warten, falls es doch nicht Luise, Rados und Albert sind, die heimkehren.

Von Carasescu wirft mir einen Blick zu, während seine Hand auf dem Türknauf ruht. Ein leichtes Lächeln umspielt seine sonst so ernsten Lippen, das ich zaghaft erwidere.

Dann öffnet er die Tür und das Lächeln verblasst augenblicklich. Ich sehe nicht, wer vor der Tür steht, vernehme jedoch eine weibliche Stimme, die mir das Blut in den Adern gefrieren lässt.

»Ich habe gehört, du suchst noch immer nach mir. Hier bin ich, Vehla.«

Meine Kehle ist staubtrocken. Ich schlucke trotzdem, dann haucht der Graf ungläubig: »Georgina.«

Wenn man vom Teufel tratscht …

Kapitel 18

Der Graf führt Georgina in den Salon, während ich den beiden hinter der halb geschlossenen Tür nachspähe.

»Hier riecht es nach Sex«, höre ich ihre liebliche Stimme säuseln und will mich am liebsten übergeben. In hohem Bogen. Auf ihre dämliche Lederkacke … äh … -jacke.

Ich bin eifersüchtig. Das weiß ich. Und ich weiß auch, dass ich dazu keinerlei Berechtigung habe.

Ich lenke mich ab, indem ich mir einen Kaffee mache, mich an den Tresen setze und durch die Tageszeitung blättere, ohne wirklich etwas von deren Inhalt aufzunehmen.

Mir wird schon bald kalt, und das liegt nicht an meinem luftigen Auftreten.

In Gedanken vertieft, bemerke ich Zeus erst, als seine Nase gegen meinen Oberschenkel stupst.

»Na, Großer?« Der Wolfshund bettet seinen Kopf in meinen Schoß, sodass ich ihn besser am Ohr kraulen kann. »Bist du freiwillig geflüchtet, oder hat man dich verjagt?«

Zeus bleibt mir eine Reaktion schuldig, doch das laute und glockenklare Lachen, welches kurz darauf durch die Villa dröhnt, ist mir Antwort genug. Da wäre ich auch fortgelaufen.

»Glaubst du, sie erzählt deinem Herrchen, dass sie mir begegnet ist?« Der Hund grunzt in das flauschige Handtuch. »Du hast recht. Vermutlich nicht.«

Ich muss langsam auf die Toilette. Die drei Tassen Kaffee fordern ihren Tribut. Aber ich habe Angst, halb nackt im Anwesen herumzustromern und vielleicht jemandem über den Weg zu laufen. Oder schlimmer: etwas zu verpassen.

Also warte ich.

Minuten? Stunden?

Der Horizont färbt sich bereits hell, als Scheinwerfer die Auffahrt erleuchten. Die Jahrmarktbesucher scheinen heimzukehren.

Zeus rennt sofort in den Flur, als er die Neuankömmlinge bemerkt. Auch ich will sie begrüßen, kann mich jedoch gerade noch davon abhalten, als ich an meinen wenig gesellschaftsfähigen Kleidungsstil erinnert werde.

»Ich bringe Lui nach oben«, höre ich Rados' leise Stimme und spähe neugierig in den Flur, wo Zeus bereits die Treppe erklimmt. Von Carasescus Bruder trägt eine schlafende Luise in den Armen und folgt dem Wolfshund hinauf in die erste Etage, um seine Nichte ins Bett zu bringen.

Ein Lächeln stiehlt sich auf meine Lippen. Scheint eine anstrengende Nacht gewesen zu sein.

Plötzlich öffnet sich die Tür zur Küche vollständig, und Albert sieht mich überrascht an.

»Oh, ich wusste nicht …«

»Ja«, sage ich schnell und suche nach einer Ausrede für meine Erscheinung. »Ich bin ein paar Bahnen geschwommen und … will mir gleich den Sonnenaufgang ansehen, bevor ich schlafen gehe.«

»Soso«, macht Albert, tritt ein und legt diverse Jahrmarktsüßigkeiten in eine Schale auf dem Tresen.

Hm, Lebkuchenherzen.

»Und ich dachte schon, es hätte etwas mit der Besucherin Seiner Exzellenz zu tun, dass die arme Zeitung so leiden muss«, bemerkt er ganz lapidar. Dabei deutet er auf meine Finger, die so sehr an der Tageszeitung herumspielen, dass diese schon völlig zerfetzt ist.

Mist.

Ertappt blinzle ich ihn an. Woher weiß er das? »Neeein, keinesfalls.«

Albert schenkt mir einen wissenden Blick, bevor er seine Chauffeursmütze abnimmt und den obersten Knopf seines Hemds öffnet. »Dann ist ja gut. Also brauche ich mir keine Sorgen zu machen?«

»Sorgen? Weswegen?«

Ganz im Vertrauen lehnt er sich über den Tresen, um verschwörerisch mit mir tuscheln zu können. »Der Herr Graf ist in letzter Zeit sehr …«

Ich sehe, wie Albert mit sich kämpft und nach Worten ringt.

»Ja?«

Er beendet seinen Satz nicht, lässt mich im Unklaren. »Wir sollten lediglich etwas besser auf ihn aufpassen.«

»Ist er in Gefahr? Geht es um die Gerichtsverhandlung? Oder Maria?«

Stimmen werden plötzlich laut, und Albert und ich spähen hinüber zur Tür. Leise verabschiedende Worte werden zu uns herübergetragen, die Eingangstür öffnet und schließt sich wieder, dann erscheint der Graf völlig lautlos in der Tür und trägt etwas zur Schau, was so selten ist wie die Gutenberg-Bibel: ein überaus zufriedenes Lächeln.

Es versetzt mir einen Stich, dass Georgina der Grund dafür zu sein scheint.

Albert schießt in eine aufrechte Position und begrüßt Seine Grafschaft, der immer noch nur mit einem Handtuch bekleidet ist.

Hat er so die ganze Zeit mit Georgina im Salon gesessen?!

Der Diener muss unseren aneinander angepassten Kleidungsstil bemerkt haben, räuspert sich verlegen und verabschiedet sich dann schnell.

»Gute Nacht.« Er wirft mir einen weiteren Blick zu, den ich nicht zu deuten vermag, und entfernt sich.

»Der Jahrmarkt hat Luise sehr schläfrig gemacht«, berichte ich schnell, weil ich nicht weiß, wie ich mich verhalten soll.

Ich widme mich wieder der Zeitung und nippe an kalt gewordenem Kaffee.

Bäh!

Eine Gänsehaut rast über meine Haut, als sich der Graf hinter mich stellt und seine Hände an meine Hüften legt. Mit einem zufriedenen Brummen nimmt er meine Aussage zur Kenntnis. Dann küsst er meinen Nacken und ich lehne mich wohlig seufzend gegen ihn.

»Konntet Ihr Euch aussprechen?«, frage ich, obwohl ich gerade auf ganz andere Dinge Lust kriege.

»Ja, das konnten wir.«

»Das ist gut«, hauche ich, am Rande meiner Selbstbeherrschung, als er beginnt an meinem Ohrläppchen zu knabbern. »Und ... werdet Ihr Euch wiedersehen?«

Der Graf hält in der Bewegung inne, lässt dann von mir ab und dreht mich auf dem Küchenhocker zu sich herum. »Wieso sollten wir? Es ist alles gesagt.«

Diese Aussage beruhigt mich irgendwie mehr, als sie es sollte.

»Sie hat jemanden gefunden, der … ihre Natur zügeln kann. Und das glaube ich ihr.«

Ich lächle, als er mein Kinn anhebt und seine Lippen so sanft gegen meine legt, dass es unmöglich als Kuss durchgehen kann.

»Jetzt werde ich endlich Ruhe finden.«

Der Satz sollte mich stutzig machen, doch er küsst mich plötzlich mit einer Gier, die derart starkes Begehren in mir aufbranden lässt, dass ich kaum noch klar denken kann.

Der Graf küsst mich mit voller Hingabe, und ich drohe unter seinen Berührungen zu vergehen. Ein Arm umschlingt meinen Rücken, der andere fährt unter meine Kniekehlen und hebt mich vom Hocker herunter, ohne die Berührung unserer Lippen zu beenden. Von Carasescu trägt mich durch das Anwesen, die Treppe hinauf und einen Gang entlang. Vor einer verzierten Mahagonitür bleibt er stehen. Ich nehme die Hand nur kurz von seinem Körper, um die Klinke zu betätigen.

Der Graf stößt die Tür mit dem Fuß auf und tritt in sein Schlafgemach. Während der Morgen dämmert, werde ich auf Damastlaken gebettet und zergehe vor Begierde, die der Vampirgraf in mir auslöst.

Als ich erwache, kann ich nur erahnen, wie spät es ist. Mein Biorhythmus ist in letzter Zeit völlig durcheinandergeraten. Auch das komplett abgedunkelte Zimmer gibt im Moment nicht sonderlich viel Hilfestellung beim Herausfinden der Uhrzeit.

Ich bin nackt und mir ist kalt. An dieser Tatsache kann auch von Carasescu, an den ich mich kuschle, nichts ändern. Im Gegenteil. Der Kontakt mit seiner kalten Haut lässt mich zittern.

Mit bibbernden Zähnen richte ich mich auf und taste nach einer Bettdecke. Die muss in der Hitze der letzten Stunden irgendwie verschüttgegangen sein.

Meine Beine baumeln bereits über der Bettkante, als ich mich bücke, um den gebohnerten Fußboden abzusuchen. Meine Finger bekommen trotz absoluter Dunkelheit eine weiche Seidendecke zu fassen.

Ich spüre die Bewegung hinter mir, als ich mir die Decke an die nackte Brust drücke. Abwartend halte ich inne und blinzle in die Düsternis. Die Matratze unter mir gibt nach, als sich der Körper des Grafen gegen meinen Rücken lehnt. Sanft umfassen seine Hände meine Oberarme, seine Lippen folgen einer Linie von meiner linken Schulter zu meinem Nacken. Ich erzittere unter seinen Berührungen, diesmal nicht vor Kälte.

»Habt Ihr ausreichend Schlaf gefunden?«, raunt er in mein Ohr.

Ich muss schmunzeln und lehne mich an ihn. »Ihr wisst, dass dem nicht so ist. Und dass Ihr der Grund dafür seid.«

Sein leises Lachen bringt die feinen Härchen in meinem Nacken dazu, sich aufzurichten.

Als der Graf meine Schulter küsst, fällt sein offenes Haar wie ein seidenes Tuch über meinen Körper und kitzelt mich. Von Carasescus Hände gleiten an meiner Seite hinab, seine Finger streichen zart über meine Taille und kommen schließlich auf meinem Bauch zum Liegen.

»Das tut mir sehr leid«, sagt er flüsternd, lässt aber keinen Zweifel daran, dass dem nicht so ist.

Meine Bauchdecke zittert da, wo seine Fingerspitzen mich berühren. An einer Stelle verharren seine Hände, sein Daumen streichelt über weiches Narbengewebe, das meinen Bauch schräg oberhalb des Bauchnabels entstellt.

»Woher habt Ihr die?«, fragt Seine Grafschaft vorsichtig, ohne seine Lippen von mir zu nehmen.

Ich versteife mich kurz, als meine Gedanken zu dem Moment schweifen, als mir die Narbe zugefügt wurde.

Von Carasescu muss mein aufkommendes Unbehagen bemerken, denn er richtet sich auf und will seine Hände von mir nehmen. Um ihn davon abzuhalten, lasse ich die Decke fallen und lege meine Finger auf seine. Nach einem Moment des Verharrens zieht der Graf mich an sich. Seine feste Umarmung lässt mich wohlig seufzen, bevor ich ihm antworte.

»Ich war noch nicht lange für Maria tätig, als ein Freier mehr wollte, als er von mir kriegen konnte.«

Von Carasescu lässt ein verächtliches Schnauben hören.

»Er wollte Euch aussaugen«, nimmt er völlig zutreffend an.

Ich nicke sacht, weil ich weiß, dass er diese Geste trotz absoluter Dunkelheit hervorragend sehen kann.

»Ich wollte mich verteidigen«, erzähle ich weiter. »Eine Nagelfeile schien mir mangels Pflock eine gute Idee zu sein. Aber ich war nicht stark genug. Er rammte mir die Feile bis zum Anschlag in die Bauchdecke und verschwand. Ich habe nur knapp überlebt.«

Der Graf schiebt mein Haar beiseite und legt seinen Kopf ganz nah an meine Ohrmuschel, bevor er spricht.

»Es ist unverzeihlich, was Euch angetan wurde. Ich schäme mich immer mehr wegen der schändlichen Taten, die meine Art …«

Ich winde mich in seinen Armen und schaffe es etwas umständlich, mich zu ihm zu drehen.

»Die letzten Vampirherrschaften, die ich kennenlernen durfte, waren durchweg ehrenwert«, sage ich mit einem Schmunzeln in der Stimme.

Ich blinzle in die Dunkelheit und hoffe, dass ich ihm wenigstens ansatzweise in die sonst so kühlen Eisaugen schaue. Die plötzlich unter meinem Kinn auftauchenden Finger lassen mich kurz zusammenzucken. Mit dem Daumen streicht der Graf über meine Lippen, bevor er meinen Kopf ein wenig zur Seite dreht und flüstert: »Ich bin hier.«

Der raue und dennoch sanfte Tonfall seiner Stimme löst eine Ungeduld in mir aus, die ich nur bekämpfen kann, indem ich meine Hände nach ihm ausstrecke.

Meine klammen Finger fahren über seine glatte Brust, als ich meinen Körper näher an seinen bringe. Ich packe seinen Nacken und ziehe ihn langsam an mich. Als unsere Lippen vorsichtig aufeinandertreffen, entweicht mir ein seliges Seufzen.

Von Carasescus Hände wandern forschend über meine Haut. Als ich mich auf ihn setze und seinen Körper zwischen meine Schenkel nehme, spüre ich, was unser intensiver Kuss und die körperliche Nähe mit ihm anstellen.

»Eure Exzellenz«, raune ich gegen seinen Mund. »Wollen wir da weitermachen, wo wir vor ein paar Stunden aufgehört haben?«

Es ärgert mich, dass ich die Hitze seines Blickes auf mir nicht sehen kann. Dafür reagiere ich umso heftiger, als seine Hand meinen Po umschließt und die andere beginnt, meinen Busen zu kneten. Unsere Lippen trennen sich voneinander.

»Mit allergrößter Freude«, stimmt der Vampir meinem Vorschlag zu.

Ich werfe den Kopf in den Nacken und drücke von Carasescu an mich, als seine Zunge meine Knospen liebkost.

Mein Herzschlag beschleunigt sich, als ich mich schwer atmend an ihn presse. Mein Verlangen wird so groß, dass sich ein wohltuendes Flattern von meiner Mitte aus im gesamten Körper ausbreitet. Ich brenne unter seinen Berührungen, will, dass unsere gemeinsame Zeit nie endet und wir uns in der Hitze des Moments verlieren.

Seine Erektion reibt an meinem Bauch, als seine Zähne vorsichtig an meiner Brustwarze ziehen und mich aufstöhnen lassen. Seine Eckzähne schrammen sacht über meine Haut, was mich nur noch mehr stimuliert. Mit Mühe finde ich die Kraft – mental und körperlich –, mich von ihm zu lösen. Mit beiden Händen drücke ich seinen Oberkörper zurück auf die weiche Matratze und beuge mich über ihn. Mein heißer Atem streift die kühle Haut des Grafen, als ich in sein Ohr flüstere, was ich mit ihm anstellen will. Mutig beiße ich von Carasescu ins Ohrläppchen, und er quittiert es mit einem Knurren. Mit beiden Händen umfängt der Graf meinen Kopf. Er küsst mich mit solchem Hunger, dass es fast schon wehtut. Ich fühle Triumph in mir aufsteigen, als mir klar wird, welche Macht ich über ihn haben kann.

Ich beende den Kuss widerstrebend. Wenn ich nicht aufpasse, macht mir mein Verlangen einen Strich durch die Rechnung, dabei will ich ihm noch etwas Gutes tun.

Betont langsam fahren meine Lippen über seinen Oberkörper und bedecken ihn mit Küssen.

Die Hand des Grafen streichelt meinen Kopf, als meine Zunge eine Linie über seinen Brustkorb zieht und erst innehält, als die feinen Härchen zu spüren sind, die seine Männlichkeit ankündigen.

Ich befeuchte meine Lippen, muss wegen anhaltender Finsternis meine Hand zu Hilfe nehmen, senke den Kopf und fahre mit der Zunge über die Spitze seiner Erregung.

Von Carasescu zuckt nicht einmal, auch nicht, als meine Berührung fester wird.

Erst als ich ihn in die Wärme meiner Mundhöhle gleiten lasse, ernte ich ein leises Ächzen. Und das genügt mir. Das und die Tatsache, dass er sich ganz und gar nicht gentlemanlike in mein Haar krallt.

Dadurch angespornt, nehme ich ihn immer wieder in wechselndem Rhythmus so tief in mich auf, dass meine Mandeln schon fast Hilfe schreien. Meine Zunge leckt über seine Härte und ich spüre bald, dass der Graf kurz davor ist, zu kommen. Ich strenge mich besonders an, um ihm zu schneller Erlösung zu verhelfen.

»Halt!«, ruft er plötzlich und ich gehorche sofort.

Keine Sekunde später packt er mich, wirbelt mit mir herum und begräbt mich unter sich. Er küsst mich, kostet von meinen Lippen, die noch nach ihm schmecken, und packt meinen Oberschenkel, um ihn zur Seite zu drücken, sodass er sich besser zwischen meinen Beinen positionieren kann.

Ich warte atemlos auf den Moment, in dem er mich ruckartig nimmt, doch er schiebt sich so langsam in mich, dass mir nur ein heiseres Wimmern entweicht.

Mit weit in den Nacken geworfenem Kopf kralle ich mich an ihn, als er beginnt sich langsam in mir zu bewegen. Meine Beine umschlingen den Grafen, seine Hand ruht an meinem Hals und sein lustvolles Stöhnen vernebelt meinen Verstand, als wir uns wie besessen lieben, bis ein erlösendes Zucken meinen Körper überrollt. Meine Hitze schließt sich noch enger um ihn. Nur mit Mühe schaffe ich es, nicht seinen Namen in den Raum zu schreien.

Als ich angestrengt nach Atem ringe, rollt der Graf von mir herunter und legt sich neben mich.

Wieso macht er nicht weiter? Ich bin mir sicher, dass er noch nicht gekommen ist.

Ich drehe mich zur Seite und presse mich an ihn. Diesmal nicht, um Wärme zu suchen, sondern um meine erhitzte Haut abzukühlen.

»Warum …«, setze ich an zu fragen, doch sein Finger legt sich auf meine Lippen und verhindert ein weiteres Wort.

»Begierde ist manchmal betörender als jeder ekstatische Höhepunkt«, erklärt er mir leise und küsst meine Nasenspitze.

Während ich kichere, fahren seine Finger über die Konturen meines Gesichts, meinen Arm hinab, bis hin zu meiner Taille. Auf meinem Oberschenkel findet die Hand des Grafen schließlich einen Ruheplatz.

Ich atme zufrieden durch und bette meinen Kopf an seine Brust. Als er sein Gesicht gegen mein Haar drückt, spüre ich, dass er meinen Duft einatmet.

»Schlaft noch etwas«, flüstert der Vampir mit belegter Stimme, als ich bereits mit geschlossenen Augen in seinen Armen liege. »Wer weiß, was für Überraschungen die kommende Nacht bereithält?«

Ich will die Villa nicht verlassen, aber ich muss meiner Wohnung einen Besuch abstatten, den Briefkasten leeren, abgelaufene Lebensmittel aus dem Kühlschrank schmeißen und die Nachbarn beruhigen, dass ich keinem Gewaltverbrechen zum Opfer gefallen bin.

Ich schleiche mich nach wenigen Stunden Schlaf aus dem Gemach des Grafen, bahne mir den Weg in mein Gästezimmer und schlüpfe in legere Klamotten, bevor ich mich in die unterste Etage begebe.

Es ist still im Anwesen. Lediglich Albert ist schon wach und fegt mit einem Staubwedel durch die Eingangshalle.

»Morgen!«, ruft er mir gut gelaunt entgegen, als ich die Treppe nach unten gehe. »Oder sollte ich lieber einen guten Mittag wünschen?« Mit einem Grinsen im Gesicht schaut er auf seine Armbanduhr.

Es ist mir etwas peinlich, dass Albert um unsere nächtlichen Aktivitäten, die sich bis in die frühen Tagesstunden gezogen haben, weiß, aber ich schätze, dass der Herr Graf schon öfter Damenbesuch hatte. Deswegen und weil ich jahrelang als Professionelle gearbeitet habe, sollte mir eigentlich keine Schamesröte ins Gesicht steigen. Trotzdem glühen meine Wangen, als ich mich anschicke, an ihm vorbeizuhuschen.

Mir ist bewusst, dass die Vampire des Hauses noch schlafen, also habe ich bis Sonnenuntergang Zeit, um meinen *Menschenkram* zu erledigen, auch wenn mein Tagesrhythmus dadurch völlig durcheinanderkommt. Dieser ist nämlich seit Jahren der Vampirgesellschaft angepasst und daher eher ein Nachtrhythmus.

»Sind Sie so gut und richten Luise etwas aus, falls sie eher wach wird?«, frage ich und hoffe, damit das wissende Grinsen in Alberts Gesicht verbannen zu können.

»Natürlich.«

Nein, hat nicht geholfen. Er grinst immer noch.

»Richten Sie ihr bitte aus, dass wir heute ins Kino gehen. Sie darf den Film aussuchen.«

Albert schnalzt mit der Zunge. »Die junge Dame ist viel zu begeistert von Zombies. Ich wage zu ahnen, dass Sie mit ihr in den neuen Film von Jim Jarmusch müssen.«

Hat da jemand Zombies gesagt? Ich kann es kaum erwarten.

Wir lachen immer noch über die Horror-Komödie, als Luise ihren Mitternachtsdrink zu sich nimmt und ich die Reste aus unserer riesigen Popcorntüte klaube.

»Am besten haben mir die Szenen gefallen, in denen die Zombies über ihre wehrlosen Opfer hergefallen sind«, erklärt sie in viel zu freudigem Tonfall und wischt sich Blutreste aus dem Mundwinkel.

»Luise!«, ermahne ich das Vampirmädchen.

Ich bin selbst schuld. Was gehe ich auch mit ihr in einen Erwachsenenfilm? Der Gesetzgeber regelt zwar die Freigabe jeglicher Medien für Kinder und Jugendliche, diese Richtlinie gilt jedoch nicht für Vampire. Das Mädchen ist theoretisch älter als ich und darf jeden Film schauen, den sie will. Da sollte die Politik vielleicht noch einmal drüber nachdenken. »Ich weiß doch, dass das nicht echt ist«, erklärt sie mir. »Papa sagt, dass man bestraft wird, wenn man Böses tut. Wenn nicht in diesem Leben, dann im nächsten. Ich werde immer gut sein.«

Mein Herz schnürt sich zusammen, als ich diese Worte aus Luises Mund höre.

»Wo ist Papa eigentlich?«

Geschirr klappert, schließlich wendet sich Albert zu uns.

Wieso spült er überhaupt ab? Wir haben doch einen Geschirrspüler. Ich meine … der Graf hat einen. Das ›wir‹ würde implizieren, dass ich Teil dieser Gemeinschaft wäre, und das bin ich nicht … oder?

»Ich habe ihn heute Nacht noch nicht angetroffen«, verkündet Albert und wischt sich die schaumigen Hände am Geschirrtuch trocken.

Dabei wirft er mir einen fragenden Blick zu. Ich zucke mit den Schultern. Nur weil wir das Bett miteinander geteilt haben, heißt das nicht, dass er mir stöhnend seinen Terminkalender vorgebetet hat. Vielleicht vertreibt er sich die Zeit mit ein paar Straßenrennen.

»Was guckst du mich so an?«, will ich wissen und duze ihn absichtlich.

Auch Albert zuckt mit den Schultern, wendet sich wieder seinem Abwasch zu und erwidert meine vertraute Anrede.

»Du hast ihn zuletzt gesehen. Sollten wir eine Vermisstenanzeige aufgeben?«

»Unter Umständen ist er bereits den Winchester-Brüdern über den Weg gelaufen«, mutmaßt das Kind in unserer Runde. »Da können wir rein gar nichts mehr für ihn tun.«

Mein Mund klappt auf, als ich nach dieser Aussage zu Luise schaue. Sie grinst breit.

»Sei nicht so frech.« Ich knuffe sie für diesen Witz in die Seite. »Wir reden hier immerhin über deinen Vater.«

Luise kichert und verschüttet fast ihr Getränk, als sie versucht, sich meiner Berührung zu entziehen. »Das weiß ich doch. Niemand kann meinem Papa etwas anhaben. Er ist der stärkste Mann auf der ganzen Welt.«

Die Realität verschwimmt für einen Moment. Ich sehe helle Haut, die sich über Muskeln zieht, Sehnen, die zum Zerreißen gespannt sind, während schwarzes Haar wie ein Schleier über mich fällt und mein erhitztes Gesicht kitzelt. Meine Nägel hinterlassen rote Spuren auf von Carasescus Körper, als ich mich an ihn kralle.

»Wen magst du lieber, Lisa? Dean oder Sam?« Luise nimmt das Gesprächsthema von eben wieder auf und holt mich aus meinem Tagtraum.

»Ich bin mehr der Castiel-Typ«, sage ich wahrheitsgemäß.

»Ich habe wirklich *keine* Ahnung, wovon ihr da redet.« Albert gesellt sich zu uns, greift in die Popcorntüte und verzieht das Gesicht, als er auf ein nicht aufgegangenes Maiskorn beißt.

»Ich auch nicht«, ertönt Rados' Stimme aus Richtung Flur. Theatralisch lehnt er im Türrahmen und wedelt mit ein paar Blatt Papier. »Aber ihr könnt mich ab jetzt Puffdaddy nennen. Hier ist der Übereignungsvertrag.«

Ich halte Luise nicht schnell genug die Ohren zu und sie fragt: »Puff… was?«

Wir ignorieren ihre Worte und beugen uns über den Vertrag, den Rados zwischen uns auf den Tresen knallt.

Das Juristenblabla versteht kein Mensch, trotzdem tue ich so, als würde ich das Schriftstück eingehend studieren.

»Hm«, lasse ich schließlich verlauten. »Ich find's schön, dass der Name bleibt, wie er ist.«

»›Zum schwarzen Mond‹ ist der beste Name für ein Freudenhaus, in dem dunkle, heimtückische Seelen ihre Sehnsüchte befriedigen können.«

Verstohlen blicke ich zu dem anwesenden Kind im Raum, doch Luise zeigt sich unbeeindruckt und fischt Popcorn aus der Tüte.

»Wirst du irgendetwas verändern?«, frage ich.

»Zuallererst werde ich Angelina feuern. Sie ist so dumm wie zehn Meter Feldweg. Sie kann zur Konkurrenz gehen.« Ich lache auf, als ich Rados' Einschätzung meiner Ex-Kollegin höre. »Und ich denke, ich werde zusätzlich ein paar männliche Prostituierte einstellen, denn schließlich will ich auch hin und wieder meinen Spaß haben und an einem Schwanz …«

Ich klatsche lautstark in die Hände, sodass der Rest von Rados' Satz im entstandenen Lärm untergeht.

»Soooooo«, sage ich lang gezogen und reibe die Handflächen gegeneinander. »Wer hat zur Feier der Nacht Lust auf eine Partie Uno?«

Luise reißt so schnell die Hände in die Luft, dass Popcorn durch die Küche fliegt. »Ich!«

»Ich auch«, gibt Puffdaddy zu verstehen. »Aber zuerst habe ich noch etwas für euch.«

Ein edler Briefumschlag ohne Adresse gleitet aus Rados' Hand und bleibt auf dem Vertrag liegen.

»Was ist das?«, fragt Luise neugierig und spricht mir damit aus der Seele.

Ihr Onkel zuckt mit den Schultern. »Keine Ahnung. Lag im Briefkasten.«

Albert greift nach dem dünnen Kuvert und dreht es um. »Kein Absender«, teilt er uns mit und legt den Umschlag zurück auf den Tresen.

»Papa hat genau das gleiche Briefpapier«, stellt Luise fest und führt ihr Gesicht ganz nah an das Kuvert. »Es glitzert.«

»Kommt zum Posteingang«, beschließt Albert und will bereits danach greifen, als Rados den Brief unter seinen Fingern wegzieht.

»Wir wissen doch gar nicht, ob es für meinen Bruder bestimmt ist. Vielleicht ist der Inhalt für mich.«

»Oder mich«, sagt Luise, dann sieht sie auffordernd in meine Richtung.

»Oder mich«, nuschle ich nicht ganz so überzeugend, doch das Vampirmädchen ist zufrieden.

»Wir sollten ihn öffnen«, beschließt Rados und nimmt das Corpus Delicti an sich.

»Könnte wichtig sein«, pflichtet Luise ihm bei.

»Oder eine Briefbombe.« Alle Blicke schießen tadelnd in meine Richtung. Ich blinzle unschuldig zurück. »Was? Ich wollte nur alle Optionen durchgehen.«

Rados' fingert vorsichtig am Verschluss des Kuverts. Eine Ecke ist bereits gelöst, als ihn der Mut verlässt und seine Schultern kraftlos nach unten sacken. »Ich kann's nicht. Wenn das Vehlas Post ist und er erfährt, dass ich das Briefgeheimnis missachtet habe, dann saugt er mich aus. Bis auf den letzten Tropfen.«

Mit den Fingern trommle ich ungeduldig auf meinen Oberschenkeln und kaue unbewusst auf meiner Lippe herum.

»Gib her, ich mach's«, entscheide ich mehr oder weniger spontan und entreiße dem jüngeren Grafen das Stück Papier.

Ehe ich mich umentscheiden kann, stecke ich meinen Zeigefinger in die bereits entstandene Öffnung und reiße das Kuvert auf. Irgendjemand zieht scharf die Luft ein, als ich die zerklüftete Rissfläche betrachte.

Nicht schön, aber selten.

Ein einziges gefaltetes Blatt Papier befindet sich im Umschlag. Mit zwei Fingern hole ich den Inhalt heraus, entfalte ihn und begutachte die Zeilen mit einem Stirnrunzeln.

Auf leicht glitzerndem Pergament ist ein handgeschriebener Brief verfasst. Dunkle Tinte glänzt im künstlichen Licht der Küchenbeleuchtung und formt elegant geschwungene Buchstaben.

Ich erfasse die Namen von Luise und Rados, als ich den Text überfliege. Im unteren Teil hat der Graf mit großen Lettern mit seinem Vornamen unterschrieben.

»Ähm«, stammle ich und blicke auf.

Erwartungsvolle Gesichter schauen mich an.

»Und?«, erkundigt sich Rados, während ich an dem perlmuttfarbenen Pergament herumnestle.

»Seine Exzellenz hat den Brief geschrieben«, antworte ich, obwohl ich mir nicht erklären kann, weshalb der Hausherr ein Schriftstück in seinen eigenen Postkasten wirft.

Der Ausdruck der anwesenden Personen wird drängender.

»Und was steht drin?«

Auf Rados' Frage kann ich nur mit einem Zucken meiner Schultern antworten. Dann erkläre ich: »Keine Ahnung. Ich kann kein Rumänisch.«

Das Gesicht des jungen Grafen erhellt sich verstehend und er schnappt mir das Papier aus den nervösen Fingern. »Gib mal her.«

Nun ist es an mir, zu beobachten, wie er die geschriebenen Zeilen seines Bruders überfliegt.

Ich bilde mir ein, dass sich die Pupillen in seinen hellen Iriden für einen Augenblick erschrocken weiten. Doch als Rados den Brief achtlos in eine Tasche seines Gehrocks stopft, bin ich mir sicher, dass ich es mir eingebildet habe.

»Nur eine alte Notiz«, sagt er lapidar, klatscht in die Hände und sieht Luise herausfordernd an. »Die Sonne geht bald auf. Uno hin oder her, es ist Schlafenszeit, mein Engel. Wenn du in drei Minuten im Bett bist und wenigstens so tust, als würdest du schlafen, dann kaufe ich dir das Videospiel, das du schon so lange haben willst.«

»Das ab achtzehn?« Luises Augen quillen fast aus ihren Höhlen, als sie das Angebot ihres Onkels vernimmt.

Ohne Rados' Nicken abzuwarten, gleitet das Mädchen vom Stuhl und hastet in vampirischer Schnelligkeit von dannen.

Der blonde Graf sieht ihr zufrieden nach. Schließlich, nachdem seine Nichte außer Sichtweite ist, wendet er sich abrupt an Albert und mich. Sein Blick wird todernst.

»Das ist ein Abschiedsbrief«, brummt er mit finsterer Miene, kramt die Nachricht wieder hervor und legt sie erneut zwischen uns auf den Tresen.

»Ich hab's geahnt«, höre ich Albert murmeln.

»Ich schlage vor, dass du alle Freunde, Geschäftspartner und flüchtige Bekannte anrufst, Albert. Vielleicht finden wir so heraus, wo er sich aufhält. Lisa und ich teilen uns auf und suchen solange die Gegend ab.« Rados' schlanke Finger streichen das geknitterte Pergament glatt, während ich noch versuche, seine Worte zu begreifen.

»Was meinst du mit Abschiedsbrief?«, frage ich blauäugig. »Wo geht er denn hin?«

Verlässt er Wien, nachdem die Sache mit Georgina geklärt ist?

Albert wirft mir einen traurigen Blick zu, bevor er bereits sein Mobiltelefon zückt und sich zurückzieht, um diverse Anrufe zu tätigen.

In Rados' Augen liegt der Kummer der Welt, als er mich düster ansieht. »In die Sonne«, erklärt er mir leise. »Vehla will in die Sonne gehen.«

Kapitel 19

Mit laufendem Motor stehe ich in der Einfahrt und starre auf den heller werdenden Horizont. Zum wiederholten Male schaue ich auf mein Handy, um keine Nachricht zu verpassen. Doch das Telefon bleibt stumm.

Angestrengt schlucke ich einen Kloß im Hals hinunter. Ich kann mich nicht erinnern, jemals solche Angst um irgendwen gehabt zu haben. Nicht um Lynn, nicht um mich. Der bloße Gedanke daran, dass ich nie wieder das leise Lachen des Grafen hören, nie wieder seine Blicke auf mir spüren und nie wieder sein seidiges Haar berühren soll, treibt mich fast in den Wahnsinn und lässt mich an meinen Fingernägeln kauen.

Ich will nicht, dass er diese Welt verlässt. Wie kann er so egoistisch sein und alle, die ihn lieben, einfach im Stich lassen?

Wäre es nicht so kolossal tragisch, würde ich laut auflachen. Ich lache trotzdem, da es das Einzige ist, was mich davon abhält, in das Lenkrad zu beißen.

Rados durchkämmt die Gegend zu Fuß, während Albert Kontakte spielen lässt und hofft, dadurch einen geeigneten Anhaltspunkt über von Carasescus Aufenthaltsort zu bekommen. Wenn er nicht wenigstens beim Geheimdienst durchklingelt, rechne ich ihm allerdings kaum Chancen auf Erfolg aus.

Das Wissen um die schlafende Luise in ihrem Himmelbett zerbricht mir fast das Herz. Sie darf nicht aufwachen und erfahren müssen, dass sie keinen Vater mehr hat. Dieser Gedanke ist für mich völlig inakzeptabel.

Meine Gedanken drehen sich wie wild und versuchen auszuloten, an welchen Ort ich fahren soll. Vermutlich habe ich bis Sonnenaufgang weniger als eine halbe Stunde Zeit. Ich muss mir sicher sein, eine zweite Gelegenheit bekomme ich nicht.

Wäre ich ein Vampirgraf und würde meinem unsterblichen Leben ein Ende setzen wollen, wohin würde ich gehen? Auf einen öffentlichen Platz?

Die Oper …

Oder würde ich in aller Stille von dieser Welt scheiden?

In einer Jagdhütte, im Anwesen eines Freundes, auf einer Anhöhe im Wald, auf einer Lichtung am See …

Ich erstarre.

Der See? Bei den Fledermäusen? Den Kreaturen, die ihm wichtig sind?

Dann trifft es mich wie ein Schlag.

»Ich komme oft hierher, wenn ich allein sein will«, hallt die Stimme des Grafen in meinen Ohren wider.

Die Anhöhe!

»Oder wenn die Last meines Daseins zu schwer auf mir liegt.«

Ohne länger zu zögern, trete ich aufs Gaspedal. Der Motor der Limousine heult auf und das Lincoln Town Car macht einen ruckartigen Satz nach vorn. Die Räder des Gefährts rutschen über Kieselsteine, als ich in unangemessenem Tempo die Einfahrt hinunterbrettere.

Ich denke darüber nach, meine Überlegungen mit Albert oder Rados zu teilen, doch mit der Suche nach dem richtigen Kontakt in meiner Telefonliste würde ich wertvolle Sekunden verschwenden, in denen ich langsamer fahren müsste, um nicht im Straßengraben zu landen.

Ein Ratzen, das mir durch Mark und Bein geht, deutet darauf hin, dass ich in der Eile die Länge des Fahrzeuges unterschätzt und den Torpfosten gerammt habe.

Man wird es mir verzeihen, hoffe ich.

Ich rase wenige Hundert Meter eine Bundesstraße entlang, dann biege ich im heller werdenden Morgengrauen auf einen Waldweg ein. Niedrig hängende Äste peitschen gegen die Windschutzscheibe, während die Limousine über trockenen Waldboden holpert. Eine Bodenwelle später schabt der Unterboden über herausragende Wurzeln. Sand und Geröll scheppern im Radkasten, als ich abbremse und nach einer leichten Linkskurve wieder Gas gebe.

Ich kaue so stark auf meiner Unterlippe, dass es bereits wehtut, als ich das Ende des Weges erreiche. Der Motor säuft glucksend ab, da ich den Gang nicht rausnehme, sondern einfach aus dem Wagen springe, als das Fahrzeug zum Stehen kommt.

Eilig renne ich zum Kofferraum, versuche gleichzeitig, mich im Wald zu orientieren, und öffne mit zittrigen Händen die Heckklappe.

Neben Warnwesten, einem Pannendreieck und einem Verbandskasten greife ich nach dem einzigen Gegenstand, der mir hoffentlich bald sehr von Nutzen sein wird.

Ohne die Klappe wieder zu schließen, wende ich mich in Richtung Osten und haste los.

Ein erstes Leuchten am Horizont kündet bereits vom Tagesanbruch, als ich über Baumstümpfe jage und wegen herabgefallener Tannenzapfen den Halt verliere.

Gedanklich schimpfe ich mich ein dummes Huhn, während ich mich schwer atmend aufraffe, den Gegenstand aus dem Kofferraum noch immer in meiner rechten Hand.

Meine Schritte werden schneller, als Sonnenschein meine Haut wärmt und mich blendet.

Ich komme zu spät … zu spät …

Endlich stoße ich auf die Lichtung, und ein Schrei bahnt sich meine Kehle empor. Erleichterung durchflutet mich, jedoch nur kurz.

Ich kann zwar eine sitzende Gestalt auf der Anhöhe ausmachen, die den Aufgang der Sonne beobachtet, allerdings steigen bereits Rauchfäden in die morgendliche Kühle, da, wo Sonnenlicht die empfindliche Haut des Grafen berührt.

Ich mobilisiere jede Kraftreserve, um die Distanz zwischen von Carasescu und mir schnellstmöglich zu überwinden, und werfe mich mit einem Aufschrei direkt vor ihm auf die Erde, um mit meinem Körper wenigstens etwas Schatten zu spenden. Meine Knie rebellieren, als sie über felsigen Untergrund schrammen, aber der Schmerz ist erträglich. Gleichzeitig öffne ich den lebensnotwendigen Schirm und schütze den Vampir somit vor dem für ihn tödlichen UV-Licht.

Schwer atmend sehe ich zu ihm.

Mit geschlossenen Augen sitzt er vor mir auf einem Fels. Zufriedenheit umspielt seine Züge, obwohl ein Großteil seiner Erscheinung schon arg in Mitleidenschaft gezogen ist.

Während ich versuche, zu Atem zu kommen, regeneriert sich seine Haut. Binnen weniger Augenblicke ist sie wieder unversehrt und rein.

Geschafft … Ich hab's tatsächlich geschafft.

Fasziniert beobachte ich, wie sich die Mimik des Grafen ändert. Sie wird bedrohlich finster.

Ich komme nicht darum herum, zu vermuten, dass ich der Grund für dieses emotionsflexible Verhalten bin.

»Ihr steht mir in der Sonne«, sagt er mit einer Stimme, so kalt wie damals, als wir uns das erste Mal begegnet sind.

Die Sekunden vergehen, in denen ich nach Luft japse, unfähig, irgendein Wort über die Lippen zu bringen. Stattdessen beobachte ich, wie sich die unterschiedlichsten Emotionen in von Carasescus Gesicht widerspiegeln.

Verdruss. Unbehagen. Sorge. Verwirrung.

Als ich keine verbale Reaktion zeige, öffnet der Graf langsam die Augen. Sein durchdringender Blick trifft mich im Innersten. Schwer atmend halte ich seiner Musterung stand. Das Schwarz in seinen Eisaugen ist kaum noch zu erkennen, so klein lässt der blühende Morgen die Pupillen des Vampirs werden.

»Die Limousine hat einen Kratzer«, äußere ich.

Weiß der Geier, warum ich ausgerechnet damit beginne.

Um genügend Schatten auf den Grafen zu werfen, ändere ich meine Sitzposition. »Vielleicht auch zwei oder drei. Der Unterboden hat ebenfalls etwas abbekommen.«

Eine steile Falte erscheint auf von Carasescus Stirn, eine Augenbraue wandert spitz nach oben.

»Was ich eigentlich sagen will … Was glaubt Ihr, was Ihr hier tut?!«

Ich kreische.

Ich bin von jetzt auf gleich so wütend, dass ich ihm am liebsten die Augen auskratzen würde.

»Wie könnt Ihr es wagen, überhaupt in Betracht zu ziehen, auf diese Art von der Welt zu scheiden? Ich hätte nie gedacht, dass

Ihr so egoistisch wärt und die allein zurücklasst, die Euch über alles lieben!«

Der Graf besitzt doch tatsächlich die Frechheit, leidend zu seufzen und seinen Nasenrücken zu massieren. »Ich wusste, ich hätte den Brief erst heute Abend überbringen lassen sollen.«

»Findet Ihr das witzig?«

Seine lapidare Aussage bringt mich erst so richtig in Rage. Er will etwas antworten, aber ich unterbreche ihn mit einer herrischen Geste. Meine Augen füllen sich mit Tränen der Wut.

»Nein, sagt jetzt nichts«, fordere ich barsch. »Es ist erbärmlich. Erbärmlich und absolut traurig, dass Ihr Euch für diesen abscheulichen Weg entschieden habt. Ihr habt so …«

Der Graf erhebt sich schlagartig, was mich dazu bringt, zu verstummen und den Schirm nach oben zu reißen, um sein Gesicht weiter vor der Sonne schützen zu können. Ich fühle ihre wärmenden Strahlen auf meinem Rücken. Von Carasescu tritt so nah an mich heran, dass meine Nasenspitze fast den feinen Stoff seiner Kleidung berührt.

»Erbärmlich ist das Leben, das ich jetzt führen muss«, eröffnet er mir. »Ich würde alles dafür geben, wieder altern zu können oder im Sonnenlicht spazieren zu gehen. Ich verzehre mich nach so vielen Dingen, die nur den Menschen gegeben sind. Stattdessen dürstet es mich tagein, tagaus nach Blut. Ich bin es leid. Zu sehen, wie die Welt sich selbst zugrunde richtet, macht meinen Wunsch, mein Dasein zu beenden, nur noch drängender.«

Seine Worte lassen meine Wut verpuffen und meine eigenen bleiben mir ungesagt im Hals stecken.

Der Graf schlüpft in einer fließenden Bewegung aus seinem Gehrock und legt ihn mir um die Schultern. Der schwere Stoff lässt mich kurz taumeln, spendet mir aber schnell Wärme. Ich hatte nicht einmal mitbekommen, dass ich friere. Ganz aus der Fassung gebracht, schaue ich den Vampir an.

»Sprecht nur weiter«, sagt er ruhig und zupft das Kleidungsstück zurecht, bevor er dazu übergeht, über meine Oberarme zu streichen.

»Ich …«, stammle ich. »Ich hatte gehofft, es gäbe etwas, weswegen Ihr am Leben hängt.«

Sein Ausdruck wird weich, als er mir eine Träne von der Wange streicht.

Er erwidert nichts, was mich glauben lässt, dass ich mit meiner Vermutung nicht falschliege.

»Luise braucht Euch«, hauche ich, doch von Carasescu schüttelt den Kopf.

»Das tut sie nicht. Sie ist stark und wird darüber hinwegkommen. Ihr … Leben wird weitergehen.«

Luises Leben vielleicht. Und was ist mit … meinem?

»Aber …« Ich greife nach seiner Hand, die immer noch an meiner Wange ruht. »*Ich* brauche dich. Vehla, bitte …« Der Graf stößt einen leidenden Laut aus und ich lege meine Stirn gegen seine Brust, während ich flüstere: »Du darfst *mich* nicht verlassen.«

»Lisa …«

Mein Name aus seinem Mund klingt so voller Qual, als könnte nichts auf der Welt den Grafen je wieder von seinem Leid erlösen.

»Bleib bei mir«, flehe ich.

Stille legt sich zwischen uns. Nur die Stimmen des zum Leben erwachenden Waldes lullen uns ein. Vehla zieht mich in eine Umarmung, die mich schluchzen lässt. Beinahe hätte ich den Schirm fallen lassen. Ich muss mich stark konzentrieren, ihn nicht einfach loszulassen, sondern weiterhin in Position zu halten. Das

Kinn des Vampirs drückt gegen meine Schläfe und ich könnte schwören, dass er an meinem Haar riecht.

»Ich wollte dir auch einen Brief schreiben«, sagt der Graf, während ich grotesk verdreht in seinen Armen hänge. Seine kalten Lippen an meiner Haut bringen mich zum Schaudern. »Aber ich konnte nicht.«

»Warum nicht?«, murmle ich.

»Der bloße Gedanke an dich, deine Stimme, dein Lächeln und deine Berührungen hätte mich sofort davon abgehalten, meinem Leben ein Ende bereiten zu wollen.«

Mein Arm zittert, genau wie der Rest meines Körpers.

»Warum willst du es dennoch tun?« Ich hebe den Blick und lasse zu, dass er mein Gesicht in beide Hände nimmt.

»Weil ich nie zu hoffen gewagt habe, dass du ähnliche Gefühle hegen könntest.«

Ich halte die Luft an, als sich sein Gesicht dem meinen nähert.

Mein Arm zittert mittlerweile so stark, dass ich mich kaum noch auf Vehla und seine näher kommenden Lippen konzentrieren kann. Wider Willen atme ich scharf ein und unterbreche somit die aufkommende romantische Stimmung.

Der Graf sieht mich fragend an und ich beiße mir entschuldigend auf die Unterlippe. »Können wir das vielleicht im Auto weiter ausdiskutieren? Mein Arm wird langsam schwer.«

Vehla lacht, was ich als gutes Zeichen deute. Er zögert, das kann ich spüren, doch dann nimmt er mir endlich den Schirm ab und führt mich kommentarlos zurück zum Wagen.

Ich atme erst auf, als er auf die Rückbank steigt und ich die Tür hinter ihm schließe.

Ein Seufzen entweicht meinen Lippen, und meine Nackenhaare stellen sich auf. Ich weiß, dass er mich durch die getönten Scheiben hindurch mustert.

Sorgfältig klappe ich den Regenschirm zusammen und umrunde das Gefährt, um auf der anderen Seite der Limousine ins Innere zu klettern.

Ich schließe die Tür hinter mir und bemerke augenblicklich, wie still es ist, jetzt, da der Vogelgesang und das Rauschen des Windes ausgeschlossen sind.

Der Graf beobachtet mich. In stattlicher Haltung sitzt er mir gegenüber auf der Rückbank. Seine Hand ruht auf der edlen Sitzfläche zwischen uns. Ich rutsche näher zu ihm und greife danach.

»Ich bin erleichtert«, sage ich geradeheraus. »Ich bin wirklich …«

Mitten im Satz packt mich der Graf und zieht mich mit vampirischer Stärke zu sich heran. Der Gehrock rutscht mir von den Schultern und fällt in den Fußraum.

Erschrocken keuche ich auf. Ehe ich michs versehe, sitze ich auf ihm. Meine Hände liegen an seinem Hals, meine Finger spielen mit den feinen Härchen in seinem Nacken.

Unsere Gesichter verharren so nah voreinander, dass mich der Lufthauch meines eigenen Atems streift. Vehla gibt einen brummenden Laut von sich. Ich nehme seine Hände wahr, die forschend unter mein Oberteil gleiten und meinen Rücken hinaufwandern.

»Ich kann mich kaum beherrschen«, flüstert Seine Exzellenz und presst meinen Körper noch stärker an seinen. »Nicht bei dir … *Bredica.*«

Während ich mir den Kosenamen auf der Zunge zergehen lasse, schnellt Vehlas Kopf nach vorn. Hungrig presst er seine Lippen gegen meine, sodass es fast wehtut. Verlangen überkommt mich, als ich ungestüm seinen Kuss erwidere.

Ich will ihn schmecken.

Ich will ihn spüren.

Ich will ihn ganz für mich allein.

Widerwillig löse ich mich von ihm, um meinen Händen Spielraum zu verschaffen. Ich lächle wissend, als ich über die Wölbung seiner Erregtheit streife und mich an seiner Hose zu schaffen mache.

Eilig rutsche ich von ihm herunter, um auch aus meiner dünnen Hose zu schlüpfen. Diese wenigen Sekunden hinterlassen eine derartige Sehnsucht nach seinen Berührungen, dass ich hastig wieder auf ihn klettere und mich gegen ihn presse. Vehlas Eckzähne schrammen über die Haut meiner Unterlippe und reißen eine kleine Wunde in die zarte Haut.

Ich schmecke Blut, der Graf hält erschrocken inne und betrachtet sein Werk, ehe er sich mit der Zunge beinahe lasziv über die Zähne streicht und meinen Lebenssaft kostet.

»Verzeih …«, setzt er an.

Ich frage mich, ob er Gefahr läuft, die Kontrolle über seine vampirischen Instinkte zu verlieren, wenn er im wahrsten Sinne des Wortes Blut geleckt hat, doch meine Libido ist stärker und ringt diese Angst nieder.

Kopfschüttelnd lege ich meinen Zeigefinger auf seine Lippen, damit er weitermacht.

Wir finden erneut zueinander. Er massiert meinen Po, während ich seine Härte an meinem Bauch spüre.

»Sag, dass du bei mir bleibst«, raune ich leise an seinem Mund.

Seine Hände wandern an meinen Nacken, um unseren Kuss zu intensivieren. Ich befürchte schon, zu ersticken, als er schließlich von mir ablässt, um zu raunen: »Versprochen.«

»Sag es«, verlange ich, führe meine Hand in seine Hose und umgreife mit den Fingern vorsichtig seinen Penis. In langsamer, sanfter Bewegung verfallen meine Hände in einen steten

Rhythmus. Der Graf wirft genussvoll den Kopf gegen die Lehne des Sitzes. Ein Ächzen entweicht seinen Lippen, als ich schneller werde und seine angespannten Gesichtszüge beobachte.

»Sag es«, beharre ich.

Plötzlich packt mich der Graf an den Oberarmen. Ich unterbreche die Stimulierung seines Glieds und sehe abwartend in seine Eisaugen.

»Ich werde dich nicht verlassen«, versichert er mit fester Stimme.

Und ich glaube ihm jedes Wort.

Ich habe kurz ein schlechtes Gewissen, weil es sich anfühlt, als würde ich ihn mit sexuellen Gefälligkeiten erpressen. Doch dann entweicht mir ein zufriedenes Seufzen.

Nachdem ich mich aufgerichtet habe, rutsche ich, so weit es geht, an ihn heran, schiebe mein Höschen zur Seite und lasse mich in süßer Qual langsam nach unten gleiten, als ich seinen Penis an meiner empfindlichsten Stelle spüre.

Wir stöhnen beide, während ich mich die letzten Zentimeter unbeherrscht fallen lasse. Glückshormone fluten meinen Körper, sowie seine Männlichkeit tief in mich dringt und in mir ein Feuerwerk an Gefühlen explodiert.

Seine Härte in mir zu fühlen, ist die befriedigendste Empfindung seit Langem.

Die sexuelle Reizung wird noch stärker, als ich beginne, mich auf ihm zu bewegen. Meine Hände krallen sich neben dem Kopf des Grafen in die Rückenlehne der Limousine, während mein Becken kreisende Bewegungen vollführt und die Lust ins schier Unermessliche treibt.

Vehlas Hände an meinen Hüften weisen mir den Weg, sein sinnliches Stöhnen ist Musik in meinen Ohren.

»*Bredica* …«, raunt er erneut, als unser Rhythmus schneller wird und der Wagen erfüllt ist vom Geräusch aneinander klatschender Körper. »Was machst du nur mit mir?«

Ich antworte nicht, reite ihn weiter und stöhne jedes Mal laut auf, wenn er mich zur Gänze ausfüllt.

»Vehla …«, keuche ich kaum hörbar, als sich der Höhepunkt anbahnt und meine Bewegungen unkontrolliert werden.

Der Graf packt mich. In der Dauer eines Wimpernschlags liege ich unter ihm am Fahrzeugboden und ringe nach Luft, als Empfindungen auf mich einprasseln, die in ihrer Intensität nicht zu übertreffen sind.

Der Vampir zwischen meinen Schenkeln stößt noch mehrmals in mich, dann pulsiert sein Glied, als seine Erregung den Gipfel erreicht und er in mir kommt.

Er thront über mir und wartet, bis die Sinnesreize nachlassen. Ich streiche ihm das Haar aus dem Gesicht.

»So hast du mich schon einmal genannt«, sage ich, als sich auch meine Atmung beruhigt hat und mein Körper nicht mehr zittert.

»*Bredica?*«, wiederholt er das Wort, das rumänischer Abstammung ist, da bin ich mir sicher.

Mein Nicken lässt ihn schmunzeln und einen Kuss auf meine Nasenspitze drücken.

»Was heißt das?«

Vehla überlegt, während er mein Gesicht mustert und den Ansatz meines Haares streichelt.

»Es gibt keine richtige Übersetzung«, erklärt er leise. »Aber ›Geliebte der Nacht‹ umschreibt es recht gut.«

Kapitel 20

»Hast du's getan?« Luise sitzt auf dem Küchentresen, baumelt mit den Beinen und beobachtet mich dabei, wie ich auf den Notebook-Bildschirm vor mir starre.

Es ist verrückt, was ich tue. Erst vor wenigen Stunden hat Vehla mir geschworen, dass er mich nicht verlassen wird, und schon jetzt gehe ich einen Schritt, der kaum lebensverändernder sein könnte.

Der Mauszeiger schwebt über dem Senden-Button. In einer theatralischen Geste tippe ich auf das Mousepad des Rechners und beobachte, wie die Mail in den Postausgang rutscht, bevor sie in die Weiten des World Wide Web entlassen wird.

»Ich hab's getan«, bestätige ich mit einem Nicken. »Meine Wohnung ist offiziell gekündigt.«

Diese Aussage sollte mich verzweifeln und schreiend im Kreis rennen lassen, jedoch zaubert sie lediglich ein seliges Lächeln in mein Gesicht. Auch Luise wirkt durchaus zufrieden, wie die Dinge sich entwickelt haben.

»Wenn mein Onkel aus der Stadt wieder da ist, können wir zusammen Playstation spielen«, schlägt sie mit leuchtenden Augen vor.

Mein Lächeln wird noch breiter. Rados löst seine Zusage von letzter Nacht ein und besorgt seiner Nichte das versprochene Videospiel FSK 18, während Albert bei der Blutbank ist und Vehla Geschäfte zu erledigen hat.

»Zombies vermöbeln?«, gehe ich auf ihren Vorschlag ein. »Es gibt nichts, was ich heute lieber täte.«

Das Vampirmädchen umarmt mich stürmisch, dann rutscht sie vom Tresen und läuft durch die offen stehende Tür zur Veranda in den Garten. »Kommt, Jungs, wir spielen noch ein bisschen.«

Der Wolfshund winselt bestätigend und tapst dem Mädchen ergeben hinterher. Hades bleibt lieber vor dem Herd liegen, als müsste er einen Festtagsbraten bewachen.

Während Zeus' freudiges Bellen und Luises kindliches Lachen zu vernehmen sind, schließe ich mein E-Mail-Postfach und erstelle eine Liste meiner Wohnungseinrichtung und von Dingen, die ich der Wohlfahrt spenden will. Anschließend suche ich nach Umzugsunternehmen im Großraum Wien.

Ich bin noch nicht bei den Google-Bewertungen des dritten Unternehmens angekommen, als es an der Eingangstür klopft. Irgendjemand hat wieder das Tor zum Grundstück offen gelassen. Wenn jetzt ein Staubsaugervertreter vor der Tür steht, dann schreie ich.

Langsam begebe ich mich in den Empfangsbereich und überlege mir schon eine Reihe an Ausflüchten, um ungebetene Besucher loszuwerden.

Hier kursiert die Pest.

Wir sind Messies, wir brauchen keinen Staubsauger.

Da muss ich erst meinen Bewährungshelfer fragen.

Mit einem dümmlichen Grinsen im Gesicht öffne ich die Tür. Der Mann mittleren Alters, der mit altmodischem Hut und fast schwarzem Ledermantel vor mir steht, kommt mir seltsam bekannt vor, wenngleich ich mir sicher bin, ihn noch nie gesehen zu haben. Sein gelocktes Haar ist dunkelblond und fällt ihm bis auf die Schultern. Eine leicht krumme Nase lässt ihn mürrisch erscheinen, obwohl er sonst einen netten Eindruck macht. Unter der Hutkrempe blitzen wachsame grüne Augen. Seine linke Wange ist von einer feinen Narbe gezeichnet.

»Guten Abend«, sagt er höflich mit tiefer Stimme. Sein Blick gleitet über den Cut an meiner Unterlippe, dem Rückbleibsel des Liebesspiels von heute Morgen.

Ich erwidere die Begrüßung und frage, wie ich ihm behilflich sein kann.

»Ist der Hausherr zu sprechen?«

»Nein, tut mir leid. Da müssen Sie ein andermal wiederkommen. Oder Sie probieren es auf seinem Handy.«

Der neutrale Ausdruck im Gesicht des Besuchers weicht einem Grinsen, das leichtes Unbehagen in mir auslöst.

Woher kenne ich den Kerl?

»Oh, da missverstehen Sie mich. Ich will gar nicht zu ihm. Ich wollte nur sichergehen, dass er nicht im Haus ist.«

Das Lächeln, das er daraufhin zeigt, versetzt meiner Erinnerung einen schmerzhaften Schub. Erkenntnis durchflutet mich Augenblicke darauf. Den Mann habe ich schon einmal in der Zeitung gesehen.

Vampirjäger!, schießt es durch meine Synapsen.

Einen Sekundenbruchteil später will ich ihm die Tür vor der Nase zuknallen. Das schaffe ich nur bedingt, da er reflexartig einen Fuß in die Tür schiebt und mich daran hindert.

Ich drücke mich mit aller Kraft gegen das Türblatt, kann jedoch nicht verhindern, dass sich sein Arm durch den Türspalt schlängelt und nach mir greift.

Der Jäger packt mich am Hinterkopf. Ich versuche, mich zu befreien, doch er hält mein Haar fest und zieht daran. Ich donnere mit einer solchen Wucht gegen das massive Holz, dass meine Nase verräterisch knirscht.

Kurz lasse ich jede Gegenwehr fallen. Daraufhin lässt er von mir ab und ich taumle schmerztrunken nach hinten. Sterne tanzen vor meinen Augen, als ich zu Boden gehe und die Tür aufgestoßen wird.

Nicht nett, ganz und gar nicht nett!

Ein tiefes Bellen erfüllt plötzlich den Raum, gefolgt von einem zarten Ausruf.

»Lisa!«

Ich fühle, wie jegliche Farbe aus meinem Gesicht weicht, als ich mich zu Luise umdrehe, die Zeus am Halsband hält und mit riesigen Augen in der Küchentür steht.

Der Vampirjäger schreitet ungerührt an mir vorbei, greift unter seinen Mantel und holt in einer fließenden Bewegung eine altertümliche Armbrust darunter hervor.

Das darf doch nicht wahr sein!

Zeus knurrt, als der Mann auf sie zuläuft, Luise verbleibt schockstarr an dessen Seite.

Ich raffe mich auf, mache drei große Schritte und stürze mich auf den Eindringling, der in Luise einfache Beute zu sehen scheint.

»Lui!«, rufe ich dem Vampirmädchen zu, während ich versuche, den ungebetenen Gast zur Aufgabe zu zwingen. »Lauf!«

Mir ist es nicht möglich, zu beobachten, ob sie meinen Worten Folge leistet, denn ich werde erneut zu Boden geworfen, nachdem ich einen Ellbogen ins Gesicht gerammt bekommen habe.

Wo ist eigentlich Hades, wenn man ihn braucht?

Luise schreit, als der Jäger von ihr ablässt, um sich mir zu widmen. Stumm tritt er näher. Ich beeile mich, wieder auf die Beine zu kommen, und baue mich vor ihm auf.

»Ich will dir nichts tun«, sagt er nun doch und lädt seine Waffe mit einem Bolzen, während ich hektisch nach einem Ausweg aus der gefährlichen Situation suche. »Aber ich werde dich beseitigen, solltest du dich zwischen mich und mein Ziel stellen.«

Ich laufe los, zu überraschend für den Vampirjäger. Ehe er seine Armbrust heben kann, bin ich bei ihm und verpasse ihm eine Kopfnuss.

Bis eben fand ich die Idee ganz hervorragend. Jetzt, da mein Schädel dröhnt wie ein Presslufthammer, bin ich mir der Genialität des Einfalls nicht mehr so sicher.

Der Hut meines Gegenübers wird ihm durch die Wucht des Aufpralls vom Haupt gefegt. Sein lockiges Haar wirbelt durch die Luft, als sein Kopf zurückfliegt.

Mit Genugtuung sehe ich, wie der selbstgefällige Ausdruck des Mannes verschwindet. Ein wehrhaftes Grinsen erscheint auf meinem schmerzenden Gesicht.

Der Blick des Vampirjägers verfinstert sich und ich nehme, auf alles gefasst, eine abwehrende Haltung ein. Davon unbeeindruckt hebt er seine Waffe, greift geschickt um und donnert mir den Schaft gegen die Stirn.

Schmerz explodiert unter meiner Schädeldecke. Luises entsetzter Schrei und Zeus' aufgebrachtes Bellen sind das Letzte, was ich wahrnehme, bevor ich bewusstlos auf dem Boden aufschlage.

Von einem Zug gerammt zu werden, kann kaum schlimmer sein. Ich fühle mich wie ausgekotzt, und selbst das ist beschönigt.

Noch während ich versuche, mich daran zu erinnern, weshalb mein Kopf dröhnt wie ein Subwoofer, stemme ich mich auf die Beine und betrachte mich im Spiegel des Eingangsbereiches. Getrocknetes Blut klebt an meiner Nase, was mich kurzzeitig in leichte Panik versetzt.

Doch die blanke Furcht, gepaart mit grauenvollem Entsetzen, dringt erst in mein Bewusstsein, als ich den Blick schweifen lasse und Zeus regungslos vor dem Flügel liegen sehe.

Ich muss nicht einmal näher herangehen, um zu wissen, dass für den Wolfshund jede Hilfe zu spät kommt. Blut sickert aus einer Wunde an seiner Seite, in der noch der Bolzen einer Armbrust steckt. Von Hades fehlt jede Spur.

Tränen füllen meine Augen, als ich vor ihm in die Knie gehe, meine Hände in sein zotteliges Fell kralle und seine Ohren kraule, die nie wieder aufmerksam wackeln werden, wenn man mit ihm spricht.

Mein Kinn bebt, ich schlucke den Schmerz vorerst hinunter und widme mich dem Gedanken, der mich davon abhält, weinend zusammenzubrechen.

»Lui …«, rufe ich erst leise, dann so laut ich kann. *»Lui!«*

Meine Stimme hallt in der Villa wider, als ich mich aufraffe, loslaufe und die Räumlichkeiten nach dem Vampirmädchen absuche.

Bevor ich den Weg in die obersten Stockwerke antrete, halte ich inne, da ein handgeschriebener Zettel meine Aufmerksamkeit erregt. Ein Jagdmesser ist in den geschlossenen Deckel des Flügels gerammt und fixiert die Nachricht an Ort und Stelle.

Ich brauche ein paar Anläufe, bis ich die liederliche Schrift entziffern kann.

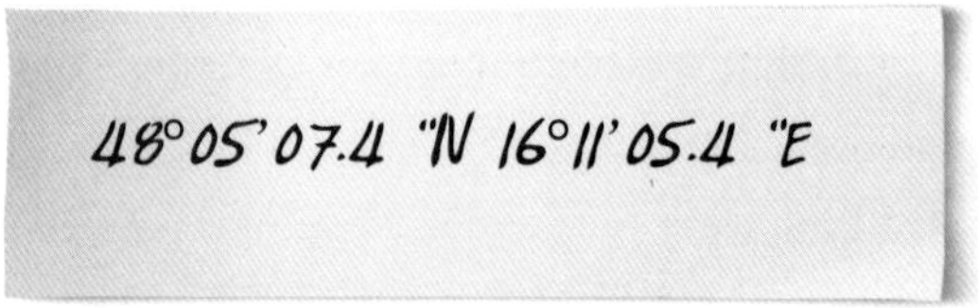

Die kryptischen Symbole ergeben schreckliche Sekunden lang keinerlei Sinn für mich, bis mir endlich der Nutzen der Zahlen und Zeichen klar wird.

Kopflos laufe ich in die Küche und ziehe meine Handtasche vom Tresen. Zwischen Geldbörse und benutzten Taschentüchern finde ich mein Mobiltelefon und öffne die Navigationsfunktion des Gerätes.

Mit dem Telefon in der Hand renne ich zurück zum Flügel und gebe die Zeichenfolge mit zitternden Fingern über die Touchscreentastatur ein.

Ich brauche drei Anläufe, dann habe ich die Koordinaten in die Suchleiste der Anwendung eingegeben und starre auf den Bildschirm.

Naturpark Sparbach, Burgruine Johannstein.

Das ist nur zehn Minuten von hier entfernt.

Ohne einen weiteren Gedanken an die Konsequenzen zu verschwenden, laufe ich los und wähle die Nummer des Kontaktes ›Nachtvogel‹.

Noch nie in meinem ganzen Leben bin ich so schnell gerannt.

Auf dem Vorplatz zur Ruine stehen Bänke und ein Tisch zur Rast für Wanderer. Auf Letzteren stütze ich mich gerade schwer atmend, um nicht zusammenzubrechen. Mein Aufstieg zur

Höhenburg hat mehr Zeit in Anspruch genommen als gedacht. In meinem angeschlagenen Zustand und bei Nacht wurden aus veranschlagten zehn Minuten schnell dreimal so viel.

Mein Telefon klingelt, während ich weiterhin angestrengt schnaufe. Das Gespräch nehme ich nur mit einem Brummen an.

»Wo bist du?«, fragt Vehla ohne Umschweife, seine Stimme verrät keine Gefühlsregung.

»Vor der Ruine«, presse ich mühsam hervor. »Ich gehe jetzt rein.«

»Nein, Lisa, du bleibst, wo du bist. Wir sind gle…«

Nachdem ich die Verbindung getrennt habe und auf die stabil aussehende Brücke zur Burg getreten bin, da, wo früher die Hängebrücke gewesen sein muss, bin ich der Meinung, doch noch eine Regung in der Stimme des Grafen gehört zu haben.

Angst.

Meine Schritte klappern auf der Holzbrücke, als ich die Ruine betrete und mich Dunkelheit umgibt.

Die Taschenlampenfunktion meines Telefons ist schnell aktiviert. Eine Hinweistafel erklärt dem Besucher, dass er sich gerade im Zwinger befindet. Ich studiere den Grundriss der Ruine und entscheide mich, den Weg zum Hof einzuschlagen.

Loses Geröll erschwert mir den Weg, ein weiterer Rastplatz inmitten der Anlage heuchelt friedliche Stille vor. Jedoch ist die Situation, in der ich mich befinde, alles andere als friedlich.

Ein Knacken hinter mir lässt mich herumfahren und nervös in die Schwärze des fernen Morgens blinzeln.

Ich stehe nun in der Mitte des Hofes, der Sternenhimmel über mir, und knirsche mit den Zähnen, als ich das Telefon in meine Hosentasche schiebe, da das helle Display mich jeglicher Nachtsicht beraubt.

Als sich meine Augen an die Lichtverhältnisse gewöhnen, erkenne ich den desolaten Zustand der einst ehrwürdigen Gemäuer. Unter anderen Umständen wäre das Terrain hier durchaus ein Ausflugsziel wert.

»Ich wusste es.«

Die Stimme lässt mich erneut zusammenfahren und die Ruinen nach deren Herkunft absuchen.

Maria tritt aus dem Schatten des Torbogens, der zum Saalbau führt. Ihre Erscheinung ist heruntergekommen. Die Kleidung zerschlissen, die einst prachtvollen Haare sind nur noch verfilzte Strähnen. Die letzten Wochen haben Maria nicht gutgetan.

Hinter ihr sehe ich den Vampirjäger im Dunkeln lauern.

Arbeitet er für Maria? Ein Vampirjäger, der sich für einen Vampir die Finger schmutzig macht? Geld stinkt eben nicht.

Er hält Luise vor sich und bedroht das Mädchen mit einem Pflock. Wut beginnt in mir zu brodeln.

»Ich wusste, dass du dich in Vehlas Angelegenheiten einmischen wirst«, äußert die Vampirfrau tonlos.

»Lass Luise gehen, sie hat damit nichts zu tun«, bitte ich mit fester Stimme, aber es klingt mehr nach einem Befehl.

»Sag mir nicht, was ich zu tun habe!«, keift Maria am Rande ihrer selbst.

Ihre kreischende Stimme hallt derart laut in den Ruinen wider, dass ich mich nur schwer davon abhalten kann, die Hände gegen meine Ohren zu drücken.

Mein Blick gleitet zu Luise, die mich mit großen Augen flehend ansieht. Ich schenke ihr ein Lächeln, das hoffentlich beruhigend auf sie wirkt. Ich selbst fühle mich nämlich ganz und gar nicht beruhigt.

Als Maria um Fassung bemüht die Augen schließt, begreife ich sofort, dass alle Vernunft aus der Vampirdame gewichen ist. Jegliche Verhandlung ist zum Scheitern verurteilt.

»Was willst du?«, frage ich mit fester Stimme und versuche, meine zitternden Hände hinter meinem Rücken zu verstecken.

»Ich will, dass mein Geliebter endlich zu mir steht«, presst sie aus schmalen Lippen hervor und öffnet die Lider. »Er wird sich zu mir bekennen und dabei zusehen, wie ich dir die Kehle herausreiße, so wie ich es hätte schon längst tun sollen.«

Hass lodert in Marias Augen auf, so hell, dass ich glaube, die Nacht um uns herum wäre für einen Moment nicht mehr ganz so düster.

Nichtsdestotrotz lässt mich ihre Drohung erschaudern.

»Glaubst du wirklich, dass ihn das zu dir zurückbringt?«, will ich leise von ihr wissen.

Maria sieht mich zornig an, während ich mit meiner Frage auf Zeit spiele. Mir ist klar, dass ich eine direkte Auseinandersetzung mit der ehemaligen Puffmutter nicht überleben würde.

»Du weißt *nichts* über ihn. Uns verbinden Jahrhunderte. Du bist für Vehla nur eine Ablenkung. Ein belangloser Zeitvertreib auf den Schwingen der Ewigkeit.« Ihre Worte prallen von mir ab. Ich bin mir sicher, dass ich mehr für ihn sein kann, mehr für ihn sein *will*. »Wo ist er?«

»Ich bin hier.«

Mein Herz setzt vor Erleichterung einen Schlag aus, als ich Vehlas Anwesenheit hinter mir spüre.

»Papa!«, ruft Luise und windet sich in den Armen ihres Entführers.

Der Jäger weiß jedoch, wie er mit dem Mädchen umzugehen hat, und droht, ihr den Pflock ins Herz zu rammen.

Ich nehme nur einen Lufthauch wahr, der mein Haar zum Tanzen bringt, dann liegt der Vampirjäger röchelnd am Boden und hält sich die Hände gegen die aufgerissene Kehle. Im Dunkel der Nacht dringt das Blut wie Teer zwischen seinen Fingern hervor.

Vehla thront über seinem Opfer, lässt von ihm ab und hebt Luise in seine Arme, bevor er sich zu uns herumdreht und mit dem Ärmel seines Gehrocks seinen blutverschmierten Mund abwischt.

»Jetzt können wir reden«, sagt er ungerührt, drückt Luises Lockenkopf gegen seine Schulter.

Vor wenigen Wochen wäre ich vermutlich, vor Angst zitternd, weggerannt. Doch heute sehe ich den Grafen mit anderen Augen.

Fasziniert beobachte ich ihn. Auch in Marias Gesicht bildet sich ein Lächeln. Sollte es sie ärgern, dass ihrem Vasallen Leid angetan wurde, zeigt sie es nicht. Stattdessen streckt sie die Arme aus. »Komm zu mir. Jetzt können wir endlich wieder eine Familie sein.«

Sie ist wahnsinnig. Völlig wahnsinnig.

Vehla setzt sich in Bewegung und läuft auf seine einstige Partnerin zu, während Luise in seinen Armen jammert und er beruhigend ihren Hinterkopf streichelt.

»Endlich …«, säuselt Maria, doch als er keine Anstalten macht, stehen zu bleiben, sondern an ihr vorbeischreitet und sich neben mich gesellt, verzieht sich ihr Gesicht zu einer grotesken Fratze. »Das wagst du nicht, Vehla … *Vehla!*«

Der Graf wirft mir einen vielsagenden Blick zu, als er Luise an mich übergibt.

Ich muss es zu Ende bringen, scheint er mir damit sagen zu wollen.

Ich blinzle zustimmend, dann umschlingt das Mädchen bereits meinen Hals und drückt sich schluchzend an mich, klammert ihre Beine um meine Mitte.

Die Stimme des Grafen ist kalt wie Eis, als er spricht. »Wir werden nie wieder eine Familie sein.«

»Du liebst mich!«, brüllt die Vampirfrau jeder Selbstbeherrschung beraubt. Ihr Körper zittert vor angestauter Verbitterung.

»Das ist lange her, Maria.«

Vehlas Worte verfehlen ihre Wirkung nicht. Außer sich vor Wut stürzt sich Maria auf den Mann, den sie noch immer liebt. Er lässt es geschehen, dass ihre Finger blutige Striemen auf seiner Haut hinterlassen, und gibt mir damit Zeit, mit Luise im Arm Abstand zu der Szene zu gewinnen.

Ich stolpere zurück, bis ich gegen die Außenwand der Burgruine stoße und der raue Stein meinen Rücken aufschrammt. Das scheint das Zeichen für den Grafen zu sein.

Als würde er aus einer Starre erwachen, hebt er endlich die Arme, um sich gegen Marias furienartige Schläge zur Wehr zu setzen.

Sie schreit, laut und wild, als er ihre Handgelenke packt und sie davon abhält, auf ihn einzuschlagen.

»Lass gut sein«, appelliert der Graf an ihre Vernunft. »So muss es nicht enden.«

Maria reißt sich los und schüttelt den Kopf. Sie hat ihre Entscheidung getroffen. Auch ich weiß, was das bedeutet.

Doch, es muss genau so enden.

»Sie oder ich«, sagt die Vampirfrau leise, dann trifft mich ihr Blick. Mordlustig, nach Blut dürstend. Meinem Blut.

Sie setzt zum Sprung an. Mit weit aufgerissenem Mund gleitet sie lautlos durch die Luft. Ihre Fangzähne reflektieren das fahle Licht des untergehenden Mondes.

Ich habe kaum Zeit, mich zur Seite zu drehen, da ist Vehla zwischen uns, packt Maria in der Bewegung und wirft sie auf den Boden. Sofort ist er über ihr, schlägt seine Zähne in ihr Fleisch und entlockt ihr somit gurgelnde Laute.

Trotz der Entsetzlichkeit des Moments kann ich nicht wegsehen. Auch nicht, als der Graf von ihr ablässt und eine gebrochene Frau zum Vorschein kommt. Marias Augen sind getrübt, und doch verstehend geweitet, als sie nach der sich nur langsam schließenden Wunde an ihrer Kehle tastet.

»Meine letzte Warnung«, knurrt Vehla und beschwört sie mit einer Stimme voll Eiseskälte.

Bleib liegen, hoffe auch ich. *Bleib einfach liegen.*

Ich will nur noch nach Hause gehen und …

Eine Bewegung im Augenwinkel erregt meine Aufmerksamkeit. Etwas daran alarmiert mich und bringt mich dazu, Luise aus meinen Armen gleiten zu lassen.

Der Jäger!

Ohne nachzudenken, mache ich einen Satz nach vorn und bringe mich zwischen Vehla und die Gefahr. Im gleichen Moment schnellt der Bolzen aus der Armbrust des Mannes und zischt durch die Luft. Vor Schreck erstarrt, bleibe ich stehen und schaue an mir herab.

Merkwürdig. Ich fühle keinen Schmerz, obwohl das Geschoss tief in meinen Bauch eingedrungen ist.

Ich höre nichts bis auf ein Rauschen in meinen Ohren, das stetig leiser wird.

Dann dringen die Schreie an mein Bewusstsein vor, Luises Weinen, Marias kehliges Lachen.

Verwirrt sehe ich dabei zu, wie Albert aus dem Nichts auftaucht und sich dem Vampirjäger widmet, der noch immer die Armbrust in den blutigen Händen hält.

Ich drehe mich um. Zu schnell. Mir wird schwindelig und ich taumle zur Seite. Vehla fängt mich auf. Das Entsetzen in seinen Augen bohrt sich in meine Seele.

»Ganz ruhig«, beschwört er mich leise und geht langsam in die Knie, um mich in seinen Schoß zu betten. »Nicht bewegen.«

Meine Hände umklammern das Holz, das in mir steckt. Mit jedem Herzschlag spüre ich, wie das Leben aus mir heraussickert.

Mein unsteter Blick huscht umher.

Henry ist ebenfalls anwesend und kümmert sich um Maria.

Luise laufen Tränen über ihr schmutziges Gesicht. Ich war mir nicht bewusst, dass sie dazu in der Lage ist. Doch bei großen emotionalen Ausbrüchen scheint dieser Ausdruck der Menschlichkeit auch vor Vampiren nicht haltzumachen. Klein und verloren steht das Mädchen im Morgengrauen.

»Du hast gelogen«, jammert sie. »Du hast gesagt, weinen tut nicht weh. Aber es ist schlimmer als alles, was ich bisher gefühlt habe.«

Ich strecke eine Hand nach ihr aus. Dies kostet mich bereits ungeahnte Anstrengung.

Luise setzt sich in Bewegung, greift nach meiner blutigen Hand und kauert sich neben mich. Flehend sieht sie zu Vehla. Ich folge ihrem Blick.

Das Gesicht ihres Vaters ist eine Maske aus Angst und Verzweiflung.

»Albert!«, donnert er, wobei er mich weiterhin mustert. »Wir brauchen eine Transfusion.«

Ich erinnere mich, dass die mir schon einmal das Leben gerettet hat. Gefühlt vor vielen, vielen Monden.

Eine Antwort bleibt aus. Vehla schaut zornig empor. Etwas in Alberts Auftreten lässt seine Wut abklingen. Zu schwach, um den

Kopf zu drehen, sehe ich vor meinem geistigen Auge, wie der Freund der Familie bedauernd den Kopf schüttelt.

Das ist es also.

Das Ende.

»Was hast du nur getan?« Vehlas Stimme klingt schmerzerfüllt.

Mir ist kalt. Unkontrolliert fange ich an zu zittern. Kein gutes Zeichen.

Meine Augen fallen zu, doch Vehlas Hand an meiner Wange und seine leisen Worte bringen mich dazu, sie wieder zu öffnen.

»Du musst wach bleiben. Bleib bitte wach.«

Ich will gehorchen. Will ich wirklich. Ich will für immer in Vehlas eisblauen Augen versinken, doch mein Körper ist dazu nicht mehr in der Lage. Mit einem Flattern meiner Lider gleite ich ins Reich zwischen Schlaf und Bewusstsein.

Etwas streift meinen Körper wie die Flügel von tausend Schmetterlingen. Ein leises Lied liegt in der Luft. Ich will ihm lauschen, doch Luises Stimme holt mich zurück ins Hier und Jetzt.

»Du musst etwas tun, Papa.«

»Das … das kann ich nicht.«

»Bitte!«

Etwas Nasses benetzt meine Wangen.

Tränen.

Wessen Tränen? Luises? Meine eigenen?

»Ich würde sie zu einem Monster machen. Das kann ich nicht. Nicht schon wieder.«

»Du kannst sie nicht sterben lassen! Sie wird nicht wie Maria. Ich weiß es. Sie ist ein guter Mensch. Du hast mich doch auch verwandelt!« Von Schluchzern geplagt, versagt Luises Stimme.

Vehla bewegt sich. Ein qualvoller Laut verlässt seinen Mund, bevor er sich an seinen Freund und Anwalt wendet. »Henry, würdest du …«

Einige Momente ist es still um mich, dann höre ich Henry wie aus weiter Ferne. Vertraut und sanft.

Mein lieber Henry …

»Nur du kannst es tun. Dein Blut fließt in ihren Adern«, sagt er.

Am Rande meines Bewusstseins wird mir klar, worüber sie sich gerade unterhalten. Ich soll verwandelt werden. Ich soll ein Vampir werden, da meine Verletzung so schwer ist, dass mein menschlicher Körper sie nicht überleben wird.

Ich stöhne auf, als Vehla mich in seinen Armen zurechtrückt. Er führt seine Lippen so nah an mein Ohr, dass die sanfte Berührung in mir nachhallt wie ein leises Gedicht.

»Lisa?«

Ich bringe ein murrendes Geräusch zustande.

»Du wirst sterben«, erklärt er mir. »Aber es muss nicht so kommen. Ich kann dich davor bewahren. Ich brauche nur deine Zustimmung.«

Ich will antworten, bin jedoch nicht mehr in der Lage, einen Laut über die Lippen zu bringen, geschweige denn ein einwilligendes Nicken zu zeigen.

»Sag was, Lisa«, höre ich Luises Stimme, während kleine Hände an mir zerren.

Ich bin so müde.

Vehlas Hände umfangen mein Gesicht, seine Stirn legt sich gegen meine. »Du musst mir die Erlaubnis geben. Bitte, Liebling. Uns läuft die Zeit davon. Ich tue es nicht ohne deine Zustimmung.«

Sein Mund drückt sanft gegen meinen.

In einer heldenhaften Kraftanstrengung zwinge ich meine Lippen auseinander. Meine Zunge fühlt sich an wie Blei, als ich sie von meinem trockenen Gaumen löse und die entscheidenden

Worte, einem Flüstern gleich, in den Morgen und gegen Vehlas Lippen hauche.

»Tu … es …«

Mein Körper, jeglicher Kraftreserven beraubt, erschlafft, als ein erleichtertes Seufzen zu vernehmen ist.

Keine Sekunde später ist Vehlas Mund an meinem Nacken. Genau da, wo er es mir einst gezeigt hat, ganz nah an meiner Wirbelsäule.

Ich würde mich winden oder wenigstens schmerzverzerrt aufschreien, wenn ich dazu in der Lage wäre. So liege ich vollkommen regungslos, als spitze Zähne völlig mühelos meine Haut durchdringen und wie ein Schlachtmesser in mein Fleisch fahren.

Der Graf stöhnt auf, als er von mir kostet, und drückt mich schmerzhaft fest an sich, als er zu trinken beginnt.

Ich hatte es mir weitaus schlimmer vorgestellt und kann nun irgendwie nachvollziehen, dass dieser Akt einen erotischen Reiz ausübt. Aber vielleicht ist das auch nur die Nahtoderfahrung, die aus mir spricht.

Ich dämmere weg. Mein Herzschlag verlangsamt sich.

Bumm-bumm, bumm-bumm, bumm … bumm …

»Zu spät«, höre ich Maria lachend sagen. »Sie ist tot, weil du zu lange gewartet hast. Die Frau, die du liebst, ist …«

»Halt die Klappe!«

Ein klatschender Laut untermalt Henrys Ausruf, und Maria verstummt augenblicklich.

Vehla löst sich von mir. Ein schmatzendes Geräusch erklingt in meinen Ohren, als seine Zähne meinen Nacken freigeben. Etwas Nasses benetzt kurz darauf meine Lippen und sickert in meinen Mund.

»Trink.« Vehlas beruhigende Stimme lässt mich den metallischen Geschmack verdrängen.

Ergeben versuche ich zu schlucken und schaffe es sogar, die Augen erneut leicht zu öffnen. Aus einer Wunde am Handgelenk des Grafen tropft Blut, das er mir einflößt.

Kaum haben die ersten Tropfen meinen Magen erreicht, bäumt sich mein Körper auf. Schmerz durchflutet mich und droht, mich von innen heraus zu zerreißen.

Ich schreie, winde mich in Vehlas Armen, bis die Pein nach unzähligen Minuten, Stunden, Tagen – wer weiß das schon? – nachlässt und mein Herz aufhört zu schlagen.

Nach meinem Tod öffne ich die Augen und sehe die Welt zum ersten Mal.

Ich sehe Farben, höre Geräusche und rieche Düfte, wozu ein menschlicher Organismus nie in der Lage gewesen wäre. Eine Leichtigkeit erfüllt mich, die ich noch nie gespürt habe. Meine Sinne sind geschärft, mein Körper ist frei und die Nacht gehört mir.

Wehmütig denke ich an Lynn. Das ist alles, was sie immer wollte. Und ich, die sich ein vampirisches Leben nie vorstellen konnte, habe mich nun bereitwillig für eben so ein Leben entschieden.

Ich lecke mir über die blutbenetzten Lippen.

Hm, davon will ich mehr.

»Lisa?«

Ich blinzle in ein Gesicht, das mich fragend mustert.

»Vehla …«, hauche ich leise, weil es das erste Wort meines neugeborenen Ichs sein soll.

Ich erstarre, als spitze Eckzähne mich bei der Aussprache behindern.

Der Graf schmunzelt. »Daran wirst du dich gewöhnen.«

Er reicht mir seine Hand, die ich vorsichtig ergreife. Langsam lasse ich mir auf die Beine helfen.

»Nicht erschrecken«, sagt er sanft und schaut mir tief in die Augen.

Selbst wenn ich könnte, würde ich diesem Blick nie ausweichen wollen.

Mit einem Ruck entfernt Vehla das Stück Holz aus meinem Bauch, das für meinen Tod verantwortlich ist. Es kribbelt auf der Haut, als sich die tödliche Wunde rasch schließt.

Luise wirft sich gegen mich, drückt ihr Gesicht in den Stoff meines blutigen Shirts und weint vor Freude.

Ich schaue mich im Hof um. Staunende Gesichter sehen mich an. Albert nickt zufrieden, der Vampirjäger sitzt bewusstlos an einer Wand, Henry zeigt ein leises Lächeln. Tränen des Verlusts glitzern in Marias Augen.

Doch mir kommt nur die aufgehende Sonne in den Sinn. Ich strecke meine Hand aus, bis das durch einen Fensterbogen einfallende Licht meine Haut berührt. Erst spüre ich gar nichts, dann bilden sich rasch große Brandblasen, die mit starkem Schmerz verbunden sind.

Schnell ziehe ich die Hand zurück und beobachte fasziniert, wie die Blasen verschwinden, sich neue Haut bildet und wieder makellos glatt wird.

Tumult bricht los und wir wenden uns Maria zu, die sich aus Henrys Griff befreit hat und sich in das direkte Sonnenlicht stellt. Henry will sie wieder an sich reißen, doch Vehla hält ihn mit einer Handbewegung davon ab.

Ich drücke Luise noch fester an mich, während Marias Körper wenig später in Flammen aufgeht.

»Sieh nicht hin«, fordert Vehla, der das Entsetzen in meinem Blick erkannt haben muss, und nimmt mein Gesicht wieder in beide Hände. »Sieh mich an!«

Untermalt von Marias Schreien bahnt sich Angst einen Weg an die Oberfläche. »Werde ich so wie sie?«

»Nein, das wirst du nicht. Du hast ein gutes Herz.« Zuversichtlich streichelt der Graf über meine Wange.

Der Geruch nach Blut weckt eine Empfindung in mir, die ab jetzt wohl an der Tagesordnung ist.

»Ich habe Hunger«, sage ich entschuldigend, doch Vehla hält mir sofort bereitwillig sein Handgelenk entgegen, als Marias Schreie im Wind verwehen und von ihr nur noch ein Häufchen Asche übrig ist.

»Trink noch ein bisschen.«

Zaghaft umfasse ich seinen Arm, suche nach der passenden Stelle und beiße zu. Erst vorsichtig, dann kräftiger.

Der Geschmack von Blut erfüllt meinen Mund, während ich den Lebenssaft in mir aufnehme, Schluck für Schluck, bis Vehla der Meinung ist, dass es genug ist.

Zärtlich streicht er mit dem Daumen über meine Lippen. »Du bist wunderschön.«

Ein seliges Lächeln lässt mein Gesicht erstrahlen, dann senkt der Graf den Kopf und besiegelt unser Bündnis mit einem innigen Kuss.

»Bäh!«, ruft Luise nach einiger Zeit, was mich auflachen lässt.

»Komm, Luise«, fordert Albert und wirft ihr seinen Mantel über, um sie vor der Sonne zu schützen. »Gehen wir zum Wagen und informieren die Rettung. Ich glaube, der junge Mann hier kann dringend einen Notarzt vertragen.«

»Darf ich den Notruf wählen?«

»Von mir aus.«

Wir beobachten, wie die beiden zurück zur Brücke schlendern, stets darauf bedacht, so lange wie möglich im Schatten zu bleiben.

Henry steht mit den Händen in den Hosentaschen vor uns, sein Fuß scharrt immer wieder in Marias Asche, bis er peinlich berührt den Blick hebt.

Danke, formen meine Lippen, ehe sie ein Lächeln zeigen.

Henry nickt, schaut zu Vehla, den er mit einem flüchtigen Gruß verabschiedet, bevor er langsam den Hof verlässt.

Ein Stöhnen aus einer Ecke lässt mich zum Vampirjäger herumfahren und wütend den Mund verziehen. Er ist wieder bei Bewusstsein, schafft es jedoch nicht, sich aufzurichten, geschweige denn das Weite zu suchen.

»Darf ich ihn aussaugen?«, frage ich und muss an die Hunde denken. »Er hat Hades und Zeus getötet.«

»Nichts würde mir mehr Freude bereiten.« Die Stimme des Grafen ist ein heiseres Knurren, als er an den Verlust seiner Tiere denkt.

»Also … darf ich?«, erkundige ich mich erwartungsvoll.

Vehla schnalzt tadelnd mit der Zunge. »Nein, denn so sind wir nicht, richtig?«

Ich ziehe eine Schnute, obwohl ich weiß, dass er recht hat. »Richtig.«

Seine Hand schiebt sich in meine. »Lass uns gehen.«

Unbekümmert hake ich mich bei ihm ein, als wir den Ort des Geschehens verlassen und uns einen Weg zurück zur Brücke bahnen.

»Vorsicht!«

Der Graf hält mich zurück, sodass ich nicht in die pralle Sonne des Sommermorgens treten kann.

Oh, stimmt. Sonne ist jetzt ganz böses Pfui. Daran muss ich mich *wirklich* noch gewöhnen.

»Wie verbringen wir denn jetzt den Rest der Ewigkeit?«, frage ich, um von meinem Fauxpas abzulenken.

Vehla zuckt untypisch mit den Schultern. »Ich freue mich darauf, es herauszufinden.«

»Du könntest mir Rumänisch beibringen«, schlage ich vor und stelle mich auf die Zehenspitzen.

Sofort kommt er meiner Aufforderung nach, zieht mich an sich und bedeckt mein Gesicht mit Küssen.

Ich bemerke, dass sich seine Haut nicht mehr kalt anfühlt, da sich meine eigene Körpertemperatur seiner angepasst hat.

Wohlgeformte Lippen streifen sanft über meine, kalter Atem verlässt mit einem Hauch meinen Mund.

Wow, ich atme noch. Ist wohl alte Gewohnheit.

»*Te iubesc.*«

Vehlas Schwur und seine Berührungen lassen mich schaudern. Ich verstehe die Worte nicht, doch weiß ich sofort um ihre Bedeutung, und diese treibt mir Tränen der Rührung in die Augen.

»Ich liebe dich auch«, antworte ich und besiegle unseren Schwur mit einem Kuss.

Über die Autorin

Nicole Schuhmacher, geboren im Mai 1987 in der wunderschönen Sächsischen Schweiz, lebt und arbeitet auch noch heute in einem kleinen Ort in Ostsachsen. Ihre Liebe zum Schreiben entdeckte sie im Teenageralter und frönte dieser Leidenschaft jahrelang als exzessive Verfasserin von Fanfictions. Nicole ist außerdem Cosplayerin, Disney-Verehrerin, Musical-Gängerin und Hunde-Mama. Sie bezeichnet sich selbst als Fangirl, Superhelden-Süchtling und Vampir-Lady. Die bekennende Tagträumerin mag außerdem: Meerjungfrauen, Comics, Zombies und völlig unnütze glitzernde Sachen (PINK! Sie müssen PINK sein!!!1!!11!!!). Sie liebt ihre Playstation, Mangas und Animes, Uniformen, Knoblauch, die Ich-Erzählperspektive, ausgefallene Haarfarben und natürlich Bücher!!! Übrigens ist sie als Baby einmal ganz unglücklich vom Wickeltisch gefallen und hält eigentlich überhaupt nichts von diesen übermäßig seriös wirkenden Autorenporträts … ;D ›Jägerseele‹ ist ihr Debütroman.

Kontakt:

Homepage: www.nicoleschuhmacher.de

Facebook: www.facebook.com/NicoleSchuhmacherAutorin

Instagram: www.instagram.com/nicole_in_bookland

Dank

Ich danke meinem Körper … nicht, weil er eine derartige Knoblauchsucht entwickelt hat, dass sich mit Garantie nie ein sexy Blutsauger in mein Schlafzimmer verirren wird. Danke für nichts, b**ch.

Aber ich danke meiner Wenigkeit, dass ich mit der Idee eines Freudenhauses für Blutsauger endlich meine Liebe zu den Geschöpfen der Nacht in Buchform bringen konnte, w00t, w00t! Ich bin ein raffiniertes Miststück. xD

So … Und jetzt noch einmal in seriös: Natürlich danke ich *dir*, dass du dieses Buch (immer noch) in deinen Händen hältst. Es ist nicht selbstverständlich, dass du dich bis hierher durchgeschlagen hast. Ich freue mich, dass Lisa und die Vamps dich derart unterhalten haben, dass du hoffst, selbst im Dank noch einen kleinen erotischen Seitenhieb zu finden. Na gut, den gebe ich dir. Weil du es bist. Achtung, gleich kommt er …

…

…

…

…

…

…

…

…

…

PENIS!

Hihihi … xD

So, und wie bekomme ich jetzt die Kurve, um beim Leser wenigstens mit einem kleinen Hauch Seriosität in Erinnerung zu bleiben? Hm …

Natürlich könnte ich an dieser Stelle berichten, wie dankbar ich jedem bin, der mit der Entstehung dieses Buchs zu tun hatte. Angefangen beim Sternensand Verlag (Corinne und Andi, ihr seid spitze!). Ich könnte weiterführend davon erzählen, wie angenehm die Zusammenarbeit mit Natalie Röllig vom Lektorat Bücherseele war und wie Jennifer Papendick im Korrektorat noch jedem Fehlerteufelchen den Garaus gemacht hat. Oder dass Jasmin Romana Welsch das beste Cover aller Zeiten gezaubert hat. Und natürlich könnte ich auch davon schwärmen, dass Scott Krausen der talentierteste Illustrator im Universum ist. Was sicherlich alles tausendprozentig stimmen würde, aber wer will schon eine seitenlange Abhandlung über Personen lesen, die er unter Umständen gar nicht kennt und die ihn im Zweifelsfall nur peripher tangieren?

Deswegen werde ich meine Lobeshymnen im Zaum halten und stattdessen mit der Androhung enden, dass diese Geschichte nicht mein einziger Ausflug in erotische Gefilde bleiben wird, muhahaha. Niemand kann mich aufhalten!!!

Verlegerin: »Doch, ich.«

…

Kacke …

xD

In dem Sinne, carpe noctem und bis zum nächsten Buch.

Eure Nicole aka der Knoblauchjunkie

Mehr von der Autorin ...

Ein Tess-Carlisle-Roman (Reihe)

Urban Fantasy
Als Taschenbuch und E-Book

Klappentext:
Na? Lust auf ein Abenteuer?
Mein Name ist Tess Carlisle und diese Geschichte erzählt von meinem verrückten Leben als Kautionsdetektivin im guten alten und magischen New Orleans. Puh, mein Alltag ist nicht immer einfach. Versteht mich nicht falsch, ich liebe diese Stadt! Aber meine tägliche Routine besteht leider allzu oft aus unschönen Begegnungen mit stinkenden Trollen, pöbelnden Kleinganoven und unkooperativen Nymphen. Von unheimlichen Voodoo-Shop-Besitzern und ständig Streiche spielenden Mitbewohnern will ich erst gar nicht anfangen. Und oh, die nächste Miete ist auch schon wieder fällig.
Da kommt ein gut bezahlter Auftrag für diesen reichen Schnösel ... also den selbst ernannten Wohltäter der Stadt ... doch gerade recht, oder? Hätte ich doch nur vorher gewusst, dass ein unerwartetes Ereignis plötzlich das nächste jagt und irgendwann auch vom Ende der Welt die Rede sein wird. Aber schließlich zeigt sich mir einmal mehr, wie wichtig es ist, Freunde zu haben. Auch wenn diese nicht immer menschlich sind.

Mehr Urban Fantasy

C. M. Spoerri

Leon: Glück trägt einen roten Pony

- ✯ Schwarzer Humor trifft eine Menge Wahrheit.
- ✯ C. M. Spoerri absolviert ihr Debüt im Genre Urban Fantasy.
- ✯ Lerne einen Miesepeter kennen, der erfährt, dass im Leben nicht immer alles so läuft, wie man sich das vorstellt – denn wir sind unseres Glückes eigener Schmied.

Jasmin Romana Welsch

Absolution: Wie man eine Sünde überlebt

- ✯ Sarkasmus trifft auf verlorene Seele.
- ✯ Eine Geschichte über das Leben, das manchmal ein Arschloch sein kann, und die Frage, wie man um Vergebung bittet.
- ✯ Die erfolgreiche Autorin Jasmin Romana Welsch greift einmal mehr tief in ihre Humorkiste und erschafft einen Protagonisten, den man einfach ins Herz schließen muss.

Miriam Rademacher

Banshee Livie (Reihe)

- ✯ Humorvolle Urban Fantasy-Reihe.
- ✯ Miriam Rademacher unterhält ihre Leser mit einer etwas anderen, aber überaus sympathischen Protagonistin.
- ✯ Jeder Band ist unabhängig von den anderen lesbar, da es in sich abgeschlossene Abenteuer rund um Banshee Livie und ihre Freunde sind.

Jasmin Romana Welsch

Krieger des Lichts (Reihe)

- ✯ Engel und Dämonen, die Seite an Seite gegen das Böse in der Welt kämpfen und mitten drin ein Mädchen, das empathische Fähigkeiten hat und zur Kriegerin ausgebildet werden soll.
- ✯ Urban Fantasy mit einem Hauch Romantik und viel Humor.
- ✯ Wer Geschichten um Engel und Dämonen liebt, wird den Kriegern des Lichts verfallen.

B. E. Pfeiffer

Götterherz (Dilogie)

- ✯ Eine Liebe, die 3000 Jahre überdauert hat, erwacht erneut zum Leben.
- ✯ Mit viel Gefühl erzählt B. E. Pfeiffer eine moderne Interpretation des griechischen Mythos um Persephone und Hades.
- ✯ Für Fans von Romantasy-Jugendromanen ein Muss. Lasst euch von Hades verzaubern und fiebert mit Persephone mit, die um ihre Liebe kämpfen muss.

Stefanie Scheurich

Streuner: Verflucht liebenswert

- ✯ Eine wunderschöne magische Geschichte, die nicht nur Katzenfans begeistern wird.
- ✯ Stefanie Scheurich erzählt mit viel Herzblut, dass Träume manchmal eben auch wahr werden können.
- ✯ Frisch, jugendlich und spannend.

STERNENSAND
VERLAG

Besucht uns im Netz:

www.sternensand-verlag.ch

www.facebook.com/sternensandverlag